人民共和國文化與文學叢書

初 編

李 怡 主編

第 13 冊

世紀之交玄幻風：
中國當代奇幻小說現象論

錢曉宇 著

花木蘭文化出版社

國家圖書館出版品預行編目資料

世紀之交玄幻風：中國當代奇幻小說現象論／錢曉宇 著 -- 初版
-- 新北市：花木蘭文化出版社，2014〔民 103〕
目 2+234 面；19×26 公分
（人民共和國文化與文學叢書 初編；第 13 冊）
ISBN 978-986-322-767-0（精裝）
1. 中國小說 2. 現代小說 3. 文學評論
820.8   103012664

特邀編委（以姓氏筆畫為序）：

ISBN-978-986-322-767-0

吳義勤　孟繁華　張　檸
張志忠　張清華　陳思和
陳曉明　程光煒　劉福春
（臺灣）宋如珊
（日本）岩佐昌暲
（新西蘭）王一燕
（澳大利亞）鄭　怡

人民共和國文化與文學叢書
初　編　第十三冊　　　　　　ISBN：978-986-322-767-0

世紀之交玄幻風：中國當代奇幻小說現象論

作　　者　錢曉宇
主　　編　李　怡
企　　劃　北京師範大學民國歷史文化與文學研究中心
　　　　　四川大學現代中國文化與文學研究中心
總 編 輯　杜潔祥
副總編輯　楊嘉樂
編　　輯　許郁翎
印　　刷　普羅文化出版廣告事業
出　　版　花木蘭文化出版社
社　　長　高小娟
聯絡地址　235 新北市中和區中安街七二號十三樓
　　　　　電話：02-2923-1455／傳眞：02-2923-1452
網　　址　http://www.huamulan.tw 信箱 hml 810518@gmail.com
初　　版　2014 年 9 月
定　　價　初編 17 冊（精裝）新台幣 30,000 元

世紀之交玄幻風：
中國當代奇幻小說現象論

錢曉宇　著

作者簡介

錢曉宇，女，1975 年 4 月，漢族，籍貫江蘇吳縣，華北科技學院人文社科學院漢語國際教育系副教授，四川大學文學博士，中國郭沫若研究學會會員。參與編寫《詞語的歷史與思想的嬗變——追問中國現代文學的批評概念》、《中國現代文學的巴蜀視野》等著作及教材，先後在《文藝報》、《湖南大學學報》等 cssci、核心期刊上發表《民國版稅之爭的轉型意義》、《〈神話的世界〉：郭沫若早期文藝思想的一面鏡子》、《論八十年代中國科學幻想小說原創力量的集散》等學術論文二十餘篇。

提　　要

　　在世紀之交「科玄相遇」的時代文化背景下，中國內地奇幻小說於上世紀最後十年大量出現，至今仍擁有龐大而年輕的創作和接受群體，出版發行量也保持著傲人成績。

　　本書首次嘗試對中國本土奇幻小說現象進行整體考察，將其納入時代文化的廣闊視野之中。全書由異類與人類、非科學神秘世界、「架空」奇幻世界多義性三大板塊構成，共同歸結到「科玄相遇」和科學歷程的文化反思上來，將科學主義遭遇後現代理論整體質疑這一事實作為當代本土奇幻小說出現的文化成因，並通過對原創奇幻文本的細讀，抽取典型文學形象、追問主題意蘊、介紹文學現象週邊事件，進而展示虛構與現實中智慧生物的生存和思維狀態。

　　當代本土原創奇幻小說的發展並非孤立，它是華夏民族幻想文學傳統的新世紀延續與新變，還從港臺、英美日諸國同類作品中獲得過很大的啟示。隨著兩岸三地文化交流的加強，在世界幻想文學持續升溫的背景下，對中國當代奇幻小說進行整體研究完全符合這一類型小說的內在要求和客觀事實。書中將涉及中國奇幻小說的外來影響、出版現狀、主題意蘊、形象塑造、武俠、奇幻、科幻類型比較、奇幻創作主體內部聚合與裂變等問題；圍繞中國奇幻小說這一中心議題，實現人、神、世界的文學內部循環及時代文化理想的結合。

《人民共和國文化與文學叢書》總序

李　怡

　　中國當代文學是與「中國現代文學」相對的一個概念，指的是中華人民共和國建立之後的文學。追溯這一概念的起源，大約可以直達 1959 年新中國十週年之際，當時的華中師院中文系著手編著《中國當代文學史稿》，這是大陸中國最早編寫的「中國當代文學史」教材。從此以後，「當代文學」就與「現代文學」區分開來。與中國現代文學研究比較，中國的當代文學研究是一個相對年輕的學科，所以直到 1985 年，在一些「現代文學」的作家和學者的眼中，年輕的「當代文學」甚至都沒有「寫史」的必要。〔註1〕

　　但歷史究竟是在不斷發展的，從新中國建立的「十七年」到「文化大革命」十年再到改革開放的「新時期」，而後又有「後新時期」的 1990 年代以及今天的「新世紀」，所謂「中國當代文學」的歷史已達六十餘年，是「中國現代文學三十年」的整整一倍！儘管純粹的時間計量也不足說明一切，但「六十甲子」的光陰，畢竟與「史」有關。時至今日，我們大約很難聽到關於「當代文學不宜寫史」的勸誡了，因為，這當下的文學早已如此的豐富、活躍，而且當代史家已經開始了更為自覺的學科建設與史學探討，這包括洪子誠的《中國當代文學史》，孟繁華、程光煒的《中國當代文學發展史》，張健及其北京師範大學團隊的《中國當代文學編年史》等等。

　　中國當代文學研究的活躍性有目共睹，除了對當下文學現象（新世紀文學現象）的緊密追蹤外，其關於歷史敘述的諸多話題也常常引起整個文學史

〔註1〕見唐弢：《當代文學不宜寫史》，《文藝百家》1985 年 10 月 29 日「爭鳴欄」（見
　　　《唐弢文集》第九卷，社科文獻出版社 1995 年），及施蟄存：《關於「當代文
　　　學史」》（見《施蟄存七十年文選》，上海文藝出版社 1996 年）。

學界的關注和討論，形成對「當代文學」之外的學術領域（例如現代文學）的衝擊甚至挑戰。例如最近一些年出現的「十七年文學研究熱」。我覺得，透過這一研究熱，我們大約可以看到中國當代文學研究的某些癥結以及我們未來的努力方向。

我曾經提出，「十七年文學研究熱」的出現有多種多樣的原因，包括新的文學文獻的發掘和使用，歷史「否定之否定」演進中的心理補償；「現代性」反思的推動；「新左派」思維的影響等等。〔註 2〕尤其是最後兩個方面的因素值得我們細細推敲。在進入 1990 年代以後，隨著西方後現代主義對「現代性」理想的批判和質疑，中國當代的學術理念也發生了重要的改變。按照西方後現代主義的批判邏輯，現代性是西方在自己工業化過程中形成的一套社會文化理想和價值標準，後來又通過資本主義的全球擴張向東方「輸入」，而「後發達」的東方國家雖然沒有完全被西方所殖民，但卻無一例外地將這一套價值觀念當作了自己的追求，可謂是「被現代」了，從根本上說，也就是被置於一個「文化殖民」的過程中。顯然，這樣的判斷是相當嚴厲的，它迫使我們不得不重新思考我們以「現代化」為標誌的精神大旗，不得不重新定位我們的文化理想。就是在質疑資本主義文化的「現代性反思」中，我們開始重新尋覓自己的精神傳統，而在百年社會文化的發展歷史中，能夠清理出來的區別於西方資本主義理念的傳統也就是「十七年」了，於是，在「反思西方現代性」的目標下，十七年文學的精神魅力又似乎多了一層。

1990 年代出現在中國的「新左派」思潮在相當大的程度上強化著我們對「十七年」精神文化傳統的這種「發現」和挖掘。與一般的「現代性反思」理論不同，新左派更突出了自「十七年」開始的中國社會主義理想的獨特性——一種反西方資本主義現代性的現代性，換句話說，十七年中國文學的包含了許多屬於中國現代精神探索的獨特的元素，值得我們認真加以總結和梳理。在他們看來，再像 1980 年代那樣，將這個時代的文學以「封建」、「保守」、「落後」、「僵化」等等唾棄之顯然就太過簡單了。

「反思現代性」與新左派理論家的這些見解不僅開闢了中國當代文學史寫作的新路，而且對中國現代文學的基本價值方向也形成了很大的衝擊。如果百年來的中國文學與文化都存在一個清算「西方殖民」的問題，如果這樣

〔註 2〕 參見李怡：《十七年文學研究「熱」的幾個問題》，《重慶大學學報》2011 年 1 期。

的清算又是以延安─十七年的道路為成功榜樣的話，那麼，又該如何評價開啓現代文化發展機制的五四？如何認識包括延安，包括十七年文化的整個「左翼陣營」的複雜構成？對此，提出這樣的批評是輕而易舉的：「那種忽略了具體歷史語境中強大的以封建專制主義文化意識為主體的特殊性，忽略了那時文學作品巨大的政治社會屬性與人文精神被顛覆、現代化追求被阻斷的歷史內涵，而只把文本當作一個脫離了社會時空的、僅僅只有自然意義的單細胞來進行所謂審美解剖，這顯然不是歷史主義的客觀審美態度。」〔註3〕

　　利用文學介入當代社會政治這本身沒有錯，只不過，在我看來，越是在離開「文學」的領域，越需要保持我們立場的警覺性，因為那很可能是我們都相當陌生的所在。每當這個時候，我們恰恰應該對我們自己的「立場」有一個批判性的反思，在匆忙進入「左」與「右」之前，更需要對歷史事實的最充分的尊重和把握，否則，我們的論爭都可能建立在一系列主觀的概念分歧上，而這樣的概念本身卻是如此的「名不副實」，這樣的令人生疑。在這裡，在無數令人眼花繚亂的當代文學批評的背後，顯然存在值得警惕的「偽感受」與「偽問題」的現實。

　　只要不刻意的文過飾非，我們都可以發現，近「三十年」特別是1990年代以來中國當代文學及其批評雖然取得了很大的發展。但是也存在許多的問題，值得我們警惕。特別需要注意的是1990年代以後中國文學現象的某種空虛化、空洞化，一些問題成為了「偽問題」。

　　真與假與偽、或者充實與空虛的對立由來已久。1980年代的現代主義文學也曾經被稱為「偽現代派」，有過一場論爭。的確，我們甚至可以輕而易舉地指出如北島的啓蒙意識與社會關懷，舒婷的古代情致，顧城的唯美之夢，這都與詩歌的「現代主義」無關，要證明他們在藝術史的角度如何背離「現代派」並不困難，然而這是不是藝術的「作偽」呢？討論其中的「現代主義詩藝」算不算詩歌批評的「偽問題」呢？我覺得分明不能這樣定義，因為我們誰也不能否認這些詩歌創作的真誠動人的一面，而且所謂「現代派」的定義，本身就來自西方藝術史。我們永遠沒有理由證明文學藝術的發展是以西方藝術為最高標準的，也沒有根據證明中國的詩歌藝術不能產生屬於自己的現代主義。也就是說，討論一部分中國新詩是否屬於真正西方「現代派」，以

〔註3〕董健、丁帆、王彬彬：《我們應該怎樣重寫當代文學史》，《江蘇行政學院學報》2003年第1期。

「更像」西方作為「非僞」，以區別於西方為「僞」，這本身就是荒謬的思維！如果說 1980 年代的中國詩壇還有什麼「僞問題」的話，那麼當時對所謂「僞現代派」的反思和批評本身恰恰就是最大的「僞問題」！

不過，即便是這樣的「僞」，其實也沒有多麼的可怕，因為思維邏輯上的某種偏向並不能掩飾這些理論探求求真求實的根本追求，我們曾經有過推崇西方文學動向的時代，在推崇的背後還有我們主動尋求生命價值與藝術價值的更強大的願望，這樣的願望和努力已經足以抵消我們當時思維的某種模糊。

文學問題的空虛化、空洞化或者說「僞問題」的出現，之所以在今天如此的觸目驚心在我看來已經不是什麼思維的失誤了，在根本的意義上說，是我們已經陷入了某種難以解決的混沌不明的生存狀態：在重大社會歷史問題上的躲閃、迴避甚至失語——這種狀態足以令我們看不清我們生存的真相，足以讓我們的思想與我們的表述發生奇異的錯位，甚至，我們還會以某種方式掩飾或扭曲我們的真實感受，這個意義上的「僞」徹底得無可救藥了！1990年代以降是中國文學「僞問題」獲得豐厚土壤的年代，「僞問題」之所以能夠充分地「僞」起來，乃是我們自己的生存出現了大量不真實的成分，這樣的生存可以稱之為「僞生存」。

近 20 年來，中國文學批評之「僞」在數量上創歷史新高。我們完全可以一一檢查其中的「問題」，在所有問題當中，最大的「僞」恐怕在於文學之外的生存需要被轉化成為文學之內的「藝術」問題而堂皇登堂入室了！這不是哪一個具體的藝術問題，而是滲透了許多 1990 年代的文學論爭問題，從中，我們可以見出生存的現實策略是如何借助「文學藝術」的方式不斷地表達自己，打扮自己，裝飾自己。《詩江湖》是 1990 年代有影響的網站和印刷文本，就是這個名字非常具有時代特徵：中國詩歌的問題終於成為了「江湖世界」的問題！原來的社會分層是明確的，文學、詩歌都屬於知識分子圈的事情，而「江湖世界」則是由武夫、俠客、黑社會所盤踞的，與藝術沒有什麼關係。但是按照今天的生存「潛規則」，江湖已經無處不在了，即便是藝術的發展，也得按照江湖的規矩進行！何況對於今天的許多文學家、批評家而言，新時期結束所造成的「歷史虛無主義」儼然已經成了揮之不去的陰影，在歷史的虛無景象當中，藝術本身其實已經成了一個相當可疑的活動，當然，這又是不能言明的事實，不僅不能言明，而且還需要巧妙地迴避它。在這個時候，生存已經在「市場經濟」的熱烈氛圍中扮演了我們追求的主體角色，兩廂比

照，不是生存滋養了文學藝術的發展，而是文學藝術的「言說方式」滋養了我們生存的諸多現實目標。

於是，在 1990 年代，中國文學繼續產生不少的需要爭論的「問題」，但是這些問題的背後常常都不是（至少也「不單是」）藝術的邏輯所能夠解釋的，其主要的根據還在人情世故，還在現實人倫，還在人們最基本的生存謀生之道，對於文學藝術本身而言，其中提出的諸多「問題」以及這些問題的討論、展開方式都充滿了不真實性，例如「個人寫作」在 20 世紀中國新詩「主體」建設中的實際意義，「知識分子寫作」與「民間寫作」的分歧究竟有多大，這樣的討論意義在哪裏？層出不窮的自我「代際」劃分是中國新詩不斷「進化」的現實還是佔領詩壇版圖的需要？「詩體建設」的現實依據和歷史創新如何定位？「草根」與「底層」的真實性究竟有多少？誰有權力成為「草根」與「底層」的的代言人？詩學理論的背後還充滿了各種會議、評獎、各種組織、頭銜的推杯換盞、觥籌交錯的影像，近 20 年的中國交際場與名利場中，文學與詩歌交際充當著相當活躍的角色，在這樣一個無中心無準則的中國式「後現代」，有多少人在苦心孤詣地經營著文學藝術的種種的觀念呢？可能是鳳毛麟角的。

在這個意義上，中國當代文學的研究與批評應該如何走出困境，盡可能地發現「真問題」呢？我覺得，一個值得期待的選擇就是：讓我們的研究更多地置身於國家歷史情態之中，形成當代文學史與當代中國史的密切對話。

國家歷史情態，這是我在反思百年來中國文學敘述範式之時提出來的概念，它是百年來中國文學生長的背景，也是文學中國作家與中國讀者需要文學的「理由」，只有深深地嵌入歷史的場景，文學的意味才可能有效呈現。對於中國現代文學研究而言，這樣的歷史場景就是「民國」，對於中國當代文學而言，這樣的歷史場景就是「人民共和國」。

感謝花木蘭文化出版社，使得我們對百年來中國文學的研究有了兩大厚重的背景——民國與人民共和國，這兩套大型叢書將可能慢慢架構起百年中國文學闡述的新的框架，由此出發，或許我們就能夠發現更多的真問題，一步一步推進我們的學術走上堅實的道路。

2014 年馬年春節於江安花園

目次

引論　世紀之交話玄幻

一、何爲當代的中國奇幻小說？

關注中國當代奇幻小說熱，對於拓展新中國文學的研究視野大有裨益。當代本土原創奇幻小說的發展並非孤立，它是華夏民族幻想文學傳統的新世紀延續與新變，還從港臺、英美日諸國同類作品中獲得過很大的啓示。隨著兩岸三地文化交流的加強，在世界幻想文學持續升溫的背景下，對中國當代奇幻小說進行整體研究完全符合這一類型小說的內在要求和客觀事實。

上世紀最後十年，內地出現了大批奇幻小說。當有些知名學者斥責此類小說爲迷信復活、裝神弄鬼之說的同時，相當一部分讀者卻非常欣賞其獨特的文學魅力，而不少學者則看到了它所蘊含的文化意義。時至今日，此類小說依然擁有龐大而年輕的創作和接受群體，出版發行量也保持著傲人的成績。以郭敬明的《幻城》來說，這部帶有典型奇幻風格的小說在 2003 年初被春風文藝出版社推出之後，上市只有兩個多月就接近三十萬冊的銷量，在當年三月份全國文學類圖書排行榜上排名第二，「僅次於《王蒙自述：我的人生哲學》，是小說類第一名」〔註1〕。

作爲一個具有活力的文學類型，首先很有必要對其內涵進行大致的分解。著名科普作家葉永烈認爲奇幻小說是「科幻小說、魔幻小說之外」的「第三類幻想小說」，〔註2〕並將「大幻想小說」、「玄幻小說」、「奇幻小說」看成

〔註 1〕 http://www.china.com.cn/chinese/RS/332392.htm，「中國網」，2003 年 5 月 20日。
〔註 2〕 葉永烈《論科幻、玄幻與奇幻》，載《2007 中國（成都）國際科幻・奇幻大會文集》，科幻世界雜誌社彙編，2007 年，第 17 頁。

能夠等價互換的三個稱呼。實際上，這三個稱謂不但來源各異，在層次上也存在落差。如果非要在它們三者之間找到一個平衡點，那就是迥異於傳統理念上已獲定型的科幻小說，統一於非科學的超自然力幻想。

「玄幻小說」的概念是二十世紀九十年代（1998 年），由香港作家黃易率先提出的。其最初的意思是指在玄想基礎上的幻想小說。而他自己更是創作了諸如《月魔》、《尋秦記》、《大唐雙龍傳》、《幽靈船》、《龍神》、《域外天魔》、《靈琴殺手》、《超腦》、《時空浪族》、《文明之秘》等大量影響巨大的玄幻小說。

與此同時，日本劍魔題材動畫、漫畫，歐美奇幻（fantasy）文學也通過網絡、紙質出版物和影視劇源源不斷地傳播到中國內地。短短十年間，網絡遊戲、網絡寫作世界中率先刮起了一股玄幻、魔幻風。就連本土武俠、科幻、歷史、言情等傳統小說類型的創作中都屢現這類元素。隨後，多種相關的幻想文學雜誌也先後面市。2005 年甚至掀起了奇幻小說在內地的出版潮。如今圍繞「玄幻小說」所生成的奇幻文學現象顯然已遠遠超出黃易先生當年的設想。

隨著此類幻想小說在創作內容上的不斷擴容，「玄幻」逐漸被「奇幻」所替代。實際上，以時間來論，「奇幻」的提法比「玄幻」的歷史還要長幾年。奇幻小說作爲英文 fantasy novel 的中譯名是由臺灣奇幻文化藝術基金會的負責人朱學恆，於 1992 年在臺灣知名月刊《軟件世界》中，開設爲期一年半的「奇幻圖書館」（Fantasy Library）專欄時確定下來的。事實上，目前的創作界和讀者群基本上還是默認「玄幻」和「奇幻」這兩種不同提法其實所指向的就是同一個文學對象。更多時候，爲了避免稱謂上的糾纏不清，人們甚至玄幻／奇幻並稱。

嚴格地說「奇幻」一詞的包容度明顯高於「玄幻」。無論取「玄」的學術或世俗意義都不能完全囊括目前此類小說中的所有幻想成分，而「奇幻」的提法至少可以在最大限度上將「玄」收入囊中。只是要承認，玄幻恰恰是中國奇幻小說最爲突出的本土文化特質。不過，「玄幻小說」、「奇幻小說」這兩種提法雖然存在提出人、提出時間上的不一致，對於人們體驗中國奇幻小說整體文學風格，體會創作者心態，理解小說內容等方面並沒有不可調和的矛盾。因此，筆者主要採用出現時間略早，沿用至今的「奇幻小說」這一稱謂，出現「玄幻小說」的地方基本上是直接引用或轉述他人所選擇的稱呼。

對稱謂的溯源其實是爲了更好地理解中國奇幻文學的概念。《中國新聞周刊》2006年第一期「玄幻小說：80後的速食讀本」一文就曾對中國奇幻小說下過如下定義：其「架構或取自武俠小說，或引入西式魔幻題材，佐之以修仙、道術、鬼怪、魔法、幻想和神話等超自然元素，不受現實的科學邏輯約束，是武俠小說或科幻小說的變種」。現在看來，這個關於奇幻小說的概念存在著有待商榷之處。首先武俠或科幻都是已經定型的類型文學，如果是它們的變種，那麼奇幻小說就擺脫不了淪爲附庸的命運，也取得不了獨立的類型文學的資格。而實際情況恰恰相反，武俠或科幻小說並不是當代中國奇幻小說生成的絕對前提。在奇幻小說創作過程中雖然對它們有借鑒、有移用，但更多的是給它們帶來衝擊。奇幻小說中蘊藏的獨特思維模式和某些特殊表現手法對風格固定的武俠和科幻文學甚至產生了反滲。

從出版角度出發，天津人民出版社副總編輯王華在討論「奇幻之旅」叢書出版計劃之時，也曾對奇幻小說進行過評定：「奇幻文學集武俠、科幻、神話、童話、遊戲特點於一身，具有相當的可讀性，它不僅爲青少年，同樣也爲成年人提供了一個綺麗的幻想空間，在這個另類空間裏，人們以大無畏的勇氣頌揚正義，鄙棄邪惡、貪婪與自私，倡導人類與自然、與其他種族平等地和睦相處⋯⋯」，〔註3〕這是業界對奇幻小說創作較早地進行正面評價的一次，也預示著到本世紀初，人們親歷了「美女文學」、「少年文學」、「七十年代文學」、「網絡文學」等短暫出版輝煌之後，奇幻文學不但佔據了通俗閱讀的一大片領地，還成爲通俗讀物出版的重要支柱。

除了研究者和出版方對奇幻小說的理解，奇幻文學創作者們對奇幻的概念究竟持怎樣的觀點呢？奇幻超長篇《異人傲世錄》的作者明寐（陳思宇）在接受訪談的時候就表達了這樣一個觀點：「一般來說，凡是擁有超越現實的想像力，建築在一個與現實有區別或者完全創造出來的獨特世界觀之上，並且擁有嚴謹的創作精神作品，就可以歸類爲奇幻文學之中。並且，由於奇幻文學本身想像的天馬行空，以及人類想像力的無法預測性，還有很多作品隸屬於奇幻文學類別之中，但卻可能不符合上面的定義」。〔註4〕

我們不得不承認試圖給奇幻文學下定義時，如果總糾纏在諸如修仙、道術、武功、鬼怪、精靈、魔法等細節上，必然會陷入無休止的死循環，也逃

〔註3〕金震《奇幻之旅精彩無限》，載《出版廣角》2004年第3期。
〔註4〕曉丹《明寐：中國本土奇幻文學的領軍者》，載《同學》2005年第5期。

脫不了「變種」論的圈定範圍。因爲修仙、道術、武功不免會讓人聯想到武俠小說，鬼怪精靈又總是與神魔小說、傳奇文學脫不了關係，至於令人眼花繚亂的魔法更是西式奇幻標誌性特徵。中國奇幻小說的概念要麼會陷入跟武俠、神魔、科幻等傳統文學式樣的關係親疏問題的爭論、要麼被淹沒於想像物的細節比較之中。

當然，還有人曾建議將「奇幻」二字分拆開來解釋。那麼，「奇」可以連綴成神奇、玄奇、奇妙……，「幻」可以聯想到虛幻、幻想、夢幻……，把兩組意義重新連在一起，算一個簡單的加法，是不是就能眞正解決奇幻文學概念呢？恐怕眞的這樣辦了，還是說不清所以然，反而會造成多層隔膜。第一層隔膜自然是認爲奇幻概念的確定複雜而混亂，要麼對此敬而遠之，要麼爭論不休；第二層隔膜就是很容易因爲只見樹木不見森林之後，武斷地生出上面提到的「變種」論，以此取消奇幻小說本應擁有的獨立文學地位；至於第三重隔膜也是我們最不想看到的乾脆用「大幻想」這個字眼囊括所有相關現象，以爲可以一勞永逸地守住幻想的空間。

細細分析奇幻作家明寐的話，雖然他並沒有根本上解決奇幻概念問題，但是卻爲我們提供了下定義的幾個切入點。首先最重要的就是「獨特世界觀」的問題；其次就是想像力與想像物之間的問題；再次就是作爲文學的主體特徵問題。不管創作隊伍有多麼的年輕，支配他們認識和表達的最基本的世界觀肯定是有的。以科幻小說爲例，無論想像力怎樣發揮，關鍵在於圍繞能量轉換、客觀物質運行規律。

毫無疑問，科幻世界是一個與現有科學知識體系尤其是科學定律、科技前沿密切相關的世界。那麼奇幻小說中的世界是怎樣的？又是怎樣生成和運轉的呢？這使我想起另一位奇幻作者鳳凰的話。他進行奇幻創作的最初動機是要表達出現實社會容納不了的某些想法。他所創造的奇幻世界有神譜（創世細節）、宗教（信仰）、地理、歷史。在這個虛幻的世界，身爲作者的他和身爲成員的小說人物都有書寫歷史的超常能力。從這個意義上說，獨特而迥異於常態的世界觀應該是界定奇幻小說的首要元素。在這個基礎上無論奇幻世界中會出現怎樣不可思議的物種，古已有之也好，開天闢地也罷，都是想像力與想像物之間的對話。至於目前已經生成的想像物，除了成爲奇幻世界當之無愧的成員之外，其行動軌跡還在不斷說明、描繪著這個虛構的世界，成爲奇幻作者表達他們獨特世界觀的重要依據。

　　既然奇幻小說是文學樣式，那麼從作品中提煉出來的文學特點也應該成爲中國奇幻小說完整概念構成的重要部分。目前對於中國奇幻小說的文學特點總結已經進入人們的視野中。有人總結了「獨特的構象虛擬性」、「創作風格上青春化」、「題材邊緣化」〔註5〕三個特點。還有的則認爲奇幻小說受歡迎主要歸功於「獨特之世界觀，浪漫的超自然因素以及主人公神奇的探險之旅」〔註6〕。

　　雖然眾人談奇幻小說有不同的角度，但是要突出這個類型小說最爲本質的特點，力避被萬千細節所淹沒並不是難以企及的。一旦將注意力從想像物（諸如精靈、鬼怪、神仙法術）等局部細節轉移到小說創作最根本的出發點、小說呈現的最基本文學特徵上，通過大量文本的細讀和比對，抓住投射到小說文本上的時代文化信息，那麼，當代中國奇幻小說的概念也就呼之欲出了。如果我們建立了整體把握的心態，就算有人將從上世紀末至今，中國奇幻小說依次或者集中火爆的題材劃分爲虛擬黑社會、仙俠修眞、網絡遊戲、時空穿越、「架空」世界、都市奇幻、靈異鬼魅、盜墓探寶等駁雜流派〔註7〕，也不會讓自己陷入眼花繚亂、無所適從的被動接受狀態。

　　結束了上述對奇幻小說概念的大體說明之後，有必要看看當下中國奇幻創作、出版現狀。1998 年黃易的「玄幻小說」概念被明確提出之後不到十年時間，此類小說創作就呈現出一種爆發態勢。網絡傳播，書籍出版，期刊發行成爲中國奇幻小說生存的三大形式。大量奇幻小說的出現爲研究這一類型文學提供了豐富的文本資源。

　　除了概念提出者黃易先生本人創作的一批玄幻小說外，經過幾年的積累和淘汰，到了 2005 年，Tom 網站根據點擊率，公開了百部熱門的中國奇幻小說。《傭兵天下》、《小兵傳奇》、《誅仙》、《我的超級異能》、《天魔神譚》、《異人傲世錄》、《熾天使傳說》、《少林八絕》、《再生勇士》、《飄邈之旅》就是當時排行前十名的作品。先不評價這些作品的優劣，僅從數量上而論，這百部奇幻小說只能是所有中國奇幻小說中的冰山一腳。

〔註 5〕 高冰鋒《網絡小說中的一枝奇葩──中國網絡玄幻小說的興起及現狀初探》，載《承德職業學院學報》2006 年第 4 期。
〔註 6〕 余醴《幻界無邊──試論中國當代奇幻文學主體特徵》，載《語文學刊》2007 年第 3 期。
〔註 7〕 參見《2007 奇幻世界面面觀（上）》，載《飛·奇幻世界》2008 年第 1 期，第 47 頁。

在傳播途徑上，網絡成爲奇幻小說最初發佈的重要陣地。「幻劍書盟，翠微居，逐浪網，舊雨樓——清風閣，龍的天空，異俠二代，紫宸殿網絡，天鷹文學，起點中文，玄幻書店」就曾是公認的十大奇幻小說網站。到了 2006 年，「起點中文」已然成爲目前影響最大、收錄奇幻作品最豐富的網站了。包括 17k 在內的六個新興網站甚至組成了網絡文學聯盟，以此希望能夠與「起點」一爭高下。而奇幻小說則成爲網站之間彼此爭奪點擊率，相互較量的重要砝碼。

雖然網絡文學存在跟風注水現象，低劣之作也比比皆是，但是不能因此無視大量作者通過網絡參與奇幻創作和傳播的事實，更不能否認網絡對於中國奇幻文學創作來說的重要性。就以蕭鼎創作的長達 150 萬字的小說《誅仙》來說，未出版之前，它率先在網絡上獲得了巨大的成功，並在「百度吧」文學藝術類作品排行榜中位居榜首，被譽爲後金庸時代的扛鼎之作。

2007 年年底在中國科幻世界雜誌社的主持下，將科幻世界官方網站改版爲三大板塊，其中之一被稱爲：「幻想維基」（http://wiki.sfw.com.cn）。「幻想維基」（Wiki）的醞釀生成旨在建立國內唯一以科幻、奇幻爲主題的網絡版中國科幻、奇幻百科全書。也就是說，通過科幻世界官方添加和外部人員的主動輸入，這部百科全書將會是一部開放的，既有搜索功能也有添加功能的，活動著的中國科幻、奇幻文學知識庫。

網絡除了是中國當代奇幻小說最早的棲息地，還是人們發現並出版優秀奇幻小說的重要來源。天津人民出版社的資深編輯金震，作爲「奇幻之旅」叢書出版的重要參與人以其多年積累的敏銳洞察力，在偶然閱讀了網絡版《秘魔森林》之後，用他自己的話說：「快速閱讀後，我意識到，這就是我要找的東西」〔註8〕。這正是中國最早、也是目前爲止規模最大的奇幻文學叢書「奇幻之旅」叢書的出版計劃應運而生的偶然中包含必然的原因。從 2001 年這個計劃開始啓動，迄今爲止已經出版了方曉的《秘魔森林》，段瑕的《艾爾帕西亞傭兵》，讀書之人的《迷失大陸一禁咒之門》、《迷失大陸二亡靈島》、《迷失大陸三陰影中的英雄》、《死靈法師》，光牙的《龍遊》，老豬的《紫川》，楊叛的《中國 A 組》，文舟的《騎士的沙丘》，鳳凰的《詛咒之石》，孔雀的《青蝠酒吧》等優秀的奇幻作品。

2003 年長江文藝出版社出版了林瑟主編的《2003 年中國網絡文學精

〔註 8〕金震《奇幻之旅精彩無限》，載《出版廣角》2004 年第 3 期。

選》，不過當時只收錄了任曉雯《我是魚》，木餌《半個女人》，滄月的「聽雪樓系列」之《神兵閣》三篇小說。書中也沒有用「玄幻」或者「奇幻」的字眼爲這三部作品歸類，而是將它們分別歸入「幻界」和「傳奇」兩個部分。

其實，從 2003 年開始至今，長江文藝出版社同時出版了由胡曉輝等集體編選的年度《中國奇幻文學精選》。2007 年，韓雲波開始接手主編了 2006 年度的《中國奇幻文學精選》；2008 年元旦《2007 年中國奇幻文學精選》也已面世。至此，可以看到，長江文藝出版社在過去日子裏，對網絡文學，尤其是在網絡文學中獲得傲人成績的奇幻小說給予了持續的關注。事實上，長江文藝出版社的這一系列精選，也是較早用「奇幻」爲此類幻想作品命名的書籍。

奇幻小說成爲一種類型文學被關注，最早始於 2004 年葛紅兵組織編寫的一套類型文學雙年選。漢語大詞典出版社推出葛紅兵主編的《中國類型小說雙年選》（《奇幻王》、《幽默王》、《校園王》三卷）叢書。這是第一次從專業的學術角度，給予「80 年代後」、以及由此衍生出來的網絡文學、校園文學、魔幻、新武俠等等新事物一個「合法」的解釋。葛紅兵表示要突破傳統的「純文學」觀念。把文學分成「純文學／通俗文學」的傳統觀念迴避了文學創作的類型化趨勢，阻礙了奇幻小說、幽默小說、恐怖小說、校園小說等等新興事物進入文學研究領域的通道。一味的視而不見無異於取消這些新興事物的研究價值。這套叢書中的一卷就是由葉祝第負責編選的《奇幻王　2003～2004 中國奇幻小說雙年選》。此書將奇幻小說分爲魔法世界、靈幻王國、東方奇境三個部分。「魔法世界」中收錄了狼小京的《人偶師》，信陵公子的《幻聽》，阿豚的《禍母》，鳳凰的《第七顆頭骨》。「靈幻王國」部分有傅塵瑤的《千秋碎：催花雨》，天依兒的《冰火》，水妖的《煙花‧塵燼》，弦音《人魚傳說》，燕玉梅《第八季的雪花》，葉滄浪《墨朵岡拉》。「東方奇境」部分有江南的《九州‧縹緲錄‧威武王》，傲小癡的《星穹》，騎桶人《鶴川記》，再世驚雲的《修羅‧破天之城》。

在經歷了 2005 年奇幻出版年之後，2006 年燕壘聲的《道可道》，香蝶的《眼兒媚》和《無名》，柳隱溪的《山鬼》，被作爲「新神話主義」書系的四部小說（迦樓羅之火翼的《葬月歌》、12 龍騎的《地獄刑警》、傅塵瑤的《練妖師‧四皇靈珠》、又是十三的《龍蛇之混沌》）等作品相繼出版面世。

2006 年底到 2007 年年初，經過一年的沉澱，對於奇幻小說的收集整理工

作開始多層面地進行起來。學者、網絡文學知名創作者和奇幻界權威人士都參與了選集或精選集的出版。如上提到的長江文藝出版社繼續出版了韓雲波主編的《2006年中國奇幻文學精選》。這一年值得一提的選集還有黃孝陽選編的《2006中國玄幻小說年選》〔註9〕以及姚海軍主編《2005～2006中國奇幻小說選》〔註10〕。前者是江蘇省作協會員及簽約作家，已經完成《時代三步曲》、《網人》等九部長篇小說的元老級網民、資深網絡寫手、多個網絡論壇的版主。後者作為《科幻世界》的主編，可以說是奇幻世界陣營中的領軍人物，並對國內外幻想文學現狀有全方位的把握。《科幻世界》雜誌社下屬的《飛·奇幻世界》更是當今中國內地歷史最久、彙聚目前國內實力最強的奇幻作家、市場佔有量最大的奇幻小說權威雜誌。

與此同時，中國奇幻文學圈無人不知的「九州」創作團體還與新世界出版社聯合出版了一系列「九州」系列小說，目前已經出版了數十部作品，它們是江南的《縹緲錄》系列，今何在的《羽傳說》系列，蕭如瑟的《斛珠夫人》，斬鞍的《朱顏記》、《秋林箭》，潘海天的《白雀神龜》、《鐵浮圖》，以及唐缺的《英雄》等。面對精蕪交錯，數量龐大的奇幻小說創作，實現精品意識與經濟效益之間的平衡對整個出版界提出了更高的要求。在這個問題上「九州」奇幻系列完全可以列居目前中國奇幻文學出版的重量級別。

以奇幻作品為主體的期刊也層出不窮，其中影響最廣，發行量最大的第一品牌當屬成都科幻世界雜誌社出版的《飛·奇幻世界》。科幻世界雜誌社在全國發行量最大的科幻文學期刊——《科幻世界》的基礎上，於2003年新刊了《飛·奇幻世界》。此雜誌推出後僅四年的時間，就廣受讀者好評，被眾多奇幻作者和讀者認為是代表國內原創奇幻小說最高水準的雜誌。傳統科幻創作陣地在新時期向奇幻創作陣地的退守，一方面說明奇幻創作的來勢迅猛，另一方面則為科幻與奇幻作品共存提供了一種模式。

2007年第三期的《飛·奇幻世界》上的《市場新概念：奇幻雜誌》一文就專門針對奇幻雜誌大興現象提出了中肯的評價。參考此文提到的部分雜誌，結合目前的實際情況，現在市場上的主要奇幻文學雜誌呈現著一個明顯的梯級方陣：《飛·奇幻世界》和《今古傳奇·奇幻版》屬於第一梯隊。它們在奇幻出版界的地位與雜誌的經濟實力以及存在年份的長短不無關係，但關

〔註9〕黃孝陽選編《2006中國玄幻小說年選》，花城出版社，2006年。
〔註10〕姚海軍主編《2005～2006中國奇幻小說選》，四川科學技術出版社，2007年。

鍵還在於它們周圍會聚了目前奇幻文學創作水準最高的作者群。主流奇幻作家們的力作以及奇幻創作圈的最新動態都可以通過這兩份雜誌第一時間傳遞出來。

第二梯隊當屬從《飛‧奇幻世界》分離出去的《九州幻想》。不久這本雜誌的內部又發生了裂變——《幻想 1＋1》雜誌的出現就是標誌。此外，還出現了珠海雜誌社主辦的《幻想小說》，花山文藝出版社力邀著名奇幻作家蕭鼎、步非煙和小椴共同主編的《幻想盟》等年輕的奇幻雜誌。

二、「裝神弄鬼」〔註11〕的中國奇幻文學創作？

正當中國奇幻小說覆蓋了從網絡到傳統紙質出版物的陣地，進入越來越多人的閱讀視線，而奇幻創作本身也日益壯大之時，當代學者、首都師大教授陶東風對於中國奇幻小說卻進行了完全否定的批評。2006 年 6 月 18 日，他在新浪博客發表文章《中國文學已經進入裝神弄鬼時代》，對正火爆的奇幻小說「開炮」。他認為以《誅仙》為代表的正走紅的「玄幻」文學不同於傳統武俠小說的最大特點是「它專擅裝神弄鬼」，其所謂『幻想世界』是建立在各種胡亂杜撰的魔法、妖術和歪門邪道之上的。他還稱，80 後「玄幻」寫手本人價值觀的混亂，導致了作品缺乏人文精神。他由此聯繫到電影領域中的《神話》、《英雄》、《無極》等，將之均評定為裝神弄鬼之作。進而「得出結論：「裝神弄鬼已經成為當今中國文藝界的一個怪現象」。他的批判在網絡上激起了大批奇幻小說迷和奇幻作家如蕭鼎、明寐、林千羽等圍攻的同時，也引出了其他學者、文學評論家，如王幹、張檸等的商榷之聲。這一事件也使陶教授成為網絡上所謂的「2006『十大最具爭議教授』排行榜」〔註12〕中的上榜人物。

鄭保純作為國內為數不多的奇幻文學研究者，曾擔任過《今古傳奇‧武俠版》雜誌的主編。他覺得陶東風對奇幻小說的批評主要是因為不瞭解，就算有一些接觸充其量只是走馬觀花。他還指出奇幻文學領域，網絡上的作品只是一個方面，而江南、滄月、燕壘生、沈瓔瓔、步非煙等人的創作更能代表眼下奇幻文學的最高成就。不瞭解他們的作品來全盤否定奇幻小說是沒有

〔註11〕陶東風《中國文學已經進入裝神弄鬼時代？——由「玄幻小說」引發的一點聯想》，載《當代文壇》2006 年第 5 期。

〔註12〕http://post.baidu.com/f 敘 kz=156567798，「百度_異人傲世錄吧」，2006 年 12 月 20 號。

說服力的。

　　文學評論家王幹看到《中國文學已經進入裝神弄鬼的時代》後，對於所謂的「裝神弄鬼」也稱覺得不能接受，並直言文學從來不怕鬼神。從《山海經》到《西遊記》、《聊齋誌異》，中國文學始終有這樣一種「鬼神傳統」。他認為陶東風的觀點有些以偏概全。這次爭論在某種程度上使人們重新回到文學研究與評論的客觀公正問題上：對文學現象，尤其是新興事物不能抱有成見，文學批評首先要建立在對文本全面瞭解的基礎上；其次，文學現象的出現不是憑空而來，其間的關係是錯綜複雜的，傳承與創新是共存的。網絡的普及使得交流與爭論變得更加便捷。正是陶教授在博客中發表的這篇文章使得網絡上瞬間點燃了「陶蕭之爭」（陶東風與《誅仙》作者蕭鼎）的戰火。有的關注者認為這一事件還牽扯出文學批評的尺度、奇幻文學未來、如何評價80後作家群體、市場化背景與文學創作的關係等一系列話題。

　　單純就當代學者陶東風使用的「裝神弄鬼」這個字眼來看，他在對奇幻小說提出批評時表露了明顯的否定態度。此言論同樣引發了奇幻小說創作圈內不少人的強烈反感。雙方為了捍衛自己的觀點通過網絡和期刊還曾發生了思想和言語上的衝突。不過，陶東風和奇幻文學擁護者之間發生的這一場爭執正好為中國奇幻小說現象獲得公眾的關注拉開了帷幕。奇幻類文學創作究竟是「裝神弄鬼」的封建迷信糟粕之復蘇，還是文學創作者通過幻想進行的精神突圍，又或是「科玄相遇」的具體表徵？

　　在網絡上打「口水仗」對於奇幻文學本身的發展並無多大幫助。對於研究中國奇幻文學來說，此爭論發起者陶東風的觀點倒是有分析和借鑒價值的。通過對其觀點的深入分析，如果是中肯客觀的批評對奇幻小說創作的未來必然會起到警示作用，偏激不實之處還可以為肯定奇幻文學的價值提供依據。

　　在做出判斷之前，我們首先應該看到陶東風先生寫下這篇針對國內當下奇幻小說的檄文並非偶然為之。根據其近幾年在不同場合發表的文學觀點，我們可以發現，他對目前的奇幻小說創作的批評與其持續思考的「大話文化」與文學經典之間的關係，以及有關「文學的祛魅」這兩個話題有緊密的承接。

　　在 2005 年，《中州學刊》第四期組織了一次名為「消費文化背景下的經典命運」的筆談，其中就有陶東風的一篇《「大話文化」與文學經典的命

運》。在文中，作者首先擺出了所謂「經典」在兩種不同視角下，完全相背的含義。經典的第一種含義就是「各種權力聚集、爭奪的力場」；第二種就是「經典是人類普遍而超越的、非功利的審美價值與道德價值的體現，具有超越歷史、地域以及民族等特殊因素的普遍性與永恆性」。前者的出發點是經典形成過程中來自外部社會的政治文化觀念；後者則是從文學內部的審美和道德標準出發。

作者在對經典下定義的時候不可避免地出現了自相矛盾的地方。既有強調世俗影響的一面，又有非功利的一面。一方面，作者認同前一種定義，承認從宏觀的角度看，「隨著社會文化語境的變化，經典一直在被建構、解構與重構」，一方面卻極力排斥目前對經典的戲說，即「大話文化」，將其稱為「中國式文化亞文化形式」，並預言：「到了今天這個中國式的後現代消費時代，經典所面臨的則是被速食化的命運」，那麼，任由「大話文化」這樣一種利用戲擬、拼貼、混雜等方式對經典話語秩序的顛覆，任由這種精神的肆虐將會造成極大的威脅和破壞。

由此可以看出，作者將大話文化與經典傳統秩序對立起來的最直接結果就是，由大話文化精神支配下產生的大話文藝絕對不可能匯入之前所說的「一直在被建構、解構和重構」的經典之中。說得更明白一點就是，當下的大話文學作品在作者看來永遠也成不了經典。在這樣一個指導思想下，當代大話文學的創作主流，也就是作者所說的「當代年輕人」的文化心態就被他描述成「不盲從，但也沒有責任感」，並且斷言這樣的文化心態很容易轉變成「一種類似犬儒主義的人生態度」。至於「大話一代」作者更是在年齡上確指為「20 世紀 80 年代以後出生的大學生」。至此，在這樣一篇雖然有矛盾之處的論文中，作者對當代文壇的創作潮流，以及所謂的「80 後」等問題所持的否定態度還是很明顯的。

2006 年《文藝爭鳴》第一期上，作者的一篇 17 頁長文《文學的祛魅》更進一步闡釋了其對當下文學現象的總體評價。這篇論文借用了馬克思·韋伯用來描述自從世界的一體化宗教性統治與解釋的解體，即「祛魅」（disenchantment）後，世界就進入了價值多元時代的哲學概念，並移用到文學上來。不過，作者擴展了「魅」的概念，不囿於宗教權威，而是泛指「霸權性的權威和神聖性」。作者細數了中國文學史上的兩次「祛魅」。第一次發生在 80 年代。祛的是文革影響之魅。從 80 年代前期的繼承五四精神啟蒙傳

統，到中後期「純文學」思潮，都是以當時文化界精英爲主力的。作者承認這其中既有祛魅，也有賦魅，但是總的說來，「文學自主性和自律性在起作用」。也就是說，作者在總體上是非常推崇第一次「祛魅」的。

當他談到第二次「祛魅」時，態度就發生了明顯的轉變。90 年代的「祛魅」發生在「文化市場、大眾文化、消費主義價值觀，新傳播媒介的綜合衝擊下」。代表精英文化的知識分子又受到了一次衝擊。他們在 80 年代的輝煌遭遇了解構。這裡我們要看到，作者列舉的綜合衝擊因素其矛頭直指市場經濟條件下應運而生的物質至上的一股時代思想潮流，其反對的最大目標就是在這樣一個大的時代語境之下的文學藝術所表現出來的種種具體現象。就像作者感歎的那樣，網絡文學的低門檻使得文藝創作成爲「人人可以參加的文學狂歡節，是徹底的去精英化的文學」，並在網絡文學的質量良莠不齊的情形下，將它們比喻成「網絡排泄」。

如果說作者說出這麼絕對的話，是爲了他在此文中宣稱的「捍衛文藝學的『邊界』」，拒絕「模糊、混合趨勢，維護文學與非文學的距離」，呼喚「社會文化使命感」的話，他的出發點是合理的，但處理方式上，卻仍然沿襲了曾經被祛過魅的二元對立思維模式。只不過這樣一組二元關係卻不在一個層面上，前者是精英文化傳統，後者是以網絡或其他商業媒介爲載體的文學或思想表達。物是被人役使的，雖然，人們公認現代社會人反而爲物所役的事實，但是被物化、意識到被物化、反物化的主體仍然是社會人。

所謂的新媒介、新價值觀的特徵不過像水彩顏料一樣被用來點綴這樣一幅時代畫卷，那麼，就不要將責任全部推到物的身上。關於這樣一個話題，眞正應該關注的應該是，在本質上與新媒介、新理論並不相衝突的精英文化在這樣一個特定時代究竟可以以怎樣的面貌呈現出來？今日時代的降臨究竟有什麼樣的前因，它在帶來威脅的同時，難道就不可能提供某些契機？

精英化也好，大眾化也好；經典也好，大話也罷，原本不是什麼新鮮概念，至少中國現代文學史上就有過相近話題的廣泛討論。作者今天提出這個問題，在表述的觀點上不自覺的流露出濃烈的精英文化情結，這對於一個學者來說無可厚非，但是僅僅通過目前大眾文化中表現出來一部分媚俗現象，就用「犬儒主義」的「大話文學」一言以蔽之，而忽視了一部分充分利用新媒介，但卻從未拋棄精神拷問的精英或「大話一代」甚至大眾。在這種思維定勢引導下，自然會武斷地認爲除了精英知識分子，80 後的年輕一代在思想

上就永遠也別想達到深刻，他們的創作也絕沒有成為經典的可能。

　　言歸正傳，在瞭解前兩篇論文的基礎上，再看作者在《當代文壇》2006年第 5 期上發表的《中國文學已經進入裝神弄鬼時代？——由「玄幻小說」引發的一點聯想》，就很容易看出文中對玄幻小說的批評源於早先就形成了的對當代文學的看法，以及對文中所提及的「後全權時代」的一些文化現象的反感。而「犬儒主義」這個術語則在這幾篇文章中都有出現，並被用來形容大話文化心態，80 後創作心態和奇幻小說主題等問題。作者對奇幻小說的總體觀點就是，此類文學作品中所營造的虛幻世界是徹底的「顛倒了自然界和社會世界的規範」。

　　陶教授以 2005 年新浪網評選的最佳玄幻小說前三名為例。它們是《誅仙》、《小兵傳奇》和《壞蛋是怎樣煉成的》。在逐一的批評之後，他得出一個總的評價：當下奇幻小說是嚴重缺失「人文關懷」、「現代性反思精神」，連「傳統的、模式化的、簡單的道德主題」都沒有的「犬儒主義」文學。這裡首先要質疑的就是這三部作品的代表性究竟有多大。網絡評選通常最直接的標準就是點擊率。點擊率高的作品站在網站的立場通常就是受網民歡迎的標誌。然而，數以萬計點擊者的文學素養的高低就根本不能通過數字來表現出來，因此這三部作品與其說是當年最優秀的奇幻作品，還不如說是點擊率最高的奇幻作品。這與文學批評的標準存在著較大的距離。如果依此而推斷當下奇幻創作水準低下，無異於掩蓋了背後更為龐大而多樣化的創作成果。就筆者所知，這三部作品能否在奇幻創作圈內獲得如網絡上同樣的聲譽，是否算得上頂尖之作，就很成問題。

　　其次就是作者用「犬儒主義」文學來評價此類作品的觀點也存在商榷的餘地。黃孝陽曾在他的《漫談中國玄幻》一文中認為莊子的自由精神作為中國式奇幻文學的起點。陶東風提出了異議。他認為莊子精神世界的根本應該是犬儒主義，自由精神充其量只能算一方面。這裡，犬儒主義概念再一次出現了。

　　那麼犬儒主義本身是否就像陶教授在這篇文章中所提的：「犬儒主義和玄學常常都是出現在人類社會的黑暗時期」；「犬儒主義時代的特點就不僅僅是現實的黑暗，也不僅僅是現實世界中道德的顛倒和價值的真空狀態，而且是人們對於這種顛倒和真空狀態的麻木、接受乃至積極認同。犬儒主義者即使在心裡也不再堅持起碼的是非美醜觀念，不但對現實不抱希望，而且對未來

也不抱希望。犬儒主義的核心是懷疑一切，不但懷疑現實，而且也懷疑改變現實的可能性。也就是說犬儒主義是一種深刻的虛無主義」？

與陶東風關於犬儒主義的觀點相似的意見早在徐立新的論文《重評犬儒學派》〔註13〕中就曾出現過。當時有的學者認為犬儒學派正是希臘社會走向沒落時，文人們通過怪異的思維和生活方式，來表達憤世嫉俗的心態，並且對於社會沒落以至衰亡起到了加速作用。對此，李長林在讀過《古希臘羅馬犬儒現象研究》之後明確提出了質疑。李的質疑無疑表明目前國內學者對於犬儒主義的研究已經開始脫離上世紀形成的單一論調，進入了更深入的思考階段。而陶東風先生對犬儒主義的理解仍然建立在傳統的評價體系之上。

雖然清光緒時出使英法的使節郭嵩燾，著名學者嚴復以及國粹派人士鄧實都曾撰文介紹過這一學派，但是犬儒學派在相關古希臘哲學史的著作中多是浮光掠影地被介紹，國內對這樣一個學派的研究歷史並不算長。人民出版社直到 2004 年 1 月才出版了楊巨平的專著《古希臘羅馬犬儒現象研究》。此書被學者李長林評價為國內對犬儒學派進行系統、深入研究的首部作品。

犬儒主義者並不是徹底的虛無主義者。他們強調，真正的幸福不是建立在外在的環境的優勢之上。生活在公元前 400 年左右雅典的安提塞尼斯（Antisthenes）就是犬儒學派的創始人，他本人就對自己的老師，蘇格拉底節儉的生活方式特別有興趣。最著名的犬儒學派的代表人物，安提塞尼斯的弟子狄奧哲尼（Diogenes）更是因為面對帝王，亞歷山大，依然享受在木桶中曬太陽樂趣，毫不客氣地讓亞歷山大讓開一點，別擋住他的陽光，成為了歷史上蔑視權威的典型人物。

實際上，犬儒學派是早於斯多葛學派、伊比鳩魯學派、新柏拉圖派等著名中世紀初之前希臘文化類別之一。這些學派的出現，正是馬其頓人亞歷山大鼎盛時期到來的前後。當時希臘、羅馬、巴比倫、敘利亞、波斯，甚至埃及、東方文化之建正經歷著一次大規模的彙集。與其說犬儒主義大都出現在社會最黑暗的時期，還不如說它通常出現在不同文化交匯、價值觀重組、物質生活條件極大提高的多元時期。如果當下的文化真的帶有犬儒氣息，不應該被理解為文化末日的降臨，相反，可以通過借鑒歷史真實，提供一個思考的角度，以挖掘其存在的社會根源和時代文化特點。

〔註13〕徐立新《重評犬儒學派》，載《台州師專學報》1999 年第 5 期。

　　一位匿名者在新浪網上發表了一篇文章就有很強的針對性：「真正意義上的犬儒主義者與那些口頭或行為上的追隨者之間，其實存在一個很重要的區別。犬儒主義者是一些特立獨行的人士，他們有能力得到任何現世東西，但放棄這種機會」。「犬儒主義者有堅硬的精神內核，而匱乏者從裏到外，都襤褸不堪」。〔註14〕

　　匿名者其實是想提醒大家，根據犬儒主義者的行為，尤其是早期創始人的言行更可以發現，不要認為發表過憤世嫉俗、鄙視物質追求言論的人就有成為真正意義上犬儒主義者的資格。我們若將真正意義上的犬儒主義者與那些口頭或行為追隨者之間的區別徹底想通之後，這位匿名者的觀點是可以部分被認同的。

　　當學者批評目前奇幻小說作品散佈的犬儒主義思想，並將這樣一個具有悠久傳統的學派思想等同於徹底的虛無主義時，至少犯了一個錯誤：將奇幻小說作品輕科技、重玄想的整體特點判定成道德感的萎縮、文學的倒退。在沒有對犬儒主義思想進行全面把握的基礎上，如果只看到了部分作品中反映出來的物質觀、價值觀混亂等現象，就把責任推到大話文化、奇幻文學的頭上，不但將犬儒主義的真實概念偷換了，還無視大部分奇幻作品反物質主義、追求精神自由的一面，更沒有向文學自主自律發展的方向去觀察這樣一個看似新潮、實際傳統的幻想文學究竟在經歷並預示著怎樣的思潮轉變。

　　在這裡討論犬儒主義的研究現狀看起來與奇幻文學的距離較遠，實則不然。既然有學者用犬儒主義來評價目前的奇幻文學，就為研究奇幻文學在當下的發展狀況和實際價值開闢了新的視域。這種觀點的最大意義不在於引起人們對犬儒主義的關心，而在於通過對犬儒主義的再認識，發現不僅是中國，全球範圍內的幻想類文學的復興跟一個時代文化氣質和社會環境有著密切的聯繫。它們不是罪大惡極的精神毒藥，它們只不過是時代精神的一個釋放口。我們必須承認時代精神這個字眼過於籠統。追根究底還是一個如何看待現代科學權威地位的問題，如何解決由科學思維方式，這樣一個單一模式指導下的世俗物質生活方式怎樣應對價值多元時代的到來，怎樣接受來自社會、科學內部以及文學的挑戰。

　　當代學者劉增傑為白春超的專著《再生與流變──中國現代文學中的古

〔註14〕匿名者《有多少人想當一條狗？》，http://life.sina.com.cn，2004年10月22日　16：08。

典主義》所作的（代序）「用古典精神詮釋古典主義」中引用了周作人於 1922 年 10 月 2 日《晨報副刊》上對「學衡派」所作的預言：「我相信等到火氣一過之後，這派的信徒也會蛻化，由十八世紀而十九世紀，可以與現代思想接近；他只是新文學的旁支，決不是敵人，我們不必去太歧視他的」。〔註15〕雖然這段話是特別針對五四時期，新文學陣營對「學衡派」古典主義在文學上和政治上的聲討所作的調和性預言，卻為如何處理主流文學與非主流甚至帶有一些叛逆性質的文學或思想現象設置了可能的寬容態度。

這種態度對目前學術界對奇幻文學的冷漠旁觀或嚴厲聲討同樣有效。當代奇幻文學創作在近十年的發展歷程中，從過去的零星為之到現在的出版熱潮，跟其他種類的創作一樣經歷了從醞釀到高峰再到徘徊的不同階段。作為一種文學創作形式，它有傳統影響，也有外來刺激，更有內部整合與消化，更會有分裂與裂變。不同的是，它產生並得以進一步發展的具體語境決定了這一文學現象的豐富和多義性。

如果說周作人用「火氣」二字形容某一形態最旺盛時期所體現的特色，那麼，與當代奇幻文學近年體現出來的火爆相比較，它們之間的確有一個共同點。那就是「火氣」與火爆通常會有遭遇迅速冷卻的可能。「火氣」過後甚至會銷聲匿跡。曇花一現的結局也絕非沒有可能。在過去，某一原本火爆並且游離於主流之外的現象歸於沉寂很有可能是經受外界打壓的結果，但是在經歷了現代性批判、進入後工業時代的今天，尤其在文學領域，試圖通過強硬手段使某一距離常規慣性較遠的事物不再發出聲音的可能性幾乎已經消失。可以說，二十世紀以來，尤其到了新世紀，多樣形態不管其未來發展道路會通向何方，其本身是否存在致命缺陷，都有其自由發展的空間。這也就是說，中國奇幻小說既然在上世紀末出現了，並且擁有巨大的創作和接受群體，人們就應該準備接受或認清於此蘊涵的深層文化意義以及由此產生的各種效應。

雖然網絡對文學的滲透無處不在，奇幻作品良莠不齊，奇幻創作群和接受群的年輕化都是事實，人們對此抱有一定的懷疑和不信任情緒完全可以理解，卻不能因此取消中國奇幻小說出現並存在的文化意義。從整體上說，不加甄別地將其貶為「裝神弄鬼」之說只能說明有相當數量的人群仍然持有「科

〔註15〕白春超《再生與流變——中國現代文學中的古典主義·代序》，見劉增傑《用古典精神詮釋古典主義》，河南大學出版社，2006 年。

玄」不相容的觀念。這不僅是科學理性支配下的世界觀在起作用，更是在思維慣性下，爲人們接近玄想、神秘、虛幻的未知精神世界主動地設置屏障。而事實上，固守在傳統科學理性思維模式之中來評價奇幻文學現象既不能以開放的心態重新認識新世紀「科玄相遇」的眞實面貌，也不能對後現代思潮顚覆權威、多元化理念等諸多理論加以圓滿。

正因爲如此，對於中國奇幻小說現象，目前已經有不少研究者或作家紛紛對此表達了各自的見解，甚至進行了細緻的研究。而他們的態度與先前的「裝神弄鬼」論調之間存在明顯的差別。孔慶東在《中國科幻小說概說》一文中〔註16〕認爲科幻小說以科學爲對象和線索進行幻想並構成重要內容。中國古代神話中的幻想表現爲以創造發明手段提高生活質量的「技術願望」，西方文學的幻想反映對理想生活的嚮往和對廣闊世界的探索願望。世界科幻小說由早期三大師奠基，於 40 年代形成「黃金時代」，並經歷了從新浪潮到賽伯朋克的發展迎來更加紛紜繁複的前景。中國科幻小說經由近現代的開拓，建國後形成第一個創作高潮，新時期進入第二個發展階段，90 年代新生代科幻作家崛起，同時臺灣科幻小說隊伍走向成熟。黃易發明了一種「玄幻小說」，力圖結合科學與玄學。這就說明，黃易的玄幻小說中，「科玄」結合的特點已經有學者在當時就看到了，不過因爲所論的主要議題是中國科幻小說，僅僅是一筆帶過。至於黃易以外，具有其他特點的當代奇幻作品則完全沒有提及。

在《玄幻小說：二十一世紀神魔的重生》一文中〔註17〕，作者認爲玄幻文學在西方興起於 19 世紀，以托爾金的《魔戒之王》爲標誌，經歷百年發展，所以有今天《龍槍》系列的輝煌。中國的哲學思想爲「入世說」，代表作品是世情小說，與奇幻小說的指導原則大相徑庭。奇幻小說雖然因爲中國年輕人的熱衷而興起，但是先天水土不服。很明顯，他將中國奇幻小說的成因歸於西方影響，實際上忽略了中國傳統文學創作中神魔、傳奇、鬼怪等幻想類作品存在的事實，也沒有看到中國傳統哲學思想中「出世」的一面。

著名科普作家葉永烈同樣關心當今網上風靡的奇幻小說。他個人一貫提倡青少年讀科幻小說，因爲科幻文學不僅更激發想像力，還有利於科學知識的學習。不過他同時認爲奇幻小說只要堅持走健康的文化路線，在中國必定

〔註16〕孔慶東《中國科幻小說概說》，載《涪陵師範學院學報》2003 年第 3 期。
〔註17〕遙遠《玄幻小說：二十一世紀神魔的重生》，載《中文自修》2004 年第 10 期。

具有廣闊的前景。2005 年 8 月 3 日的《中華讀書報》上就刊登了他的「奇幻熱、玄幻熱和科幻文學」的文章。

李陀、蘇煒在《新的可能性：想像力、浪漫主義、遊戲性及其他——關於〈迷谷〉和〈米調〉的對話》〔註 18〕中批評至九十年代，文學創作中現實主義演化爲一種更「白」、更平庸的寫實主義，而且在一定意義上，簡直成了當代寫作的統治性的觀念，同時提出在網絡寫作中的武俠小說和奇幻小說卻沒有落入平庸寫實主義的窠臼。可以看出兩位作者對充滿想像力的文學創作的呼喚與推崇。

葉祝弟在《奇幻小說的誕生及創作進展》〔註 19〕中認爲奇幻小說在中國的興起是近一兩年才有的事情。確切地說，《哈利波特》和《魔戒》的風靡，以及相關中譯本西方奇幻書籍的出版帶動了奇幻作品的升溫。葉祝第認爲目前對奇幻小說還沒有公認的定義，奇幻小說的創作和研究主要在網絡上，正統文學理論批評界還少有人認可這種小說類型。如何給奇幻小說一個界定？他個人覺得可以從「奇」和「幻」這兩個字入手。廣義地說，那些以通過非現實虛構描摹奇崛的幻想世界，展示心靈的想像力，表達生命理想的文學作品，都可以稱之爲奇幻文學。狹義上講，奇幻小說是集科、魔、玄等小說技法於一體，又創造了獨特的新體式的小說類型。可以說，這篇論文爲完整認識神魔——科幻——玄幻——奇幻小說概念在當代的演變與發展有一定的幫助，但同時也存在著認識上的錯誤。很明顯，作者在縮短了中國奇幻小說存在歷史的同時，將奇幻小說視爲西方影響下的空降部隊。這樣的論點無疑割斷了來自本土的實際創作傳統。另外，他對奇幻文學在狹義上的界定，偏於技法，忽視了各類型文學樣式，尤其是上述幻想類文學體裁中的共通性與特異性是共存的。當談到概念的時候，我們更應該突出的是文學類型的特異性。

以研究武俠小說和俠文化精神著稱的韓雲波是較早從正面肯定並對奇幻小說中體現出的文化特質進行歸納的當代學者。在他的研究中經常將奇幻小說與武俠小說這兩種文學樣式放在一起進行比較。他的《大陸新武俠和東方奇幻中的「新神話主義」》一文，將上世紀七十年代被提出來的「新神話主

〔註18〕李陀、蘇煒《新的可能性：想像力、浪漫主義、遊戲性及其他——關於〈迷谷〉和〈米調〉的對話》，載《當代作家評論》2005 年第 3 期。
〔註19〕葉祝弟《奇幻小說的誕生及創作進展》，載《小說評論》2004 年第 4 期。

義」概念運用到新武俠小說和奇幻小說的文本解讀，挖掘出奇幻作品中表現的「『世界是什麼』的狂歡化思考」〔註20〕。這篇文章涉及的奇幻小說文本並不多，但是事實證明「新神話主義」文化思潮對中國奇幻小說創作的滲透是明顯的，甚至逐漸成爲中式奇幻主題上起支配性地位的文化表徵。這一點在本書的主體部分將有專章加以論述。新神話主義概念的興起是上世紀科學主義受到動搖，後現代理論大行其道這一條世界文化思潮的主幹上分離出的支流。它與上世紀其他文化思潮一起匯入二十世紀以來世界文化思潮的大語境之中。

也有研究者嘗試著用文學史研究中常用的階段劃分來爲中國奇幻小說分期。《網絡小說中的一枝奇葩——中國網絡玄幻小說的興起及現狀初探》〔註21〕中將 2001～2002 年劃爲奇幻小說模仿階段，2003～2004 年爲本土創作階段，而目前經歷的就是大玄幻階段。先不談年輕的中國奇幻小說從擺脫單純外來影響開始呈現自身特色所經歷的時間本身就很短，分期研究的思路還爲時過早。僅就高冰峰的劃分而言，用嚴格的起始時間進行機械的割裂，很明顯沒有從奇幻創作的實際出發，同時在時間點的確認上也顯得簡單粗糙，有失準確。

在 2007 年之前，以「玄幻」或「奇幻」小說爲主題的博碩士論文比較少。只有兩篇碩士論文。第一篇名爲《文化交融與幻想空間中的眾聲喧嘩——論中國網絡「玄幻小說」中的文化交融、改造與承傳》（西南大學，陳東，2005年）。陳東在論文中提出，近幾年的網絡上，大量以「玄幻」小說爲名的幻想類作品不斷地湧現出來，成爲了一個頗爲醒目的文學現象。他認爲玄幻小說產生前的中國網絡幻想小說本是網絡文學中的邊緣文類，以電腦遊戲爲主。此論文對網絡幻想小說的發展及網絡「玄幻小說」的產生、發展、分類、含義進行了梳理。對前幻想時期的電腦遊戲小說產生的原因，對模仿西方現代奇幻創作的網絡玄幻小說中出現的異域文化的誤讀與改造問題、黑社會題材類對中國武俠文化與傳統民族文化心理的傳承問題、神怪類小說對西方神怪文化的改造與融合及對中國傳統神怪文化的傳承問題這四大問題進行了一些研究。實際上，此文僅集中討論了玄幻小說潮與電腦遊戲的關係，沒有深刻

〔註20〕 韓雲波《大陸新武俠和東方奇幻中的「新神話主義」》，載《西南師範大學學報》（人文社會科學版）2005 年第 31 卷第 5 期。

〔註21〕 高冰鋒《網絡小說中的一枝奇葩——中國網絡玄幻小說的興起及現狀初探》，載《承德職業學院學報》2006 年第 4 期。

闡釋玄幻小說產生的多元文化因素。在按題材劃分現存的玄幻小說類型時，還有界限重疊的現象。

另一篇碩士論文是《數字化時代的「魔幻風潮」探析——以〈哈利‧波特〉、〈魔戒〉爲個案》（山東師範大學，段新莉 2006 年）。此文以信息化、數字化時代爲背景。高科技的發展、電子計算機的發明和運用、多媒體網絡的逐漸普及、信息高速公路的建立，使一個擁有 60 億人口的世界逐漸變成了一個「地球村」。信息化、數字化技術的高速發展是人類社會走向現代文明的重要標誌。然而就在這樣一個現代科技高度發達的數字化時代，卻掀起了一股全球範圍內的「魔幻風潮」。那麼產生這股「魔幻風潮」的根源是什麼，現代魔幻小說究竟指的是什麼樣的文學類型，又有著怎樣獨特的審美魅力，它對我們文學的發展與研究有何啓示呢？對於以上問題，此文進行了初步探析。在簡要介紹關於現代「魔幻風潮」在全球興起的基本情況、現代「魔幻風潮」的研究現狀基礎上，對現代魔幻小說的內涵，這一目前國內的學術界還沒有公認的概念，進行了嘗試性的概括。嚴格地說，後一篇碩士論文並未涉及本土奇幻小說，但是，在中國奇幻小說眾多成因中，西方魔幻小說的確起到過推進劑的作用，因此結合該文對《哈利‧波特》和《魔戒》的個案分析，對思考中國奇幻小說的西方影響問題有一定的參考價值。

到了 2007 年中旬，一批相關的碩士論文集中出現了。本土奇幻文學現象，網絡與奇幻文學的關係以及西方經典奇幻小說文本研究分別成爲這些學術論文的中心議題。蘭州大學姜貴珍的《大陸奇幻小說概論》將大陸奇幻小說與西方奇幻小說和港臺奇幻相區別，通過對西方奇幻文學的溯源試圖釐清大陸奇幻小說的定義，提出了爲大陸奇幻小說正名的迫切願望，並嘗試說明採用「奇幻」一詞作爲此類文學總名稱的緣由。雖然，此篇論文對大陸奇幻小說近十年的發展脈絡和代表作家進行的梳理略顯簡單，但是卻已將大致的線索和相關人物譜系清晰呈現出來了。吉林大學孫小淇的《論網絡玄幻小說》和西南大學高冰鋒的《網絡玄幻小說初探》則集中將網絡設置爲中國奇幻小說傳播和興起的重要背景。另外，東北師大王璐的《〈魔戒〉中的基本衝突初探》，吉林大學刑晉的《〈魔戒之王〉的原型分析》，湖南師範大學李涵的《從系統理論的角度比較〈指環王〉的兩個中文譯本》則分別以西方奇幻代表小說《魔戒》爲主題進行不同角度的研究。很明顯，奇幻小說和相關文學現象已經日益受到研究者們的關注了。

　　2007 年 8 月 24～30 日在成都召開了「2007 中國（成都）國際科幻・奇幻大會」，這是繼十年前北京國際科幻大會之後的又一次幻想文學盛會。奇幻文學被首次列到與科幻齊平的醒目位置。以「科學・幻想・未來」為主題的大會最引人注目的地方就是舉行了一場幻想文學高峰論壇和 23 場主題報告會。與奇幻創作有直接關係的報告會有四場。雖然在絕對數量上還遠遠不能跟科幻主題的報告會相比，但這絕對是到目前為止，中國奇幻小說獲得公開承認，取得獨立地位的第一次。這四場主題報告分別是三位中國奇幻女作家佘慧敏、東海龍女、冰石吉它一同暢談「本土奇幻與武俠之間的淵源」；英國著名奇幻作家尼爾・蓋曼的「蓋曼論奇幻」，中國奇幻作家今何在、文舟、鳳凰談「中國架空，路在何方？」以及中國科幻作家陳楸帆的「現實・超越・想像」。

　　綜合以上這些報告會，有一個很有意義的信息傳達給了我們：在科幻創作備受衝擊的今天，西方奇幻、本土奇幻已經逐漸走出了簡單的影響與被影響的階段。在諸如科幻、武俠等傳統類型文學自我清算的同時，中國奇幻創作的主力軍已經開始了自覺的反省，並有意識地提高自身的創作要求。年輕的中國奇幻文學正在經歷著可喜的由內而外的意識覺醒。以第一場報告為例，佘慧敏（《身為一個美人魚》、《揚州鬼》作者）、東海龍女（《女夷列傳》、《東海龍宮》、《妖之傳奇》作者）、冰石吉它（《冰中的火焰》、《情殤》作者）分別介紹了各自的奇幻創作歷程和心態。其中，東海龍女的發言圍繞文學語言和小說文體特徵這一個傳統話題，以一位奇幻作家的身份客觀剖析外界對奇幻小說粗製濫造風氣的批評。她從切身體驗出發，認為一部小說的真正魅力是「情節」與「語言」。兩者就像「樹幹」與「花葉」一樣相得益彰。她承認尤其是語言，說得明確一點就是文采問題。許多粗製濫造的奇幻作品連起碼的文學語言問題都沒有解決。對中國古典文學一貫傾心的她用「音律與意象的完美結合」來形容漢語得以煥發魅力的根本原因，並認為「文學是一部用字來表達的電影」。她對目前網絡上大量出現的「穿越」、「宮廷」為主題的奇幻小說在語言的錘鍊上提出質疑，甚至對「玄幻小說」概念的提出人黃易先生的文筆提出批評。她在肯定黃易作品豐富想像力、引人入勝的情節之餘，著重批評其在語言節奏處理、文筆錘鍊等方面的粗糙簡陋。這裡提到了流瀲紫的《後宮》在宮廷系列奇幻小說中以「氣象萬千的文字」和「蕩氣迴腸的情節」使讀者和作者都能從乏味的現實世界進入奇幻世界。東海龍女的發言

可以顯示奇幻創作圈中從粗放到精細的轉變，從量的積累到質的提升這樣一個趨勢。很明顯，目前有相當一部分寫作者已經自覺地從文學性角度考慮此類型文學作品若要在藝術上獲得持久魅力所需要的元素。

另外，奇幻創作的去路看似不在人們的掌控之中，但是對於幻想類文學來說，一旦擺脫了單純玄奇虛幻的創作手段，而使奇幻作為一種思維創作模式、成為一種具有鮮明特質的文學類型，那麼最初的黃易式玄幻歷史小說、西式魔法翻版之作、從科幻文學脫胎的「科玄」結合作品也好，架空文也好、穿越文、宮廷文也罷，以及今後可能出現的各種式樣，就很容易把握了。因為所有這些內容並不是變體，而是構成奇幻文學的有機部分。它們都是題材內容、讀者或作者閱讀或寫作興趣的局部差異，並不影響類型文學的整體姿態。奇幻文學在根本上屬於幻想天空下與科幻文學雙峰對峙，打破現實生活規則，回歸人類文明中最基本的諸如想像、本能、心靈或對神秘的嚮往等原始心理的幻想文學。稍加時日，傳統的小說分類必將因為奇幻文學的異軍突起和逐漸定型而受到衝擊。至少目前可以肯定，科幻小說已不再是幻想文學中孤獨的統治者了。

那次科幻·奇幻大會編輯了《2007 中國（成都）國際科幻·奇幻大會文集》，文集收錄了中外科幻奇幻領域的代表人物所撰寫的 26 篇論文。關於奇幻創作的論文有葉永烈《論科幻、玄幻與奇幻》，陳楸帆《現實·超越·想像——科幻小說面臨的挑戰及其他》，冰石吉它《中西奇幻承傳與嬗變之大略》，斬鞍《漫談奇幻創作》，龍抄手《淺析中國奇幻雜誌與作者的關係》，（日）冰川玲子《日本奇幻「輕小說」歷史》六篇。

其中值得一提的是陳楸帆的那篇並未直接針對中國奇幻小說的論文。這篇論文的立意高出了一般的同類文章，其中出現的兩個觀點很富有創建。第一個觀點可以理解成科幻文學不需要奇幻文學作為補充，也更不是奇幻文學能夠終結並將之替代的。此文作者由衷期望大家明白「現實」才是真正的侵入者。人們應該儘早結束對想像力的想像，重新找回失去的想像力。不過對於現實的入侵，身為科幻小說作家的陳楸帆主要談到的是科學研究的前沿。文中提到的了諸如利用最新納米技術，「真正的隱形指日可待」等大量當代科技成果，並以此批評許多「科幻小說家們對現實的無動於衷，或者是遠離生活經驗的自說自話，或者是沉迷於陳舊主題的反覆書寫，或者乾脆扭過頭去，從老祖宗的故紙堆裏尋找科學的蹤跡」。對於作者從科幻創作群體自

身與實際科學發展的不同步來尋找科幻文學突圍的病因是可以理解的，但是也要看到科幻文學在目前受到的入侵並不僅在於對科學最新成果的滯後所帶來的。

正好相反，作家們跟科學前沿保持密切聯繫這樣一個科幻創作者本應具備的基本素質不是癥結的根本所在。離開後現代文化思潮的語境、忽視科學概念本身的當代演進、不顧文學作為文化載體的事實，就不能做到真正地擺脫束縛。談到想像力，上世紀 20 年代中國現代文學史上在《新青年》的引導下出現的童話創作潮就可以說是國人處於亂世而對想像力的呼喚。人類從來沒有失去過想像力，所謂對想像力的想像是不準確的。想像力既是人類本能，也是一個歷史概念，不同時期、不同地域、不同文化所提供的想像物都是不盡相同的。因此當時代的車輪滾到了二十一世紀，不要說科幻文學，所有的文化或文學現象都會發生異動。

第二個觀點更加讓人深思，二十世紀形成的「slipstream」亞文化書寫概念被作者引入。不光是科幻文學創作受到了衝擊、奇幻小說的未來也不是一路坦途。作者引用的是 Wikipedia（即「幻想維基」網絡百科全書）上的解釋：「一種幻想性或非現實主義的小說，跨越了傳統文類界限，無法被恰當地安置在科幻／奇幻或者主流文學小說之間任一範疇內」。科幻、奇幻、現實元素都可能會在這類小說中出現，而事實上許多主流小說也廣泛地採用超現實手段，亦真亦幻。不可否認這類作品的確打破了涇渭分明、統一的文類化分標準。

如果這樣的創作模式持續下去，恐怕用不了多久，大幻想旗下的所有類型將面臨失去文類存在的意義，幻想更多的成為一種手段。不過真要這樣，也未必是一件令人失望的事情，畢竟這一方向預示著文類共融的可能性，但是真要到了那一天，文學研究者的頭腦還是要保持清醒，畢竟「天下事，合久比分，分久必合」又可以同時預言這個預言本身。談陳楸帆的論文目的其實很明顯，中國奇幻文學不要妄自菲薄，更不要盲目樂觀，要從科幻文學面臨的挑戰反觀自身，也許作為文學類型本身可能會消融，但是作為小說文本卻大有成為經典的可能。

本次大會舉辦期間，還安排了兩次讀者見面會，當前中國奇幻小說一線作家、編輯都出現在見面會現場。除了上文提及的公開作報告、撰寫論文的作家之外，還有《飛‧奇幻世界》的編輯拉茲，其他原創寫作者楚惜刀（代

表作《魅生》系列）、阿弩（代表作《朔風飛揚》）、秋風清（代表作《西陵闕》）、楊叛（代表作《中國 A 組》）、冥靈（代表作《夢神》）、本少爺（代表作《江湖異聞錄》）、荊澤曉（代表作《漢魂騎士》）、夏笳（代表作《逆旅》）、柳隱溪（代表作《山鬼》）、小青（代表作《變身吧！龍貓》）等。

2007 年國際科幻‧奇幻大會為中國奇幻文學創作帶來了非凡的契機，並使得所有關注、熱愛中國奇幻文學創作的人都能深切感受到：一方面讓世人進一步瞭解中國奇幻創作現狀，總結它前段所走過的道路；另一方面給中國奇幻創作的未來提出了更高的要求，指明了壓力與動力同在的客觀現實。

三、超越是非判斷的中國奇幻小說現象

毫無疑問，從對中國奇幻小說概念的澄清，到中國奇幻文學紛繁的創作出版現狀，再到文學、出版、學術各界對於奇幻文學的價值爭論，它們彼此交錯，共同證明了中國奇幻小說現象已經不能用簡單的是非判斷標準來定位了，更不是反對方用「裝神弄鬼」就能夠一筆勾銷的。那麼，中國奇幻小說這一不單純的文學現象究竟應該如何被看待呢？

單純從文學史研究角度出發，「新世紀以來的中國文學，無論是文壇格局，寫作策略，閱讀方式，作家姿態還是對作家的要求，都發生了很大變化。文學空間的複雜性已經超出以往文學史的領域。新世紀文學形成尚未清晰的文學史線索，缺乏明確的動力，找不到邏輯遞進關係，這也造成了我們對其進行文學史價值判斷的艱難。」〔註 22〕而中國奇幻小說，作為新世紀文學的一支，它的多樣複雜特性以及尚未定型的現狀則正為文學史研究者提供生動的觀察面。

就存在事實而論，中國當代奇幻小說的出現和火爆完全可以印證文學世界在新世紀呈現出來的複雜景象，而文學世界的複雜性與外在於文學領域的現實世界的複雜性往往緊密交織在一起。它們相互影響，彼此溝通。

就文學本身價值而言，若想從文學史角度對當代奇幻小說進行徹底梳理也的確為時尚早。文學評論家，文學史研究者們看到了新世紀文學的多樣複雜性，感到宏觀上可把握的文學圖景目前還有一定困難，這是很容易理解的。畢竟從上世紀最後十年至今時空跨度有限，本土奇幻小說本身就像蜷縮的四肢還未充分伸展，甚至連整體輪廓還沒有完全顯露。不過，從微觀上講，各

〔註22〕白燁《當代文學研究兩題》，載《南方論壇》2006 年第 2 期。

類文學創作的確有了相當的發展。某些具體文學類型之中，甚至出現了巔峰之作。這其中，中國奇幻創作從萌芽學步，到日趨成熟，一路走來，已經積累了大量可供研究的原始材料，完全具備深入研究的價值。

劉再復曾經表示除了傳統的哲學和政治學角度，觀察文學還可以從美學、心理學、倫理學、歷史學、人類學、精神現象學等多個角度出發，「把文學作品看作複雜的、豐富的人生整體展示，這樣就用有機整體觀念代替了機械整體觀念，用多向的、多維聯繫的思維代替單向的、線性因果聯繫的思維」〔註23〕多角度審視文學作品，開拓解讀思路對於透徹研究具體文學作品是很有必要的。

創作和接受主體的心理積累、文化思維習慣、時代背景以及文學內在規律等因素共同影響著文學現象所呈現出來的面貌。中國奇幻小說在當代的大量出現同樣通過了相當的積累才能呈現出爆發態勢的。二十世紀是一個變動不居、思想活躍的世紀。對十七世紀以來形成的科學理性觀念的全盤接納或拒絕排斥兩種對立態度以及處於兩者之間的審慎反思態度都影響著包括宗教、哲學、文學在內的人文學科的發展進程，滲透到貫穿其中、大大小小的分流和轉向。科學理性支配的世界取代神的世界之後並非一勞永逸地牢牢處於支配地位，尤其是後現代主義思潮將可能性、多元化最大限度地放大之後，更是為此話題得以繼續提供強大的精神力量和理論支持。直接影響到文學領域中最有代表性的例子當數魔幻現實主義小說的出現了。這正是堅持寫實和理性的文學傳統自身所做的調整。不過，將神秘、虛玄重新召回到被現代科學主義主宰的人類意識與心理活動中，在當代中國奇幻小說之中更是被發揮得淋漓盡致。

曹文軒在研究中國80年代文學現象的時候就在其發現的眾多新動向中提到了「大自然崇拜」、「原始主義傾向」、「浪漫主義的復歸」〔註24〕三種傾向。雖然他論及的是當時的文學創作趨勢，在時間上與我們要談的新世紀奇幻文學有距離，但是我們在通過閱讀大量奇幻小說文本之後竟然發現，不少奇幻作品的確無時無刻不流露著對大自然、甚至對萬物有靈的原始信仰的回歸，以及對建造一個迥異於現實世界的虛構架空世界的無比狂熱勁頭。我們不能

〔註23〕中國社科院文學研究所編《文學思維空間的拓展》，工人出版社出版，1988年，第3～4頁。

〔註24〕曹文軒《中國八十年代文學現象研究》，北京大學出版社，1988年，第156、175、195頁。

將新世紀奇幻小說跟 80 年代的這類創作劃上等號，但是我們可以說，至少在群體意識的反映上兩者存在著明顯的相通和延續性。

正因為這樣，經歷了二十世紀針對科學實證主義，科學理性，物質文明廣泛而持續的反思過程之後，關注當下中國奇幻文學現象的最緊要意義倒並不在於文學性和文學史價值定位上的精細化研究。中國奇幻文學從內部到外圍，作為一個整體現象蘊涵著相當豐富的時代文化特質。在紛繁的時代文化細節包裹下的中國奇幻文學整體以及奇幻文學作品所表達的意圖不約而同集中到了時代文化眾多氣質中的一個點上，這就是本書借助中國奇幻文學現象試圖展示的「科玄」當代相遇的問題。「科玄相遇」不但是話題展開的中心，還是研究的意義所在。它使散落著的、平躺著的大量中國奇幻小說以及相關現象聚合併站立了起來。

在反思科學主義、哲學思辨等等形而上重大課題，審視人類現實生存狀態，對神秘、不可知世界的包容和想像等方面中國奇幻小說都進行了許多有意義的生發。就拿奇幻小說最典型的一類「架空」世界奇幻而言，「架空」的世界不但是對現實世界的有意疏遠，而且也有別於一般意義上理想王國、烏托邦的建造。在這個超於烏托邦理想的世界，不但可以看到目前人類文明輝煌的影子，還有那不可避免的黑暗與醜陋。神秘的、野蠻的、原始的、審美的各種元素都被收入「架空」世界的萬花筒中。其實，眾多奇幻文學個別現象諸如各類形態各異的文學文本，紛繁的創作、出版、接受陣營，意義表達方面的混雜等等都離不開當代「科玄相遇」的現實。

在此，首先要強調「科玄相遇」而非「科玄相爭」這樣一個前提。中國奇幻文學現象表現的並不是玄學和科學非此即彼的分立對峙關係。如果說「科玄相遇」是人類文明發展的必然，「科玄相爭」就只能算是歷史偶然。人們始終沒有停止對於「科玄」關係問題的思考。上世紀科學主義受到整體反思的文化思潮之時，「科玄」相爭的事實自然不能迴避。現代化在本質上是一場社會知識的轉型，是從傳統的認知方式向科學認知方式的轉型。雖然現代型的（科學的）社會知識在歐洲和中國都與自身傳統的社會知識類型構成緊張關係，但西方人自古以來的「天人相分」的認知方式本身就與科學的認知方式是內在契合的。而中國傳統文化中「天人合一」的認知方式與現代型的知識原則存在著根本的對立。在傳統與現代的衝突中，認知方式的衝突最具根源性。也正因為如此，我們民族在邁向現代化的道路上才會如此

艱難。

新文化運動的先驅們正是看到了中國傳統文化的認知方式與現代化的激烈衝突而提出要請來「賽先生」。然而，對於一個有著五千年歷史的古老文明來說，完成這樣一個具有根源意義的轉型注定不是輕鬆順利的。1923 年在中國知識界爆發的「科玄」論戰，可以看作中國思想界對這一根源性衝突的第一次大論戰。這次論戰是歷史的必然。它的歷史使命是對傳統的認知方式進行檢討與批判，完成向科學認知方式的轉型。然而，由於論戰的雙方對於傳統文化與現代科學的理解都存在著不足，「科玄」論戰的主題常常被置換了，變成了機械科學主義與非理性主義的較量。「科玄之爭」發生的文化歷史背景是複雜的。事實上，從論辯雙方的言論、從當事人的背景來看，此次論爭還具有相當的主觀性與偶然性。

上世紀發生的「科玄」相爭，作為歷史偶然既反映了對科學本身的誤讀，還表現出人們在處理「科玄關係」時慣用的單一思維模式。關於對科學概念的誤讀這一說法雖然不夠嚴密，但是可以從胡塞爾對二十世紀歐洲科學主義和海德格爾存在主義所進行的批判中一瞥科學概念本身存在著的含混性，從而進一步理解「科玄相遇」透過中國奇幻文學所表現出來的複雜性。

在胡塞爾看來，科學是一個典型的歷史概念。也就是說，隨著時代的變遷，人們對科學的界定也在發生著變化。不過，從總體上看，他認為在古希臘時期、文藝復興時期甚至十八世紀，人們對科學的理解都還是比較全面的，只不過到了十九世紀，實證主義科學觀佔據了支配地位，才使原本豐滿的科學概念淪為機械、狹窄的精確科學的代名詞，把原本科學與形而上學的和諧關係破壞掉了。他對近代以來對健康科學觀的扭曲和狹窄化深表不滿，還曾斷言實證主義科學觀「拒斥形而上學必然導致拒斥事實科學本身」；「拋棄作為普遍的科學的哲學的觀念將導致喪失科學研究的最內在的動力」；「拋棄理性的、普遍的哲學的理念必然導致歐洲的人性危機」。〔註25〕

基於這樣的理解，使得胡塞爾跟海德格爾對待科學的觀點產生了差距。前者對後者的批判也可以通過這個差異集中反映出來。跟海德格爾不同的是，胡塞爾從來沒有反對、否定科學。他真正不以為然的是實證主義一統天下的科學觀念，試圖恢復歐洲從古希臘時期就已經形成的全面而不排斥形上

〔註25〕　（德）艾德蒙德・胡塞爾《歐洲科學危機和超驗現象學》，張慶熊譯，上海譯文出版社，1988 年，第 9～10 頁。

學的科學觀。事實上，科學陣營內部，人文學者對現代科學的反思，歷史上發生的「科玄之爭」在科學發展的整個歷程中都沒有停止過對科學究竟是什麼的追問。

在這樣一個科玄兩種思維模式的世紀相遇背景下，探討如旋風般侵入中國文壇的奇幻小說，其研究意義並不會停留在對本土奇幻小說進行詳盡介紹和整理上，而在於從新中國建立以來，針對幻想文學創作外部和內部的豐富多義現象，從中找到一個內在文化支撐點。那麼，中國奇幻小說自然成爲當代「科玄相遇」後各種可能形態的表徵之一，在解決中國當代奇幻文學本身存在的合理性與價值問題的同時，深入邁進科學主義與神秘玄想交織的時代語境之中，從而獲得對於新世紀之交，幻想文學乃至全球範圍內其他生活領域中這股貌似神秘虛玄、反科學主義潮流的生成及內涵的進一步認識。

從二十世紀末開始，中國奇幻文學創作就一度人聲鼎沸。首先，我們必須承認它們的出現既是傳統玄學話題在文學中的延續和變異，還離不開二十世紀以來各類後現代思潮交織下的時代背景。爲了避免分析任何當下的問題都習慣先把後現代這個大帽子扣上，在這複雜的背景之中將二十世紀以來世界範圍內的對現代科學的反思傾向抽離了出來。對科學概念的回顧也是爲「科玄相遇」，甚至「科玄」之間的對話與溝通成爲可能找到有力的支持。在這個基礎上看待中國奇幻小說的生成與存在合理性問題，擺脫單純的科學與反科學狹窄視野也就不再困難了。

不過，也正是因爲當今時代科技文明獲得高度發展，奇幻文學竟然以醒目的方式喧囂登場，使得對這一現象的研究本身就耐人尋味。一方面，我們必須承認人類精神力量具有不可壓制的多元特徵，現代科學觀中對科學萬能的信心必將遭遇挑戰。至少，人類的精神力量既有可能化作對現存秩序或思維定勢的反思，也可以繼續人類心靈世界在回歸中生長的旅程；另一方面，曾經一廂情願堅持科學會取代甚至消滅不可知與神秘虛幻的論調，不但會受到文學創作實際情況的衝擊，如果執著於此，還會走入非此即彼的狹隘世界，更談不上正確認識兩者的本質關係。

這裡就要牽涉到心靈的學問這一人類文明的主要話題。從科學意義上說，心靈功能是人類相關臟器功能和機體循環運動的結果。在宗教中，心靈交流不約而同反映出一種實現中的人與神自由對話的願望。「人，是能夠以心

靈來觀照心靈、以心靈來開悟心靈，以心靈來珍愛心靈的動物」。〔註26〕無論人類用何種方式來解讀心靈，越來越在一個根本問題上趨向一致：物質文明高度發展，科技能力顯著加強並不能與心靈能量成正比，相反，心靈間的屏障日漸彌漫，人與人眞誠的交流漸行漸遠。

事實上，人類文明開始至今就從未徹底離開過神秘的氛圍。古希臘許多著名的哲學家、文學家本身就是數學家。數學在他們眼中就具有無比的神力與魔法。以數學爲例，在古典科學家眼中就具有無比的神力與魔法。另外，近代法國著名的哲學家、宗教學家巴斯葛（Balise Pascal, 1623～1662）還同時是一位傑出的物理學家。而現在的尖端科學，天文學更是脫胎於古代占星術。

當代英國科學家史蒂芬·霍金在其《時間簡史》中談到科學終極目的時，認爲大部分科學家通常分兩步走來解答這個問題。「首先，是一些告訴我們宇宙如何隨時間變化的定律；第二，關於宇宙初始狀態的問題」。〔註27〕霍金發現現代科學家對第二個問題往往不太熱衷，還常常將其歸於宗教、哲學的範疇。比如中國唐朝初年道士成玄英作爲宗教人士在表達他對因果關係論的否定態度時就間接涉及到宇宙初始狀態，即第一推動力的問題，不過他得出的結論是不存在第一原因、第一環節，進而第一結果便「無所對待」〔註28〕，將第一推動力歸於虛無。有趣的是，現代科學研究尤其是關於時空存在形態的研究卻隨著愛因斯坦廣義相對論原理的不斷被證實，諸如虛時間、時空的彎曲、宇宙形成的第一推動力等概念日益浮出水面，基礎科學研究的目光也開始向虛玄、不確定的未知世界移動。曾歸入形而上的、玄學範疇的一些探討話題也漸漸進入科學家的視野。

2006 年度最新的諾貝爾物理學獎得主美國科學家約翰·馬瑟和喬治·斯穆特就是憑藉發現了宇宙微波背景輻射的黑體形式和各向異性獲得此項殊榮的。這項發現恰巧是霍金提到的以往被忽略的關於宇宙初始狀態的基礎科學研究。因此，圍繞當代中國奇幻小說興起這一文學現象，探討「科玄」在當代的相遇，重新審視兩者之間的本質關係，在瞭解這一文學新現象外部面貌

〔註26〕趙士林《心靈學問——王陽明心學》，雲南人民出版社，1997 年，第 1 頁。
〔註27〕史蒂芬·霍金《時間簡史》，杜欣欣、許明賢、吳忠超譯，商務印書館，2004年，第 16 頁。
〔註28〕盧國龍著，王志遠主編《宗教文化叢書 8：道教知識百問》，高雄：佛光出版社，民 80 年，第 60 頁。

的同時，又能夠透過現象，洞察這些文化成因滲入文學創作領域本身所發散出來的耀眼光暈。

「科玄」雙方在當代發生接觸之後至少會向兩大方向運動。要麼，兩者互相排斥，彼此不容；要麼，彼此糾纏，相互結合。而這兩大可能進入中國奇幻小說之後表現出來的真實情形卻又並非兩兩劃分這麼簡單。所謂排斥不容，既有可能在奇幻文學內外發生衝突，比如表現都市生活的奇幻小說中就充滿了「科玄」兩種思維模式和生活方式的碰撞；還有可能出現表現相對獨立狀態的作品，比如，那些致力於描繪純粹神奇世界，又或者是將故事時間設置在史前或者原始時代，有意識與現存科學理性和機械運行模式相絕緣的奇幻小說。

當然，若要嚴格地說，上面的劃分還是偏於絕對。中國奇幻小說從發生至今，外部諸多現象和文學作品本身體現得更多的是兩者的糾纏不清。這不是單純的排斥問題，而是一種矛盾的取捨狀態，即透露出對與現代科學理性關係密切的種種模式既有批判和厭棄的心態，又存在無法割捨的矛盾心情。更有甚者，當人們無法真正解決針對兩者情緒和認識上的矛盾時，又或者對它們有了更加超拔的認識時，「科玄」在奇幻文學中出現了一定程度的相融。兩者在某種程度上達成的和解，儘管可能出於無奈，但更多的是因為「科玄」本身就存在著可以溝通的空間。這一空間在人類自身晚近的思想發展過程中被蒙蔽，甚至被放棄了。這使得原本和諧的雙方走向了分立。

當二十世紀後現代思潮的顛覆力量動搖了從十七世紀到十九世紀居於權威地位的科學理性及以它為中心的一整套運行模式和思維方式之後，在二十世紀最後十年間，西方世界，尤其是歐美地區掀起了魔幻、奇幻文學以及包括影視劇在內等等相關文化表現形式的熱銷傾向。西方世界的奇幻風潮是繼後現代思潮，在文學藝術方面的承續。它從神魔、宗教等神秘世界中找到了與現代科學權威相平衡，相匹配的重要資源。與此同時，通過走向現代科學的反面，努力嘗試著對被物化、異化的現代人類的精神重建。

毫無疑問，中國當代奇幻小說在上世紀最後兩年間的興起受到了來自西方的影響。不過，出於不同的地域、種族、文化傳統，當下中國與歐美奇幻文學在想像，表達等方面存在很多差異。早先曾出現的單純模仿也只能算是中國當代奇幻小說的初始階段。暫不論，全球範圍內的奇幻文學在向神秘的精神世界回歸，對現代科學體制的反思上達到了怎樣的一致，在細節上體現

了怎樣的差異，中國奇幻小說在「科玄相遇」的問題上所傳遞的信息更值得細細體味。如果不是因為上世紀末互聯網絡的普及，全球經濟一體化引發的世界思想文化大交流趨勢，中國當代奇幻小說恐怕還不會以橫空出世的態勢來到國人面前，更不會在發生時間上與西方奇幻文學銜接得如此緊密。以互聯網為中心的全球信息、文化交流方式和理念恰恰是科技發展、物質文明的典型代表。此事實進一步決定了中國當代奇幻小說產生伊始，就無法脫離「科玄相遇」後所形成的種種糾纏與矛盾。

只不過，從目前人們對中國奇幻小說的認識理解以及研究評價的材料上看，將「科玄」問題與中國奇幻小說現象綜合在一起加以審視還是一塊不曾被觸及的園地。2006 年 9 月 24 日至 29 日在華中科技大學舉行的名為「科學與二十世紀中國文學」的研討會也沒有直接涉及當代奇幻文學的話題。然而，與會的現當代文學研究者們對於科學與文學的關係問題還是大致理出三個層次：第一層，科學之於文學（即科學對文學的影響），其中包括科學對文學創作題材、文學主體、文學生產、出版機制的影響；科學思維方式對文學創作、研究的滲透以及歷史上科學性對文學性的驅逐。第二層，科學與文學的異同比較，即兩者內部判斷尺度的區別，科學思維與文學思維的差別；科學精神與文學精神的演變。第三層，文學之於科學（即反作用力），學者們較多地談及文學對科學的宣傳、普及作用，對文學創作中體現出來的反思科學的精神提得不多。

儘管，在這次會議上仍然有學者將玄學與科學截然對立，將玄學等同於反科學的蒙昧主義，將科學自近代以來取得的支配地位視為由「鬼」到「人」的勝利。但是，不管怎麼說，這次會議的中心議題：科學與文學的關係，為研究中國奇幻文學的興起，為驗證新世紀「科玄相遇」在文學上的反映提供了一定的參照。

看到當代「科玄相遇」在中國奇幻文學中的種種投影，從文學現象入手呈現「科玄相遇」後的典型表現，探討「科玄」雙方在當下發生了怎樣的接觸，不但有助於深入瞭解中國奇幻小說的內在特質與存在價值，還可以從文學的鏡像中就人類文化動向、理想中的精神力量、物質世界運行方式等終極問題的反映中得到更加直觀的啟示。從這個意義上說，在陣營歸屬問題上，中國奇幻小說既不是玄學，也不是科學在文學上的單方面表述，而是新世紀「科玄相遇」後，通過文學傳達出來的一種新的時代思維傾向。中國奇幻小

說本身也借助「科玄」關係所構成的視角超越了簡單的存在價值判定，擺脫了煩瑣的正名要求，而其中囊括的駁雜主題和人性話題也因此可以得到更高層面的解讀。

確切地說，當代「科玄相遇」新動向反映到中國奇幻文學中，正是從科學幻想文學開始的。海德格爾曾說過：「思想之路本身隱含著神秘莫測的東西，那就是：我們能夠向前和向後踏上思想之路，甚至，返回的道路才引我們向前」。〔註29〕這裡，哲學家對思想之路非線性特徵的思考，援引到當下文學現象以及思想狀態的分析中具有很大的啓示作用。如果說「科玄」之爭揭示了它們之間曾經的水火不容狀態，在當下的奇幻文學創作中，人們沒有料到，其中包含的玄想和神秘的因素恰恰是從傳統科學幻想小說中最早分離出來。

臺灣當代科幻小說家黃博英曾創作過一篇名爲《飛碟夫人》〔註30〕的科幻短篇。小說的第一幕配合了柳宗元那首千古絕句「江雪」，描繪出年邁蓑笠翁獨釣寒江雪的畫面。一位從地球民國聯邦政府科技研究部退休的垂釣者「趙漢民」經常流連往返於山水之間，追尋千年前李白、杜甫的世界。儘管他的行爲多少有些復古傾向，他本人也非常追求空靈的古典意境，他終究還是生活在一個科技高度發達的時代。他用來釣魚的魚竿就是先進的鐳射杆，魚兒進入射線區域就會被捕獲。那身蓑笠也是用超級射線纖維織成的極薄極暖的高科技產品。主人公在釣魚的間隙，只要用食指一指旁邊的啤酒罐，啤酒就會形成細長的弧形酒束，直接飛入他張開的口中。

而這位孤獨垂釣者的家庭成員更是出奇，兒子墨生、妻子墨玉竟然是戰國時代墨翟的外孫和女兒。墨玉從「大同星座」上開著「兼愛號」飛碟來到他生活的星球，建造好「非攻號」飛碟後就毅然離去。兒子爲了追尋母親也選擇離開了地球。當這對母子爲了宇宙大同，浪跡太空的時候，趙漢民只能一邊等候他們的歸來，一邊孤獨地回味著家庭溫暖，想像著心愛的家人在遙遠星際間的穿梭。雖然這篇小說眞正的議題是希望將增進全人類生活作爲個體生活的最高價值追求，作者還是表露出科幻文學向原始意境、古典文明、虛幻境界的靠攏意識。作者在試圖將對科技文明的反思與對古典意境的神往

〔註29〕 （德）海德格爾《在通向語言的途中》，北京商務印書館，2004年，第97頁。
〔註30〕 張之傑、黃海、呂應鍾主編《中國當代科幻選集》，臺北星際出版社，民70
　　　年，第290～295頁。

兩相結合時多少流露了焦慮心態，反應到文學外觀上也有捏合痕跡，略顯簡單粗糙。雖然，高科技與古典意境在科幻小說中這樣被處理，會帶給讀者反差太大、極不協調的閱讀感受，但是這篇早在 60 年代末就出現的科幻短篇卻透射出一種「科玄」結合的新動向。

　　隨著新世紀的到來，上面的現象早已不再是個別作家偶爾爲之的舉動了。舉一個更明顯的例子，現在國內有的主要奇幻雜誌根本就是由科學雜誌社主辦的。有的知名科幻作家甚至轉而創作起奇幻小說了。一年一度的科幻大會，從奇幻小說誕生之日起，就不再是科幻作家的私家花園了，搖身變成雲集著科幻、奇幻形形色色的幻想類文學創作者和愛好者的盛筵。奇幻在逐漸遠離科學理性的同時，科學發展的諸多成果仍然是奇幻小說得以存在的重要寫作資源。隨著互聯網絡的普及，網絡遊戲等科技文明產物的參與，奇幻文學得以發展的物質條件就更加豐富了。

　　事物結合的方式是多樣的，黃易玄幻小說系列，擁有高點擊率的奇幻小說《小兵傳奇》和奇幻類文學精選中經常收錄的劉慈欣的作品分別代表了當代中國奇幻小說「科玄」結合的三種風格。

　　黃易的玄幻小說對人類精神力量發展預測，科學未來圖景的描繪，個體生命、社會運行等許多問題都有涉及。其玄幻小說之一《超級戰士》濃縮表現了「科玄」交織的核心話題。故事發生在一個名叫「邦托烏」的最偉大的都會中。作爲最古老的城市，地球上所有民族經過幾千年的歲月，由經濟共同體發展成政治大一統的國家，代表權利核心的聯邦政府就坐落在「邦托烏」城中。這個名字會使讀者不由想起英國作者托馬斯‧莫爾那本「關於最完美的國家制度」小冊子，也就是從十六世紀起一直未被人們遺忘的「烏托邦」理想。但是《超級戰士》中的「邦托烏」卻是一個無奈的選擇。它的形成並不是建立在全人類獲得全面共識的基礎之上，而是經歷了全球毀滅性戰爭之後，這顆歷盡劫難的星球上唯一剩下的一塊所謂的「淨土」。城外則是受到核污染和宇宙輻射侵襲的廢墟，被宣佈爲不適合任何生命的死地。當然，其中的機制與莫爾所建構的「烏托邦」社會還是有類似之處的。在經濟上，「代表某種經濟統一性」的「烏托邦」社會中「國家彷彿是城鎮的聯盟」；同樣，「邦托烏」也是被四十八個大城市包圍著。不過，兩者區別也很大。在「烏托邦」「家庭是基本經濟核心」〔註31〕，只有在必要時，國

〔註31〕　（英）托馬斯‧莫爾《烏托邦》，北京商務印書館，1982 年，第 7 頁。

家最高機關才會重新分配產品；而在絲毫沒有溫情可言的「邦托烏」，除了統治階層外，大部分人一邊要付出艱辛的勞動，一邊卻生活在嚴格的配給制度之下。

如果說，被馬克思和恩格斯評價爲玄想的十六世紀莫爾的「烏托邦」理想是出於對封建關係的批判與矯正，建立在人道主義基礎上，具有一定的進步意義，那麼，黃易的小說中，「邦托烏」則是工業文明高度發達，科學技術主宰世界下結出的一顆酸果。它是人們目前所能想像的最理想與最混亂的矛盾體，具有的卻是反諷的意味。

作爲「邦托烏」聯邦最高統治者的聖主兼科學家「馬竭能」，是開發具有超強感應能力的超級戰士的主要策劃人。正是他利用衛星吸取太陽能並將其傳入聯邦，解決了城內能量的永久供給難題。「馬竭能」這個名字本身包含了人類與能源關係的兩種尷尬。第一，以高能耗著稱的現代生活、生產模式用其竭澤而漁的方式必然會導致全球不可再生能源的耗盡。第二，聖主統治下的聯邦早就是一個能源枯竭之地。這位巧媳婦又不得不更加依賴於高科技力量，竭盡所能維持著漏洞迭出的能源型社會模式。這些尷尬正步步逼近已經很脆弱的人類社會。

這使人們聯想到熱力學第二定律中「熵」概念的意義：「熵作爲不能再被轉化作功的能量的總和的測定單位，是由德國物理學家魯道夫‧克勞修斯於1868年第一次造出來」。〔註32〕當人類還對能量守恆定律自信滿滿之時，一些敏感的科學家就已發現熵值的增加將意味著有效能量的減小，「當有效能量告罄時我們稱之爲『熱寂』。當有效物質用盡時，我們稱之爲『物質混亂』。兩者導致的都是熵，都是物質與能量的耗散」。〔註33〕當「馬竭能」在「邦托烏」中施展著他至高無上的權利之時，「邦托烏也是地球上最擁擠的城市，最污染的城市，天堂和地獄對比最強烈的城市」〔註34〕。小說將拯救這個沒落世界的希望寄託在了超級戰士「單傑」身上，而他那高科技打造下的完美生理構造與超強的精神力量無疑成就了「科玄」和諧交融的理想。

〔註32〕傑里米‧里夫金，霍華德《熵：一種新的世界觀》，呂明等譯，上海譯文出版社，1987年，第29頁。

〔註33〕傑里米‧里夫金，霍華德《熵：一種新的世界觀》，呂明等譯，上海譯文出版社，1987年，第34頁。

〔註34〕黃易《黃易作品集‧玄幻系列 超級戰士‧時空浪族》，華藝出版社，1998年，第3頁。

　　玄雨的作品《小兵傳奇》先由鮮鮮文化在臺灣出版後，在中國內地一直沒有紙質文本。不過此部小說已經授權於一個門戶網站，即「幻劍書盟」，以簡體電子書的形式在內地奇幻讀者間廣為流傳。平心而論，這部作品在思想深度上遠不及黃易作品中蘊含的精神力量。整個故事延續著傳統創作中典型的歷險模式。不同的是一個無憂無慮、卻也沒有更多責任心、使命感的大男孩唐龍的個人冒險經歷不但充斥了機器人、電腦、宇宙戰艦等高科技產品，而且進行的是一場富有戲劇性，不是網絡遊戲卻勝似網絡遊戲的人生遊戲，最終實現了從士兵到將軍的喜劇理想。確切地說，主人公和讀者們在一系列鬧劇中一起做了一場美滋滋的白日夢。

　　小說在價值觀上的確存在混亂不清的現象，但是，正是這樣一部作品代表了當時奇幻風吹入傳統科幻小說創作後，出現的駁雜格調。它屬於奇幻小說中帶有戲說性的創作。當然這裡的戲說絕對不是指謫作者創作態度不嚴肅，而是在語言表達、情節設置、主題表現上顛覆嚴肅敘事的整體風格。這種風格的形成不始於奇幻創作，而是傳統戲謔手法，甚至所謂「大話文學」在奇幻小說中的移用。這在當代文學經歷了後現代話語顛覆後，尤其是小說、戲劇創作中早就存在的現象。人們在一邊抱怨這類作品不入流的同時，在閱讀時卻又總是能從這種說話或者敘事方式中得到一種釋放的滿足。也許，作品中流露的痞氣、調侃甚至骨子裏的玩世不恭從道德規範的角度來看降低了其存在的價值，但是這樣的表達本身富含的時代精神、揭示的思想狀態卻令人深思。

　　主人公唐龍是一個在高度物質發達的生活條件下長大的孩子。在人生觀和世界觀還沒有定型的時候，他憑著一股興趣報名參軍。在一無所知的情況下，他填報了步兵兵種。要知道，步兵是在冷兵器時代擁有輝煌歷史，在高科技戰爭中早就失去昔日光芒，被人們逐漸遺忘的兵種。作為步兵兵種的最後一個新兵，唐龍的經歷是典型的放大版從奴隸到將軍的傳奇。不同的是，在他成功的過程中，機遇勝過其本人的努力，遊戲成分更大於新兵本應接受的艱苦磨練。

　　唐龍的機器人教官是一幫已經自動進化到像人類一樣能夠自由思考的高智慧生物。他們對這位懶散甚至有些頑劣的接班人制定了全面的從體能到格鬥、戰艦駕馭、謀略指揮的精英培養計劃。教官們設置一系列高難度模擬遊戲對唐龍進行具體培養。比如恐怖的「戰爭」遊戲就是為了鍛鍊唐龍在危險

中不喪失自我，克服恐懼，超越自我，進而提升他的指揮謀略與生存能力。唐龍浸淫在虛擬遊戲之中，開始踏上其得意的人生道路。電腦遊戲、機器人是典型的科技產物，但是其中牽涉的虛擬與現實在想像中接軌。人工智慧獲得自覺意識等現象，關涉了科幻小說內部對於純科學理論的反思。這裡很難斷言肯定是學術上的科學大戰直接影響了科幻小說中出現的「科玄」話題以及對人腦機能和人類意識的關注。有一點卻可以肯定，如果沒有20世紀人類自覺反省，即針對科學主義、科學成果所作的重估，就不可能在純學術、文學創作兩方面都有這樣明顯的反應。

　　著名科幻作家劉慈欣創作的《鏡子》、《鄉村教師》、《山》、《三體》等一系列作品也曾分別收存在各類奇幻小說選集之中。以劉慈欣的小說《山》為例，它被收錄在韓雲波主編的《2006年中國奇幻文學精選》中。小說中，一艘質量相當於月球的外星飛船突然飛到地球赤道的海域上空。由於飛船的巨大引力，將海水向上牽引起來，形成了一座比珠穆朗瑪峰還要高二百米的水山。情況還不止這些，由於飛船的引力造成了巨大的低氣壓區，即將引發世上最強勁的風暴，更糟的是飛船的引力將地球的大氣層拉出了一個大洞，「就像扎破氣球一樣」，不斷地放跑地球大氣。如果這種情況持續下去，不到一個星期，海洋都會沸騰、氣壓降到致命極限，地球人類將遭遇滅頂之災。當恰巧在此海域停留的遠洋科考船上的人們意識到不管是棄船而逃，還是轉舵回航都逃脫不了悲劇的命運時，因為逃避而久居船上的主人公馮帆竟釋然地說：「要這樣，我們還不如分頭去做自己最想做的事」，然後縱身跳入大海朝那座世界最高的水山遊去。原來他想做的竟然是征服面前的這座水山。

　　戲劇性的扭轉在此刻發生了。來自另一智慧空間的飛船主人只不過是途經地球，意外發現了這裡的智慧生物之後，稍作停留，期望有人能夠爬上山頂與之交流，才形成了這座水山。馮帆在成功登頂之後，竟然誤打誤撞滿足了外星生物的交流願望，因而消弭了人類的滅頂之災。飛船離去了，水山也隨之消失，但是馮帆剛從9000米高的水山上突然降下，生命岌岌可危的那一瞬間，他感受到多年前攀登珠峰遇上風暴時，為了使自己不被同伴拖下山崖，割斷了連接同伴和戀人的登山索時的心態：為了生存，什麼樣的舉動都有可能發生。故事到這裡戛然而止，但留給人們的卻是一種對生存意識的思考。主人公超強的生存意識超越一切，是殘忍、是果斷、還是堅強？

有人評價劉慈欣的科幻小說富有「人文關懷」〔註35〕，而劉慈欣本人雖然強調自己是堅定的無神論者，但是對宗教感情有著獨特的興致。他認為科幻與宗教是不能溝通的，但是科幻與宗教感情卻不相衝突。在他看來宗教與宗教感情是兩碼事。筆者認為作家在科幻創作中洋溢的人文精神正是來源於他對宗教感情的理解。這無形中預設了科學本身與人文精神可以溝通的可能性。科幻作家們的實際創作進一步證實了這一點。只不過，劉慈欣的這篇小說科幻的成分絕對占主導。不僅如此，他目前所有被收歸到奇幻文學選集中的作品基本上都是這種風格。相當一部分奇幻作家甚至不認為他的這些小說是嚴格意義上的奇幻小說。

這裡我們暫不分析這其中的原因，但是通過這一些現象，又正好使我們聽到了科學大戰、科學幻想類文學在當代發出的一些新聲。這些聲音與奇幻小說創作交織在了一起，在學術和文學上都形成了「科玄相遇」的鏡像。不過在最初並沒有形成鏡中清晰的影像，倒有些類似於水中倒影。因為在暫時不好定位奇幻文學究竟可以延伸到什麼地步之時，認識上的分歧不可避免的出現了。

有人認為但凡有玄想摻入的作品都應該被統稱為奇幻文學。另一些人，如某些奇幻創作圈中的成員，卻始終捍衛奇幻文學領地的純潔性。他們在評論和創作中有意識地突出奇幻風格，避免讓「不純」因素加入。我們只能說這是各自不同處理方法的表現。當然，既然要獨立研究中國奇幻文學的問題，科幻與奇幻的關係就不得不進一步加以澄清。也就是說，科學幻想小說在當下中國奇幻小說中究竟扮演了怎樣的角色呢？

雖然奇幻小說與科學本身以及科學幻想小說之間的密切關係是顯而易見的，而2007年8月24～30號的中國（成都）國際科幻・奇幻大會的召開進一步體現了科學幻想與奇幻文學之間扯不斷理還亂的姻緣關係，但是如果研究奇幻小說，尤其是當代中國的奇幻小說總是圍繞科幻小說的延伸這一個思路來談，無疑取消了奇幻小說作為獨立文學形態的研究價值，還會將奇幻小說的發展道路狹窄化，使其成為傳統科幻小說的附庸。停留在科幻圍牆內轉圈圈是不可能了，因為當下奇幻小說從創作靈感、創作手法到實際創作內容上都已經逐步擺脫對科幻小說創作模式的依附。

〔註35〕羅亦男《淺論劉慈欣小說的人文關懷》，載《2007中國（成都）國際科幻・奇幻大會文集》，科幻世界雜誌社彙編，2007年，第77頁。

　　如果從奇幻小說在世紀之交的發展看，得出的結論正好相反。在這個橫向時間軸上，科學幻想小說與玄想的結合不過是一個前言部分，即引發這樣一個創作潮的當代起點。在這個起點上，西方魔幻小說，網絡遊戲，中國志怪傳奇、神魔小說傳統等作為具體影響成分，再加上純科幻小說本身的式微，為科幻與奇幻相結合創造了歷史的和當下的條件。不過奇幻小說在經過一番整合之後，繼續了它的旅程。這中間既有對西方類似文學創作的追隨或擺脫，也有從「科玄結合」的模式中脫穎而出，營造純奇幻世界的嘗試，更有回到本土文化傳統應運而生的古典氣息濃重的中式奇幻。

　　不過必須承認，中國早期奇幻小說囊括了大量科幻文學中必不可少的高科技元素。收錄在《2003 年中國奇幻文學精選》〔註36〕中的《兄與弟》（晨雷），《創世之神》、《幻界獵人》（秋風清），《午夜煙火》（九戈龍）四篇奇幻小說就都與電腦遊戲相關。《創世之神》在科幻與奇幻之間架起了橋梁，在原本無生命的電腦程式或遊戲中，創造了真實的生命。程式設計者感應到自己的創世神力，真的賦予被創造出來的虛構世界和人物生命活力。《幻界獵人》作為奇幻小說《夢幻魔界王》的外傳，最令人震撼的是一位叫鄧尼斯的人竟然買兇殺死自己的母親。最後他對自己女兒莉娜的解釋是：「我們其實是生存在一個由人類控制的遊戲世界裏，這裡對他們來說只是一個遊戲，而對我們來說卻是生命的全部」。原來，整個情節都設置在一個叫「阿適」的少年正在玩著的電腦遊戲中。遊戲中的人物已經獲得真實的自我意識。殺死遊戲中的母親，唯一的目的就是為了能擺脫被操縱的命運。而《午夜煙火》則是典型的網絡遊戲型奇幻。小說講述的不是遊戲中的虛擬人物獲得新生，而是描述遊戲者之間，交織著信任與背叛的情感和心理活動。

　　至於科幻文學中對不同星球文明、種族的想像也向奇幻小說提供了創作靈感。比如《小兵傳奇》中就有跨星球的國家政體。它們包括民主體制、帝王政治、奇特的宗族政治。還有一些奇幻小說通常會圍繞幾種相距現代民主體制更遠一些的古老政體，在它們的背景之下，進行特定架空時代的幻想創作。對於種族來說，雖然在《小兵傳奇》中蠻族是貶義詞，專指被臨近的高等文明強迫接觸發達文明後變得不倫不類的猿人。猿人們在實際生活中只掌握和運用了某些較簡單低級的技術，被一些發達星球上的國家貶斥為蠻族。

〔註36〕參見胡曉暉等編選《2003 年中國奇幻文學精選》，長江文藝出版社，2004年。

然而，此後的不少奇幻小說中蠻族成了必不可少的形象。

　　至此，我們可以說，中國當下奇幻小說在文學上的真正起步離不開科幻文學創作的內部調整。在吸收許多科幻元素的同時，早期相當一部分奇幻小說本身的題材、靈感來源都加入了現代科幻文學的不少成果。這正是從文學創作上終結「科玄」對峙不可否認的事實。

四、從「科玄相遇」角度研究中國奇幻小說的基本設想

　　大量與中國奇幻小說相關的材料堆積在前，期望面面俱到、逐一評述是不可能的，筆者只能盡力撥開層層迷霧，為文學現象從無到有找到一條具有內在邏輯的文化線索，在論述的過程中，遵循文學研究與文化研究相結合的思路，結合典型的作家、作品、事件，試圖對其進行合理的文化解讀。

　　從這個思路出發本書包括引論「世紀之交話玄幻」；第一章「糾纏於『科玄』關係的異類與人類：奇幻小說形象論」；第二章「超越科學的神話世界：中國奇幻小說中的非科學幻想」；第三章「獨特的奇幻小說追求：『架空世界』」；第四章「『科玄相遇』的社會文化根據」以及結語六大部分。

　　引論通過「何為當代的中國奇幻小說？」和「『裝神弄鬼』的中國奇幻文學創作？」兩個問題，有機地結合中國奇幻小說的概念界定，奇幻創作、出版及研究現狀，自然引出「超越是非判斷的中國奇幻小說現象」這一論點。

　　第一章，作為形象論，分為三節。第一節「中國奇幻小說中的異類形象」根據奇幻界領軍雜誌《飛‧奇幻世界》2007 年發表的奇幻小說，將其中出現的異類分欄目梳理並列舉。在直觀展示的同時將異類形象進行了二次分類，緊扣「科玄」關係在異類和人類之間的表現。第二節「奇幻文學中的人類生存狀態」從「被包圍的『人』」和「『人』的隱退」兩個方面真實描述人類形象在奇幻小說中的形態，進一步強化異類與人類糾纏互動，人類反思和痛苦的文學表達狀況，從而得出第三節的結論「尋求突破的『人』」。奇幻文學文本所展示的「突破」願望處處表露了「科玄」兩種思維方式和兩套生活模式的再認識問題。

　　第二章分為三節。第一節「奇幻小說中神秘世界的構成」在看到「巫術、魔法、神話」三大元素在奇幻文學世界中標誌性作用的同時，發現「神話」資源是其中最具典型意義元素。第二節「新世紀為何仍需要神話」兵分兩路，從二十世紀中國神話的學術研究積累和當代重寫神話的全球性文學

創作趨勢兩個方面，以當代經典作家和優秀奇幻作家創作的多篇神話主題奇幻小說爲例，通過研究述評、文本細讀的方式回答神話的當代魅力根源。第三節「新世紀奇幻文學中的神秘元素：科學世界的反襯、『科玄相遇』的表徵」是對前兩節細節再現後的總結，回到奇幻文學和「科玄相遇」的正題上來。

　　第三章分爲三節。第一節「本土『架空』奇幻理念的形成與發展」從總體上介紹了目前中國奇幻小說中的重要一支，即「架空」奇幻小說從理念形成到創作實踐所經歷的本土化進程。第二節「『架空』奇幻小說的世界圖景」選擇了中國「架空」奇幻小說存在時間最長、影響最大、創作成績顯著的「九州」奇幻團隊的作品爲代表性個案，對其中的典型意象「龍淵閣」進行了文化解讀，對多部「九州」系列小說中的「架空」世界進行了細緻地分析。第三節「『架空』世界：與現實的距離有多遠」則通過奇幻「架空」創作與傳統寫實、「九州」團隊的生成和內部矛盾、全球化在「架空」奇幻創作內外的影響力三個角度，綜合量度了「架空」奇幻與現實的距離，從而進一步展示在「科玄相遇」背景下，幻想文學，尤其是「架空」奇幻小說的內外特徵。

　　第四章分爲四節。第一節「『玄』：構成中國傳統文化旋律的音節」，第二節「1923 年的『科玄之爭』：中國近代玄學遭遇的衝擊」，第三節「科學自身發展歷程中遭遇的問題」，第四節「科學的人文性：『科玄』擺脫對峙的必然」。本章先從中國傳統文化的特點入手，涉及二十世紀本土「科玄之爭」、反思科學以及科學理性的世界性事件、科學的完整內涵等問題，爲世紀之交玄幻風的出現尋得更深刻的社會文化根源。

　　事實上，四大章節之間在邏輯上存在著環環相扣的秩序。全書以科學主義遭遇後現代理論整體質疑這一事實作爲背景，深入探討中國當代奇幻小說出現的文化成因，間接展示當代本土奇幻小說中折射出的現實人類生存和思維狀態，回答新一輪對人是什麼，人要什麼的形上探問，再從人的本身衍射到新神話主義中人與神的對話、人性對神性的入侵，以及神靈從新世紀文化中獲得的新內涵，重申神性與人性的可通融性、可逆性的經典話題，進一步體會神秘體驗在奇幻文學中的顯現，聯繫中國奇幻小說中「架空世界」的建構與運行，回答去中心、去權威後，神、人以及其他生靈如何共存的問題。以上思路並不是要回答世界是什麼，而是希望回答世界可以是什麼樣的問

題，圍繞中國奇幻小說這一中心議題，最終實現人、神、世界的文學內部循環及時代文化理想的結合。

第一章　糾纏於「科玄」關係的異類與人類：奇幻小說形象論

第一節　中國奇幻小說中的異類形象

　　中國奇幻小說中出現了大量外在於人類的異類。它們的來源相當駁雜。既有來自中西神話傳說、傳奇誌異，又有取自不同宗教故事中的原型。真要將異類分門別類、對號入座，其標準的確立也可以有多種可能。在異類外形的塑造方面，中西文學之間的區別其實是不大的，具體造型上甚至存在普遍的相似之處。比如希臘神話中的獅身人面怪獸和中國傳統神話中蛇身人首的女媧、伏羲。也就是說，所謂異類，有傳統意義上的鬼魂、怪物，有從古籍記載中獲得靈感的純粹虛構，有結合了西方魔法系統生成的怪獸、動植物精靈，還有無實體的「魅」等等。其實如何稱呼它們並不重要。隨著奇幻文學的發展，本就成員龐大的異類家族將不斷擴容。總之，其獨特的存在方式，超自然能力以及體格外形與普通人類的距離很大。異類的大量存在無疑成為奇幻小說重要的標誌之一。

　　現以《飛‧奇幻世界》2007 年全年發行的（包括兩冊增刊在內）十四冊，共計連載長篇七部，中篇三十五篇，短篇九十八篇中出現，於情節走向密切相關的典型異類，按照刊物原本設定的欄目，進行大致列舉。此舉雖然遠不能窮盡中國奇幻小說的異類形象，但是讀者在管窺奇幻文學龐大異類家族一角的同時，能夠獲得最直觀的感受。具體說來，2007 年《飛‧奇幻世界》的欄目設置主要按照奇幻題材標準確定的。這一思路在 2007 年之前都還沒有徹

底顯露。之前的創作欄目基本上還是按照最簡單的長中短篇來劃分。那麼，這一年的創作欄目主要有「架空世紀」，「神州誌異」，「魔靈法卷」，「都市幻影」四大板塊。可想而知，這種分類方式試圖兼顧中西奇幻風格，努力覆蓋從原始，到摩登，再到未來的時空範圍。內容跨度如此大，其中出現的異類，也可以統稱爲非人類，自然會呈現千奇百怪的形態。

先看「架空世紀」欄目中出現的異類。它們有「九連城」中的「狐妖」〔註1〕；由主人通過靈控之法駕馭的「丘螭」〔註2〕；被封在聚寶盆上專門吸噬貪婪者的「青銅妖」〔註3〕；大到可以一口吞下人的「怪貓呶呶」〔註4〕；長在一棵叫做「媽媽城」果樹上的小果子精靈〔註5〕；人身蛇尾的「米米」〔註6〕；忠誠守護「聖女」的「銀光騎」〔註7〕；曾陪伴「我」的兩位靈魅舊友「千歌鳥」與「山貓」〔註8〕；「駕鯤的鮫人」、「長尾巴會說話的山貓老虎」和「旱魃」〔註9〕；擅長木化之術，能將身體和草木同化的「木魅」〔註10〕等等。

「神州誌異」欄目中彙聚的異類形象和概念最多，來源也最駁雜。青錚《山鬼》中的「山鬼」。它在傳說中是深山幽谷中不老的精靈，用她們幻化的絕色容貌捕獲人間少年。在其陰森可怕的另一面，卻擁有「詩人夢幻與愛情的結晶」〔註11〕這樣的身份。沈瓔瓔《紫釵記》〔註12〕中假借唐傳奇中的人物「霍小玉」作爲女主人公，並臆想出了 Garuda（梵語 迦樓羅，即金翅大鵬鳥）。它晝伏夜出，接受 Buddha（佛陀）的指示盤旋於 Jambu（梵語 南瞻部洲，亦即現實世界）的上空，吞食數量龐大、蠅營狗苟的芸芸眾生——Naga（梵語 龍）。張萬新《神藥》〔註13〕中的神秘鯤鵬。雖然隱而未露，但

〔註1〕冥靈《孽緣狐姬》，載《飛·奇幻世界》2007年第2期，第93頁。
〔註2〕秋風清《西陵闕》（中），載《飛·奇幻世界》2007年第2期，第159頁。
〔註3〕東安居《佔有》，載《飛·奇幻世界》2007年第5期，第133頁。
〔註4〕冥靈《唐人街13號》（上），載《飛·奇幻世界》2007年第7期，第17頁。
〔註5〕小手《叮噹》，載《飛·奇幻世界》2007年第7期，第116頁。
〔註6〕小狼《伏羲宮》，載《飛·奇幻世界》2007年第8期，第9頁。
〔註7〕蘇學軍《雪藏》（上），載《飛·奇幻世界》2007年第10期，第36頁。
〔註8〕風舞《魅歌》，載《飛·奇幻世界》2007年第10期，第121頁。
〔註9〕醒醐《越王餘算》，載《飛·奇幻世界》2007年第12期，第44頁。
〔註10〕本少爺《荒川記》，載《飛·奇幻世界》2007年增刊II，第16頁。
〔註11〕青錚《山鬼》，載《飛·奇幻世界》2007年第1期，第31頁。
〔註12〕沈瓔瓔《紫釵記》，載《飛·奇幻世界》2007年第1期，第32頁。
〔註13〕張萬新《神藥》，載《飛·奇幻世界》2007年第1期，第94頁。

是它產出的高一丈二，九匹馬外加幾個人才能圍攏的糞便竟然被神醫、獸醫、廚師搓成藥丸大派用場。除此以外還有低等的「靈魅」、只能依附山林生存的「山精」、隨時可以聚設靈障的「靈氣」〔註14〕；爲救受困「麒麟獸」，與「白虎精」的弟子聯手尋寶的怪獸「獢旦」〔註15〕；「盜走羽人們的夢境，並以此爲食」的「貘」；〔註16〕水族「蚌女」和「鮫族」美女「珠娘」〔註17〕；與人類血脈相連的「鳳凰」〔註18〕；被重塑的「女鬼」〔註19〕；在危難之中保護小公主，還能傳出天籟之曲的「鏡子」、被鷹眼騎士駕馭的「魔鷹」〔註20〕；參修仙術，閉關近兩千年的「烏鴉」〔註21〕；被封入一隻明朝宣德年間的瓷器長達 600 年，最後被鑒賞瓷器的人類喚醒的「應龍」〔註22〕；同時擁有人和魅兩種血統的「山鬼一族」〔註23〕；化名「許善人」〔註24〕，爲了飢餓民衆甘願割自己肉的一條蛇；「神跡山」中的「神族」和「萬妖林」中的「妖族」〔註25〕；長出一張女人臉的「解語花」〔註26〕；一隻沒有遺忘前生的「貓」〔註27〕；不食瓜果反倒吃肉的「白猿」〔註28〕；必須禁錮「鳥妖的精魄」才能站在神樹之巓、屹立不倒的「神雀」〔註29〕；「辛長老」的原形——「一株高過人頭的巨大艾草」〔註30〕；桃林中的「妖魅」；〔註31〕會說人話的魚〔註32〕；廢園中的「鬼女子」〔註33〕；長著許多鬚足、具有靈性的

〔註14〕風舞《阿端》，載《飛‧奇幻世界》2007 年第 1 期，第 122、131 頁。
〔註15〕牽機《斷情逐妖記》（4），載《飛‧奇幻世界》2007 年第 1 期，第 156 頁。
〔註16〕遲卉《逐貘》，載《飛‧奇幻世界》2007 年第 2 期，第 31 頁。
〔註17〕東海龍女《荷花往事》，載《飛‧奇幻世界》2007 年第 2 期，第 137 頁。
〔註18〕柳隱溪《火鳳凰》，載《飛‧奇幻世界》2007 年第 3 期，第 41 頁。
〔註19〕Oltra《書生和女鬼的故事》，載《飛‧奇幻世界》2007 年第 3 期，第 69 頁。
〔註20〕紫不語《明鏡無塵》，載《飛‧奇幻世界》2007 年第 3 期，第 118～119 頁。
〔註21〕本少爺《鴉橋仙》，載《飛‧奇幻世界》2007 年第 4 期，第 19 頁。
〔註22〕凌晨《應龍》，載《飛‧奇幻世界》2007 年第 4 期，第 38 頁。
〔註23〕柳隱溪《盛世梨園》，載《飛‧奇幻世界》2007 年第 4 期，第 61 頁。
〔註24〕彈杯一笑《杯中妖影‧許善人》，載《飛‧奇幻世界》2007 年第 4 期，第 87 頁。
〔註25〕子非魚《天下》，載《飛‧奇幻世界》2007 年第 4 期，第 95 頁。
〔註26〕張輝智《香積之寺》，載《飛‧奇幻世界》2007 年第 5 期，第 40 頁。
〔註27〕晴川《貓》，載《飛‧奇幻世界》2007 年第 5 期，第 47 頁。
〔註28〕幽齋悠哉《隱娘傳》，載《飛‧奇幻世界》2007 年第 6 期，第 91 頁。
〔註29〕天平《三星堆》，載《飛‧奇幻世界》2007 年第 7 期，第 42 頁。
〔註30〕東海龍女《天魔劫》，載《飛‧奇幻世界》2007 年第 7 期，第 75 頁。
〔註31〕彈杯一笑《杯中妖影‧桃夭》，載《飛‧奇幻世界》2007 年第 7 期，第 89 頁。
〔註32〕彈杯一笑《杯中妖影‧魚》，載《飛‧奇幻世界》2007 年第 7 期，第 92 頁。

「火莽竹」以及豢養「火莽竹」六十多年的「猿姥姥」〔註34〕；「水之精神所幻化的能夠帶來吉運的奇魚」──「摩羯」〔註35〕；茅山幻術幻化而出的「幻獸」〔註36〕；兩個異性精靈「小賈和飛刀」〔註37〕；那些附著了沉重歷史，沾染上靈異能量的古玩：「銀指環、缺月簪、鐵木盞、紫貂裘、百衲琴、金錯刀、青絲繡、琉璃燈、玳瑁梳、中國傘」〔註38〕；與「旁門大虛幻仙障天書術法第七十一代傳人」之徒「青嵐」大戰的各色妖眾〔註39〕。能學蛙叫、蛙跳，甚至變身為青蛙的兩父子〔註40〕；用情深沉的女鬼「紅香和月桂」〔註41〕；「人面長臂，黑身有毛，見人則笑，食肉無厭」的「山魈」〔註42〕；幽冥「女鬼」、「狐妖」〔註43〕；延續《斷情逐妖記》中交織悲歡情恨體驗的眾妖魔和遠古「夔牛」〔註44〕。

「魔靈法卷」欄目中水中救人的「白鰩」、邪惡的「海魔」、「黑鰩」〔註45〕；大法師之塔中孵化出來，為龍騎士所駕馭的「騎龍」〔註46〕；兩個頭共用一個身子，每天只想著如何殺死對方，獨霸整個身子的「沼澤雙頭怪」，能吸乾主人的精魄，並發出滿足的嗡嗡聲的「慇鏡」，繼續陪伴前世所愛之人一直到終老的白色「靈貓」，以人類尤其是幼兒為食的「兇猗」，就算會招來天敵，也敢於暢快吼叫的「冰螫」〔註47〕；借鑒網絡遊戲「魔獸爭霸III」中由「獸人、巨魔、牛頭人和不死族」組成的部落和由「人類、精靈、矮人和侏儒」組成的聯盟兩個陣營，以此演繹對立雙方的生死之爭〔註48〕；

〔註33〕本少爺《方友松》，載《飛‧奇幻世界》2007年第7期，第126頁。
〔註34〕本少爺《英寧》，載《飛‧奇幻世界》2007年第7期，第128頁。
〔註35〕風舞《摩羯》，載《飛‧奇幻世界》2007年第8期，第31頁。
〔註36〕燕壘生《碎心錄》（上），載《飛‧奇幻世界》2007年第8期，第43頁。
〔註37〕飛氘《小賈飛刀》，載《飛‧奇幻世界》2007年第8期，第59頁。
〔註38〕青錚《恐怖古玩店》，載《飛‧奇幻世界》2007年第8期，第133～136頁。
〔註39〕木桑《捉妖記》，連載於《飛‧奇幻世界》2007年第7、8、9、10期。
〔註40〕騎桶人《蛙之歌》，載《飛‧奇幻世界》2007年第9期，第40頁。
〔註41〕孔荷《月桂》，載《飛‧奇幻世界》2007年第11期，第99頁。
〔註42〕Goodnight小青《山魈》，載《飛‧奇幻世界》2007年第12期，第40頁。
〔註43〕冥靈《Miss小倩》，載《飛‧奇幻世界》2007年第12期，第55頁。
〔註44〕牽機《逆天》，載《飛‧奇幻世界》2007年增刊，第61頁。
〔註45〕水天《寒冷》，載《飛‧奇幻世界》2007年第1期，第101頁。
〔註46〕遲卉《最後的龍騎士》，載《飛‧奇幻世界》2007年第1期，第142頁。
〔註47〕楚惜刀《奇幻之書》，載《飛‧奇幻世界》2007年第2期，第67、70、73、77、80頁。
〔註48〕讀書之人《英雄》，載《飛‧奇幻世界》2007年第3期，第81頁。

來自「隆爾冰原的鮣魘」〔註49〕；「妮爾」臥室中撲扇翅膀的「中國龍」〔註50〕；瘸了三條腿，擁有魔法的「黑貓」〔註51〕；帶人進入位於戈壁深處「肖斯塔監獄」的「飛龍」以及關押在裏面，可以進入任何生命體內，然後佔據那個身體的「替身魔」，能將所有人的靈魂都偷竊出來，然後成爲自己糧食的「噬魂者」，潛伏在他人噩夢中，以別人的恐懼爲快樂的「偷夢怪」，讀取人的記憶，把其生命中最美好記憶都偷走，只留下痛苦回憶的「幻魔」，能變成任何形象的「變形魔」〔註52〕；被「死靈法師」法術控制的「死靈」和表現出明確崗位意識的「僵屍」〔註53〕；「仙都芮拉」中居住的惡靈、地精以及只要靈魂不滅，屍身完好就有復活希望的人〔註54〕；趴在祭司長身邊打盹的一頭老態龍鍾的「獅鷲」〔註55〕；以樹林形態存在的「人形殍」〔註56〕；生命、靈魂、肉體均已分離，只剩下骨骸，受「死靈法師」控制的「骨翼杜鵑」〔註57〕；可以飛行並能攜帶殺傷性武器的活「城堡」〔註58〕；浮上海平面的巨獸「海神公主」〔註59〕；「幽暗地域」中的「黑暗精靈」〔註60〕。

「都市幻影」欄目中一群生活在城市中，融入人類生活圈並在人類組織的「妖類」普查時落下「妖族戶口」的精靈。它們有小白狐「青青」，其兄「琅琅」，化作貓形的「巧克力精」，「黑狗精」，「火妖」、「兔精」、「甲蟲精」、造成城市大旱的「鳴蛇」〔註61〕；一群可愛性感、有智慧的「機器寶貝」〔註62〕；當起現實白領精英女子的八百歲「蛇精」〔註63〕；飛在空中彈

〔註49〕單林《試煉之旅》，載《飛‧奇幻世界》2007年第4期，第120頁。
〔註50〕末梢《妮爾和她的中國龍》，載《飛‧奇幻世界》2007年第4期，第136頁。
〔註51〕易別景《蘇沙利爾的三個詛咒》，載《飛‧奇幻世界》2007年第5期，第96頁。
〔註52〕Sixtans_de《調查員》，載《飛‧奇幻世界》2007年第6期，第134、136頁。
〔註53〕緯甫《陰影塔記事》，載《飛‧奇幻世界》2007年第7期，第45頁。
〔註54〕文舟《亡者之湖》，載《飛‧奇幻世界》2007年第9期，第47頁。
〔註55〕李多《彩虹》載《飛‧奇幻世界》2007年第9期，第137頁。
〔註56〕七月，《獨木秘林》，載於《飛‧奇幻世界》2007年第10期，第21頁。
〔註57〕遲卉《骨翼杜鵑》，載《飛‧奇幻世界》2007年第10期，第73頁。
〔註58〕冷酷的哲學《雲海抉擇》，載《飛‧奇幻世界》2007年第11期，第68頁。
〔註59〕文舟《聖光》，載《飛‧奇幻世界》2007年第12期，第128頁。
〔註60〕貌似高手《背叛》，載《飛‧奇幻世界》2007年增刊，第94頁。
〔註61〕小狼《我是一隻貓精》，載《飛‧奇幻世界》2007年第2期，第116～135頁。
〔註62〕冥靈《戀人軍團》，載於《飛‧奇幻世界》2007年第5期，第102頁。
〔註63〕阿精《妖精也需要用愛取暖》，載《飛‧奇幻世界》2007年第5期，第137頁。

吉他的英俊「翼妖」以及躲避人和妖獨居，靠攝取岩層中的物質，體形碩大無比，像極了活蛹的「岩蛇」〔註64〕；奄奄一息的「鳳族」成員──「青鸞大人」〔註65〕，仰人鼻息、混跡人群的末代「精靈」〔註66〕；「於世上色誘異性一途能力最出神入化的生物」──「塞壬之繆斯」〔註67〕；帶翅膀的星際「旅行者」〔註68〕；一位生活在人類社會的超偶像級妖精明星「羅天」〔註69〕；被人類限制在「非正常人社區」生活的「非正常人類」居民們〔註70〕。

列舉到此，我們可以發現無論什麼題材的奇幻小說，在名稱奇特各異的異類形象之中，從表面看它們彼此獨立、各自為政，但在學理上仍然存在統一的邏輯關係。讀者依然可以從它們千差萬別的面目下尋得某些本質上的共通點。就種類而言，無外乎三大類。第一類是精靈類。它們可以是動、植物精靈。任何有機或無機存在物都可能有精靈的化身。第二類是怪獸。它們包括傳統古籍中記載的瑞獸或凶獸，還包括獸人和半獸人，當然還有完全憑空想像出來的怪物。第三類就是鬼魂妖魅。它們無疑是中西幻想文學中存在歷史最長，與民俗文化、宗教理念關係最為密切的一類。

不過，奇幻小說中還有大量神靈形象。其實，不少神仙早已被褪去了崇高的面紗，在法術、魔力普及的奇幻文學世界也不再享有為其獨尊的地位，但是本書傾向不將它們歸入異類形象。這主要鑒於對異類所採取的定位態度。異類在人類和神靈面前曾經是低劣而邊緣的群體。它們要麼為後兩類所役使，要麼作為邪惡方挑戰後者的權威。但是，從當代奇幻文學的實際表現看，異類已經逐步走出等級框定。它們中有的成為敘事的靈魂和中心；有的以平等姿態向人類和神族發問；還有的，其存在本身就構成了對後者的冷靜旁觀和深刻批判。異類大量湧現，如前面所說是當代奇幻小說標誌性特點，而異類在這類文學中的地位則是特點中的亮點。

那麼，若要將中國當代奇幻小說中豐富的異類形象進行有意義的分類，恐怕不能再用常規的外形、來源、形態功能等常規標準。《飛‧奇幻世界》雜

〔註64〕柳柳《東京》，載《飛‧奇幻世界》2007年第7期，第101、110頁。

〔註65〕蝴蝶《養蠱者‧貪婪》，載《飛‧奇幻世界》2007年第9期，第115頁。

〔註66〕飛氘《淪陷200X》，載《飛‧奇幻世界》2007年第10期，第101頁。

〔註67〕白飯如霜《心理咨詢師》，載《飛‧奇幻世界》2007年第11期，第18頁。

〔註68〕江韜《單戀星球》，載《飛‧奇幻世界》2007年第12期，第130頁。

〔註69〕可蕊《我愛大明星》，載《飛‧奇幻世界》2007年增刊，第55頁。

〔註70〕冥靈《肥皂紀》，載《飛‧奇幻世界》2007年增刊II，第3頁。

誌就曾經在「拍案驚奇」欄目刊登了《半獸人探秘》（犬者撰，見 2007 年第
11 期），在「神話」欄目上發表了《焚香品茗話女鬼》（柳隱溪撰，2007 年第
7 期），《精靈》（小卡撰，2007 年第 9 期）等整理並介紹奇幻文學中異類的文
章。就好像奇幻雜誌在對「精靈」的介紹中比較明確地說明了中西方對這一
概念的最初差異。文章引用了《康熙字典》中對精靈「陰陽精靈之氣，氤氳
聚集而爲萬物也」的解釋。至於西方，光是稱呼精靈的詞彙就有「eidolon」、
「fairy」、「elf」、「goblin」、「pygmy」一大串。只不過不管精靈們是一團混沌
之氣，還是矮小，有翅的傢伙，托爾金《魔戒》和其遺作《精靈寶鑽》中精
靈們輕盈俊美、智慧忠誠的經典形象已經在大多數人心中生了根。畢竟，以
「精靈」形象爲例，異類的外在特徵始終作爲人類想像的結果處於變動調整
的狀態。況且異類絕不是被創造出來淹沒和吞噬人類的，更不是獨立於人類
自娛自樂的物種。要將奇幻文學中異類的文化意義盡量闡釋清楚，最終離不
開對異類和人類關係的考察。也就是說，異類在奇幻文學中所進行的活動，
所表達的話語，它們與人類對抗、和解或結盟等矛盾衝突發生的戰場才是這
一文學世界特殊成員在不同背景下存在的最高意義。正因爲如此，當代「科
玄」思潮相互接觸後發生了新的物理或化學反應。這成爲奇幻小說出現的一
個文化前提。脫離了這個前提談當代中國奇幻小說乃至世界奇幻小說中的異
類，要麼陷於表層的列舉歸類，要麼簡單地將這些異類收編到諸如《聊齋誌
異》中「女鬼」、「狐妖」等傳統異類形象的大軍之中。可以明確地說，當代
中國奇幻小說中異類形象的鮮明時代特徵很大程度上是對「科玄相遇」話題
的直接或間接反射。

　　從以上角度出發，異類和人類在奇幻文學中將呈現出三種主要形態。第
一種是原本和諧共存狀態被打破後的緊張關係。斬鞍《秋林箭》中收錄的第
二個故事叫做「水晶劫」。這其中就出現了一個異類形象——「繪影」〔註71〕。
這是一種身體半透明、有彈性、黏膠狀的怪物。它有簡單的思維和感應他人
思想的能力，並能夠將自己身體的一部分惟妙惟肖地塑造成他人正在思想的
人或物的樣子。正因爲它的這種特殊能力而被當地人稱爲「繪影」。

　　「繪影」平時總是沈伏在青石城外「黃洋嶺」的「響水潭」潭底，只在
每月固定的兩天中聽到與它有著神秘契約的「守潭人」的歌聲才會出來。「黃
洋嶺」的「響水潭」盛產高品質水晶。這裡的人世世代代以人工採集天然水

〔註71〕斬鞍《秋林箭》，新世界出版社，2007 年，第 258 頁。

晶爲生。人們會在每個月的初一和十五，在「守潭人」的帶領下潛入潭底採集水晶。「繪影」一般不會主動攻擊人類，不過一旦被激怒，它就會爆發恐怖的力量。而且見過「繪影」的人臉上通常會出現青色的水銹。「守潭人」的歌聲其實是將「繪影」的注意力移開。這樣，人們就能在有限的時間內快速潛入潭底採取價值連城的水晶。「響水潭、繪影和守潭人」共同構成這一帶人們簡單而又明確的生活重心。而神秘的、可以和「繪影」親密接近的每一代「守潭人」不但爲人們敬畏還接受他們自願的供養。這種祖祖輩輩和諧的生活突然發生了逆轉。本地水晶原本穩定的買賣市場遭遇到來自外界的衝擊。商人們發現得來不易的水晶現在已經不希罕。他們可以用低廉的價格收購到「河洛」族批量煉製的人造水晶。當人們可以輕易獲得大量外來水晶之後，去「響水潭」採晶的人越來越少。「繪影」、「守潭人」和當地村民的紐帶就這樣不堪一擊地斷裂了。

不僅如此，在青石城一帶還爆發了戰事。生存局面被進一步惡化。當主帥「項空月」派兵激怒潭底的「繪影」之後，「繪影」的巨大力量瞬間爆發，導致青石城六井湧血。青石城至此絕水。

更爲諷刺的是，時過境遷之後，人們逐漸發現「河洛」添加各種製劑煉成的水晶在純度、硬度、色澤上遠不及當年從「響水潭」中人工採得的天然水晶。人們又開始追憶並天價收藏起「黃洋嶺」的水晶來。然而，「守潭人」離開了，「繪影」震怒了，城中絕水了。這中間「河洛」們批量煉製的人工水晶成爲所有癥結之所在。水晶本身無辜。所有一切都充滿了對現代和原始兩種生活和產業模式的影射。

第二種就是異類與人類一直持續的僵持關係。作者七月的《獨木秘林》[註72]中，「浩浩蕩蕩不見邊際的杉林」是周圍人群不敢進入的禁地。這片森林被人們認爲是一處魔法境地，曾經神秘地吞沒了久遠以來誤入其中的人們。他們中間既有伯爵的愛子，也有違法逃遁的罪犯。究竟是怎樣的秘密蘊藏林中呢？「費雲」，一名機械師的出現迎來了解開謎底的機會。他受伯爵委託進入樹林尋找其失蹤多年的兒子時，意外發現了一個位於密林深處、封閉而奇特的村莊。表面看起來，村中男女比例嚴重不和諧，年齡層次單一（即村民大都是中老年男子）等種種現象顯示按照正常的生存繁衍規則這樣的群落是無法長久延續下去的，只有一個常人喜歡猜測的可能，那就是村中的人

〔註72〕七月《獨木秘林》，載《飛·奇幻世界》2007 年第 10 期。

都已經獲得了長生不老的超級能量。事實恰恰相反，這些神秘的村民壓根不是什麼長生不老的神人，他們生前正是歷來誤入林中的失蹤者。他們早就被一種叫做「殄」的物質殺死、並被轉變成「人形殄」——一群徒具人形的，喪失人類思維能力、丟失了過往記憶的怪物。更加奇特的是整個樹林不過是這只巨大「殄」生物的化身。杉樹、林中村民都是它的附形物，成為它身體的一部分，真正活著的只有「殄」。讀者可以看到體質軟弱的人類在異類面前簡直是不堪一擊，高貴、卑賤、邪惡的各色人等不帶任何區別地被「殄」吞噬，他們的欲望和記憶平等地被埋葬。

「人形殄」的生命形式雖然類似於西式魔法類小說中的行尸走肉，但是兩者至少在功能上完全不同。西式魔法中的行尸走肉集中表現了死靈法師們通過魔法驅使沒有靈魂的屍體像活人一樣參加戰鬥或完成某項特殊使命，大批這樣沒有生命的傀儡被利用，只要魔法師們對其施加的魔法持續不斷，它們就能成為可怕的不死軍團。它們的存在是陰暗而邪惡的，創造或想像它們的人實際上將人類欲望赤裸裸地發揮到了極致。「殄」與人的關係卻不同，如果不是人類的誤闖，「殄」是不會主動攻擊他們的。

這裡可以讀出一個關於領地問題的隱喻。人類在漫長的歷史長河中早已習慣了不斷侵入並不屬於自己的領地，結果往往是憑著各種手段獲得了新領地的主導權。像「巨殄」這般，在世界一角毫無妨害地佔了一席之地，生出繁茂的樹林成為人類禁地的例子在現實世界其實是不多的。況且，「殄」並沒無限擴展領地，也沒有對闖入其中的人類進行不可告人的控制。上文已經提到無論什麼出身、什麼心地的人受到的待遇是平等的，他們在被吞噬的同時也成為了「殄」的一部分，是否具備人形自然就不重要了。這就是為什麼，「費雲」他們在砍伐林中樹木之時，給「殄」帶來的痛苦和傷害，對於那些村中奇人，也就是「人形殄」來說是一樣的。在這封閉的森林中，所有物體共同組成了一個和諧的、動一發而牽全身的整體。人類的真實生存方式在這裡被宣告徹底失效。

問題在於作者偏偏塑造了「費雲」這位機械師。所謂機械師就是掌握人類生存技巧、擁有豐富物理知識的人類。他憑著人類的勇敢和智慧破解了森林的秘密。答案揭曉了、長生不老的夢想也隨之破滅。在與人的爭戰中，擁有強大吞噬能力的「殄」卻選擇了退出：「大地轟鳴，這片廣闊的林地整個地面開始翻騰。遠方的樹木開始萎縮，慢慢地沉入地下。像是火山爆發一樣，

不斷有東西一脈一脈地從遠處的地底湧過來，凝聚起來」；「人形殄」以及「原本構成這片森林地上和地下龐大結構的所有組織從原來的地方退去」。它們最後凝聚成了一個能夠活動的巨「殄」，朝著遠方漸行漸遠，最後消失。

很容易推想，巨「殄」肯定會在世界的另一個角落找到新地盤，但卻不可能改變被人類闖入、被人類揭密的循環命運。故事的最後，它的退守與人類的進攻將關於人被吞噬、「人形殄」的存在方式所帶來的衝擊大大削弱了。從構思來說，這一中篇奇幻不乏奇特的想像魅力，但是對於如何對待「人」的問題，還是回到了人類征服與被征服的老路上。

其實，這也沒有什麼令人遺憾的。作為眾多奇幻作品中的一個例子，人類與異類在一進一退之間，處處表現了對「人」的複雜情緒。當代學者劉再復在談及先鋒小說對「大寫的人的解構」時列出了幾個等式，即顛覆「人＝人」的公式，拒絕回歸六七十年代「人＝神」，致力於揭示「人＝狼、人＝獸」〔註73〕。雖然著者的研究限於八十年代末九十年代初的上世紀中國新生代作家，但是，當年的先鋒作家就跟現在的奇幻作家一樣，非常年輕，年齡都在20～30歲之間。現在也參與奇幻寫作的蘇童當年就是他們中的一員。時至今日，繼先鋒小說對人的解構之後，奇幻小說也參與到這一世紀工程的隊伍中來。只不過在圍繞「人」這樣一個中心議題的時候，精神混戰升級了，在人的隱退和人的出場上呈現出了矛盾。

第三種，異類與人類的相伴依存關係。上文列舉的不少異類就是人類的夥伴、坐騎甚至武器。當然，人類有時還充當解決異類糾紛的仲裁者。這在以往中國傳統志怪傳奇、修真武俠中同樣有大量體現。就好比為了爭奪能夠征服天下的伏羲神弓，來自「神跡山」的「神族」和「萬妖林」的「妖族」及怪獸爭得不可開交。最後還是通過修真悟道的人類從中化解。〔註74〕可以說，這一層關係比較容易理解，主要表現的還是當代奇幻文學中人類形象對傳統強勢地位的延續。不過，延續不是絕對的。雖然人類強勢地位在這一類關係中沒有像前兩類關係那樣，引發異類的強烈反感和顛覆，但是人類對異類的感情在這中間明顯溫和多了。他們的夥伴關係在協同作戰時常常可以讓人感受到洋溢在其中的生死不離的深厚感情。這正是對上述兩類緊張關係的變相調和。

〔註73〕劉再復《放逐諸神》，香港：天地圖書有限公司，1994年，第17頁。
〔註74〕子非魚《天下》，載於《飛‧奇幻世界》2007年第4期。

　　值得一提的是，西方奇幻在對人與異類關係上的想像已經開闢了更大膽的空間。這對中國奇幻創作還是很有借鑒性的。在其奇幻小說以及被改編的影視劇中，已經實現了異類和人類之間類似血緣上的徹底溝通。在由奇幻小說改編而成的最新奇幻電影《黑暗物質・黃金羅盤》中，人類的靈魂以各種動物的形體被外化了。老鼠、毒蛇、獅子、老虎、家禽，幾乎所有動物都可以成爲不同人類個體的靈神。人與其作爲靈神身份的動物同進同出、片刻不離，彼此更是心意相通。基本上每一個人物出場，在他的身旁都會有一個小動物或猛獸相伴。如果遭到人身攻擊，任何一方受到傷害，另一個都會立刻感受到同樣的恐懼和痛苦。當心懷不軌的人士企圖將某個人和其靈神分開的時候，雙方的痛苦堪比外科手術無麻醉狀態下進行連體分割一樣慘烈。與自己靈神分割後的人類則會成爲一個喪失自主靈魂，精神無處寄託、身體極度虛弱的愚民。這無疑是對萬物有靈、眾生平等理念的另一種極致發揮。在此不做重點論述，但是可以從下文對奇幻文學中人類形象的分析中得到更進一步的佐證。

第二節　奇幻文學中的人類生存狀態

一、被包圍的「人」

　　不過，有一點必須注意到，那就是不論人類扮演什麼樣的角色，通過異類的生活，以及人與異類關係的演變，奇幻作者們試圖進行一種表達。各類表達中，創作個體的獨特性直接決定了在處理「人」與異類互動關係時的文本細節充滿了差異，但是可以從相當一部分作品中感受到與以往同類主題的不同魅力。因此不能因爲文學世界早就存在著大量人與異類的故事，就可以不論他們之間上演著什麼樣的故事，都套用傳統的思路對其進行一番概括。就好比某些研究者還嘗試著將志怪傳奇文學中早已形成的怪異世界結構中貫穿其中的人與異類的互動關係大致概括成四種情況〔註75〕。第一種關係中異類與人保持對峙狀態，會激發衝突；第二種關係是異類屬於客觀自然界，但與人類構成了一定意義的相互關係，而不是對抗著的兩支力量，是各行其道、互不干涉又相互制衡的關係；第三種關係就是人與異類在心理和感情上能夠產生感應、實現交流；第四種關係則是異類向人的幻化及人向異類的變化，

〔註75〕石育良《怪異世界的建構》，臺北：文津出版社，民85年〔1996〕，第6頁。

也就是說人與異類之間不僅有感情交流，而且在外形上也能相通，從而徹底打破了兩者的界限。

任何希望通過套用上述四種關係來解決新世紀幻想文學中人與異類關係都是行不通的，況且這幾種關係基本上體現的仍然是衝突與不衝突的二元價值關係，至於情感交流與形體互變只不過是對兩者溝通途徑的設想。嚴格地說，這四種關係不是平行的，更像從第一種帶有根基性質的關係中衍生而來，並延伸成枝節。畢竟，如果可以將文學作品，尤其是奇幻作品中如何表達「人」與異類對抗關係中出現的新變挖掘出來，必然有助於形成對這類獨特作品的質感認知。質感認知的形成同樣會強化「人」這一抽象話題在奇幻作品中的真實表現。

這裡重點談論一下第一種最常見的關係。異類作為人的外部生存環境而存在，而且大多是兇猛的怪獸或野獸，它們威脅到人的生存安全，人對待它們的態度是既恐懼又希望壓制它們。在此心態支配下，兩者相遇後通常只有兩種結局：要麼，智慧人類歷經萬難終於制伏了異類；要麼就是徹底被異類覆滅，而後一種結局出現的頻率幾乎為零，就算是犧牲巨大，人類總可以占上風、多大的危險也都可以被這萬物靈長克服。奇幻作品中自然也不乏對這一模式的繼承或重複，不過如果都是這樣那也沒什麼值得特別書寫的，真正讓人有不同感受的恰恰是對這一模式的突破性嘗試。

奇幻長篇《天行健》就是其中之一。學工科出身的作者燕壘生，在國內算得上最早出道的網絡寫手，除了這部長篇小說之外，還有四十多篇不同風格的小說，其中奇幻、驚悚類作品占主要成分，同時還有大量的詩詞創作。2006 年上半年，《新京報》在向讀者介紹市場上優秀小說時專門推薦了他的《噬魂影》，2007 年奇幻雜誌《九州幻想》連續幾期刊載他的奇幻作品《貞觀幽明錄》。也就是說，燕壘生是目前一直活躍在奇幻創作圈內的代表人物之一。

在二十世紀 90 年代初，燕壘生就開始創作《天行健》。不過按照作者介紹，從 90 年代初到 2005 年最後定稿出版，先是因為部分草稿的遺失，整整擱筆了五年，重新開始創作後，也只是沿用了最初草稿中的背景，重新創作了一個短篇。之後，再次出現停頓，直到互聯網普及之後，利用業餘時間通過網絡將其由一個短篇發展成現在的樣子。不過，真正激勵作者下定決心完成這部他自稱為「幻想中的歷史」的百萬字超長篇，還是受到祖籍江西，

因爲 1944 年出生在重慶，被列入重慶名人的臺灣「科幻小說之父」，張系國的影響。

燕壘生曾經因爲昂貴的定價沒有購買張系國三聯版的作品《五玉碟》，事後感到分外遺憾時，從臺灣網友處得知這部作品其實就是張先生《城》三部曲之一。這龐大的作品是在張早期作品《傾城之戀》和《銅像城》的基礎上擴充寫成的。這更加堅定了作者完成《天行健》四卷本的決心，並且毫不隱諱地承認《天行健》「這個不像樣子的東西仍然可以說是追隨著張系國先生的腳印而踩下的足跡」。〔註76〕不過，在《天行健》完成並出版之時，燕壘生卻表示還未拜讀張系國的《城》三部曲，那麼又何談「追隨腳印」呢？

國內著名科幻作家葉永烈的一篇評論解開了這個謎。在《世界科幻博覽》2005 年第 12 期上，葉永烈的《張系國與〈超人列傳〉》一文中就簡要提及了《城》這部作品的情況。《城》的全部完成從 1981～1992 年耗時 10 年。《城》描寫了虛構的「索倫城」歷史變遷，還融合了科幻、武俠元素，具體發表時間是 1982 年，張系國在《中國時報》推出長篇科幻小說《城》三部曲的第一部《五玉碟》；1984 年，推出第二部《龍城飛將》；1992 年，完成了第三部《一羽毛》。那麼追其究竟，具體到《天行健》的創作而論，作者應該是受張系國創作《城》時所耗時間、小說規模的鼓勵，當然其中不乏作者因爲閱讀過張先生其他幻想作品之後，早就生成的崇拜之情。

在這裡爲什麼非要澄清究竟受的是何種影響呢？衆所周知，張系國是臺灣地區最爲著名的科幻作家之一，業內人士對他的評價甚至高於同類作家黃易。而港臺地區當代較有影響的科幻小說家就數「民國五十年代中期，香港的倪匡……五十年代晚期，張曉風、黃海、張系國……」〔註77〕。海外學者王德威在研究中國科幻小說時無不期待地說：「時序又到了另一個世紀末，在張系國、黃海等人的努力下，我們是否能盼望一個科幻小說『新紀元』的到來」？〔註78〕雖然科幻與奇幻究其根源都是幻想文學的分支，但是構成彼此虛構世界的元素、以及對待現存科技文明的態度等根本問題上，兩者之間是存在差距的。如果燕壘生在《天行健》寫作過程中受到《城》的影響屬於內

〔註76〕燕壘生《天行健》，成都時代出版社，2005 年。見第四卷《跋》。

〔註77〕張之傑、黃海、呂應鍾主編《中國當代科幻選集·編序》，臺北：星際出版社，民 70 年。

〔註78〕王德威《想像中國的方法：歷史·小說·敘事》，三聯書店，1998 年，第 61 頁。

容方面，那無疑會對我們定位《天行健》究竟是不是奇幻小說表示懷疑，直接影響這一例子的可信度。事實上，《天行健》從內容上完全沒有科幻小說的影子，這也同時反證了上文對於所受何種影響的預測。

作者本人只是籠統地表達過其創作目的無外乎構造一個屬於自己的幻想歷史。目前，有關《天行健》這部作品的評價主要從以下幾個不同角度出發。按照類型劃分，有人將它視為兼具奇幻、武俠風格的歷史小說，有的認為它是一部戰爭小說；按照主題劃分，有人看到了人本主義色彩，有人讀出了反戰情緒，還有人深刻體會到錯綜複雜的人際關係網籠罩下的社會、政治學意義；還有從小說人物角度出發，圍繞小說主人公「楚休紅」的討論更是形形色色。這位在帝國軍中的中等軍官身上有優柔寡斷的「哈姆雷特」氣質、有威猛善戰的英雄氣概、還有洞察人際關係的世故、更能在殘酷的戰場與政壇鬥爭中在內心深處保留著最初的良知。這樣一個矛盾的、不完美的主人公曾一度引起讀者們較為集中的討論。

至於人與異類的問題大都沒有深入涉及。就連集中了燕壘生相關創作介紹和點評的「文學視界」網站，它們的編輯在談到作品中的「蛇人」時，也只是一筆帶過，將其視為增添小說奇幻氣質的因素，將整部作品基本的走向定格成對人類社會人際關係的表現。

也就是說，到現在為止，小說中有關於人與異類之間上演的種族之戰確實沒有成為人們關注的重心。就算是注意到了這一情節，可能也只是為其中充滿血腥的戰爭場面感到毛骨悚然，對人類面臨強敵時的軟弱和恐懼有更加直觀的感受。人類危機感絕不是只有在奇幻小說中才能找到。危機感可以說伴隨著人類的成長從來沒有消失過，只不過在漫長的歷史發展時期，人類不同時段的恐懼心理和危機意識的所指不盡相同。原始神話中的神靈、六朝志怪中的玄異、唐宋以來的志怪傳奇，以及當代的奇幻中，通過異類傳達出來的意義充滿著時代的豐富性，好比《聊齋誌異》中大量書生與鬼魅異類的糾纏間接表現了傳統知識分子的文化心態，還曲折表達了對科舉制度的批判態度。

沒有人重點評述《天行健》「人蛇大戰」背後的當代文化特色，並不代表這個問題沒有價值。當人們心中的天平傾向一邊的時候，另一邊的風景也許極具尚未被人挖掘的價值。如果此小說的基本脈絡是宮廷權勢之爭，那麼貫穿整書的「蛇人」與人類之戰則應該是另一根線索。在文學創作中，異類與

人類，人類與人類之間兩相交織本來是很普遍的，關鍵在於從細節處理的差異往往可以看到其中不同以往的變化。

《天行健》有關「蛇人」與人就充滿了這樣的細節。細節之一：「伏羲聖幡」。乍一看，「蛇人」的外形並沒有什麼超出人類想像之處。它們的臉雖有人形，但眼睛「光光的」，臉上還有鱗片，鼻子是臉上的兩個孔，張口就露出兩派白色的尖牙，下半身完全是蛇形。「蛇人」力量大得驚人，可以輕易對付幾個健壯人的圍攻。這是一個典型的猛獸加怪獸組合。可是恰恰是這個人首蛇身的造型卻擁有一面受它們頂禮膜拜的旗幟——「伏羲聖幡」。若非這面旗幟，「蛇人」們原本可以輕而易舉消滅掉，潛入「蛇人」營帳的主人公「楚休紅」。正因爲「楚休紅」在慌忙逃避中爬上了旗杆，爲了不傷及聖幡，「蛇人」們只好層層疊疊地圍在旗杆下暫停進攻，身處絕境的「楚休紅」才贏得了時間，得以逃出。這面聖幡上赫然印著兩個人頭蛇身、身穿古衣冠的人，「蛇人」們虔誠地稱其爲「伏羲大神」。

原始崇拜有許多原因，但是最爲普遍的就是祖先、英雄崇拜。「蛇人」們對同樣是蛇身人形的伏羲的崇拜不用明說就屬於這一類崇拜。問題在於伏羲向來也被視爲人類祖先。有著「宓羲」、「庖犧」、「包犧」、「伏戲」、「犧皇」、「皇羲」、「太昊」、「伏犧」等多個別名的「伏羲」，不但是一位神話中的重要人物，在各類典籍中甚至還有另一個身份，那就是三皇之一的帝王。

作爲神，伏羲是華胥氏姑娘與人首龍身的雷神在雷澤所孕之子，後世甚至還相傳伏羲與同是蛇身人首的女媧結成夫妻、生兒育女，成爲人類的始祖，承擔著繁衍人類的任務。中華民族「龍的傳人」就來源於這段典故。作爲帝王，伏羲還是一位製造書契、創立八卦、探索網罟漁獵之法、中國醫藥鼻祖之一、充滿智慧與力量的偉大君王。這位中國文獻記載中最早的智者之一毫無疑問擁有種族與人文的雙重祖先身份。

令人深思的不是作爲文化符號的三皇之首「伏羲」本人，而是「蛇人」與人類對同一圖騰的崇拜這一事實。奇幻小說造就了這樣一個可能，如果說「蛇人」眞是伏羲後代，那麼，本是同根生的兩支隊伍之間的戰爭儼然成爲內部矛盾了。問題還不止於此，從體態上講，倒是「蛇人」較之於人類更加接近伏羲。只不過「蛇人」危機的隱現恰恰在人類軍隊解決了阻擋帝國南征的勁敵，大肆屠城之時，「武侯」率領的帝國精英部隊正沉浸在勝利的狂歡中，沒有意識到這支勝利之師即將面臨全軍覆滅的命運，更沒有預見到這些怪獸

的目標絕不限於佔領幾個城池那麼簡單。隨著戰火的蔓延，「蛇人」的意圖也越來越明顯──奪回被人類統治的世界。

細節之二：小說標題與結局的格格不入。被異類覆滅的憂患意識和恐懼心理，長久以來，在人類自發或自覺反思的過程中始終如影隨形。來自外太空的不速之客、兇猛異常的入侵怪獸、高科技人工智慧、因為環境污染形成的變異生物、陰森的亡靈鬼魂等等這些被設想為外在於正常人類而存在的真正意義上的異類。它們在各類恐怖作品、科幻小說、其他幻想類文本中層出不窮。人類出於自己對死亡的恐懼、對機械物質文明、科技發展的擔憂等等原由為這些異類造型，無疑是對自身存在和發展的警惕，但是像「蛇人」這樣以與人類共有祖先的身份出現無疑深深撼動了人類原本毫無懸念的正統性。這裡不談雙方最終是否會兩敗俱傷、抑或重演成王敗寇的故事、又或是皆大歡喜地相互和解，光是設想人類才是實際掠奪侵略的異類這樣一種可能性所帶來的動搖力量就足以勝過以上各種對結局的預測了。

而事實是，燕壘生取「天行健，君子以自強不息」中的「天行健」作為小說的標題，也許在他內心深處，始終擺脫不了人類生生不息、奮鬥求強的思維定勢，但是他創造的「蛇人」、設置的危機、刻畫的在滅頂之災即將到來之際仍不忘勾心鬥角的政客們、心思縝密卻疲於在各種漩渦中求生存的主人公「楚休紅」，以及小說最後沒有交代的人蛇大戰之結局卻都處處顯示出作者本人的矛盾和遊移，也許正是這種無解決的狀態、休止符般的空白、無把握的處理才為讀者和作者都提供了一個更有彈性的思考空間。

近年，致力於研究本土志怪傳奇文學的學者接受了普遍的中西比較方法，嘗試著將西方現代派小說和志怪傳奇相比較，並總結出兩者三大趨同點：「主體的頑強表現」、「主題的哲理意蘊」、「色彩的怪誕離奇」，〔註79〕不能否認這種概括有合理的地方。但是，時至今日，繼二十世紀現代小說爆發之後，包括奇幻小說在內的幻想類文學正在調整或重新排列上述三大模塊。除了對後現代思潮中體現的顛覆中心、去二元對立思想有所繼承，通過文學幻想，不斷改變人類中心地位的同時，將人類作為全新的關係網中的一部分、羅織出色彩紛呈的異類世界，其意義已經超出了以往志怪傳奇傳統的追求範疇。對於所謂的「主體的頑強表現」也已經失去了往日的光輝。當然也要承認出

〔註79〕俞汝捷《幻想和寄託的國度：志怪傳奇新論》，臺北：淑馨出版社，民 80 年（1991），第 16 頁。

於通俗文學作品的趣味性追求，不能完全排除「色彩的怪誕離奇」，倒是「主題的哲理意蘊」卻依然保持著持久的魅力。「人」作爲哲學的元命題之一成爲奇幻創作中的典型議題。一方面對二十世紀以來思想界對於人的解構有了更進一步的文學表述，另一方面，在「科玄相遇」的時代語境下，對一度被高揚的「人」的主體精神形成了更加冷靜的批判態度。

二、「人」的隱退

　　奇幻小說在很多細節上充滿了隱喻，而這個本身不缺乏隱喻的類型小說自己就是一個巨大的隱喻：「科玄」話題，心理學，文化人類學，文學功能等等領域都能找到它的對應物。它在新世紀的勃興至少具有以上提到的必然性。當然也有許多人反對這種隱喻說，在他們看來除了那些已經被證實的陳詞濫調之外，隱喻中充斥的人性隱喻恰恰有強化了人類中心論的嫌疑。而隱喻的符號性意義也正是現代主義和後現代主義交鋒時被分解的對象。新的符號意義在靜靜的生長，雖然更多的仍然是舊有價值體系的重複，但是體現在奇幻世界中，各類生靈，不同種族在生存過程中的確生成了迥異於常態的奇異點。

（一）從不登場或低頻露面

　　奇幻小說表現出的對人的排斥，通過降低人類的體能，突出人類欲望的膨脹以及人在與其他物種共同生存中表現的惡劣形象，實現對人族的醜化。這不光體現出一種反省的姿態，甚至流露著自我厭棄的神態。人類在有的作品中根本連露面的機會都沒有。當然更多的時候他們作爲背景存在，感覺就像被打了馬賽克的畫面模糊而弱化。以異類爲主角的作品中隨處可以找到相關的例子。

　　飛氘的《淪陷200X》〔註80〕中的「我」生活在人類的世界常常感到格格不入，直到 18 歲成年那天，父親才告知了眞相：「我其實不是人，而是一個精靈」。不過經過千百年的人類同化，血統純正的精靈已經非常稀少。因此，成年後的「我」自然成爲人類監視的對象，就算什麼威脅都沒有，還要定時向有關部門彙報。「我」在腦海中總是浮現著「上古時代的那片戰場，億萬生靈在廝殺，千萬異族慘遭屠戮，我看見自己的祖先落荒而逃，隱匿在人間，忍受著人類的種種愚蠢的嘴臉。」「我」作爲一個即將滅絕的異類始終冷冷看

〔註80〕飛氘《淪陷200X》，載《飛‧奇幻世界》2007 年第 10 期。

著自己所處的人類世界，並時刻表現出對於「同化」的厭惡。在人類超強的同化力和控制力面前，精靈們強烈的反同化希望和實際行動的軟弱無奈使得「我」始終處於被壓抑的狀態。

冥靈的《肥皂記》〔註81〕則不是單個異類的灰色人生，而是一個普通人類混入了一個異類群居的地盤。這是一個特殊的封閉社區，也算高級社區，住在此間的都是被人類審批確認的「非正常人」。除了自由受到限制，在這裡生活的異類可以享受人類提供的完善福利，完全不用為衣食住行擔憂，因此任何企圖不勞而獲、混過審批程式的正常人類一旦被發現就會被繩之於法，受到嚴厲的懲罰。「我」把自己偽裝成三隻眼的怪物搬進社區享受特殊待遇之後，就是擔驚受怕的日子居多了。為了避免穿幫，「我」拒絕跟其他異類鄰居交往，但是那位擁有高超偽裝能力，「幾乎可以同任何設施融為一體」的鄰居對「我」總是糾纏不放，「我」一直懷疑它就是當局過來刺探虛實的，對它始終保持高度戒備。

當一個製作精良，能夠自動吹泡泡的多功能娃娃玩具莫名寄到「我」家後，「我」的神經更加緊張了。所有的異類們都喜歡這個吹泡泡娃娃，只有「我」覺得很糟糕，連裝著喜歡都辦不到，使得「我」更加覺得這是一個陰謀，自己是正常人的事實恐怕會被揭穿。其實這個神秘娃娃根本沒有什麼陰謀，只是異類鄰居們看到「我」的不和群，希望通過禮物引起「我」的注意，能夠盡快融入它們的社區。它們唯一的希望就是這個新鄰居能夠快樂，能夠跟大家一起和睦相處。而「我」對周圍事物的警惕，以及隨之而來的反常舉動使自己迥異於異類們的思維，很快被當局監控發現了。最後，當正常人的身份被自己暴露後，在被帶離社區，準備接受嚴厲懲罰時，早就知道真相，卻並沒有去告密的鄰居表現出了無比遺憾和不捨。作為個體人類，自私狹隘、敏感多疑是導致「我」的身份被自我揭露的根本原因；作為整體的人類當局則利用無所不在的監視之眼構成了對異類社區的圍攻，而生活在社區的真正異類卻顯得如此蒼白無力，它們不但沒有自由、連每天只能找各種樂子消磨時間的舉動都在監視之下，可以預見如果它們真有什麼侵害人類的舉動，恐怕它們的影響絕對超不出這個封閉社區，人類為它們編製的金絲籠其實也是一個可怕的武器，異類們所處之地就是一個荒島。這也是「我」在神經過敏之時的揣測之一。

〔註81〕冥靈《肥皂記》載《飛‧奇幻世界》2007年增刊。

上面兩個例子中的異類明顯處於弱勢地位，當然，也有異類佔據強勢地位的作品。至少，它們在與人類對峙之時，能夠表現出一種與之抗衡的力量。明寐〔註82〕的超長篇《異人傲世錄》中的異類形象就是典型。這部有 200 多萬字的奇幻超長篇，全集計劃出版 38 本。在臺灣，由新方舟信息股份有限公司隆重推出後，到 2004 年底就已經出版了 26 本，並一度雄居港臺暢銷書榜冠軍的位置。在大陸地區，中國廣播電視出版社從 2005～2007 年也陸續出版了 20 本。其外傳《迦藍小隊》，還被長江文藝出版社收錄於《2003 年度中國奇幻小說精選》。不過，網絡的普及有效解決了閱讀和購買的難題，在「幻劍書盟、龍的天空、小說頻道、天涯在線書庫」等原創網站上都可以找到這部深受歡迎的中國奇幻超長篇小說的身影。

故事發生在一個被稱作「比斯大陸」的地方。外傳《迦藍小隊》就像全書的一個引子，交代了整個大陸的格局。這是一個神族、魔族、人類和其他異族共存的世界。有一點很明確，「比斯大陸」被分成了「魔屬聯盟各國」和「神屬聯盟各國」兩大對立的派別。「神族」佔據了大陸北方一個叫「天堂」的大島嶼，而「魔族」就在大陸南邊創造了自己的生存空間，被稱爲「地獄」的大島嶼。神魔南北相對，爭鬥從不停止。被夾在大陸上的各種族被迫分成了兩個陣營，不得不在神、魔中找一個崇拜，以尋求庇護。每隔 20 年，整個大陸就會發生一次「神魔大戰」，不同的信仰成爲彼此宣戰最冠冕堂皇的原因。

異類在「魔屬聯盟各國」和「神屬聯盟各國」中早就見怪不怪了，它們與人類一起都是平等的智慧生物，就連「臉上有一層細密的絨毛」的狼人，還有可能當上軍隊中的高級軍官。以勇氣、激情、團結，爲傳統，具有五百年歷史的「珈藍小隊」正是彙聚了旺盛生命活力的山地矮人、狼人、普通人類的一支「魔屬聯盟」偵察隊。這支精簡而有戰鬥力的隊伍總是作爲先鋒參

〔註82〕原名陳思宇，寫作出版《異人傲世錄》時是成都大學一位大二學生。2006年，明寐參與組建了「虹翼工作室」。工作室成立後，他獨立完成了第一部作品《虹翼天使之風吟之章》，之後的《雷鳴之章》、《雲湧之章》、《自由之章》、《覺醒之章》、《回歸之章》準備採取集體創作形式，共六大章，將自成一個新的奇幻系列。爲此，明寐還於 2006 年 10 月 28 日，在網絡上發表了「關於虹翼天使，明寐的公開信」一文，表達了他本人通過成立奇幻寫作工作室、制定新的奇幻寫作計劃、繼續完成「異人」系列完結篇等具體行動，對經歷了 2005 年出版熱潮的奇幻文學能夠繼續獲得突破性發展、儘快度過瓶頸期的願望。

加到「神魔大戰」中來。因此，在「比斯大陸」上，「神魔大戰」成爲生活的
主旋律。兩大陣營中成員的成分十分混雜，神、魔、人、獸人、半獸人、毒
蝎武士、血魔，黑袍魔法師，猛獸騎兵、蛇人、水族、龍族、翼族、精靈等
等同時登場，各自結成新的組合，在你死我活的戰爭中，展示著各自的風采。
不論小說中的政治陰謀、情感波折、戰略戰術有多麼複雜曲折，「神魔大戰」
的整體風格就好像脾氣暴躁的矮人們在處理爭端時表現出來的作風。矮人族
的思維向來直來直去不帶拐彎，對它們來說對即是對，錯即是錯，這也就是
爲什麼它們總是用拳頭解決爭執，不喜歡拖泥帶水，因爲在他們看來，直接
打上一架還可以省下時間做其他的事情。同樣，「魔屬」和「神屬」兩大陣營
彼此水火不容，視對方爲挑起戰爭的邪惡勢力，它們都對自己的信仰深信不
疑，爲了捍衛各自的立場將神魔交界線當成戰場，每 20 年就打上一場兩敗俱
傷的仗，隨後，各自退回自己的領地用 20 年時間修養生息、儲備軍力，樂此
不疲地繼續著沒完沒了的戰爭。

　　至於魔法，奇幻小說中常見的要素則成爲「神魔大戰」中最基本的配置。
不過，在完全沒有現代戰爭中的高科技武器支持下，在處於冷兵器時代的「比
斯大陸」上，魔法當之無愧成爲最先進的武器。也就是說，在這裡，魔法不
再是魔與神的專用，而是所在國成員應該具備的基本技能。神族傳授給子民
的魔法有風、火、水、土及光明五種。魔族教給它子民的也有五種，即風、
火、水、土和黑暗。不過，精靈和人類在所有子民中是最善於使用魔法的種
族，其他各族由於智力的關係，在魔法的使用上有一定的困難。不過任何物
種都有可能獲得魔力。精靈族的大法師提點主人公科恩時就認爲只要在冥想
的程度和對魔法的理解力兩個方面下功夫，自然可以得到意象不到的成果。
當然，對於冥想的深淺程度，取決於修煉者的勤奮，對於理解力而言，就相
當於修煉者的資質與悟性，這是不能改變的，這也就是爲什麼有的修煉者就
算耗盡一生也無法達到最高境界的原因，而最低級的魔力是可以很容易獲得
的原因。

　　人類在這塊大地上不過是各智慧生物的一種，掙扎沉浮於神魔大戰的硝
煙之中。主人公科恩・凱達本身不是一個眞正意義上的普通人。他前世的靈
魂來到了比斯大陸，以維素・凱達總督家一生下來只會笑不會哭的三兒子的
身份彙入輪迴，成爲改變這個大陸的關鍵人物。科恩・凱達所在的「斯比亞」
帝國就是「神屬聯盟」中三大帝國之一，崇拜的是光明的神。帝國居民除了

爲數眾多的人類，還有大量異類。「斯比亞」帝國的「暗月城」，即科恩父親的領地以西，包括「黑暗森林」和「死亡之海」沙漠在內的地帶是大量異族的聚集地。在「神殿」權威看來這裡是「斯比亞」帝國統治最薄弱的邊緣地區，而在異類們眼中這塊死角恰恰是他們生活的福地。

　　科恩若能成功獲得這塊與其父親的封地連成一片的領地，即所謂的「黑暗森林」和「死亡之海」之間，與「暗月城」遙相呼應的區域，最大的意義莫過於爲精靈，翼人，矮人，沙族，吸血族還有其他的異類，這些他自幼就親近的朋友們爭取到一處可以享受平靜生活而不被捲入「神魔大戰」的樂園。當然要實現這個願望，科恩首先要擊敗「列卡」——以皇家學院當年第一名的身份畢業的競爭對手。最終，科恩不辱使命，獲得了這一被帝王賜名爲「黑暗城」的領地，以第一任總督的身份開始了他傲立於世的異人之旅。「黑暗城」在其領導下逐步強大起來，而科恩本人也由於種種機緣巧合，從一個只懂得最低級魔法的懵懂少年貴族成長爲天賦奇能的異人，最後成爲「斯比亞帝國」的「流氓皇帝」。

　　「黑暗城」這個名字本身就能產生強大的暗示功能，作爲崇尚光明的神殿轄區，雖然這個命名與崇尚黑暗的「魔屬聯盟」毫不搭界，至少預示著這個異類聚居、集中科恩所有活動的大本營與「神屬聯盟」之間將會出現方向性分歧。而事實上，包括「黑暗城」在內，後來被科恩統治的整個「斯比亞帝國」果眞遭到了神魔兩族的共同夾擊，在這個過程中還不斷遭受來自內部的人類貴族的背叛。原本希望在「黑暗城」享受平靜、安全生活的異類們不得不暫時遠離那有些遙遠的理想，心甘情願接受科恩調遣，參加到抵抗戰爭中去。當不食人間煙火、在鳥語花香中翩翩起舞的精靈族也受命追擊潰逃的「神屬聯軍」，大開殺戒之時，人們可以深切感受到當異類偏安一隅的基本願望都無法實現之時，從非暴力抵抗到暴力抵抗的轉變是迅速而強大的，而直接造成強大反彈的根本原因還是起源於神族、魔族、人族自命不凡的排他性。而與他們懷有不同理念、不按常理行事的科恩・凱達自然成爲這些勢力不惜利用戰爭和陰謀來圍剿的共同敵人。

　　表面看去，科恩是人類，其實在這樣一個魔法盛行的世界，他早已不是現實意義上的普通人，科恩本人就是異人，而圍繞在他身邊的異類爲了實現自由、平等、和諧的理想所做的超乎尋常的事也在不斷淡化人類的現實形象。倒是全文作爲背景力量的神殿彷彿失去了神的原本意義，竟然可以看到現實

人類的影子。其實，小說中的「神」與現實中的「人」在狹隘思維、對統治權的爭奪等方面實現了角色的部分重合，像一個巨大的陰影籠照在「比斯大地」上空。這個陰影成為挑起了神魔大戰、引發了各種族分裂和不平等的勢力之一。巧的是「比斯大陸」上還有除了神以外的另一強大勢力，那就是魔。「神」自我標榜的光明和「魔」所定位的黑暗完全可以看成是人性的兩個極端。這樣看來，小說對於其中出現的神、魔、人的概念有別於傳統上高貴、低級、世俗的等級認定，從整體上說將傳統意義上的「人性」分解成神、魔兩個端點，「比斯大陸」則成為兩者較量的戰場。通過大陸上的異人、異類的活動，利用最直接的戰爭形式實現對「人」的徹底分解。

在這個問題上，基督教存在主義哲學家別爾嘉耶夫曾經非常直白地表示：「人可以從上和從下認識自己」。所謂「從上」，也就是從「自身的神性源頭」去認識自己，而「從下」就是「從人自身的幽冥、人自身潛意識中自發的魔性源頭去認識」。〔註83〕只不過，奇幻小說處理人性的神魔二重性的策略明顯是將其作為背景，隱蔽地置於虛構世界的背景，不再直接探討人性問題，而是將這一任務下放到異類或者異人的手中，通過他們的活動間接思考人的問題。這也就是為什麼人的隱退和永在兩種狀態始終糾纏不清，對人類現實形象的淡化並不代表放棄對人類本質的思索的根本原因所在。

況且，不要說從根本上抹去「人」的不可能，細節上想去人化也是行不通的。在這部小說中就出現了像左丞相那樣典型的現實人類形象，也有很多類似人類社會關係運作的情節，包括對話所使用的人類語言，但在整體上他們都不是最重要的，這些都是作者要反思的對象。主人公那玩世不恭的言行舉止和果斷英明的決策能力讓人明顯感到這些畢竟是典型的人類特質。作者更像是將無釐頭的小混混、出生高貴的年輕貴族、劃時代的英雄三類有代表性的人類形象完美結合在一起罷了。

但是從對人類思維模式、價值評判標準的批判，對既成規則的反叛，對人性的隱性分解等總體上看，「人」的現實形象在作品中最終還是被有意抹平了。人為地為讀者創造了一個擁有不同能力、不同生活方式、不同外形的各種異類對「神」、「魔」合一的「人類」的抵制場面，而「黑暗城」正是他們展開行動的最初根據地。異類們漫長而艱辛的抵制過程雖然充滿了變數，但

〔註83〕（俄）尼古拉‧別爾嘉耶夫《人的奴役與自由》，徐黎明譯，貴州人民出版社，1994年，第3頁。

是它們對人類個體以及從人本身抽象出來的「神性」與「魔性」進行了全方位地反圍剿。至此，與其說人類在《異人傲世錄》中隱退了，倒不如說是被打退了。

（二）登場後的主動退卻

　　隱退的方式有很多，現實生活與文學作品中不乏隱居山林不問世事的高人雅士，也有看破紅塵遁入空門的宗教皈依者、還有萬念俱灰結束生命的自絕者。總而言之，他們選擇退出，就是希望徹底擺脫原本的生活狀態。用沉睡的方式退出舞臺雖然不是奇幻小說的獨創，但是由於幻想小說的靈活性和獨特性決定了它的沉睡不同於童話世界睡美人的等待，也不同於當代小說遵循傳統手法刻畫嗜睡者或夢醒者的故事，畢竟這些有各種各樣奇特睡眠問題的人除非在醫學上被判定已經腦死亡，最終他們還是醒來了。醒來後的改變只是為有可能使自己的人生軌跡獲得一次變道提供了做白日夢的機會，總體上帶有明顯的價值追求和積極人生觀。所謂積極，就是始終對於世俗名利、婚姻、家庭、事業保持正面擁抱的姿態。睡眠在這裡總是跟做夢聯繫在一起，它們的基本態度有可能是逃避、更多的是通過睡眠進行一種調理或者準備。在這個意義上說，現代科學理論中關於夢對於緩釋情緒壓力、潛意識流露等研究是相符合的。就好像尹向東的小說《城市的睡眠》〔註84〕中，男主人公在 25 歲生日那天醉酒沉睡後，醒來的第二天，發現生活完全改變了，自己竟然來到了十年後 35 歲生日這一天，原先漂亮的女友成了身材變形早已嫁作他人婦的下崗女工，身邊的妻子竟是一個完全陌生的中年女子，兒子都七八歲了，還是個小科員的他竟然已經當上了科長。慌亂的他試圖通過老友把這十年的空白填滿，老友們死的死、走的走，沒有人可以提供有價值的信息。當主人公逐漸接受現實，愛上這個有家、有孩子、有社會地位的陌生生活之時，一覺醒來他發現自己又回到了 25 歲，醒來後的他比第一次醒來發現自己老了十歲時更加瘋狂，竟然毫不猶豫地甩掉了漂亮女友，下定決心要找到那個陌生女子，追逐 35 歲時的生活。

　　此小說的作者壓根就沒有把這個故事寫成玄怪、靈異之文的想法，完全是一部傳統現實主義作品。基本上，作者所希望展示的就是一個年輕男子在昏睡中下意識規劃了自己 10 年後功成名就、家庭美滿的圖景，以及這個白日

〔註84〕尹向東《城市的睡眠》，載《四川文學》2006 年第 9 期。

夢醒後的追夢行為，表現了當下普遍存在的一夜成功的浮躁心理。讀者也可以輕易感受到主人公醒來後放棄現任女友，立志要追尋那位陌生女子的舉動並不是對愛情的執著，相反他要的不是愛情，而是夢中那美滿穩定的事業和家庭。當然對於美滿的認定是依照主人公自己的個人標準，只不過這個標準明顯標上了時下對幸福、美滿的大眾追求痕跡。小說總體上傳達了一定的現實批判意識。

而奇幻小說與上面所列舉的現實主義傳統小說最大的區別在於幻想文學從時間和空間上，最大限度地拉開了與現實社會的距離，它們的現實批判力量明顯弱於對形而上問題進行思考的力量。這就是說，在更多情況下，奇幻小說對哲學元命題的探問，比直接的現實批判更多一些。在具體表現手法上，奇幻小說作者們刻意對目前已被科學證實的各種理論保持著距離，這也就是說為什麼同樣談睡眠和夢，奇幻小說裏最常出現的是占夢、卜筮、夢境成真等超自然、具有神秘色彩的情節，對於夢的解析也與近代以來以佛洛德、榮格、弗洛姆等學者為線索，以及現代醫學最新成果拉開距離，甚至棄而不用。

啞男的《白夜夢語錄‧夢見》〔註85〕就是一個比較典型的例子。小說中的李少爺犯了怪病，沉睡不醒。在林家人企盼的眼神中，占夢師「白夜」進入林府為少爺占夢，希望找到療救之法。占夢之後，白夜冷靜地對其家人說：「占夢之術，只在於讀取人心，預測吉凶，給予解說指引，即便透析公子的夢境，吾人卻沒有扭轉乾坤之力」。白夜通過占算，發現林公子的夢根本不屬於《周禮》中所分的六種夢中的任一種，也就是說他的夢不是「正夢、噩夢、思夢、寤夢、喜夢、懼夢」，「是夢而非夢，身在夢中而不知之夢，為六種夢之外」。

那麼，林少爺沉睡不醒的真正原因究竟何在？原來他的居室裏收藏了一把神秘的刀。這把刀有另一個名字那就是「村雨」，是一把帶有妖氣的刀。能夠自己選擇主人的「村雨」是一把有故事的妖刀。每當出鞘就會自動生出清水洗去血跡，不是為了殺下一個人做準備，而是在「哭泣」。在很久以前，這把有靈氣的刀在浪人「無憶」和黑衣人「春姬」兩位頂級武者之間選擇了從不開殺戒的「春姬」作為主人，放棄了用刀「暴烈狂躁」，「殺人不眨眼」的「無憶」。忍者作為時代的畸形產兒，暗殺、破壞、偷襲、諜報最佳

〔註85〕啞男《白夜夢語錄‧夢見》，載《飛‧奇幻世界》2006年第9期。

的人選，在互相殘殺中，以死爲榮。「春姬」毅然站出來對這種殘忍而極端的武士道精神加以批判，表達了對生命的尊重態度，無比厭倦人與人之間殘酷相爭。

對現世不滿，對生爲富家子弟，卻枯燥乏味的生活漸生厭倦，對豪俠精神心嚮往之的林少爺，懷抱著諸多鬱悶情緒，經年累月鬱結成心病。他每天都喜歡凝視著這把刀，無形中竟迷戀上因爲凝視而產生的迷幻景象，景象中所呈現的各種迥異於現實世界的紛繁亂世畫面和場景，令其尤爲著迷。只可惜妖刀呈現出來的幻象，不能讓林少爺眞實進入。

潛伏的人格與常態下的人格兩相爭執，不分勝負。爲了避免痛苦的掙扎，最終，林少爺選擇沉睡不醒，構築一個夢中人生，按自己希望的方式，讓心靈的另一個極端得以釋放。就像小說中說的「世上萬般皆有其格相，物有物格，人有人格。……然而有一類人，在同一軀體內有著兩顆互不關聯的心靈」。林少爺就屬於這一類人。在常人看來林少爺是被妖刀上所帶的煞氣侵襲，心病加劇，最後陷入沉睡。其實是林少爺自己不願意從沉睡中醒來。

那麼，這把妖刀究竟釋放了怎樣的幻象激發出林少爺的另一個心靈呢？又或者說這所有的幻象其實就是林少爺的夢境。雖然小說沒有明確交待，但就是這種模糊使得虛幻夢境、沉睡少年、武者恩怨、妖刀的靈性相互糾纏，在虛虛實實中將人世間的林林總總精簡到只有武者、妖刀的黑白生死世界，以及沉睡少年拒絕蘇醒、主動退隱的無聲世界。單調的色彩和聲像在結合的過程中，其實是在不自覺中接觸到了人的選擇這樣一個複雜的哲學命題。

奇幻作品中的時間觀念有時也是通過夢或睡眠得以部分展現的。奇幻作品中充斥了穿梭時空的超自然能力，看似取消或壓縮了的時間概念，實則體現了一種彈性的向過去和未來延伸的願望，而跨越、穿梭或重合的基點通常選擇了此在。主人公常常處於迷蒙狀態或進入夢境，夢中的經歷一方面是此在睡眠的人所經歷的，具有現在進行時態；另一方面夢中的具體內容卻處處體現人對人此在狀態的各種情緒反射，在勾勒潛意識思維的同時，朝向了對過去或未來狀態的一種嚮往。過往、理想與未來在此在時間段中找到了「睡眠」作爲棲息地，以此獲得極致發揮。而也只有在奇幻小說中，願意永遠沉睡不再醒來、無限佔領這塊棲息地的選擇才有可能實現。

「夢與魂交」〔註86〕作爲神秘話題爲奇幻小說與所謂科學眞理之間形成

〔註86〕鄭志明編《中國文學與宗教》，臺灣學生書局印行，民81年，第60頁。

了永遠不能彌合的裂縫。其實「魂交」的夢與古代的魂魄觀念有密切關係，跟現代醫學對人類意識的研究雖然完全不同，但是用現代觀點去分析早在古代就有的思考，無疑不是重新回到所謂的無知愚昧狀態，根本上是希望拋棄某些思維方式，而科學理性在左右現代人思維習慣的幾百年之後最終迎來的不止學術思想界的反思，更遭遇了來自文學創作的顛覆。奇幻小說，用這種倣古的方式表述了人類的退隱也許退得並不徹底，但是除了徹底毀滅自我生命以外，最徹底的辦法就只有沉睡，夢境就算退守的最後一塊神秘空間了。

當然，除了神秘的夢幻世界，還有一塊領地也被奇幻小說創作者挑中了。它就是對現實人類產生持久吸引力的歷史後花園。最近比較流行的穿越歷史時空奇幻小說就能說明這個問題。在穿越奇幻小說中，普通人被神秘力量拋擲到另一個歷史時段，有機會成為跨越兩個和多個歷史時段，體驗兩種人生的幸運兒。它們的代表作則有《新宋》、《夢回大清》、《尋找前世之旅》等。

這些「穿越」奇幻小說紛紛走上了暢銷奇幻小說的書架。這種文學作品的出現除了與目前學術界對於歷史還原，對以往歷史文獻或記載真實性的質疑不謀而合了，且自有其暢銷小說本身的特點。中國當代奇幻小說從一開始就擁有通俗大眾文學，後現代文學，幻想文學的多重身份。在市場環境下，它為人注意的一個最重要的身份還是要算第一種。因為它的巨大銷量，使人不得不想起文學評論者朱大可先生在批評余秋雨散文時曾就「煽情主義的話語策略」問題說過的一段話：「為了在閱讀者那裡引起必要的市場價值回響，選擇恰當的話語策略，已經成為後資本主義時代言說者的一項基本技巧。這種策略包括：(1)確立具備市場價值的話語姿態（這個過程是內在的）；(2)尋找大眾關注的文化（歷史情結）母題；(3)尋找大眾熱愛的故事或（事件與人物）模式；(4)採納高度煽情的敘述方式，等等。幾乎沒有任何當代暢銷作品能夠逾越這個市場策略框架。」〔註87〕只是沒有想到，八年前作者設定的這個框架對最新暢銷的「穿越時空」奇幻小說仍然部分有效。穿越時空、返回歷史現場的奇幻小說之所以受到歡迎的原因就跟第二、三種策略非常貼近。不過，文學作品的暢銷與否所牽涉的原因是方方面面的，也不是憑幾項在內容上的策略就能輕易達到目的的。暢銷不一定是精品，精品也有可能養在深

〔註87〕朱大可、吳炫《十作家批判書》，陝西師範大學出版社，1999年，第32頁。

閨人不知，但是不能因此，喪失了對暢銷精品的信心。這對目前暢銷的穿越時空奇幻小說來說，顯然是個題外要求。

筆者對可讀性較強的穿越奇幻小說在整體上更傾向於僅將其視爲現存各類題材奇幻小說之一，作爲探討奇幻文學中人類存在狀態的一個例證。從現實創作來看，這類小說無論從傳統積澱還是意義表達，都在奇幻大家庭中（包括後面要著重介紹的神話、架空奇幻小說）顯得最爲年輕和單薄。對歷史這一重大問題實際所持的仍是不敢觸及的迴避態度。這一事實終究還是由創作者本身對於重大文化課題的把握能力所決定。就像《夢回大清》中的「茗薇」自認爲「我從不想影響歷史，但我一定要自衛」。這是多麼幼稚的自相矛盾之語。在思想文化界日益成形的多維歷史觀面前，小說人物的這番宣言顯得中氣不足，因爲人物所持的歷史觀還是那種省略了大量眞實細節的傳統歷史觀。但是不管怎麼說，他們成功地回到了過去，並在其中自得其樂，樂不思蜀了。從這個意義上說，穿越時空奇幻小說把沉睡延續到過往時光，把沉重的遺世昏睡轉變成輕鬆快樂的異時空白日夢。這一點《尋找前世之旅》的作者 Vivibear 在出版扉頁上也曾明確表示，自己就是「一個喜歡做白日夢的女孩，經常沉浸在歷史的世界中」，爲了創作，不惜放棄從事多年的新聞工作。

與大部分奇幻小說中法術高明的形象不同，純粹的穿越奇幻小說中的主人公大都是手無縛雞之力的普通人。小說中主人公們在沒什麼鋪墊的情況下就神秘地回到了過去。這些穿越了時空，回到歷史現場的人物們就好像觀看了一場立體電影，還有機會加入這場表演。奇幻文學極大滿足了人們對細節歷史的響往。在不滿足於結論式歷史敘述的今天，它成爲進入歷史細節的捷徑。這些必須承受現代社會生活重重壓力的小人物們，一旦穿越時空，通常被巧妙地安排在重要歷史時刻，成爲那個時代舉足輕重的大人物，圍繞在他們身邊的也都是重量級的歷史人物。這種寫作安排的初衷雖然不乏對輝煌歷史本身的仰視，恐怕更多還是源於對現實人類生存狀態的有意退避。在迴避過程中，創作者、讀者、人物都有機會經歷另一種生活。很明顯，現代都市生活與以情爲重的古典生活在相互碰撞中，高效能的都市生活敗下陣來。

就像《新宋》〔註88〕中的歷史系大學生「石越」竟然穿著白色羽絨服出

〔註88〕阿越《新宋》，四川科學技術出版社，2005 年。

現在王安石變法時期的開封城中。對這一階段史料非常熟悉的石越憑藉著智慧和機敏成功進入宋朝最高統治階層智囊團，在成爲新舊兩黨競相拉攏的人才之際，也不可避免地捲入複雜的黨派之爭。「石越」更是希望在這變法圖強的歷史時刻能夠有所作爲、建功立業。

《夢回大清》〔註 89〕的「薔薇」原本是個普通的上班族，天天要面對無聊的財務報表。爲了調劑一下和分析枯燥情緒，她最大的愛好就是到各個古建築景點參觀，幻想著如果身處那個時代會發生怎樣的故事。沒想到一覺醒來竟以貴族女孩「茗薇」的身份回到康熙王朝的鼎盛時期，參加選秀並進入皇宮，一邊目睹眾阿哥明爭暗鬥，一邊情不自禁陷入與阿哥們的多角戀情之中。

《尋找前世之旅》〔註 90〕中，「葉隱」的穿越時空經歷更是令人眼花繚亂。親政前的少年嬴政、德川幕府時期頂尖劍客「沖田總司」、十六世紀歐洲最屬害的血族親王「撒那特思」、十三世紀埃及歷史上最有名的法老「拉美西斯二世」、十六世紀羅馬教廷最高統治者亞歷山大六世的私生子「西澤爾‧波爾金」、日本平安時代的天皇寵妃、阿拉伯阿拔斯王朝王子「哈倫‧拉希德」、七世紀北印度國王「詩羅逸多」等等風雲人物都在「葉隱」穿越時空，完成委託人交付的任務時，與其發生了親密接觸。雖然，作爲一種出版銷售策略，此小說被稱爲繼《夢回大清》之後，時空穿越小說第二個里程碑式的經典之作。對目前動輒就會把「里程碑」、「巔峰之作」、「經典」等字眼搬來形容某部小說的現象在保持審慎、甚至警惕的態度之時，必須承認此小說情節上的曲折離奇，人物感情糾葛的處理，主人公身世之謎的揭曉等有關文學構思和語言表達方面還是有令人叫絕之處的。

當然穿越類奇幻小說情節也不都是單向返回歷史的定勢。像佘惠敏的中篇《穿越‧獵豔》講述的就是生活在 29 世紀的女主人公以出差的方式穿越時空，來到古代。「將工業文明前未受環境和文明污染的古人精英『運回』現代社會，以拯救因不健康的生活方式、精神壓力和環境污染等現代病造成的無法正常繁育的人類」〔註 91〕。雖然作者用調侃、無釐頭筆調編織故事，表達的卻是當先進科技已經不再是療救人類的萬靈藥時，如何拯救人類身心雙重

〔註89〕 金子《夢回大清》，朝華出版社，2006 年。
〔註90〕 Vivibear《尋找前世之旅》，河南文藝出版社，2007 年。
〔註91〕 佘惠敏《穿越‧獵豔》，載《飛‧奇幻世界》2007 年第 5 期。

危難的嚴肅思考。至此，夢境與異時空成為奇幻小說中人類在選擇隱退時最重要的兩大據點。

（三）法寶、異能裹挾下脆弱的現實人類

如果說上述兩種人類隱退方式主要是通過外在於人類自身的異類活動，以及人類主動放棄現實主導權來提供旁證的話，那麼，仙劍、修真類奇幻就是從人群中被選中的特殊個體以人的口吻，在得到最大限度發展後宣告自我無力的證據。這類奇幻小說曾被看成是從最初純西式魔法奇幻小說向本土奇幻過渡的標誌性事件。要看到，它們所包含的內涵還不止於此。人的問題在其中被特別放大了。人的潛能、人際關係、人的欲望和人的軟弱都得到了綜合性展示。具體的代表作有《誅仙》和「縹緲」系列。

瞭解中國奇幻小說現狀的人對《誅仙》是不會陌生的。曾經被傳授了佛門修煉法門，後又進入道家「青雲門」學道的孤兒張小凡在佛與魔，道與魔，正統道門與旁門左道三大對決陣營所形成的夾縫中生存奮鬥的故事曾一度在幻想文學愛好者中引起了轟動。他那得自「大竹峰」後山幽谷，來歷不明的黑棒，在吸附了魔教至凶之物「噬血珠」之後，以他自己的精血為媒鎔鑄而成的一根黑乎乎「燒火棍」更是吸引了無數人關注的目光。張小凡的卑微身世，他所受的來自佛道兩家的教養，以及他日後糾纏於佛、道、魔的經歷，使得人們對其遭遇傾注憐憫之心，產生情感共鳴的同時，對於貫穿全書，「滴血洞」內那句「天地不仁，以萬物為芻狗」和「萬蝠古窟」中「天道在我」兩種相對論調不禁生出一番迷茫。雖然，目前人們在談論《誅仙》時，對於其產生的網絡效應，通俗青春氣息，東方仙俠傳統與西式魔法較量，中國武俠小說與奇幻關係等問題上談得比較多〔註92〕。尤其當《誅仙》被譽為繼金庸武俠，成為中國武俠扛鼎之作之後，奇幻小說和武俠的關係更是糾纏不清了。

不能否認人們在閱讀過程中確實看到了武俠小說的影子。確實，中國奇幻小說與傳統武俠小說最接近的地方就在於「仙劍修真」類奇幻作品的出現。各類武功招數和打鬥場景在此類奇幻小說中比比皆是。不過，如果僅僅通過這些文學元素的相似或相同就此下結論，將這兩類同屬通俗文學範疇的樣式劃個等號那就太過草率了。

〔註92〕魏冬峰《2005 圖書市場》，收錄於《2005 文化中國》，張檸主編，邵燕君、王曉漁副主編，花城出版社，2006 年，第 30～33 頁。

　　追根溯源，中國武俠小說毫無疑問是眞正屬於本民族特色的文學樣式。陳曉林在評價葉洪生批校的《近代中國武俠小說名著大系》時就將武俠小說定位於民俗文學，並從中國歷史上的俠文化、平民文學復興話題、武俠小說的藝術性、武俠小說對於人性，尤其是反抗、同情的表現等方面尋找到武俠小說的文化和文學價值。不過這都不是最能說明問題的，因爲上述幾個方面的價值評判早就獲得共識。那麼，陳曉林最明確的觀點就是指出武俠小說本身因爲創作者的風格差異不能形成統一風格，在它的發展過程中也出現了分支。這就是所謂的「平江與還珠兩人，恰恰代表了近代中國武俠小說領域內，『入世』與『出世』這兩種截然不同的走向」〔註93〕。

　　平江不肖生的《江湖奇俠傳》、還珠樓主的《蜀山劍俠傳》是從近代開始奠定兩大主要武俠風格的里程碑式作品。只不過因爲近代中國特殊的歷史背景以及民族戰亂，武俠小說的命運經歷了同樣的坎坷，還珠樓主所創立的仙劍支脈更是被一度淹沒，以致當奇幻小說中出現諸如《誅仙》、《縹緲神之旅》等仙劍、修眞類作品之時，讀者們被其中眼花繚亂的法寶、人物修煉的出神入化驚呆了。殊不知在武俠世界中早就有了《蜀山劍俠傳》。

　　葉洪生甚至將還珠樓主傳之後世的這本奇書定義爲「中國傳統古典文學下的一個奇妙的組合與結晶」，認爲「其文采近於張文成《遊仙窟》」、「其博識近於李汝珍《鏡花緣》」、「其論道近於莊子《逍遙遊》」、「其談禪近於佛教《大成妙法蓮花經》」、「其志怪則以中國最古老的《山海經》爲本」、「其述異則兼采東方朔《神異經》、干寶《搜神記》、葛洪《神仙傳》、張華《博物志》、王嘉《拾遺記》等等奇妙素材而故神其說」。〔註94〕先不論葉先生的評價有沒有言過其實。但凡閱讀過《蜀山》的人再來看目前出現並獲得讀者歡迎的仙劍、修眞類奇幻小說肯定會感到後者顯得簡單、稚嫩多了。這裡不是說要把所有這種類型的奇幻小說拿到《蜀山》面前一較高下，而是利用解讀仙劍、修眞奇幻小說中的人類影像，順便將看似偏離主題的傳統武俠小說話題引入，在澄清武俠小說和當下中國奇幻小說之間的關係時，更清楚地解析這類奇幻小說本身掩蓋不住的時代氣質。

　　澄清奇幻小說與科幻小說之間的關係，辨析奇幻小說與武俠小說的關係

〔註93〕還珠樓主《蜀山劍俠傳》，葉洪生批校，臺北：聯經出版事業公司，民73年，第13頁。

〔註94〕還珠樓主《蜀山劍俠傳》，葉洪生批校，臺北：聯經出版事業公司，民73年，第43～44頁。

雖然各有側重，但是兩種澄清有著共同的出發點，那就是爲了證明中國奇幻小說並不是任何一類的衍生物，也不是兩者的簡單結合。當然在這個過程中，對這兩組關係的分解並不相同。武俠小說和中國奇幻之間發生的碰撞更複雜。雖然許多奇幻作者並沒有明確表示自己的創作受到《蜀山》的影響。兩種影響來源仍然是明擺著的：一種就是受到《蜀山》的直接影響，另一種就是直接來源於葉洪生所提及的中國古典文化中傳奇文學傳統影響。不論是哪一種，這裡暗含著受西方奇幻文學直接刺激之下的中國奇幻小說在擺脫早期的單純模仿之後，轉而發現了本土幻想資源。偶然也好、自覺也好，總地來說找到了一個切入點，那就是中國特有的武俠小說。

在中國本土文化傳統面前，奇幻與武俠出現了交匯點。這個時候它們兩者是平等而獨立的。在文學表現上，武俠小說中比較定型的諸如武功招數的描寫、俠骨仙風的高人形象、人物之間的打鬥過招設計也隨之進入了奇幻小說的世界，這個時候它們之間不是平行的，而是包含的關係。很明顯，奇幻小說中包含了武俠的成分。不過，當所有不同主題如「科玄」結合的奇幻小說、異類靈怪小說、重寫神話奇幻、穿越時空、架空世界奇幻作品等等碎片聚合起來共同構築起立體而開放的奇幻小說景觀之時，兩者就不再是包含關係了，奇幻小說的內涵明顯大於武俠小說。

而事實上，奇幻小說中的某些幻想元素甚至出現反滲現象，包括科幻小說在內，都出現看似毫無根據的玄想和超自然力量。如果這種反滲情況持續下去，倒有可能引發科幻小說和武俠小說本身的變化。奇幻、科幻、武俠在本質上都是幻想文學，當它們之間的文體界限不再分明時，眞正的「大幻想」文學時代恐怕就不遠了。

要說《誅仙》和「縹緲」系列相比，對於修眞的表述，前者遠遠弱於後者。所謂「飄渺」系列其實是兩位不同的作者創作的同一題材、同一主人公的作品系列，包括蕭潛的《飄渺之旅》和百世經綸《縹緲神之旅》。在這兩部長篇奇幻小說中主人公都是一個叫「李強」的普通人。兩者都用極重的筆墨刻畫李強在修眞道路上的種種奇遇，並將中國傳統道教中的靈丹、製器、符咒等等被大眾遺忘的東西統統搬上了臺面。《飄渺之旅》中涉及的靈丹就有「元陽丹、培元丹、結續丹、離隕丹、清蘊丹、寂滅丹」；製器則包括收集仙石、礦石等煉製的神奇法寶、武器、戰甲；至於所謂的「白雲障、傳音陣、寒淨陣、瞬移陣、傳送陣」等布陣法在各類符咒和手訣的支配下簡直令人眼花繚

亂，而那從「旋照」到「大乘」的十一層修煉境界更爲普通人構築了實現升仙得道的階梯。總之，全書儼然是一部道家修煉的知識大彙編。

《縹緲神之旅》更是將修眞之旅推向了極致。李強從一個普通人到修眞者最後竟然成爲可以統一「原界、靈鬼界、修眞界、仙界、黑魔界」，比仙人等級還高的「神人」。在他成神的過程中有一個問題值得一提，那就是李強自悟「神人」境界時，對「情」的理解：不是無情恰是有情才是身爲「神人」的他能夠百無禁忌、所向披靡的眞正原因。而這個有情的「神人」正是通過與上至仙界七大天君、仙人、修眞者，下至凡夫俗子的人際交往將這個「情」字表現得更加明晰——「眞誠忘我」。小說潑墨最多的是李強怎樣將圍繞其身邊、性格迥異、背景複雜的各色人等團結在一起，成功處理各方勢力之間錯綜複雜關係的。李強的制勝法寶正是「眞誠忘我」，而這一個普通得不能再普通的提法恰恰是現實社會人與人之間最缺乏的。

話又說回來，這些當代修眞類奇幻小說究竟在「人」的問題，尤其在體現人的隱退上，出現了哪些新的時代氣質呢？首先，作者們找到或選擇道家修眞作爲基本主題，純粹地爲修眞而綴文，恐怕並不是像有的評論家所評價的那樣，僅限於對傳統武俠的模仿。在世界眾多宗教中，道教被選中決不是偶然的。「凝結了中國神秘文化的傳統」〔註95〕與奇幻小說營造的虛幻而神奇的世界本身在節奏上非常合拍。同樣，道教獨特的身體觀無疑非常貼近當下奇幻世界對於現實人類生存狀態持有普遍懷疑的實際態度。

道家講求「形神雙修」、「性命雙修」的背後，除了所有宗教徒對精神、品性，即個人道德修養的追求之外，還有更切實可行、能夠觸摸得到的實體修煉程式。而「丹」，尤其是「內丹」作爲精氣神的結晶必須要與形體結合，一旦渡劫失敗，就會淪落到形神俱滅的地步，所以道家追求的長生之路充滿劫數。修煉者就算有緣得道成仙，也一樣面臨著各種考驗。這也是道家特別強調內外兼修的原因。各類丹藥、神器、法寶、法術最本質的目的不是劫富濟貧、匡復正義，而是幫助它的主人修連成仙、渡過各修煉階段的劫難。

儘管如此，修煉時具體而繁雜的步驟爲現實人類鋪設出不必繫希望於前世或後世，而是在現世就能得道昇天、成爲神仙的誘人之路。然而，修眞奇幻是否就眞的成爲修煉指南了呢？目前還沒有事實表明，有看過修眞奇幻小

〔註95〕劉仲宇《道教的內秘世界》，臺北：文津出版社，民86年，見首頁「引言」。

說的人眞的按照上面的描寫自我修煉起來。但是，「修煉」本身無疑成為許多修眞奇幻緊緊抓住的關節點。以修煉為中心，修眞奇幻呈現了以下特色。一方面，主人公的能量彷彿在無限膨脹，另一方面，卻總是安排一些新的插曲讓其意識到修眞的永無止境，並在快速發展的過程中，一次次挫敗了人類自身無限發展的夢想。雖然面對人以外的世界，對人類自身渺小的感歎早已不是什麼新鮮事，但是通過普通修眞者在修為突飛猛進之時發出的感歎，縮小現實人類形象的願望被強化了。

表面上，我們可以把修眞之路解釋成挖掘人的潛能問題。在修眞類奇幻小說中，如何提高修煉境界，發揮潛能也確實反映了如竹節般不斷抽生、不斷尋求突破的人類思維慣性。當現代人的能力，至少在征服自然世界的能力被極大開發之後，在修眞的世界，這不過是小兒科的伎倆罷了。變幻、瞬移、法寶、禁制、元神凝煉等也不過是修眞之人的必修課。具體說來，從《縹緲之旅》到《縹緲神之旅》，雖然在細節上存在許多出入，但是對於李強這位中心人物，不同的作者都自覺地保持了他作為一個如太陽般耀眼、始終保持最本眞的赤子之心的天神這樣一個整體形象。可以說大家共同造就了一個「神」與「人」完美結合的英雄。

問題是，當擁有了這些力量之後，總會有一個更高的神的境界在等待著，而且就算是神力同樣也有高下之分。強大如李強這般的「神人」在初次面對連他都無法布置出來的最高禁制——「鑫波神陣」時照樣目瞪口呆。這是「以一個星球來布陣，以炫疾天火作為神陣的本源，支撐著整個神陣的運行，在神陣的各個環節加上無數精妙的古神禁制，在神陣的中間還修建了一座宏偉的宮殿，如此大的手筆，讓李強愣住了。這就是眞正神的力量嗎？」〔註96〕

面對一層更比一層高的境界，人們總是不停地追逐於更強大的法術和法寶之後。原本有人在評價還珠樓主小說中的法寶時認為：「法寶的主要作用是把劍俠活動的層面升高。原來人只有二手二足，古人因而想到八臂哪吒，或千手觀音之類。還珠樓主無疑應用了近世觀念，把新武器帶進來，從此人類的由刀鬥變成鬥智，更進而鬥武器、鬥新發明了。在全無禁忌的想像之中，還珠樓主任意使用各式各樣的器具，劍刃、用品、代用物作為人類身軀

〔註96〕百世經綸《縹緲神之旅》，收錄於《九州幻想精藏本》（上冊），長春出版社出版，2005年，第40頁。

的延長，殘殺同類的用具。整本小說因法寶而熱鬧，到後來，法寶也就是人了」。〔註97〕這個觀點很明顯將外在於人的這些法寶、器具、法術視爲仙劍小說必不可少的基本要素，從正面肯定了它們對於提高人類活動能力的巨大功能。

但是，修眞奇幻小說畢竟不同於還珠的《蜀山》。稀世法寶在延伸人類能力的同時，更加反襯出人力的有限，而法寶本身在形神雙修之時，在精神修養、心靈鍛造上又顯得蒼白而微不足道。就算法寶滿天飛、法術節節攀升，主人公們總是會在適當時候冷靜下來。修煉者中的佼佼者《誅仙》之「張小凡」與「飄渺」系列之「李強」不約而同感受到，在法術和法寶構築的聖堂中強力反而更顯蒼白。尤其是「張小凡」，他終身飽受正邪勢力的擠壓、兩位分別來自兩大對立陣營的紅顏知己又與之生而不能相守。他只能選擇退縮到一個黑暗角落艱難呼吸著。也正因爲張小凡的孤獨形象比李強遊戲人生的形象在悲劇感染力上更強烈一些，使得晚於「縹緲」出現，修眞意味反而被削弱的《誅仙》在接受群中獲得了更高的聲譽。借助外力無限制提升人之潛能，尤其是身體機能的問題也就不應該成爲這類小說所具備的最爲深刻的時代文化價值了。「李強」通過修眞實踐，自身力量膨脹越大，越能體悟化繁爲簡、返璞歸眞、遊刃有餘的至高境界。「張小凡」走過的修煉道路正好相反，雖然在個人能力上他們都獲得了超乎尋常的發展，但是「張小凡」體悟最深的卻是心靈上的孤獨和無助。「李強」和「張小凡」的精神體驗雖然南轅北轍，但是人類精神世界中的苦態和虛弱感還是在這些所謂的獲得極大征服力的修眞強人那裡直接或間接地被表達出來。這才是這類小說中最有代表性的時代印記。隨著《誅仙》、「縹緲」系列帶來的轟動效應日漸平息，修眞、仙俠奇幻小說創作並沒有因此停頓，至今還在默默地持續發展著。

上文所概括的人類三種隱退方式不可能窮盡奇幻小說中所有相關表現，但還是能夠對在奇幻文學世界中「人」的話題做一個粗線條的梳理。從異類的圍攻，到人類的主動退卻，再到修眞強人對現實人類體能和心靈之虛弱狀態的自我體悟，現實人類的輪廓在奇幻文學中得以基本成形了。

當遭遇空前時代或文化急變時刻，文化思想資源的世界性，流動性特徵將會格外突出。傳統內部的調整只適合應對常規情勢，一旦面臨大的轉向或

〔註97〕唐文標《解剖〈蜀山〉——教你怎樣寫劍俠小說》，收錄於還珠樓主《蜀山劍俠傳》，葉洪生批校，臺北：聯經出版事業公司，民73年，第143頁。

挑戰，原來的思想體系或者說相對穩定的傳統本身就會需要一種刺激，一種納新。這時候傳統外的資源就顯得十分養眼。但是巨變因其突然爆發性，注定了在沸騰之後會趨於冷靜，這就是一個正反合的過程，在合的階段，以往傳統資源必然又會從底部泛起。這就好比高明的養魚人從來都不會將原來魚缸裏的陳水徹底倒掉，向來都只加入一定量的新水。目前奇幻創作中出現的「重寫神話」風，同樣可以說明當代中國大陸奇幻創作已逐步揮別上世紀末的歐風美雨，主要創作群體也已經開始擺脫對精靈與魔法的仿作，用了近十年的時間，從模仿到回歸傳統神話資源，應該可以說是一次很明顯的群體轉向。《故事新編》到《紅佛夜奔》再到《碧奴》再到《奇幻世界》的重寫神話專欄成爲一條明晰的線索。

　　當下中國奇幻小說創作中，因此散發出了濃鬱的傳統文化氣息。但是這一氣息並非單純的，而是駁雜的。既有豔羨道家「性命雙修」，「神仙」思想的作品，還有追求佛家空靈禪境的敘事，更有體現種族血緣，原始圖騰等人類學話題的作品。倒是表現儒家的家國天下、等級制度、禮義廉恥等正統理念在奇幻作品中少之又少。從欲望敘述角度來看，人們寧願選擇原始、赤裸、血淋淋的畫面，或者享受宗教超脫境界，寧願承受外界詬病也不願意與某些正統理念發生正面交鋒，避免對工業文明重重包裹下，異化主題等尖銳問題的直接批判，拒絕嚴肅社會現實話題。在總體上，卻恰恰體現出強烈地擺脫現實束縛的願望。當今奇幻文學創作在延續了 80 年代以來各類先鋒創作的反傳統傾向的同時，只不過有意識迴避現實批判，享受虛構與創造的寫作樂趣。這其中，包含了相當一部分爲虛構而虛構的人，但是肯定也存在著通過虛構，曲折地表達對某些嚴肅問題的思考。

第三節　尋求突破的「人」

　　現實人類一貫的強勢心態和社會地位與奇幻世界中被弱化的「人」站在一起時，後者顯得非常被動。然而，奇幻文學創作者們並沒有心甘情願放棄人類的立場。仍然有一些創作者施以不同的想像在這個迴異於現實秩序的世界中尋求著對人類自身的突破。而這些突破集中在對人類精神潛能的推測，對人類智慧極限的預設，對人類超越生命過程的嚮往以及人類物理體能的延伸。人類形象爲什麼會在奇幻故事情節中不斷被醜化或淡化？爲什麼會發生

原始征服、神秘力量等欲望對科學理性的反超？其根本原因還是涉及到一個當下對文化，尤其是對人類所創造出來的文化正經歷著一個反思階段的問題。反思的過程就是一個自我追問的過程。

「心靈對流學」這一出現在黃易奇幻小說《超級戰士》中的字眼成為新人類、新文明成為可能的一種設想。生活在「邦托烏」城中的眾人在知行權極度被踐踏的聯邦高壓管轄下，並不知道城外擁有著一片迥異的天地。除了傳統人類，城外還有九族。城外世界正是一個異類和人類混居的廣闊天地。這其中，影響勢力最大的是具高度智慧、戰鬥本能和敏感直覺的大海族；最能控制感情的高山族；擁有龐大精神力量的夢族；卑劣的幽靈族和魔鬼族。他們共同構築了紛繁的城外文明。不論是高尚還是卑劣的種族，都能在其身上發現無法用科學解釋的異能。不過這些異能在高尚族群中通常與直覺、情感表達、心靈感應緊密結合；在卑劣一族中卻與醜陋變形、神秘屠殺方式糾纏在一起。而「夢族」又是城外九族中最具號召力的一支。

「夢女」作為「夢族」的代表因為具有超強的心靈對流能力，已構成了「馬竭能」領導下的城內文明的重大威脅。無須語言，無須肢體動作，當然更不需要高科技支持，「夢女」強大而聖潔的心靈力量可以毫無阻礙地進入對方的意識。被其滲入的個體就好似接受了一次至上的洗禮，猛然獲得擺脫物質欲念束縛的精神超越。因此，「夢女」潛入聯邦城內後，迅速形成「夢女」教。「夢女」玄異的冥想力除了經大腦的傳遞，幾乎獨立於物質世界的任何媒體中介。人類現存學習和交流方式在「夢女」與其對象進行心靈直流之時被徹底摧毀了。為了阻止「夢女」勢力的蔓延，聯邦最高統帥請來了城內著名的心靈對流專家——單傑，希望同樣擁有強大精神力量的單傑能與「夢女」進行接觸，以瞭解和破譯「夢女」心靈能量的奧秘。

「夢女」心靈對流能量的神秘之處在於，可以使兩個孤立的個體在心靈上瞬間合一，並獲得徹底的精神救贖。生活在「邦托烏」城中的人們面無表情，人與人的直線距離很近，心靈的隔閡卻無限大。人們都生活在自己絕對隔離的「島宇宙」內。作者心目中的新人類、新文明之所以新，正是這種擺脫物質束縛的新方式，也是暫時忘卻人、神、宇宙大循環，重又回歸個體自身、營造個體完美小宇宙的新思路。

小說預言：有別於物質文明的時代將會出現。不過，新人類、新文明存在的前提必定是心靈的完美融合。當人與人之間交流的失敗與交流欲望的泯

滅頻繁出現時就有必要提醒自己「文明是否走至盡頭？」〔註98〕神奇的是，單傑與「夢女」心靈對流的一刹那，果然被她征服。他最終選擇了背叛聯邦政府。單傑以叛逃出城的方式擺明了他的決心。如果不是因爲這樣，後來也不會有聯邦最高統帥將其洗腦並改造成高科技融於一體的超級戰士的故事了。超級戰士實際上就是一架有血肉之軀的尖端機械人。經過改造後的單傑接受的任務就是打入「夢女教」，找出並殺死教中「十二種子」聖徒。不過，來自城內文明的超級戰士單傑被認爲是接受來自城外文明的「夢女」心靈對流能量的最佳人選，因爲這正體現了精神和科技結合出眞正的新人類——是「活的神」。

　　而此部小說中「異靈」的構想則無疑是人工智慧的巔峰。身處科學時代的人類勾勒出人工智慧的升級圖景：由電腦、機器人、具有自我修正和改進能力的機械人到全新人工智慧「異靈」。作爲聯邦政府上一任聖主的達加西有「太陽能之祖」的稱譽。當單傑潛入叛軍內部後，無意間竟發現達加西早已經不在人世了。達加西之死是肉體之死。他的靈魂還活著，並與「異靈」結合，成爲永生不死的智慧之神。「異靈」是達加西創造的第一代能像人類一樣有生長能力的「智腦」內部。精神與「異靈」的結合已超出現有科學水準的理解範疇。這不再屬於人類一員的存在形式，卻代表著人工智慧發展的巔峰——人工智慧不再是繁複程式、嚴格指令的一堆集合，而是能爲人類精神與智慧提供宿居的另一種生命形式。雖然在「異靈」世界不再需要人類肉體的物質支持，但是卻體現了永久保留人類智慧的野心。

　　科技文明對精神進化的打壓，城內文明與城外文明的對峙實質上是爭奪強勢文明地位的糾纏。這種糾纏從人類文明史以來，走過了遠古的神靈至上，到中世紀的神學權威，再到近現代科學大發展、理性超越感性，科學戰勝玄學這樣一條此起彼伏的道路。從此意義上看，玄學的當代復興並不是什麼新的課題，而是古老課題的延續。不同的是，當代許多科學家、文學家們都意識到，科與玄完全是有相互結合的可能性的。畢竟讓現代人完全擯棄現存的高科技成果重新回到原始崇拜中去是不現實的，但是，人們卻可以反思物質文明帶來的諸如物欲膨脹、人心澆漓的不健康生活方式，重新認識內心世界的潛能。

〔註98〕黃易《黃易作品集・玄幻系列　超級戰士・時空浪族》華藝出版社，1998年，
　　　　第33頁。

　　在超強精神力量和頂級智慧面前，現實人類短暫的生命歷程就顯得額外引人煩惱。這也就是為什麼大量奇幻文學中，小說對待相對於永恆力量而言如此脆弱的生老病死規律要麼保持迴避，要麼就是延續傳統思維，繼續編織著長生不老的夢。這個話題緊密地跟奇幻文學世界中「人」的突破相承接的。不過，這種突破屬於物理層面的生理突破。

　　中國傳統文化對生命及生命過程的關注處處閃耀著智慧之光。《史記‧封禪書》中記載：「蓬萊、方丈、瀛洲，此三神山者，其傳在渤海中，……諸仙人及不死之藥皆在焉。」指的就是長生不死之藥。《淮南子‧覽冥訓》中羿從西王母處得到不死之藥，嫦娥竊食後飛天奔月的則是昇天成仙之藥。《山海經‧海內西經》中的不死藥則是起死回生之藥。〔註99〕中國古代帝王為了延續不朽的統治，對長生術與不死藥更是求之若渴，最著名的要數秦始皇三仙山求不死藥，漢武帝癡迷長生術。中國土生宗教——道教的煉丹術、養生說、神仙觀無一不與長生不老聯繫密切。可以說，長生不死、昇天成仙、起死回生都是先民在對生命過程轉瞬即逝的體認下，對實現生命「永恆」與「自由」的追求。這種追求除了體現在精神上的渴求，還通過醫藥、科技等技術手段在延長生命過程，減緩衰老速度上進行持續不斷的探索。古人是這樣，今人同樣。不同的是古人通過建立一系列神話傳說，說服並使自己對不死藥的存在深信不疑。而當代人，面對長生不死的誘惑多了一些冷靜。現代科學使人們接受了這樣一個不可逆轉的事實：肉體與靈魂相結合構成的生命最終擺脫不了有機體的衰老，肉體的消亡勢必使靈魂失去依託，生命也就完成了它的周期，歸於寂靜，但這並不代表人們對生命過程的思考就此停步。為了與上述關於「心靈對流」和「異靈」的敘述保持連貫性，我們不妨再以《超級戰士》為例，看看小說對生命狀態表達出來的五種不同模式。

　　第一種模式：在代表科技發展巔峰的城內文明中，超級戰士的誕生象徵著能量補給連綿不斷的機械人借助高科技，擺脫了對肉體的依賴。就算後來被魔鬼族的魔女「梵豔」肢解，也不影響他的重生。鋼筋鐵骨武裝下的高智慧生物就是聯邦城中最高的生命形式。

　　第二種模式：城外文明中，最能控制感情的高山族人對待任何事物都保持著冷峻而清醒的頭腦。從沒有人看到他們因情所困，也沒有誰能令其生情，直到超級戰士單傑的出現，改變了一貫的平靜。高山族人「鳳玲美」被單傑

〔註99〕袁珂編《中國神話傳說詞典》，上海辭書出版社出版，1985年，第54頁。

矯健的身姿、睿智的頭腦和深邃的心靈所打動。正當她奉獻出自己的愛情時，她死了。原來，高山族人一生只能愛一次，一次愛情的釋放換來的是耗盡的生命。人們都知道沒有感情的生命體就好比一具行屍走肉，而高山族的生命恰恰相反。感情是結束其生命的殺手。一旦陷入其中，他們的生命就走到盡頭。也許高山族人生命與感情的截然對立是對人類在七情六欲支配下走向罪惡的極至反叛。這一支徹底擺脫情欲羈絆的種族也許真可以走上另一條長生之路也未為可知。

第三種：城外的魔鬼族和幽靈族的生命狀態則幾乎是茹毛飲血的原始初民的翻版。他們殘忍相侵、嗜血如命。魔性大發的他們參與對「不死藥」的爭奪，但是他們並沒有養生觀念，不思考靈魂的歸屬、也不在乎生命的價值。他們要的就是純粹的長生不老。彷彿追求生命的無限就是最終的目的。他們只在乎目的，不考慮過程的盲目性更多體現出一種動物生存的本能。

第四種：肉體已死的達加西，靈魂與名叫「異靈」的人工智慧相結合，仍然可以洞悉外界的一切動向，並能做出準確的判斷。這種精神不死的生命狀態與無處不在的神靈具有相似之處。不過，神的存在具有更多的自由度。它可以幻化成不同的形態，自由穿梭於天地之間。然而，達加西的靈魂和智慧畢竟只能寄居在「異靈」中。當超級戰士單傑將「異靈」徹底摧毀之後，達加西的智慧則隨著靈魂的消散灰飛煙滅了。

第五種：在夢女的協助下，單傑成為「人類第一個超越永恆的神物」，即城內科技文明與城外精神文明的和諧統一。用達加西的話就是「活的神」。這種生命模式很明顯是本部玄幻小說的理想狀態。

對於超然的生命觀，人們一般所持態度無外乎有生命循環說、生命自然說兩種。前者主張生命不滅，能量守恆定律是其最有力的支持。一種生命形式的終結帶來了能量的轉換，另一種生命形式將替代原有的形式，以至生生不息。生命自然說則是人們認識到生死是不可避免的自然規律，從而頗能冷靜平和地對待這一現象。當然還有一種執著的生命觀。夢想長生不老，渴望現世的無窮，追求全知全覺的境界都是這種生命觀的體現。長生不老的理想與其說是對生命過程的超越，不如說是執著於人類自身的生命過程不肯放手。這也是人之為人最基本欲求。因此可以看出，不論科學如何昌明，人類心靈中永遠會為追求永生留下一席之地。不過，很明顯時下奇幻小說中的長生追求已經超越了簡單生理要求。這一願望跟奇幻小說中人類形象捆綁在了

一起，更多的是與異類形象一道，不斷進入對現實生命狀態和生存方式的深刻思考。

奇幻世界對科學進化論的變形移用成為人類自身突破的另一個途徑。也就是說，在這個神奇、玄異的世界，法術、魔力最終作為進化結果在人類身體中固化下來。這個時候擁有魔力和法術已經不算什麼。這恐怕是為人類與異類繼續著較量，現實人類為保留自身優勢，增強外力支持所作的另一番想像。這樣的例子在奇幻小說中屢見不鮮。比如五陵架空奇幻小說《西陵闕》中一處叫做「雲夢澤」的所在，那裡的人們幾乎都能修習並掌握馭水之術。那可不是簡單的游泳、潛水之術。「凝水成冰，化冰為劍」〔註100〕的功夫正是水術的魔力之一。而生活在「天工城」中的「黎侏人」雖然與生俱來不會任何魔法，但是卻因為掌握了「天工術」，可以成功將人和物鍛造在一起。他們城中的「玄鐵衛士就是將天外隕石中的玄鐵鍛造進自身者」〔註101〕。天工城的人雖然不通魔法，但是天工術使他們將堅固的物性熔入身體，一般的魔法練他們的皮膚都無法劃開。這樣的體質一定程度上可以防範其宿敵，擁有超強魔力的「玄武城」一方的進犯。值得一提的是，玄武帝國中幾乎人人都天生魔力，他們「將這叫做進化，以之表示自己比從前的人類先進」〔註102〕。

由此觀之，突破並不等於突圍。對於擺脫包圍圈來說，自然是一種突破之舉，但是對於人類自身生存狀態來說，突破不僅僅是擺脫外在的擠壓和攻殲，而是自我的突破和調整。換言之，並不是因為異類的圍攻才導致人類做出隱退或者突破的選擇。異類包圍和人類隱退、突破是同時進行，三者共存的，並不存在因果關係。正因為此，奇幻文學中異類和人類形象會出現多種不同形式的表現形態。試圖將每部奇幻小說中出現的異類和人類形象納入一條因果關係鏈條中，只會吃力不討好。

毋庸質疑，人類文明的建立、人類社會既成秩序的形成在體現人類智慧的同時，持續提升了人類的征服力。只不過經歷了二十世紀，來到新世紀的人類，正自覺地走上對自身反省的道路。這對自我意識不斷獲得強化、自身操控能力在相當廣泛的領域中取得支配地位的社會人類來說，既是試圖對抽

〔註100〕秋風清《西陵闕》，載《飛·奇幻世界》2007 年第 1 期，第 64 頁。

〔註101〕步非煙《玄武天工》，新世界出版社，2007 年，第 40 頁。

〔註102〕步非煙《玄武天工》，新世界出版社，2007 年，第 31 頁。

象和具體的「人」之概念所進行的圓滿，也是對以往形形色色「人論」的整理和修正。越來越多的人一邊用無所不及的物質和精神力量向未知領域持續發力，一邊爲自己身後龐大的創造物所淹沒、生出懷疑和惶惑之情。在這樣的語境下，當代「科玄相遇」的話題以及奇幻世界通過文字所傳達出的信息，最直接的投射和聚焦還是回到了「人」。人的話題毫無懸念地成爲現代主義與後現代主義爭論的一個焦點，進而成爲理性與欲望最重要的爭奪對象。正因爲如此，奇幻小説中但凡接觸到「人」的問題，有意無意中就會充斥著隨之而來的一種複雜、矛盾心理，而在面對目前仍處於強勢地位的人類之時，從奇幻文學內部生發出來的「隱退」之念也就成爲人類自身反省道路上的一道風景。

　　文學本身的多樣性、創作個體的各異性很自然地決定了對於這個話題的不同表達和處理方式的存在。不過，永在的「人」、隱退的「人」作爲相對立的兩極，雖然在不同的奇幻小説中都有各自占主導性的棲身之所，但是在更多的時候，大部分奇幻小説無形中抛棄了兩極絕不相容的立場，相反，從一極到另一極的中間地帶，處處雜糅著、交織著對自身、對「人」的矛盾情感。

　　歷史出現了一個驚人的扭轉：科學理性話語權威統治下的，關於個體感性，人類情感，精神自由，神秘空間等曾經被壓抑或被遺忘的話題都在奇幻類創作中再次燃燒起來，出現了狂歡似的繁榮。奇幻創作是當下社會思潮，人們精神面貌在文藝上的反射。在全球化帶來的文化交流、社會經濟模式等時代因素的直接刺激下，東方文化的魅力日趨恢復，再加上文學創作本身出現某些特定類型文體是再自然不過的固有規律。種種原因綜合在一起，投射到中國奇幻小説的實際創作之中，爲解讀文本、分析現象提供了立體的參照系，而「人」自然成爲最耐人尋味的中心話題。我們可以得出一個結論，眾多奇幻小説通過不同的方式隱退、縮小人類，而事實上卻印證了人在文學中永不褪色的光芒。只不過，人類透過異類的眼睛成爲前所未有的被懷疑甚至否定的對象。但是也要看到，奇幻世界中對時代新人的呼喚從來沒有一刻眞正停止過。人類作爲欲望和理性的雙重主體在奇幻小説的出場和隱退之時折射出「科玄相遇」後給人自身帶來的衝擊。這使得中國奇幻小説中異類和人類的糾纏就顯得並不單純了。

第二章　超越科學的神話世界：中國奇幻小說中的非科學幻想

第一節　奇幻小說中神秘世界的構成

　　雖然中國當代奇幻小說注定了從一開始就與當代「科玄」雙方的糾葛無法分割，但是並不代表奇幻小說必須直接、徹底地成為「科玄」兩大陣營各抒己見、彼此對話的傳聲筒。在考察異類與人類獨立形象及彼此關係時，還可以同時發現，糾纏於「科玄」複雜關係之外，奇幻小說中還充滿了大量描寫非科學、純神秘的幻想，並且隨之形成了它獨特的神秘世界。中國奇幻小說作為獨立的類型文學，將營造純粹神秘世界作為一個主攻方向，找到了一條特殊創作路徑。在這個從表面上看似乎跟科學絕緣的世界，「科玄」雙方的糾纏不再是顯性的。巫術、魔法、神話不但成為小說濃墨重彩的對象，還是構成奇幻小說神秘世界的重要元素。不過，實際上要看到，奇幻小說對純神秘世界的重建，對神秘細節的再創造為讀者帶來的閱讀感受和思想啓發恰恰是繞了一個圈，從背面重新回到「科玄」相遇這個正題上來。每一位奇幻作者繞道而行的目的雖然不同，但是依然從反方向對「科玄」核心話題做出了不同層次的回應。

　　就以巫術為例，在大量奇幻小說中巫術的出現不但使奇幻小說中的人物更富有神秘色彩，還是奇幻作者們心儀的創作資源。《誅仙》中，南疆「巫族」所施展的神秘莫測的招魂術、《縹緲錄》中薩滿教大和薩的聖歌儀式、《鏡》系列裏的原始血祭等等，都使中國普通讀者在這個陌生且詭異的領域中獲得

了感官和心靈上的極大衝擊。

魔法在奇幻小說中更是比比皆是。這其中比重最大的要數對西式魔法的引入。發生離奇事件的克里菲斯魔法學校的《血縛靈》；艾爾帕西亞傭兵橫行的《惡魔》；普通人運用智慧對抗魔力強大的法師的《魔法師的門》；收集「死靈」的《新世紀死靈法師》，遺傳了傾聽彼岸之聲的耳朵的「冰鰭」和遺傳了凝視不屬於這個世界之物的眼睛的「我」的《綺羅火》，〔註 1〕這些魔法運行天下的小說不斷強化著奇幻世界的神秘魅力。

那麼，中國奇幻文學神秘世界的構成除了上面簡單提及的巫術和魔法之外，還有一個最典型的成分——神話。神秘主義在文學中的回歸以文化符號「神話」為載體，在奇幻小說中獲得了充分的表現。而其中洋溢的原始文化精神除了對現代機械文明做出有力回應之外，在回歸中還體現了彼此相互包容的傾向。圍繞著對以《山海經》為首的本土神話資源借鑒，在西方同類小說對照下，人、神在奇幻小說中的結合，巫術、魔法等神秘元素的加入不斷豐富著人們通過奇幻文學獲得的神秘體驗。

2007 年 4 月 21 號，當代著名學者劉再復在「新浪」網上自己的博客中發表了名為《中國文化的原始精神》一文。這是他近年移居香港，給城市大學中國文化中心作了大約二十次講座中的第一篇。作者回憶三十多年前從天天讀「老三篇」——《為人民服務》、《紀念白求恩》、《愚公移山》，到現在天天讀「老三經」(《山海經》、《道德經》和《六祖壇經》) 的感受。他認為《山海經》是神話，荒誕不經已經成為它的標籤，但它卻仍然不失中華民族最本真歷史的一面，代表的是中華民族最原始，也最重要的文化。他覺得以往研究《山海經》的著作不少，但都側重於考證，文化闡釋還不夠，迫切希望能把《山海經》所凝聚的中國文化的原始精神充份開掘出來。

毫無疑問，《山海經》是中國傳統文化典籍中的一部奇書。雖然《山海經》最初出現在漢代司馬遷的《史記》，其原著經過漢末劉向、劉歆父子整理，晉代郭璞的注釋之後仍然晦澀難通，因此在以後的幾個世紀裏，它都沒有得到重視。到了明清時代，汪紱、畢沅、郝懿行等在郭璞注釋的基礎上都曾做過新的注釋。明代的胡應麟稱它為「古今語怪之祖」。清代大學士紀昀視其為「侈談神怪，百無一真」的「小說之祖」，而魯迅則認為它是一部古代的巫書，但是這樣一本奇書，還是吸引了海內外學者的目光。

〔註 1〕 胡曉暉主編《2003 年中國奇幻文學精選》，長江文藝出版社，2004 年。

　　日本學者伊藤清司對《山海經》進行過系統研究，他撰寫的《〈山海經〉中的鬼神世界》，除了將《山海經》中記載的妖怪惡鬼、神靈仙草等進行整理之外，還探討了《山海經》生成的社會心理原因，並將妖怪鬼神的內涵與村落共同體的日常生活進行了聯繫。以村落爲基本生存單位的古人要同時面對苛政如虎的集權統治與充滿危險和神秘的蠻荒世界，這就是伊藤所謂的《山海經》對「文明社會的外圍世界」〔註2〕的反映。

　　《山海經》的主體部分就是《山經》與《海經》。《山經》具有典型的地理方志性質，以「山主川從」爲記述模式，這樣一種模式形象地描繪了山巒作爲河流的發源地，而河水最終會流入人類聚居的內部世界，通過河流的連接實現了內部世界與外部世界的溝通。這樣圍繞著山川，附屬記錄了周圍的動植物和礦物玉石，以及盤旋其中的超自然存在物。可以說《山海經》不但收錄了大量的天然資源，還留存了像「精衛填海」，「夸父逐日」，「黃帝與蚩尤之戰」等中國原始神話的雛形。至於《海經》，它的內容比《山經》混雜很多，除了以往研究中認爲它們不是出於一人之手，或者不是在同時段完成的論斷之外，最主要的焦點在於《海經》在內容上。它的一部分記載了非現實的原始神話，還有一部分內容涉及到中原以外的異民族世界。其實中國神話在先秦典籍《尚書》、《國語》、《左傳》、《莊子》、《韓非子》、《呂氏春秋》裏都有零星的記載。不過相對而言《楚辭》、《淮南子》、《山海經》和《穆天子傳》中的神話更加集中。《山海經》作爲此中公認之翹楚，夸父追日、女媧補天、精衛填海、后羿射日、皇帝蚩尤大戰、共工怒觸不周山、鯀禹治水等經典神話原型故事都來源於此。而這些民族神話資源，成爲中國奇幻文學創作的一大淵源。奇幻作家冰石吉它在《中西奇幻承傳與嬗變之大略》中就有很大的篇幅論及本土奇幻題材中運用神話傳說與文化原型的現象。

　　仔細研讀《山海經》，筆者認爲魯迅先生將其定位成一本巫書是很有道理的。《論語》中，孔子訓誡弟子子路時的那句「子不語怪力亂神」，被許多人當作孔子作爲「無神論者」的證據。其實不然，孔子不是不相信，而是在子路面前刻意避而不談。子路是孔子眾多弟子中最孔武有力的一位。他的家境貧寒，少年時代爲了維持生計、養家度日，需要經常背負重物，往返於恐怖的自然世界和村落，再加上當時孔子所處的時代，人們好談鬼怪，子路在老

〔註2〕　（日）伊藤清司《〈山海經〉中的鬼神世界》，劉曄譯，中國民間文藝出版社，
　　　　1990年，第1頁。

師面前流露出對鬼神的特別興趣是很自然的。孔子執教最重因材施教，他知道子路的生活經歷使其接觸過許多恐怖事件，故而選擇避而不談，其實就是希望分散子路在這方面的注意。其實孔子不但能談「怪力亂神」，還是個不折不扣的「怪物通」〔註3〕。在《史記‧孔子世家》和《國語‧魯語》中都記載了孔子爲他人饒有興趣地解釋有關怪物的傳聞。當然，在這些典籍中的記載並不一定具有絕對的權威，孔子究竟對「怪力亂神」問題的眞實態度是什麼，估計沒有人可以確信無疑地表述出來，但是在引起歧義的「子不語怪力亂神」例子中，人們可以看到，鬼神話題在中國傳統文化中從來就沒有消失過。有神論和無神論的爭論在根本上是不同世界觀之間的爭論。不管怎麼說，從《山海經》中，當代奇幻創作者獲得了大量的寫作靈感。中式奇幻與西方奇幻在幻想物細節上的區別也是首先來源於此的。

從《山海經》發散開去，中國奇幻小說中還出現了從人神對話到人神大融合的趨勢，以《天維之門首部曲‧精衛塡海》爲例，這部被改編並推上銀幕的奇幻小說中涉及精衛、后羿、龍王、離洛、雷澤、素女、共工、刑天、鯤鵬、祝融、夸父等一系列出現在《山海經》，或者流傳在各類典籍中的神話傳說人物或地名。經過奇幻作家的全新組合，原本在他們之間發生的相對獨立的故事實現了徹底融合。可以說，通過一個新造的邏輯，這些平面的神話人物共同組成了一個有血緣、盟友、敵對等各類關係的網絡，發展了在同一虛構事件之下的互動情節。

就像書中的楔子中說的：「歷史從未改變，改變的只是傳說」〔註4〕。這部作品在細節上的改變，從文學創作的角度來說，就是在題材上的擴容。對創作者而言，此舉帶來了徹底的創作自由。對於讀者來說，更能切身體會到神話重構極限的衝擊。對具體的奇幻小說創作思路的形成來說，則起到了承上啓下的作用。

神話進入當代奇幻文學創作後所展示的意義是多層面的。首先，神話與歷史的不等同性決定其本身就是人類想像力發揮到極致的結果。其次，從古至今，對中國原始神話中的神靈形象進行文學再現、變形和延伸的嘗試從來都沒有消失過。再次，奇幻界掀起的新一輪重寫神話活動，迥異於前幾個世

〔註3〕 （日）伊藤清司《〈山海經〉中的鬼神世界》，劉曄譯，中國民間文藝出版社，
1990年，第17頁。

〔註4〕 子漁非《天維之門首部曲‧精衛塡海》，長江文藝出版社，2005年，第3頁。

紀的神話題材創作。它與當下社會思潮、時代背景有著密切關係，可以從一個邊緣的位置折射整個社會思想的狀態。最後，對於後來者如何處理原始神話資源提供了借鑒模式。《天維之門》從中國傳統神話人物群出發，有機地重組相對獨立的多位神話人物，就構成了另一種重寫神話的方式。這種方式與以單篇神話傳說爲原型的改寫或續寫不一樣，可以說是一種整體融合型重寫模式。在容量上具有相當的豐富性，在構思和結合上也有一定的難度。不管怎麼說，這樣的嘗試是很有價值的，也成爲奇幻文學中重要的代表作品之一。

除了《天維之門》，像《搜神記》、《搜神新記》、《神仙列傳》等奇幻長篇都有類似的嘗試。在所有這些小說中，神仙們有的轉世投胎進入現代世界，忘卻原本的身份成爲一個地道的凡夫俗子。還有的跟原本在起源上壓根沒有任何關係的神靈們大展拳腳開闢著新的戰場。不論神仙們以何種面孔出現在故事中，這些作品擁有一個共同的特點，那就是在重塑神靈形象的同時，探討著人與神之間的溝通問題。就好比《搜神新記》的主人公，有著與「亞聖」孟軻同樣的名字，前世爲上古水神共工，現實社會中竟然是一位混吃等死的小男人，而勇武的大禹也爲了避禍消災淪落成鍋爐工。這種完全背離神話原型（尤其是有著輝煌背景的神話人物形象）的創作手法在很多類似中奇幻小說裏見不鮮。作者們在筆下不厭其煩地創造出形形色色如「孟軻」一般的草根們。這種現象的出現不是偶然的。其創作思路有其自身演變線索。從「科玄相遇」大背景中引發的「人」的話題仍然是人們關注的中心。「人」，尤其是「個體」在強大的神靈面前，除了建立新的對話關係，還可以成爲顛覆神靈的最有力武器。

正如小說中的大禹爲了不使後人在他離去之後無所適從，竟然編造出「九鼎」的謊言，聲稱如果聚齊九鼎，就可以擁有如他一般的力量。大禹本來的出發點不過是爲了阻止後人的失落沉淪，沒想到竟然成爲後世紛爭、私欲膨脹的導火線。而最終解決紛爭、消除誤會的竟然是手無縛雞之力的小職員「孟軻」。一個小人物與一群天神、精怪之間的對話也好、爭奪也罷，最終的問題還是由「人」解決了。這樣的結局表面看上去重新陷入「人定勝天」的陳詞濫調，可是不要忽視細節：「神」的文化權威被動搖，以及動搖權威的這個特殊個體。

這兩個細節直接聯繫到了後現代理論和對現代性批判中關於「人」的主

體性這兩個南轅北轍的重大問題。它們在當代文學中竟然處於矛盾交錯和混而不分的狀態。在這個虛構的世界中，我們可以看到反權威、反中心的後現代理論核心，還可以體會到存在主義中對於「荒誕」的表述，但是我們同時還看到了現代性啓蒙中對於「人性」和「人的主體性」的影子。上世紀互不相容的它們竟然共存在一個文學作品中相互融合，並不爭奪，而且還共同參與完成了故事的敘述。雖然寫作在某種程度上說是私人活動，帶有明顯的個人印記，那麼眾多類似的文學表達同時湧現，從創作者到閱讀者全部表現得樂此不疲，這就說明從僅僅表現個人喜好到表現群體情緒的滑動開始了。本世紀之初在奇幻文學中體現出來的現代與後現代理念重合、雜糅的事實進一步表明，當代「科玄相遇」後不再棱角分明地相互對撞、牴觸，彼此表現得更多的是交相糾纏，互爲映襯，就算是總體上非常純粹的神話世界也掙脫不了「科玄」雙方在當下形成的新的磁場。以此觀之，要透徹解析奇幻文學形成的神秘世界是一個不簡單的問題。

第二節　新世紀何以仍然需要神話？

一、二十世紀中國神話的學術研究基礎

　　現代人需要神話的原因有很多。本書試圖從二十世紀本土神話的學術研究和奇幻文學「重述神話」兩方面來尋求主要根據。學術和文學的雙重現實共同證明了神話、由此衍生的神話思維以及奇幻文學中彌漫的神秘色彩在新世紀的文化意義之所在。

　　首先，我們要正視的第一個現實就是二十世紀本土神話研究的學術事實。中國現代神話學自二十世紀建立以來，出現了一系列的重量級人物和經典學術著作。呂微在《傳統經學與現代神話研究》中擇其要列舉了茅盾的《神話研究》，顧頡剛、楊寬等的《古史辨》，（法）馬伯樂的《書經中的神話》，丁山的《中國古代宗教與神話考》，徐旭生的《中國古史的傳說時代》，（美）波德的《中國的古代神話》，袁珂的《山海經校注》和《古神話選釋》，張光直的《中國青銅時代》，蕭兵的《楚辭與神話》，葉舒憲的《中國神話哲學》等。其實這是一張並不完全的名單。

　　中國現代文學史上神話學之確立有三大學術立足點，其一，是對西方，尤其是古希臘神話的介紹與研究，爲什麼選擇古希臘神話，原因很明顯，古

希臘文化是整個歐洲文明的主要源頭之一，而古希臘神話更是源頭之源，這是一種抓住根本的研究思路。周作人的《神話與傳說》，《神話的辯護》，《續神話的辯護》，《神話的典故》，《神話的趣味》，茅盾《希臘神話 ABC》，《神話雜論》，鄭振鐸《世界文學大綱》，《文學大綱》，郭沫若《神話的世界》，吳宓對《荷馬史詩》的研究，瞿世英《希臘文學研究》，高淘《希臘文學之源流》，繆風林《希臘精神與希伯來精神》等都是現代學者對古希臘神話的介紹與研究成果。

其二，對本土神話資源的整理與研究。國外大多數研究者認為中國是沒有神話傳統的國家，直至 1892 年，聖彼得堡出版了 G・M・格奧爾吉耶夫斯基的《中國人的神話觀與神話》，才打破了西方原有的神話學格局，而格奧爾吉耶夫斯基作為最早提出「中國神話」概念，則成為第一位研究中國神話的國外學者。20 世紀中國現代學者對本土神話資源的關注，更重視原始神話的研究，一方面是對世界神話學的補充，更重要的是試圖尋找並張揚民族精神的本質。先不談學界大家的成果，僅看青年時代的姚雪垠，就曾於 1934 年在《河南民報・平野周刊》第 5 卷上連續 5 期發表系列論文《羿射十日　中國神話研究》這樣一個貌似普通的例子，就可以感受到二十世紀二三十年代，人們對中國原始神話的研究熱情。

其三，確立相對獨立的研究神話的理論與方法。雖然，西方的文化人類學在神話研究上所採用的文化視角對前輩學者們的影響很大，但是，中國傳統的考據學方法，史學研究思路同樣起到很強大的作用。對於中西兩種方法，學者們大多不倚重一方，全盤照搬，他們的努力有著融合與創化的顯著特色。在這個方面茅盾，顧頡剛，聞一多和魯迅等人堪稱代表。

茅盾早在 1918 年就曾經編寫過十多種童話，寓言故事，編纂了中國寓言故事。從學理上關注神話課題，則是從 20 世紀 20 年代接觸並引入泰勒，安德魯・蘭等文化人類學者的神話學理論和觀點之後，於 1925 年開始撰寫了有關神話問題的多篇論文和專著，其中包括最初發表在《小說月報》上的《中國神話研究》，1929～1930 年陸續出版了《中國神話研究 ABC》、《神話雜論》、《北歐神話 ABC》等著作。

茅盾對本土神話研究最大的貢獻是在眾多神話資源中剔除外來神話，佛教影響以及與道教形成中關係密切的神仙故事，集中針對最能反映中華民族根本氣質的原始神話。而原始神話中最突出的一大部分則是對創世神話的整

理和研究，得出了一個中國神話演變的「歷史化」與「仙人化」的結論。天地開闢，日月風雨，萬物來源，民族英雄，人物變形這六大類神話是茅盾對原始神話分類的主要思路。同時，地域性神話特徵在其研究中也有一定的突出，這是一個非常有意義的話題，尤其是對中國這樣一個多民族共存，地域廣博的民族來說，期望用一個統一的神話體系來概括不同地域，不同民族異彩紛呈的神話，在當時是不可能實現的。當然，隨著國家體系的建立，作為一個多民族共存的共同體，理論上需要一個總的神話體系作為一種凝聚力。從這個意義上說，對原始神話的開掘，就不光受求知欲望的推動，更重要的是還要建構「想像的共同體」，這是在具有強烈國家民族凝聚力的催動下進行的。雖然茅盾對中國神話的研究主要集中在原始神話這一個領域，可以說僅為中華民族龐大駁雜的神話寶庫中的一角，但是要看到，他對原始創世神話的理念，在當下奇幻創作者們身上竟然有相當的反映，至少，至少有關創世神話題材的奇幻小說層出不窮就是證明。

顧頡剛先生「首先是一位歷史學家，然後才是別的什麼家，比如神話學家、民俗學家等等」。〔註 5〕他在史學上的重大貢獻在其「層累」學說對歷史真實性的質疑以及對「信史」地位的動搖。1923 年，在胡適主持的《努力》增刊《讀書雜志》上，曾經圍繞其「層累」史觀展開過激烈的討論。他的歷史研究方法不在於對歷史本身的史料整理與研究，而是對歷史事件的演變以及史學形成軌跡進行研究，即這一事件成為歷史的過程的研究。在其涉及的領域，曾對神話故事形成，不同歷史階段故事演變的特色進行梳理。在此，並不是要對顧先生的史學價值和治學領域做細緻分析，而是通過探討其在提出的「層累」歷史研究方法，並將之運用到神話文本研究中去的意義，為「重述神話」的現實找到合理性的依據。

「重寫神話」無疑是當代人毫不隱諱地，公開地對神話進行著類似「層累」的再創造。寬容地說，無論改成什麼樣子，總有一個內質在支撐，即一個神話原型，經過漫長的歷史時期，雖然到最後的定型在細節上迥異於最初的版本，但決不會徹底改頭換面。當神話中的文學因素被放大之後，這種「層累」不但可以表現出顯著的文學創作傾向，而且必定會注入某一個時代特定的思維和語言表達方式。按照顧先生，以及同屬「古史辨」派的胡適等

〔註 5〕陳泳超《顧頡剛古史神話研究之檢討——以 1923 年古史大爭論為中心》，載《南京師大學報》（社科版）2000 年第 1 期。

人的觀點，歷史眞實性的堡壘都是可以被擊垮的，那麼我們完全有理由說「神話」不等於歷史。它要表達和追求的並不是科學、歷史上的眞實。那麼，神話中的社會文化意義以及它的文學性才是其眞正的價值所在。從這個角度看，「重寫神話」作爲一種文學潮流不但具有社會文化意義，而且可以體現這種創作在文學上的價值。「神話批評」與「層累」理論是一脈相通的，「由『神話批評』深入推進，必然導致『層累』的斷論。……前者是對後者的理論印證」〔註6〕。從神話批評到神話再創造的過渡，既可以印證「層累」理論，也是對神話系統本身的發展。

聞一多對《楚辭》的研究，以《九歌》爲例，他將「傳統『小學』考據方法與西方文化人類學方法有機地結合起來，認爲《九哥》作爲文化典籍在其流變中經歷了由『神話』到『經典』、由『宗教』到『藝術』的發展。這是一個從以娛神爲目的的巫術禮儀，到禮樂教化的歌舞儀式，從『祭壇』到『舞臺』，從『祭儀』到『戲曲』的文化史演變過程。由聞一多《九歌》研究開關出來的人文關懷視野和舞臺美學的感悟和領會之途，在《九歌》和《楚辭》研究史功不可沒。」〔註7〕對於《楚辭》研究，我國有著悠久的歷史，僅就20世紀而言，就有俞樾，梁啓超，王國維等近20人。楚辭學研究的成就主要體現在文獻學，文藝學，社會學（包括語言學，心理學，神話學，考古學，哲學和歷史學，民族民俗學，天文學，文化學），美學，楚辭學史，比較研究六大方面，而「楚辭神話學研究早期以聞一多爲代表」〔註8〕。不誇張地說，他可是當時開創楚辭神話學研究思路的學者。

聞一多先生神話學研究代表作《伏羲考》的出現成爲中國神話學研究轉型的關節點，這一價值評定在學者中已經達成共識。具體說來，這部作品的誕生離不開最新考古發現、經典文獻、田野考察。它們使得研究的可靠性與普遍性大大增強。最重要的是，聞一多在其神話研究中所採用了綜合方法。這種方法綜合了強調從歷史的演進中研究神話的發生發展以及各種功能與意義的文化人類學主張；繼承了傳統考據學研究方法尤其是文字音韻學的利用；還採用了社會學方法，將人的社會化對原始神話、圖騰從「人的擬獸化」

〔註6〕顧鑒齋《從比較中認識『層累』理論的學術價值》，載《齊魯學刊》2005年第1期。

〔註7〕蘇志宏《聞一多和〈九歌〉研究》，載《北京大學學報》（哲社版）1999年第6期。

〔註8〕黃震雲《二十世紀楚辭學研究述評》，載《文學評論》2000年第2期。

到「獸的擬人化」最後到「全人形」〔註9〕這樣一個人的社會意識的逐漸形成對神話發展的影響。

前面三位從學術出發，對中國神話進行了學理上的重新認識和研究。其實，中國現代神話學史上，在神話課題中，創作與理論並重的當首推魯迅先生。他對神話的認識，對神話題材的運用處處與其對國民性問題思考的保持一致。也就是說，神話題材進入魯迅研究和創作視野的過程基本上與他本人的學術積累、創作生涯保持同步。

魯迅先生對神話學的觀點，早在1908年的《破惡聲論》中就有體現，當時雖然沒有系統的將神話學獨立出來加以研究，但是卻清楚地表達了他的早期神話觀。他認為神話的存在與民間信仰是緊密相聯的。收錄在《中國小說史略》（第二篇，1923年）的《神話與傳說》甚至將神話傳說視為小說的源頭。此外還有收錄在《中國小說的歷史變遷》（第一講，1924年）中的《從神話到神仙傳》，《關於神話的通信——致傅築夫、梁繩禕》（1925年）等等。而《故事新編》的創作更是歷時十三年，幾乎貫穿了魯迅整個創作生涯。過去，人們將這部小說集劃歸歷史題材小說。現在，已經有不少學者提出了質疑。畢竟其中的《補天》，《奔月》，《理水》等作品有明顯的重寫神話跡象，因此將這部作品稱為「歷史神話題材小說」更加準確。畢竟「歷史」不等同於「神話」〔註10〕。其實，進入上世紀80年代以來，魯迅研究界就出現了「從神話角度研究魯迅的新視角」〔註11〕，錢理群先生在《心靈的探索》中，較早地提及魯迅創作中的神話世界，而《故事新編》自然成為人們在探討魯迅神話觀與神話創作時必談的經典。

魯迅先生的一生有一個「沉默的十年」，即從1910～1911年。錢理群教授認為，他在這十年間，通過輯錄古籍、自我反省，逐漸建立起批判與懷疑的精神。其內在精神與「五四」精神是相通的。「這是最終魯迅參加『五四』新文化運動的內在動因」，而這十年「對生命本體的黑暗體驗，又是『五四』時期大多數人所沒有的，這是魯迅的獨特性所在」。〔註12〕

〔註9〕 龍文玲《聞一多〈伏羲考〉與中國神話學研究的轉型》，載《民族藝術》2004年第4期。

〔註10〕 逄增玉《志怪、傳奇傳統與中國現代文學》，載《齊魯學刊》2002年第5期。

〔註11〕 馬爲華《神話的消解——重讀〈故事新編〉》，載《東方論壇》2003年第2期。

〔註12〕 錢理群《十年沉默的魯迅》，載《浙江社會科學》2003年第1期。

其實在創作上，這十年的體驗思考與積累同樣是形成其創作風格的重要階段。《故事新編》作爲魯迅創作生涯的重要組成部分，其中有關「重寫神話」的篇章同樣透射出批判懷疑，重估價值的精神。雖然有的細節處理、人物刻畫上具有詼諧甚至油滑的特色，但是對魯迅整體創作走向而言，細節上的處理方式都是從屬於作者的主導意向：即批判精神的高揚。

茅盾認爲中國神話有歷史化和仙人化的趨勢，近代又成爲某些政客吹嘘的資源，出現了政客化趨勢，如汪精衛與「精衛塡海」神話之滑稽捏合。因此，有的學者認爲，魯迅在當時「重寫神話」的起點遠高於將神話政客化之流，以一種「反省」的姿態，試圖「恢復神話本色」，〔註13〕重建中國文化。這一觀點有一定的合理性，但是關於「恢復神話本色」這一提法，卻有待推敲。神話本色在漫長的社會演變過程中，已經被一層層加以修剪，延伸，覆蓋了。恢復神話本色在理論上是可以實現的，但在實際操作中，卻可能成爲一個難以企及的夢想。社會的人在不同時代接觸對象、思維模式都具有一定的相對性。站在某一時空交匯點上的世俗人，在「重寫神話」過程中首先不應奢談完全恢復神話本色，只能最大限度的通過寫作，忠實於自己的思想感受。這也注定當代奇幻文學神話題材小說處處離不開直接或間接表現著時代精神。正因爲如此，魯迅在他的時代，重寫神話時就會自覺地忠實於他一貫堅持的重建中國文化，剖析國民性格的個人追求。這與魯迅先生自身學術積澱，個人體驗密切相關。

以女媧補天的神話爲例，女媧作爲中國古代創世神話中的第一位女性，原本的精神內核是一位具有「犧牲精神」的母親形象。這與西方創世神話中出現的諸如打開災難之盒的「潘朵拉」，偷食禁果的「夏娃」不同。前者是具有強大創造力的無私女神，後兩位卻膨脹著強烈的個人欲望。如果按照「恢復神話本色」的目的，魯迅先生在《補天》中對女媧形象的處理就應該仍然堅持母性爲主的犧牲精神。事實卻是，魯迅筆下的「女媧」同樣是一位煥發個性光芒的女人形象，人們感受到的是他「在異質的西方文化的影響下創作的女性新形象」〔註14〕，這就是說，與其說要恢復神話的本質，還不如說是通過重寫神話，達到一種對重建中國文化精神的表達，這是重建的過程也是

〔註13〕甘智鋼《神話與魯迅小説——〈補天〉重讀札記》，載《雲南社會科學》2003年第2期。

〔註14〕楊箏《〈補天〉與魯迅的神話重建》，載《洛陽大學學報》2004年第19卷第1期。

探索的過程，從創世女神「女媧」，延伸到中國女性，再擴大到中國人健全個體的恢復。這一努力不禁又跟魯迅多年來致力於國民性問題的思考，塑造「全人」的理想溝通了起來。

當然，對於「神話本色」，魯迅先生不是沒有思考的。具體體現在他對中國巫文化的態度上。有的學者提出，中國巫文化相當發達，取決於國人「傾向於經驗主義式的把本屬於超驗精神的神話文化意象強行拖入經驗領域，始終傾向於相信神、鬼等也和人一樣確實在某個地方存在並且能夠和人相交通」，這種神鬼不分家的特點帶來了的後果就是「原始神話傳說中的故事和人物不斷被遺忘，更在於隨著這些新神的不斷出現，原始神話中所包含的豐富的遠古文化精神漸次流失……一個偉大民族的原始精神活力也就日漸萎靡了」。〔註15〕因此，魯迅對待巫文化的態度就是將其與神話相分離，也就是將鬼神相分離。這種拒絕姿態，並不說明魯迅對中國巫史文化的徹底排斥。就事論事，是他對保持原始神話最本真的資源的一種態度。這與先前談及的茅盾對原始神話定位非常相近。他們都努力試圖剝離包裹在中國神話外圍的層層附著物，一探原始初民的精神本質。

他們之所以選擇原始神話，尤其是創世神話，取的就是神話的最狹義、最基本的意義。在這裡需要區別「神話」與「神話性」這兩個不同的概念。前者應該相對穩定，尤其是「原始神話」，那就更加確定了。作為有情節的文本，它保留了原始人類的生存活動與思考的資料。後者則是相當泛化的開放性觀念，是由原始神話母體衍生出來的諸如各類傳說，新神話，包括巫術在內的各類儀典，甚至宗教中的某些部分都可以說具備神話性。這樣說來，重寫神話的最終結果是可以被預知的：它是以原始神話——擁有巨大能量的內核為中心的發散性活動，作品必將重複或生成更多具有神話性的元素。回到魯迅，不難發現他所選取的原始神話素材自然就集中在兩類神話上，一種就是如女媧這樣的絕對的神；另一種就是如后羿、大禹這樣的神話化了的英雄。至於鬼魅、異靈、精怪在其小說中就幾乎沒有生存的空間。對神話純粹性的追求折射出作家對重建民族精神的自覺尋根意識。當原始神話進入其視野之後，戲說也好，復現也好，最重要的是有創新，而改寫和創新的動力來源除了來自於要解決時代提出的難題的自覺意識，也顯示出對西方崇尚個性自由的啟蒙思想敞開了大門。

〔註15〕任廣田《魯迅與中國神話及傳說》，載《魯迅研究月刊》2006年第10期。

　　郭沫若作爲一個球形天才，曾涉足歷史學、考古學、文學創作等眾多領域。他和魯迅一樣同樣都從中國神話中選取材料，學界出現了不少對兩者的比較研究，而進行比較的依據主要來源於雙方與神話相關的創作。郭沫若對神話資源的利用通常體現在他的詩歌與戲劇創作中，尤以詩歌作品爲代表。在此並不將注意力集中在詩歌和戲劇體裁上，而是希望從二位對神話的態度，運用神話資源的方式與目的等角度入手，更進一步說明神話進入創作個體的書寫之後，在自動被賦予個人主觀取向的同時，間接折射出時代的要求。在上世紀二三十年代，新文化運動的興起、五四精神的高揚和退潮是貫穿始終的主線，幾乎所有的學者作家的思考都不自覺的圍繞在這條線索周圍。五四精神對「毀滅」與「再生」的體現是當時唯一可以起到統一功效的關鍵詞。在這樣一個大的時代背景下，來看郭沫若和魯迅，在神話地帶的相異處就顯得更加有意義了。

　　可以看到兩位大家神話創作中體現出來的對神話的不同處理方式大致可以這樣理解。魯迅先生偏向出於「眾」，凸顯「個」，而郭沫若則更願意擺脫「個」，上昇「眾」。其實這與他們對「個」與「眾」的不同理解很有關係。前者認爲「眾」是庸眾，是一個沒有自覺意識的群體，而「個」則是他理想中的具備健全人格的個體；相反，郭沫若的「眾」則是一群受到啓蒙，接受了新思想薰陶的集體大眾，是民族氣質已獲覺醒的新團體，倒是「個」，更傾向於舊我，帶有個人主義色彩。魯迅在處理女媧形象上，就充分考慮到了人性與神性的結合方式。有學者認爲《補天》中的結合方式體現了兩者的碰撞與互斥關係，因爲「作品中的『人』無疑具有特定涵義，他們是沒落封建道德與文化的代言人，或者說，是虛僞的人性論者在當代的顯形」。〔註16〕在此基礎上，再看魯迅的《補天》和郭沫若的《女神之再生》，就會發現有的學者將兩者的區別具體分解爲「心理背景」，「理想與現實」，「創造與破壞」，「英雄與庸眾」四大矛盾組合，將魯迅的苦悶心理，悲劇命運的關懷，對創造意義的懷疑，和庸眾與英雄僵持性對抗與郭沫若對「重整乾坤」〔註17〕的積極心態，蔑視庸眾的自信，高揚創造大旗進行細部對比，以形成鮮明的印象。

〔註16〕袁盛勇《魯迅：從復古走向啓蒙》，上海三聯書店，2006 年，第 99～100 頁。
〔註17〕譚傑《女媧神話的現代闡釋——〈補天〉與〈女神之再生〉比較》，載《江西社會科學》2006 年第 12 期。

　　雖然他們在「破」與「立」的認識上與「五四」精神取得過根本的一致，但是離開他們各自對具體話題的看法，就會失去對其作品特異性語境的基本瞭解。不過也正是這些差異的存在為後人理解作家所處時代的精神氣質提供了生動的教材。很明顯，兩位在創作上述作品時分別處於五四退潮和五四高潮期兩個不同歷史時期。

　　在國內當代學術界，仍然有一批學者堅守著「神話」這一寶貴的家園。袁珂先生（1916.7.12～2001.7.14），生前是四川省社會科學院文學研究所研究員、中國神話學會主席、國際知名學者，當代中國神話學大師。1950 年出版了第一部神話專著《中國古代神話》，這部作品成為建國後第一部較系統的漢民族古代神話專著，袁珂先生的學術聲望也因此奠定起來。之後，袁珂先生先後撰寫了《中國神話選》、《中國傳說故事》、《山海經校注》、《中國神話傳說詞典》、《中國民族神話詞典》、《神異篇》、《巴蜀神話》（合著）等 20 多部專著以及 800 餘萬字的論文。其大部分著作在香港、臺灣均多次翻印，在國外有俄、日、英、法、意、西班牙、捷克、韓國、世界語等多種譯本。其作品被中國、日本、美國、新加坡等國入選學校課本。二十世紀後期，袁珂先生出版了專著《中國神話史》。1996 年，四川大學出版社出版了《袁珂神話論集》。

　　袁先生認為神話分為狹義和廣義兩種。狹義神話的概念非常接近茅盾提出的原始神話，這是蒙昧時代產生，帶有前宗教性質的神話；廣義神話則是神話本身文學性的凸顯，它脫胎於原始神話，已經匯入文學創作領域。這種內核與外緣的神話理解方式實際上是對神話概念延伸的一種表達。其關鍵意義在於為神話實際生命力做出了有效的預示，預示著神話進入當代文學創作圈，以至滲入文學以外的文藝傳媒，大眾欣賞視野中，至少從神話本身而言是合理而必然的。

　　華東師範大學的詹鄞鑫教授，從上世紀八十年代末開始從文化人類學的角度切入神話，尤其是中國神話的研究。其代表專著有《神秘·龍的國度》（中州古籍出版社，1990 年版）；《八卦與占筮破解——探索一種數術文化》（中州古籍出版社，1991 年版）；《神靈與祭祀——中國傳統宗教綜論》（江蘇古籍出版社，1992 年版）；以及《心智的誤區——巫術與中國巫術文化》（上海教育出版社，2001 年版）等。以上工作中最突出的是將中國傳統文化中有關神靈崇拜，宗教形成的具體表徵分門別類的加以彙編與整理。他的重要著作《神

靈與祭祀——中國傳統宗教綜論》的主體部分有上中下三編，其中上編「傳統諸神」下分天地神祇、生物生靈、人鬼和人神四大板塊，其中廣泛收錄日月神、星辰諸神、五方神、昊天上帝、氣象諸神、土地五穀神、山川神、「五妃」神、動物神靈、四靈、十二生肖、植物神靈、鬼魂、祖宗崇拜、功臣聖賢崇拜、創始人崇拜、伏羲女媧、盤古、三皇五帝等上百種神靈，將有關它們的神話傳說的來源以及各類記載都做了細緻的介紹與分析，具有很高的文獻價值。

關於他的近作《心智的誤區——巫術與中國巫術文化》（上海教育出版社，2001 年版），當代學者李學勤為其做的《序》中介紹，這是一本關於巫術及其神秘主義的研究，仍然屬於文化人類學的範圍。詹鄞鑫教授多年來致力於這方面的研究，他從文化人類學的視角觀察中國古代宗教、神話、禮俗，提出過大量的創新意見。

中國古代不但存在巫術，而且它在中國傳統文化中有著相當普遍而深遠的影響。詹鄞鑫教授研究巫術的性質和歷史，旨在揭示其在傳統文化中的地位和作用。雖然早在抗日戰爭前就有學者介紹過弗雷澤的學說，當時頗為風行的江紹原的《髮、鬚、爪》一書，便是根據弗雷澤的交感巫術理論撰作的。《金枝》一派的文化人類學者克勞萊（Ernest Crawley）的《神秘的玫瑰》，副標題是《原始婚姻與有關婚姻的原始思維的研究》，初版於 1902 年，後來又有彼斯特曼（Theodore Besterman）的增補本。歐洲的巫術，英文是 witchcraft，亦有專門論述的書，較早而重要的，有哈利孫女士的《巫術史》。此書作為周作人的藏書現存於北京圖書館。西方神話學著名學者，如弗雷澤、克勞萊、哈利孫等人的著作，雖然引證宏博，他們對於古代中國的瞭解卻相比之下極為有限，更談不上對中國本土的古老巫術有深入研究。

詹教授認為巫術是在原始思維方式指導下產生的旨在控制事物的發生、發展和變化結果的行為，這種行為在大多數情況下是社會性的，而且往往成為傳統習俗，使人們產生盲目的信從。由此出發，引徵大量的文獻、考古、古文字和民俗方面的材料，對中國的巫術和巫術文化進行了系統的敘說和分析。詹鄞鑫教授對巫術的系統研究可以說是當代學者對中國神話學的延伸。而事實證明，簡單地將巫術歸入「反科學」，「迷信」，並不能完美解決這一實際存在形態的本質。巫文化可以說在中國傳統文化形成過程中，與神話，宗教，民俗乃至正統文化有著千絲萬縷的關係。其實巫術進入文學創作，不能

用死灰復燃來形容，結合它的文化淵源，不難看出這一資源與人類思維有著不可分割的關係。而中國的巫術與西方的魔法頻繁亮相於當下的奇幻小說創作，對此現象本身就應該加以立體的審視。

此外，中國社會科學院的葉舒憲教授在文化人類學的眾多分支中，集中對原型批判理論進行了全方位的審視，並將神話與中國傳統文化結合起來，其中關於老子的學說與神話之間的關係就有較深刻的研究。他的關於神話的主要論著包括《神話——原型批評》（陝西師範大學出版社，1987 年版）；《結構主義神話學》（陝西師範大學出版社，1988 年版），《探索非理性世界》（四川人民出版社，1986 年版）等。

程健君在研究中突出了還「活著」的「中原神話」的概念，也就是對目前仍在河南等地流傳的漢族著名神話進行了整理。對於中原神話的研究始於二十世紀八十年代初，河南大學的張振犁先生是最早進行這項工作的學者之一。一九九一年，第一部研究中原神話的專著《中原古典神話流變論考》出版就是張振犁先生潛心研究八年的學術成果。「張先生的論著中，以科學考察得來的大量中原活神話資料為基礎，結合民俗和古文獻的比較、分析，探討我國著名古典神話的流變特點、規律及文化史價值，是中國神話學史上的一次突破性嘗試」〔註18〕。

這方面的研究屬於地域性神話研究，其實際意義在於一方面可以突出中原文化，尤其是漢民族神話在過往所體現出來的絕對優勢，另一方面提醒了學者和作家們，既然存在「中原」概念，就一定會有中原以外地區，就好比茅盾曾提出的按地域劃分「北中南」三片，來研究不同地域的神話與民俗。而事實上，目前的研究除了大板塊地域劃分外，還細化到了某一個少數民族聚居地或村落，甚至超越時代追尋緣故部落的蹤跡，可以說由中心到邊緣的研究方向本身就傳達了一種時代的信息，同時也預示了對各類元素反應靈敏的文學創作領域必然會出現某些連動性的響應。

從上文對中國現當代神話學研究的回顧，可以發現當代學界在繼承二十世紀本國神話研究成果的基礎上，對西方強大的神話學研究理論和文化人類學理論繼續保持著開放接受的心態，使得學術上的中國神話研究呈現了下列幾個方面的特點：首先是對中國神話研究史的研究始終抱著審慎的態度；其次，對原始神話，神靈崇拜資料的收集整理工作從未停止過；第三，對於

〔註18〕程健君《民間神話》，海燕出版社，1997年版，第3～4頁。

不同民族，不同地域的神話、儀典遺存展開了具體而細緻研究；第四，大膽地將神話中蘊含的深刻文化含義與中國傳統文化精神聯繫在一起加以研究分析。

　　但是有一個明顯的現象必須承認，從上世紀第一個十年開始至今的中國神話學術研究，在經過上世紀二三十年代的創作高峰之後，並沒有給建國後的當代文壇帶來實質性的影響。當年除了魯迅先生以外，承續中國古代小說志怪、傳奇傳統，對神話敘事身體力行的作家作品還有不少，如新感覺派代表施蟄存《將軍的頭》，徐訏《鬼戀》、《阿拉伯海的女神》，穆時英《黑旋風》、《紅色的女獵神》，張愛玲小說集《傳奇》，巴金《神・鬼・人》，王任叔《捉鬼篇》，張天翼《洋涇浜奇俠》、《鬼士日記》，老舍《微神集》，歐陽山《鬼巢》，還有沈從文，他的志怪傳奇類作品大致分為三類：「繼承了志怪和傳奇中『佛經故事』的傳統」，如《月下小景》中的 15 篇「佛經演義」；「湘西苗民的具有原始神話色彩的人生和愛情傳奇」，如《龍珠》，《神巫之愛》，《眉金・豹子與那羊》，《七個野人與最後一個迎春節》；邊地奇異環境中的「異人、異事」，〔註19〕如《三個男人和一個女人》，《山道中》。

　　到了當代，雖然賈平凹、韓少功、陳忠實等當代名家也曾在其作品中部分運用過神話等神秘文化資源，但是目前文學創作界對神話的關注，對「重述神話」的激情，就算有奇幻文學創作中大量神話題材的出現，相對於學術研究領域取得的成果而言，仍然存在一定的滯後。

　　這種滯後不但是指時間上的延後（幾乎是到二十世紀九十年代以後零星出現，到本世紀最初幾年才成爆發態勢），而且從創作題材上仍顯狹窄。就拿奇幻創作中出現的神話資源來看，很多作者就是直接從《山海經》中支零片語的選擇一些典故和神怪之物作為原型，任意編綴一番。還有的一些作者確實注意到其他少數民族中流傳的一些與原始巫術有關的元素，但是有這些元素注入的奇幻作品本質上沒有什麼突破。很多時候只是增加了作品的陌生化效果和滿足一定的獵奇心理。當作家或年輕一代的奇幻寫手面對神話的時候必然會有偶然的、主觀性的因素加入其中。我們在不排除創作主體主觀因素、創作水準的同時，必須重視神話本身的文化魅力和它重現江湖的時代語境。況且，奇幻小說中也確實出現了不少圍繞神話主題的優秀作品，它們中有的通過放大傳統神話中的某些特殊之處，繼續與現實社會的溝通，有的不但爲

〔註19〕逄增玉《志怪、傳奇傳統與中國現代文學》，載《齊魯學刊》2002 年第 5 期。

讀者展示神秘而陰冷的巫術世界，而且在這樣一個世界仍然洋溢著對人性的探討；還有的通過對創世神話的正面或側面的引入，以表達其對世界存在，思維方式等哲學元命題的深刻思考。

接下來我們將要面對的就是第二個現實——「重寫神話」的全球性文學趨勢。從上世紀開始，先後出現了重寫歷史，重寫經典的一系列重寫活動。很明顯，二十世紀神話復興是一股先從學術界開始然後影響到文學界的衝擊波。事實正是如此，越來越多的作家重寫起了神話。一個可以源源不斷提供創作資源的中華神話寶藏走進了文學創作者的視野。在當代「重述神話」的過程中對中國神話的改寫在主題上主要分以下幾個類型，其中有相當一部分就是對經典神話的重寫；其次是以《山海經》為依託，從中獲得創作靈感，渲染而成文的作品；再就是對其他少數民族中流傳的帶有明顯地域或原始部落性質的儀典巫術加以渲染的作品。

這些神話題材奇幻小說中有表達理想與現實之間的掙扎，有展現普遍人性的光環，惡善對立的永恆話題，還有表現追求與沉淪的彼此抗衡。在一定意義上，重寫神話的動作既是一種文學創作題材挖掘上的有意識活動，也是當下文學創造者表達人性話語，自由出入現實的主動嘗試。重寫的神話不是隨意而為之的遊戲之作。它既是一種文本創作的模式，又是作家主動出擊的結果。至於獲得出擊動力的具體原因雖然因人而異。其身後卻有著共同的背景，即所謂的世界性重寫神話潮流的興起；後現代文化理論中取消經典、唯一、權威的指導思路；對科學理性話語及思維方式主導創作實踐的反撥。

2006 年《北京文學》第一期上，白燁、何鵬整理出《2005 年中國文壇大事記（1 月～6 月）》一文，其中談到了一個名為「重述神話」的世界性大型圖書出版項目。該項目具體來說就是，2005 年代表 25 個國家 25 家出版社的 25 名著名作家，共同參與「重述神話」創作出版活動。2006 年八月底「重述神話」中國卷順利出版。「重述神話」系列圖書是由英國坎農格特出版公司發起的全球出版項目，全球包括中、英、美、法、德、日、韓等 30 多個國家和地區的知名出版社都加入這一活動。重慶出版集團是「重述神話」項目在中國大陸的惟一參與機構。中國作家蘇童成為首位被選中的中國作家。

就在同一年，中國內地也舉行了一次關於「重寫神話」的小型活動。這次活動雖然是一次地區性活動，活動周期也僅有一個月，但是承辦者卻是彙聚中國奇幻小說原創人員最多、成立最早、發行網遍佈全國、擁有很高發行

量的期刊陣地——《飛‧奇幻世界》。《奇幻世界》與《成都商報》聯合舉辦的這次活動名叫「神話歸來」徵文大賽。參加徵文的各界人士可以在「夸父追日」、「孟姜女哭長城」、「精衛填海」、「后羿射日」、「嫦娥奔月」、「女媧補天」、「共工怒撞不周山」、「盤古開天地」等中國神話題材中，任意選定選題，施展想像，隨意發揮。截稿日期定在 2006 年 9 月中旬～10 月中旬，優秀作品後來被刊登在《飛‧奇幻世界》2006 年第 11 和 12 期上。

出乎賽事舉辦方的意料之外，「神話歸來」徵文大賽從 9 月 13 日開賽以來，首日就收到了參賽作品，9 月 18 日，《成都商報》快訊上統計出，短短四五日，「神話歸來」徵文大賽徵文郵箱已收到二十多篇文章。而讀者選擇的題材不只是孟姜女哭長城、精衛填海等中國傳統神話，連《紅樓夢》、《西遊記》等小說的題材也被利用「開發」。題材上，對「后羿射日」的選擇次數最多，有楚惜刀長達八千餘字的作品《守青天》、商報書友會成員許斌千餘字的《嫦娥奔月》、無名者以「后羿一支射偏了的箭留下的一個憂傷的神」，用第一人稱審視歷史寫成的五千餘字《后羿貂蟬》等。同時，除了「精衛填海」外，還有讀者開發《紅樓夢》、《西遊記》等小說的題材，用現代方式寫成《高老莊的幸福生活》、《林黛玉》等。

這一活動與世界性「重述神話」大型出版項目的推出，在時間上有一定的承接，更重要的是，這也是國內當代以神話為題材的奇幻小說創作從零散到集中的一次投石問路。在此之後，《飛‧奇幻世界》雜誌中還出現了「神州誌異」和「神話」兩個固定的欄目。雖然，作家們進行小說創作時，更多傾向於個人選擇和愛好，也不會過多關注諸如徵文之類的群體性活動，況且，這次徵文並不一定能夠在實質上掀起一場創作風潮，但是卻可以被視為對某種傾向的應和。尤其是在現代傳媒科技的介入之下，對於作品的收集與傳播更加便捷，對文學創作趣味的感應和引導自然會更加靈敏。

二、「碧奴」與「春遲」：用「眼淚」和「貝殼」訴說同樣的執著

「碧奴」和「春遲」分別是兩部重寫神話作品中女主人公的名字。前者是蘇童小說《碧奴》中的人物。後者是青年女作家張悅然《誓鳥》中的主人公。一位是上世紀 80 年代就開始文學創作，並完成過《紅粉》、《妻妾成群》、《米》等經典作品的當代名家。另一位是 1982 年才出生的新進女作家。乍一看來，在他們之間尋找可比性顯得非常牽強，但是，神話和想像力將他們的

距離在瞬間拉近了。

其實，張悅然在當代文學創作圈中已經不是什麼無名小卒了。她是全國新概念作文大賽 A 組一等獎獲得者，「新概念作家」最傑出的代表人物之一。2001 年畢業於山東省實驗中學，後考入山東大學英語、法律雙學位班，現在新加坡國立大學攻讀理科。她的《陶之隕》、《黑貓不睡》等作品在《萌芽》雜誌發表後，在青少年文壇引起巨大反響，並被《新華文摘》等多家報刊轉載。2002 年被《萌芽》網站評為「最富才情的女作家」。下面這一串出版的作品將直接展示這位年輕女作家在新世紀最初的幾年間取得的令同齡人瞠目的成績單：2003 年 8 月作家出版社出版的《葵花走失在 1890》，2004 年 1 月春風文藝出版社出版的《櫻桃之遠》，2004 年 5 月上海譯文出版社出的《是你來檢閱我的憂傷了嗎》，2004 年 7 月上海譯文出版社出版的《紅鞋》，2004 年 7 月作家出版社出版的小說集《十愛》，2005 年 1 月作家出版社出版的《水仙已乘鯉魚去》，以及最新小說《誓鳥》（光明日報出版社，2006 年 11 月）。

兩位的作品進一步證實「神話」之於文學創作者而言，是不分等級、不分年齡的，而神話進入他們意識，化作文字表達的意義又恰恰是新世紀「重述神話」的魅力之所在。

蘇童表示自己非常欽佩魯迅的《故事新編》，也對魏晉南北朝以來的志怪小說產生很大的興趣，只是中國當代作家很少有人關注過這樣一個文學資源。在這裡作者傳遞了自己對小說創作的理解：小說家從近旁取材也好，將目光投向遠古時代也罷，目的都應該是讓小說回到小說本身，讓小說創作回到一種單純而自足的狀態：既不過分束縛於既定社會關係，也不囿於現實主導創作的傳統規律，那麼創作素材貧乏的問題將失去存在的土壤。

蘇童還認為，參與「重述神話」的創作使他感受到兩個方面的衝擊。第一個方面就是短暫飛離沉重現實的解脫快樂。另一個就是有機會重溫來自民間的情感生活，而這看似簡單平實的感情恰恰是珍貴的民間哲學在普通生活中的結晶，神話正好成為這種結晶在文化上的一個個凝聚點，蘊含著樸素而特別的思維方式，用這樣的思維方式去面對神話世界的林林總總，不乏冷峻粗野，但是同時散發著溫暖的芳香。

作為「重述神話」國際出版項目中首部中國神話作品，《碧奴》〔註20〕，作者選擇了民間神話傳說「孟姜女哭長城」的故事，放棄最初的重寫「大禹

〔註20〕蘇童《碧奴》，重慶出版社，2006 年。

治水」，有一個很重要的原因就是，他爲孟姜女哭倒長城的眼淚著魔了，感到無法抗拒眼淚使長城倒塌那一幕帶給他的奇幻感受。他不希望這個讓他著迷的「眼淚」成爲伴隨碧奴漫漫尋夫路的無助象徵，相反，他更願意通過重述，將碧奴的「眼淚」處理成能夠解決巨大人類困境的隱喻。他把「孟姜女」的名字改爲「碧奴」。「孟姜女」原本不是一個名字，是大家閨秀的意思。對於這樣一個淒美神話傳說中的女主人應該有一個很美的名字，因此作者最後選定了「碧奴」這個名字。

　　北山是碧奴出生的地方，作者在第一部分就專門渲染了北山一帶的風俗，北山人相信每一個人都是一種別的什麼生靈變的，因此父母們都喜歡從天空和大地中尋訪嬰兒的源頭。男嬰的來歷都與天空有關。男孩們降生的時候，父親們會驕傲地擡頭看天，看見什麼兒子就是什麼，所以北山下的男孩，有的是太陽、星星，有的是蒼鷹、山雀，「最不濟的也是一片雲」，而生了女孩的父親，爲了避禍，首先必須離開家門三十三步，再向東方低頭疾走三十三步，地上有什麼，那女兒就是什麼，「雖然父親們的三十三步有意避開了豬圈雞舍，腿長的能穿越村子走到田邊野地，但女兒家的來歷仍然顯得低賤而卑下，她們大多數可以歸於野蔬瓜果一類，是蘑菇，是地衣，是乾草，是野菊花，或者是一枚螺獅殼，一個水窪，一根鵝毛，這類女孩子尙屬命運工整，另一些牛糞、蚯蚓、甲蟲變的女孩，其未來的命運就讓人莫名地揪心了」蘇童從上世紀八十年代開始創作了大量的經典小說，他小說中的女性形象總是給人一種特別的氣質力量，這一次看似不經意的爲「孟姜女」起名字的舉動，以及在小說《碧奴》的第一部分插寫的北山人的風俗，也間接反映出作者一貫對女性所持的尊重態度。

　　此書分爲四個部分。在時間的敘述上沒有複雜的閃回和交錯，除了第一部分交代爲什麼北山一代的人連哭泣這種人類本能反射能力都喪失的歷史原因，接下來的各部分幾乎都是按照碧奴一路尋夫所經過的村鎮，所見識的人物風情，所經歷的磨難，這樣一條線索順序展開的。從藍草澗、人市、百春臺、青雲關、芳林驛、七里洞、官道、五穀城、十三里鋪、最後到長城，這一條崎嶇的旅途上到處灑下了碧奴的眼淚。鹿人、馬人、野豬人這些爲皇室成員，達官貴人提供奔射騎走的人肉活靶，爲了得到每天的食物，不惜模仿貴人們喜好涉獵的某些動物，只要主人興致勃發，就得風雨無阻的奔跑在樹林或山崗上，等待著呼嘯而來的箭鏃。他們名義上是門客，實際上卻是被玩

樂甚至被殘殺的高級人肉玩具。至於國王、王室成員、郡主、將軍、捕吏、劊子手、刺客、村民、壯丁、婦孺各色人等，他們是與碧奴發生間接或直接關聯的旁觀者或局內人，成爲危機世界構成的各種要件。

北山一帶的人原本是會哭泣的。不知道是哪一年國王的親叔叔信桃君，擁有高貴血統的王室重要人物到北山隱居了下來。單純的北山人懷著好奇之心偷偷窺探這位高貴的隱居者裸露的身體。當他們快樂地談論著貴族男子白皙的肌膚和那個「精緻文雅」的器官時，偏偏對他後背上一個圓形金印裏烙的字（朝廷爲其定罪的烙印）沒有注意，其實他們不認識字。正是北山人的不諳世事和目不識丁給他們帶來了滅頂之災：「爲信桃君之死哭靈的村民被他們臉上未乾的淚痕出賣，淚痕成爲他們不忠於皇帝的鐵證」。與世無爭的村民無法理解宮廷之爭的殘酷，從此北山下的各村人爲避殺身之禍，都不再哭泣。

桃村和磨盤莊的禁忌稍微放鬆一點，孩子學會走路後就不再允許哭泣了。有的孩子天性愛哭，情願放棄站立的快樂，長到好大的個子，還撅著屁股在地上爬，河那邊的柴村汲取了鄰村的教訓，堅決取締孩子哭泣權，甚至嬰兒也不例外。柴村婦女投靠了神巫，掌握了止哭的巫術，她們用母乳、枸杞和桑葚調成汁餵食嬰兒，嬰兒喝下後就會進入安靜漫長的睡眠。冬天用冰「消除」嬰兒的寒冷，夏天用火苗爲嬰兒驅散炎熱。對於那些無論如何都止不住哭的嬰兒，柴村人也有秘密的解決辦法，鄰村的人們不知道是什麼秘方，只覺得「安詳和寧靜」的柴村，人口日漸稀少，啼哭的嬰兒也一個個消失了。

在無淚的北山下，桃村、磨盤莊和柴村的女孩們都有長大的一天，但是每一個村孕育出來的女孩都有不同的風格。柴村是最嚴格執行哭泣禁令的村子，村裏的女孩子從不哭泣，也從不微笑，他們像女巫一樣到河邊收集死魚和牲畜的遺骨，照搬從母親那裡傳承下來的儀式，就算是至親之人離她們遠去，她們也只會用烏鴉的糞便融合了鍋灰，均勻地塗抹在眼角周圍。而「磨盤莊的女孩打扮得再漂亮也沒用，那袍角上總飄著一絲臊臭」。而桃村女兒最特別的地方就是奇特的排淚秘方。除了眼睛，不同的人可以從身體的不同器官排淚，方法簡直是五花八門。碧奴就是桃村的女兒，她天生秀麗，淚水更是可以從頭髮中流走。因爲媽媽死得早，碧奴從母親那裡學來的哭泣秘方也不完全，所以她哭起來毫無掩飾之法，「頭髮整天濕漉漉的，雙鳳髻也梳得七扭八歪，走過別人面前時，人們覺得是一朵雨雲從身前過去了」，更神奇的是她的

丈夫豈梁失蹤後，碧奴的手掌和腳趾都會哭了。

在決定尋夫之後，碧奴做了兩件事，第一件是到柴村女巫處算了一卦，女巫預言她的尋夫之路是一條死路。第二件事就是算了命之後，為自己找了一個葫蘆。小說在最初，就已經明示，北山一帶的人從出生之日就由父親確定自己是什麼東西變來的。碧奴告訴遠房侄子小琢：「你忘了姑姑是葫蘆變的？你沒聽說我這次去北方會死在路上？我要是死了，不想分成兩半漂在人家的水缸裏呀，我得把自己洗乾淨了，埋個囫圇身子在桃村，埋好了我就可以安心走了，也省得以後再讓豈梁費那個心思！」這裡不是出師未捷身先死，而是道出了出師在即的堅定心志。把葫蘆埋了，提前為自己舉行葬禮，這件事在村裏人看來是荒唐之舉，但是對碧奴而言不但使她在心理上完成了一個善始善終的工作，更重要的是，明知前方是死路一條，她仍然顯示了義無反顧的決心。

開始了尋夫之旅的碧奴見到一名盲婦人為了尋找被拉了壯丁的兒子，坐在木筏上毫無指望的沿河呼喚著兒子的名字，就連鳥群鳴叫，河水呼嘯的聲音都都蓋不住母親的呼喚。最後這位母親被秋天的洪水吞噬，就像「一滴水一樣消失在河中了」。接下來就是一隻青蛙的出現。碧奴的身後跟著一隻青蛙。碧奴確信這隻青蛙就是是沿河尋子的盲婦人的化身？她沒有惡意地將其驅趕，相反她帶著這隻青蛙繼續向前走去。碧奴加上青蛙這樣一種處理方式好比預言式的埋伏：盲婦人和碧奴在人生使命上有著驚人的相似：一個為了尋子不惜被洪水吞沒，一個為了尋夫千里迢迢，歷盡磨難；她們在個性上有著同樣的固執與堅韌；她們為之奮鬥的目標又都是遙不可及的，等待著她們的只有絕望與慘死，但是她們存在的價值恰恰首先體現在明知不可為而為之的決絕心態上。未來一路上的艱辛與屈辱，光怪陸離的人生百態為她們的存在價值重重地加碼：「在繁華的藍草澗，碧奴嘗受著一個人的荒涼。」；「碧奴不撒謊，可是這裡的人們不相信她」……離開家鄉，朝著大燕嶺尋夫的碧奴，在人潮湧動的世界卻顯得格格不入，對於她的特殊恰恰是周圍人缺乏的品質，旁人甚至麻木到不能領受。

如果說尋夫之始，碧奴堅定不移，那麼在這個過程中就沒有一絲動搖的跡象嗎？作者設置了這樣一個畫面：碧奴來到水邊，清洗為丈夫準備的鞋子時，還是忍不住朝水面照了照自己的面龐，夜間的水面照不清她的樣子，而她竟然也想不起自己的模樣了。「碧奴跪在水邊撫摸自己的眼睛，她記得自己

的眼睛是明亮而美麗的，可是她的眼睛不記得她的手指了，它們利用睫毛躲閃著手指的撫摸，她撫摸自己的鼻子，桃村的女子們都羨慕她長了一個小巧玲瓏的蔥鼻，可是鼻子也用冷淡的態度拒絕了她的撫摸，還流出了一點鼻涕，惡作劇地黏在她的手指上。她蘸了一滴河水塗在皴裂的嘴唇上，她記得豈梁最愛她的嘴唇，說她的嘴唇是紅的，也是甜的。可是兩片嘴唇也居然死死地抿緊了，拒絕那滴水的滋潤，它們都在意氣用事，它們在責怪碧奴，爲了一個萬豈梁，你辜負了一切，甚至辜負了自己的眼睛、鼻子和嘴唇，辜負了自己的美貌。碧奴最後抓住了自己蓬亂的髮髻，髮髻不悲不喜，以一層黏澀的灰土迎接主人的手指，提醒她一路上頭髮裏盛了多少淚，盛了那麼多淚了，碧奴你該把頭髮洗一洗了」。眼睛、鼻子、嘴唇紛紛拒絕了碧奴手指的觸摸，她已經很久沒有關照它們了，唯有那蓄滿淚水的髮髻如苦難的收容所一樣對碧奴不離不棄。最終碧奴放棄了她原本美麗的五官，解開了沉重的髮髻，盥洗之後，拋開過往的淚水，重又輕裝上路了。

　　小說的另一部分，講述的是碧奴來到五穀城的遭遇。碧奴看到懸於城門的頭顱，一開始竟錯認爲是一個瓜，旁邊一個老漢笑著讓她再看一眼，是不是還想吃？當碧奴看清楚是一個砍下的人頭時，竟然嚇得撲倒在老漢懷中，老漢將她順手放在地上，竟然惱羞成怒地責罵她是個連人頭都沒見過的鄉下人。這一幕使人們不禁聯想到法國大革命時期，面對砍頭如切菜，血流成河的情景，民眾不但沒有爲血淋淋的場面嚇倒，相反都津津有味的做起旁觀者來，觀看人群中穿梭著形形色色的小販，隨時爲觀眾們提供吃的用的玩的。好事之士竟爲革命政府提出街道修改方案以便於將血水引入河流，不至於招引蒼蠅，污染環境；大大小小的斷頭臺模型成爲時尚玩具或擺設。人性中惡的成分被伴著肢體殘缺的屍體與血腥被赤裸裸的激發出來。

　　孟姜女的故事從一個民間傳說最終演變成「哭倒長城」的神話，顧頡剛先生早前就對其演變作過一番考證：原型是「卻君郊弔」，後來突出「善哭其夫」，再後來演變成「哭夫崩城」，最後定型爲「萬里尋夫」。面對這樣一個融會大眾感情，凝聚超凡想像力的經典神話，雖然沒有跡象表明，《碧奴》的作者蘇童在動筆前對其演變做了一番研究，但是至少可以看出，作者的確抓住了這一神話中兩點最觸動人們感情的精髓。那就是孟姜女的「眼淚」和她那歷經艱辛的尋夫之旅。圍繞著這兩個基本點，馳騁敷衍而成的《碧奴》自然匯入自成小體系的「孟姜女」神話之家。

　　在張悅然的小說《誓鳥》中，立於「記憶」與「遺忘」面前，選擇「記憶」是一次多麼大的冒險。經歷了恐怖海嘯之後的難民們向上帝尋求精神上的庇護，但是「海嘯漸漸遠了，傷痛慢慢變淺，來教堂的人越來越少。牧師曾開解他們說，對於那些痛苦的記憶，唯一的辦法只有遺忘。看起來，他們康復得不壞，已經成功地完成了遺忘，所以，他們也忘記了來教堂」。但是就是有那麼一個人，確切地說應該是一小群人，卻不願意遺忘，而執著地尋找著記憶。春遲離開了淙淙；淙淙為了春遲先後離開了鍾潛、駱駝、牧師；駱駝卻是最早離開春遲的那個男人。他們永遠像走馬燈一樣永不停歇地離開身邊需要他們的人。那種近似於殘忍的決絕甚至讓人懷疑人間是否還有溫情可存。就算是短暫的停留也只是再次啟程的修整。他們愛上了飄忽不定的生活，卻在這個過程中遺失了一個普通人對寧靜與安定的起碼需求。年邁的牧師曾經為了留住淙淙，甚至動了要兒子娶她的念頭，但是懷了駱駝孩子的淙淙，受洗之後，選擇在春遲的面前，從高高的受洗臺上墜地自殺，最早成為徹底留不住的那一個人時，竟然只想知道，春遲面對她的死「感到痛了嗎？如果是這樣，我的目的就達到了。我只是希望我還有能力讓你痛」。當她得知春遲的心痛之後，竟然笑著死去了。

　　神奇的是，春遲剖開淙淙腹部救下來的男嬰「宥行」竟帶有對春遲與生俱來的依戀，就算春遲的疏遠或冷漠也不能令這種本能似的愛戀發生絲毫改變。與其說他繼承了父親駱駝的血脈，還不如說是死去母親淙淙對春遲毫無保留的愛的延續，這是一筆孽債，更是他的宿命。隨著宥行的日漸長大，周圍為他付出愛的乳母和妻子毫無懸念地感受到了他的冷酷——他的心只對春遲柔軟。

　　這是一個執著得近乎殘酷，卻也近乎純粹的世界。書中的所有人物一生彷彿只為一個目標而活，除此以外，任何東西都不會真正進入或者影響到實現這一目標的軌道。然而有一樣東西的存在卻令人感到矛盾，那就是春遲至死都在尋找的「記憶」。也許駱駝那句話「你找到了記憶，再回來找我」是春遲開始她漫長的記憶之旅的原動力。沒有這句話，春遲可能會在瀲灩島上跟淙淙過上單純而快樂的日子，也不會有一次次的出海，更不會激怒淙淙主動誘惑駱駝，最後以死來報復春遲的離去，⋯⋯不會發生的事情太多了，但是同時會有另外更多的變化。

　　隨著貝殼中的記憶被越來越多地挖掘出來，尋回自己的記憶對春遲似乎

已經不重要了，而對駱駝的愛也在後來被證實並沒有那樣固若金湯。倒是貝殼中儲存著的各色人等五彩斑斕的記憶本身使春遲沉迷了。尋回自己的記憶這一目標看似被堅定地執行之時，實際已經在不知不覺中偷換成尋找記憶。貝殼中沉積的豐富記憶不但具有情節性，更具有偶然性，這種類似於不知道會聽到什麼故事的生活，沉浸在自己或他人零星記憶碎片上的日子才是春遲在生命中最後確定的目標。

如果說「精衛填海」的神話講述的是執著的故事，《誓鳥》作者對這篇神話原型的另一個含義做出了回答：精衛還是一個被大海淹死的公主，爲了報復大海奪去了她的生命，生生世世立志投石填海。在執著的精神下，我們感受到了復仇的火焰。淙淙將復仇的火焰燃到了極點，而春遲則將執著的精神堅持到最後。儘管她的執著幾乎可以跟沉迷完全相等。此刻，一個「精衛填海」神話演變成執著、復仇、沉迷的三方通話。

毋庸質疑，兩部作品中「碧奴」和「春遲」不約而同地表現出異於常人的執著。執著使她們的生活簡單，她們的精神專注，還使她們在目標以外的事物或者說功利性誘惑面前保持隨意和淡然的心態。在這密不透風的速食化、機械化、物質化的時代，不同作者在各自作品的主人公塑造上出現了交匯，能夠說僅僅是一種巧合嗎？

三、后羿與嫦娥的故事：「重述神話」的無窮可能

繼蘇童的《碧奴》之後，著名作家葉兆言是第二位完成「重述神話」創作的當代名家。他選擇后羿與嫦娥的神話作爲重述對象。早在十幾年前，對歷史有濃厚的興趣的他就很想寫一部遙遠年代的故事。上大學時甚至想寫一本《袁世凱傳》，描述一個帝王的故事。這樣一種創作意向在閱讀蘇童的《我的帝王生涯》後更加被強化了，作家發現有時候英雄與獨裁者之間存在著某些必然聯繫，所以一直想講述英雄，尤其是獲得權力成爲獨裁者的故事。但是他將之前考慮過的歷史人物袁世凱與後來接觸的中國神話中的英雄相比之後，後者更加符合作者心目中的理想，於是動筆開始重構神話。可以說「重述神話」的國際性出版計劃，以及蘇童《碧奴》的面世，將其早年的夢想啓動，結合過往對這個問題的思考，使得《后羿》〔註21〕這部小説在短短半年內就完成了。當然，還有一個更具體的原因，作者表示，后羿射日和嫦娥奔

〔註21〕葉兆言《后羿》，重慶出版社，2007年。

月是典型的英雄美人模式，對於愛情有著更加廣闊的想像空間，因此這個故事更加具有內在的張力。

《后羿》前半部分是「射日」，後半部分是「奔月」。葉兆嚴在不同場合都曾表示過對「后羿」的「后」字的理解。甚至在小說中還出現了這樣一個情景：羿在嫦娥的幫助下，終於擺脫了英雄傀儡的角色，登上至高無上的寶座，在選擇自己的皇帝稱號時，年老的謀士為他講起了「皇」，「帝」，「后」三字的含義，最後，羿選擇了「后」，成為了「后羿」。「后」，最早是皇帝的意思，同時，「后」也是「後現代」的「後」，所以葉兆言認為單純從這個漢字的演變過程就能體會到「重述神話」帶給人一種特別的樂趣。

小說中，凡人嫦娥遭遇了部落的滅亡，淪落成有戎國的戰俘，並被迫成為吳剛的妾室。在一次洪水中，她撿到一個葫蘆，抱著葫蘆逃過了滅頂之災。沒想到葫蘆裂開之日，羿竟然從中誕生。羿從一出生就表現出不同尋常的神奇力量，雖然一開始，周圍的人只將他視為怪胎，但是嫦娥從來沒有放棄過他。凡人與天神的相遇經歷了母子，姐弟，恩愛夫妻，移情別戀（后羿愛上了一個千方百計向他復仇的女人「玄妻」），最後到訣別。

《新京報》的記者在採訪葉兆言時，曾就小說中出現的戀母情結、姐弟戀、婚外戀等元素，詢問作者是否有意迎合西方審美趣味。葉兆言認為他的這部作品不會因為是世界性出版物，而特意迎合西方價值觀，全書描寫的各種情節，展示的各類元素都具有超越地域的永恆性。這些事件主要圍繞在后羿與嫦娥之間發生，一方面，對作者試圖表現的人神相互轉化的主題有突出作用；另一方面，作者將嫦娥服藥昇天的原因闡釋成對失去后羿的寵愛之後的心灰意冷的舉動，以此推翻嫦娥的傳統形象，即背叛后羿的逃婦形象。實際上，嫦娥奔月並不是去天宮享受長生不老的神仙日子，而是隱遁其中，在孤獨中實現自我放逐，這是自我囚禁而不是自我解放。

對於后羿來說，嫦娥不離不棄的無私之愛，伴隨著他從一個連話也不會說，夜間小便都不能自理的葫蘆怪胎，成為神射手，當上了挽救有戎國的英雄，掙脫長老會的束縛最終成為一位獨裁者，直到受到玄妻美色誘惑成為一個昏君。

最後，當敵國進犯，站在城頭失去神力的后羿才明白，對於他而言，無論在懵懂無知的少年時代，意氣風發的壯年時期，還是遲暮的昏庸年代，嫦娥都是無可替代的，也是他保持神力的唯一源泉。當他意識到自己的帝國即

將走向滅亡之時，他不能眼看著嫦娥為他和帝國殉葬，因此才會有小說最後一節的訣別場面。嫦娥問他：「你是不是真的不在乎我了？」后羿說：「不在乎」。事實上，后羿並沒有如實回答，他只是希望通過粉碎嫦娥對他的愛情，來挽救嫦娥的生命。后羿的「絕情」使嫦娥徹底失望，她吞掉了一直為其保留的那一顆可以送后羿重回天庭的仙丹。在遙遠的天際，她對自己說：「我彷彿不記得曾經在人世間有過這樣的愛戀」。嫦娥永遠不會知道后羿到了最後一刻為自己所作的犧牲。

雖然，有戎國滅國之災，后羿因為記起了對嫦娥的愛戀而恢復了神力，最後得以緩解，但是，后羿仍然回到宮中尋歡作樂，繼續當一個昏君，直至被玄妻用桃木棒打死。經歷了城牆訣別的一幕，不難理解，決不是后羿的一意孤行和昏庸無度導致了他的慘死。恰恰相反，如果說嫦娥通過昇天以求自我放逐的話，失去了嫦娥的后羿繼續著昏君的生活則是典型的自我沉淪。

這部小說一出版就引來無數人的目光。一時間，褒貶之詞各持其所。由張越主持，張悅然、張頤武參與討論的《后羿》首髮式上，北大教授張頤武覺得后羿這個角色充滿了光芒，既有人性的痛苦，又有人性的壓抑、失敗。這個人物是此書的力量所在。新生代女作家張悅然給《后羿》的評價則是從女性角度出發，對書中出現的嫦娥、末嬉和玄妻三個女人之間發生的事情很感興趣，中央電視臺《半邊天》欄目著名主持人張越則認為《后羿》通過描寫后羿從神到人的墮落，嫦娥從人到神的昇華，表現了神性和人性的撕扯與角力，給世人展示了如何去超越命運的悲劇，但故事裏卻沒有一段感情是圓滿的，沒有一個人物不是悲傷的。除此之外，有的人甚至從后羿身上看到了賈寶玉的影子。當然不同的人看相同的小說，所得肯定有所差別。

對於外界的評價，葉兆言坦誠地說《后羿》完成之後，他追問了自己兩個問題，第一是自己有沒有盡力，有沒有全心全意。寫作的過程充滿挑戰，也是無限接近完美的過程，但是卻不可能完美，他只能無愧地說，已經盡力了；第二就是是否保持了心靈的自由，堅持了藝術一定要追求的目標，沒有放棄原則去迎合時尚、迎合市場。對於這一點，回答也是肯定的。當然，當作者回顧創作初衷時，發現原本雄心勃勃想寫一部獨裁者的故事，卻寫成了一部愛情小說。這一點完全可以理解的。寫作的過程有太多的不定因素，每一位創作者都會有體會，有時候不是你在控制寫作，而是同時被寫作修正或左右。

作者傲小癡的《星穹》〔註 22〕是一個力圖打破宿命的空靈而唯美的「后羿與嫦娥」故事。這篇小說被收錄在葉祝第編輯的《奇幻王　2003～2004 中國奇幻小說雙年選》。筆者認為這篇小說的奇巧構思和精緻表達就如閃爍著輕靈之光的一顆小星，在眾多重寫「后羿與嫦娥」的神話作品中顯得分外悅目。從時間上看，傲小癡的創作早於蘇童他們，這也說明，不少奇幻小說創作者們比文壇重量級人物至少早三年，就開始關於「重述神話」的實際創作了。

《星穹》講述著一個典型的反抗命運的故事。一般通用的版本是嫦娥貪戀長生不老之身，最後背叛了后羿，幽居廣寒宮，獨嘗寂寞空虛的痛苦。這個結局是女性背叛男性的傳統下場。《星穹》中的嫦娥之所以選擇這樣的幽閉生活，並不是因為受到懲罰，而是出於自願的贖罪心理，是對自己感情出軌的悔恨：曼妙的嫦娥，英武的后羿和俊朗的天蓬元帥之間的三角戀。但是沒有想到他們三人其實不過是更高權力者手中的棋子，同樣是利益之爭的受害者罷了。

故事因此回溯到更早的「九陽傳說」：洪荒時代，光明之神與黑暗之神為了爭奪天空的所屬權，發起了天庭中最殘酷浩大的戰役。為了能永留天庭，不致淪為飛舞於天地間的塵埃，眾神分別選擇了他們支持的一方，廝殺爭鬥起來。十個太陽就是光明之神力量的化身，它們用永遠的光明照耀天空，抵抗著黑暗的降臨；黑暗之神和他的手下無法抵抗十個太陽的光輝，即將面臨全軍覆滅和化做塵埃的命運。在危急的時候，黑暗之神手下一個神射手請命射日，這個人就是后羿。黑暗之神用自己所有的力量化做祝福打造了一張巨弓和十支神箭。后羿帶著最心愛的妻子來到了凡間，他們看到凡人們正因為天庭的戰爭而遭受著滅頂之災，出於對百姓的憐憫和他們對星空的嚮往，后羿在崑崙山上引動了帶著神的祝福的弓箭射落了第一個太陽。但是由於射日需要耗費大量神力，所以他一天只能射落一個。這時，光明之神的絕對優勢被突然逆轉，情急之下他使出了一個非常卑鄙的手段，他讓自己手下最俊美的神——天蓬，勾引后羿的妻子——嫦娥，誘騙她偷走丈夫剩下的箭。這樣就可以保留光明之神餘下的力量和生命。后羿的妻子雖然愛自己的丈夫，但是人間的疾苦和被很多太陽照耀的痛苦使得她更加嚮往天庭生活，而那個俊

〔註22〕葉祝第編《奇幻王　2003～2004 中國奇幻小說雙年選》，漢語大詞典出版社，2004 年。

美的神對她的誘惑更讓她無法抗拒，為了早日回到天庭和俊美的神結為伴侶，她背叛了后羿，偷走了最後一支箭，同時，還偷走了后羿的羽衣，讓他永遠無法飛回天庭。就這樣，光明之神終於保住了自己最後一點神力和生命，而此時黑暗之神也沒有過多的力量繼續這場戰爭。於是雙方達成和解，每一方統治天空半天，也就是用黑夜與白天的交替來解決糾紛。後來，嫦娥知道這一切都只是個騙局之後，她無法原諒天蓬，更無法原諒自己。她呆在天庭最冷清最孤寂的地方暗自懺悔自己的罪惡。而天蓬意外地發現自己的確愛上了嫦娥，為了表達自己的真心與愧疚，也選擇了永遠隱遁於寂寥的銀河岸邊。

「九陽傳說」顛覆了光明代表正義，黑暗代表邪惡的二分形態，也質疑了誘惑帶來墮落的必然結局。在光明的背後，也許暗藏著為達目的，不惜灼燒一切的狂暴；而在黑暗的世界，星空點點的夜幕下，也有傳送清涼與明淨的可能。至於說到誘惑，在欲望的驅使下，誘惑無處不在，但重要的是，深陷其中之後，能否有能力自拔與反省。嫦娥與天蓬之間用一萬年的沉默證實了這樣的可能。

如果說故事在「九陽傳說」就嘎然收筆，就不會真正給人帶來對它奇妙構思的深刻感受。事實上，作者虛構這樣一個傳說只是全篇的前因。在這個神話中，后羿與嫦娥出讓了他們的主角位置，而是作為一道布景烘托著「鳳兒星魂」與「犬牙星魂」的故事。「鳳兒」的前世是第十顆沒有被射下來的太陽的「碎日輝沙」，「犬牙」的前生卻是后羿最後一支沒有射出的「犬牙神箭」。當年，后羿從黑暗之神手中接過被天神下過咒的十支箭，就清楚地知道每一支神箭都帶著毀滅一個太陽的使命。至於「碎日輝沙」其實就是太陽擁有活力的核心物，失去「碎日輝沙」的太陽是不完整的，因此太陽與「碎日輝沙」的結合具備你中有我的共存體性質，當其他九個太陽被射落之後，那九顆「碎日輝沙」就好比失去身體的靈魂，隨著永恆的輪迴，毫無依託地游蕩在天際之間。但是，當黑暗與光明達成協議之後，第十顆太陽就不必被射落了，那麼，為了消除「鳳兒」與「犬牙」的宿怨，天神將他們倆置於嫦娥的監管下，通過無盡的輪迴消磨他們的記憶，以此消弭兩者之間神賜的仇恨。這個目的應該說幾乎已經達到：「鳳兒」與「犬牙」兩小無猜，共同進退，經歷了一萬個輪迴之後，早已沒有了仇怨。當真相大白之時，「鳳兒」作為「碎日輝沙」的化身被重新召入太陽神殿守護太陽之後，至高無上的天神

完全沒有料到，這一對宿敵不但化解了仇恨，竟然還萌發了眞切的愛意。宿怨也好，成爲太陽的神聖職責也好，在他們倆之間都不重要了，能夠自由自在永遠相守才是他們的願望。最後，「鳳兒」逃出太陽神殿，當再次相見，面對天神的威脅，兩位做出了抉擇：堅決拒絕天神爲其安排的命運，寧願一起化作塵埃。

嫦娥不願看到有情人落個生離死別的下場，她指點犬牙帶著被重新收集回來的九顆「碎日輝沙」去凡間尋找后羿的後世，喚醒他的記憶，讓他射落第十顆太陽。沒有了太陽，「鳳兒」自然可以不用履行成爲太陽的天職，他們也就能夠實現永遠相守在星穹之下的諾言。化作一顆能夠思考的塵埃，犬牙回到了凡世，並飛進了「阿羽」的眼睛。「阿羽」與戀人「小娥」的愛情與后羿和嫦娥的有著驚人的相似處，塵埃在「阿羽」的眼中感到無比的親切，不願離開，就算被這顆塵埃弄得失明，阿羽也並不覺得如何，他們之間發生了微妙的感應。經過一番世俗的折磨，在最後一刻，死去的「阿羽」被神箭和那九顆「碎日輝沙」的光芒喚醒了，他毅然舉起了神弓，將神箭指向了天上的最後一個太陽。

故事在這裡結束了，放棄成爲太陽的「鳳兒」，勇敢射落最後一個太陽的「犬牙」神箭，終於可以相守在無邊的星穹之下。這是一個欲望和反欲望的故事，權威與反權威的故事。嫦娥與後世的「小娥」抵抗不住外來的誘惑，但是到了最後一刻，她們都能衝破欲望枷鎖：嫦娥選擇了永遠的孤獨，「小娥」則用「阿羽」親手做的木簪結束了生命。太陽是至高無上權力和光明的象徵，鳳兒放棄成爲太陽，寧願與犬牙相守在漫漫黑暗籠罩的星穹之下。當然最重要的是，這樣一對注定悲劇收場的人物，不甘心受命運與權威的擺佈，人物本身洋溢著令人感動的反叛精神。

相比之下，《守青天》〔註23〕以「天」爲中心，分爲「怨天」、「射天」、「飛天」、「情天」、「守天」五節，從嫦娥的視角出發，貫穿著她在天上人間感受到的情感變遷，以及對愛的思考，描述了嫦娥對愛情，從執著到放棄，再到最後心灰意冷的過程。

開篇就將后羿與嫦娥這樣一對英雄美人婚後不同的生活方向展示在讀者面前。當他們的分歧在不知不覺中逐漸加大後，嫦娥就埋怨：「曾經，羿同樣癡戀在我的裙邊，但今時今刻，贏得世人稱讚是他唯一的興趣」。隨後，羿的

〔註23〕楚惜刀《守青天》，載《飛・奇幻世界》2006 年第 11 期。

英勇事蹟在嫦娥看來也不再是令其眩目的驚喜，甚至感到英雄和庸人有時候僅一步之遙。所謂的習慣成自然只是他們之間婚姻悲劇的開始，因為習慣後的平淡無奇逐漸增添了嫦娥的厭煩心情。當羿為了消除「北方萬年屍魔與玉帝鬥法時所施妖術」——十個太陽，毅然赴泰山射日時，嫦娥的幽怨上昇到頂點——「每一次，最先丟下的總是我」。但是嫦娥並不是沒有通過任何努力就放棄了對羿的愛，這一次她冒著生命危險朝泰山奔去，希望在羿射日時能與他並肩而立，可惜她的腳步最終趕不上羿的神勇箭速，當衣衫襤褸的嫦娥往回追趕時，面對萬民簇擁的英雄，頓感此時如此狼狽的她不再能夠陪襯羿的英勇，因此，當羿朝向家門呼喊她的名字時，嫦娥躲在了人群之後。

王母娘娘的出現給嫦娥帶來了難題。王母賜給嫦娥一顆仙丹，要羿和嫦娥各服半粒保持長生，暫在人間等待，一旦平定天庭爭戰，將立刻將他們接回。嫦娥吞食半顆之後，並未拿出另外一半，而是探問羿對今後的打算，毫不知情的羿豪情萬丈地說：「要做天下的王」，回到天庭「若是普通神仙，我情願在人間受萬民景仰」。這一刻嫦娥知道：「他固然要我，更要他人的崇拜與景仰」。當羿還沒有將其雄心壯志表達完，嫦娥就吞下剩下的半顆丹藥，在羿的面前飛天而去。她越飛越遠，任憑羿懇切的呼求聲回蕩在天地之間。

初回天庭的感覺對嫦娥來說太美妙了，「這就是神仙的自由，心想去的地方，身體也可以到達」。但是隨著時間的推移，嫦娥周圍發生的事卻逐漸淡化了她獲得自由的最初快樂。月宮內的吳剛本是位修仙者，由於貪戀靈山上的一個仙子，被罰永無止境地重複砍樹。嫦娥卻忍不住羨慕起他來，「他起碼有人可以思念，而我，連思念亦有愧」。嫦娥望著冷清的月宮，只能抱著一隻玉兔相依為命。雖然，一向木訥寡言，剛正不阿的天蓬元帥借著醉酒時的勇氣，向嫦娥表達了愛意，但是驚動了原本就對嫦娥表現出特別關愛的玉帝，最後落得被貶人間。漸漸的，嫦娥的心也冷了下來，她選擇「緊閉宮門，杜絕一切來往」，在冰冷的宮殿裏，「偶爾，會有一滴淚，告訴我記憶的溫度」，為了消磨寂寞，她還親自磨成了一面可以看清人間百態的「鑒凡鏡」，雖然從來沒有在鏡中看到羿的來世，但卻看到許多跟羿一樣的人在塵世中忙碌。

讀者可以深刻感受到人們往往不知道自己真的想要什麼，更看不清自己擁有的是不是自己想要的。選擇之難也正在於多數時候並不對等的兩者——「想要的」與「可得的」都在眼前時，選擇者往往不知道它們對其具有的真正意義。《守青天》是一個兩難選擇更甚於表達悔恨的新神話。

　　之所以選擇《后羿》、《星穹》和《守青天》三篇重寫「后羿與嫦娥」神話的小說主要出於以下幾個方面的考慮。首先在時間上，《星穹》出現最早，《后羿》是 2005 年啟動的世界性「重述神話」出版活動，中國知名作家參與的作品，而《守青天》則是本土奇幻界第一次舉辦的「神話歸來」活動中的獲獎作品。可以說它們的出現具有一定代表意義，既可以反映出神話資源進入當代文學創作領域，又可以說明當下奇幻文學創作存在於本土乃至全世界的事實。其次三部作品迥異的特色為讀者提供了比較立體的「重述神話」的彈性操作模式。

　　《星穹》唯美的語言、大膽的構思，是對傳統神話的徹底顛覆。《后羿》表現的奇特生活方式，渲染的特殊人際關係，將人神界限最大程度地融合，實現獨特的人神互相轉化的模式。其中，對后羿與嫦娥感情關係轉變的處理更是對一般倫理價值觀的巨大衝擊，至於小說中涉及的血腥的部落之爭，虛榮與嫉妒，雖然作者表示這部作品致力於描寫由人變神，由神成人的過程，通讀下來，可以使人感受到，儘管有的地方處理得比較戲劇化，但從整體上時刻閃爍著人性的光華與悲情。而《守青天》則顯示出一個典型的填空模式。原始神話中的各種人物仍然各就其位，對其中平面式的記敘進行了立體的圓滿，尤其是原始神話中不可能出現的心理獨白與細節描寫。作品為嫦娥獨自奔月提供了一個自圓的解釋，如果非要說對原始神話有何背離之處，那就是站在嫦娥的角度，為以往的負心背叛說畫了一個問號。

　　經典神話的內涵與外延足以使其成為一個有生命力的體系，如果不將神話看成一種固定的完成形態，那麼「重述神話」完全可以成為超越個體主觀性的整體活動。在這個意義生成的園地，在這個虛幻世界中，人們感受到的情感衝擊絕不亞於傳統類型的文學作品。當然對於有的作品被人批評有「惡搞神話」之嫌，不排除有存在的可能。但是有一點非常明顯，正如葉兆言站在作家的角度，完成作品後向自己追問幾個問題以求自省是很有必要的。如果做到這一點，「重述神話」本身就可能變得更加慎重，重述出來的神話也勢必不可能跟粗製濫造的隨意之作相提並論。當然，最終的文學闡釋循環不能缺少讀者接受這一環節，問題的關鍵不在於作者——神話——讀者之間一定要達到三位一體，而是要建立一種健康的互動機制，這在奇幻創作界還處於比較混雜的當下，尤其具有深遠的意義。

　　結合當代「重寫神話」的世界性浪潮，我們不禁會問，為什麼人們選擇

「神話」作爲重寫對象？問題的關鍵還在於這是一種對科學宇宙觀，科學思維模式的反叛和逃離行爲。同時，在重寫神話的過程中，也是對原始神話的一次親近。在原始神話思維世界的暢遊，對神話的後續的想像，對神話的改寫包括了：對某些哲學元命題的再思考（如二元對立的思維模式），對傳統理解的突破，對現實的暗喻等方面的嘗試，反映到奇幻小說創作中就出現了相當數量新神話作品，它們被學者稱爲「中國式神話奇幻」。〔註24〕

　　鄭志明在《中國文學與宗教》一書中從尼采所說的「沒有神話的人亦是沒有根的人」這一觀點出發，提出：「神話被視爲集體共有的東西，象徵著一個部落或國家結合其民族共有心理與精神活動的集體創作物，失去此集體創作物內在信仰的共同因素，即亡掉了早期民族的生活典型，成爲沒有根的民族」。〔註25〕也就是說，「重寫神話」還可以視爲新一輪「尋根」理想的出發點，這是一個有強烈吸引力的有意義的方式，但是也要看出，純潔的出發點並不一定就會帶來絕對的成功。「重寫神話」在這個問題上也要提防另一個陷阱。這與尋根本身的意義息息相關：是在「尋」的過程中闡發「根」，還是趴在一知半解的「根」上，抽幾絲根鬚以資炫耀之用，這對於年輕一代的寫作者來說就很難把握了。人們常說民族的就是世界的，因此不少人爲了在這樣一個趨同的世界裏開闢一個可以呼吸的空間，目光自然會投向民族文化最古老的遺存——神話。如果僅僅是爲了爭奪一席之地，而非眞正出於對「根」的嚮往，那就很可能會在「重寫」過程中濫用或戲謔神話資源。

　　神話作爲民族的，集體的共創物，作爲人類文明的成果，雖然它曾在上古時代、啓蒙理性興起之前，扮演過權威的角色，但歷史發展至今，曾經凌駕一切的權威地位轉而成爲一種文化的凝聚物，這種看似原始、反科學的存在卻包含著人類對創世、對生存的宇宙圖景式描繪態度，蘊蓄人類對哲學元命題的智性思維。那麼從這個角度來說，「重寫」是完全有操作性的。因爲文明的演變（在這裡不提文明的進步），需要注入新的時代元素，後現代思潮引發的「反權威」思路在「重寫神話」中缺乏適用性。既然神話已經不再是什麼權威了，用反權威手法去顛覆原始神話實質上就是一種濫用。對神話的重寫或改寫應該首先確立在尊重的起點上，其次才是在理解的基礎上，在思想

〔註24〕韓雲波主編《2006年中國奇幻文學精選》，長江文藝出版社，2007年，第546頁。

〔註25〕鄭志明編《中國文學與宗教》，臺灣學生書局，民81年，第253頁。

和情感上，在文學藝術上予以充分的昇華，這才是重寫神話的眞正意義所在。這也就是如鄭志明所思考的：「爲什麼有很多學者標舉它（神話）是最具有擴展文學領域的原動力呢？這一切的一切都牽涉到『神話』一詞的再定義，以及它的內涵與外緣的再擴大……」〔註 26〕況且，神話資源在中國具有綿長和深厚的積澱，對於文學創作而言，更是一筆極大的財富。

詹鄞鑫在研究中國傳統宗教的時候提出了兩大陣營的存在。其一是「在朝」一支，代表正統宗教的國家宗教，即「具嚴密的制度和大體不變的承傳，並與國家的政治禮制合爲一體」，〔註 27〕其二是「在野」的支流，包括道教和其他民間（少數民族在內）遺存的各種宗教。鬼神祭祀現象和宗教問題是包括經史子集在內的幾乎所有文化典籍中都有大量記載與描寫的重大問題。用作者的話說就是：「因爲在古人看來，這些問題就像吃飯穿衣一樣不可須臾或缺」。〔註 28〕這裡我們暫且不論以上觀點在宗教研究界存在什麼爭議，僅就延續神話這一話題來論，神話正是產生宗教必不可少的精神儲備，也是宗教精神形成的源頭。從這個意義上說，當代奇幻小說創作中對神話的傾心在很大程度上也是一種宗教意識的復蘇表現，而這種宗教意識的復蘇又不是所謂的與封建體制和典章禮制緊密結合的正統國家宗教的復蘇。實際上是道教或其他民間遺存的各種宗教的復蘇。這一現象既帶有明顯的宗教信仰色彩，同時也具備相當的民族氣質，更是一種對非正統民族文化的挖掘。正因爲如此，奇幻小說中雖然不乏表現佛教，基督教等外來宗教的題材，但最吸引眼球，用時下流行的點擊率和發行量來衡量，卻是表現創世神話，英雄傳奇，道風仙骨，巫術禮俗，原始崇拜和儀式的作品，比如上一章談及的《飄緲之旅》系列、《誅仙》等道家修眞類奇幻小說。不難看出，這些作品中有大量的道教或其它民間宗教的復現。

眾所周知，正統宗教隨著中國封建社會的土崩瓦解而不復往日的輝煌，宗法制度更是長期處在被批判的地位，在野的支流同樣被驅向邊緣，甚至銷聲匿跡。這並不是說從邊緣到中心的運動開始啓動了，但必須看到從隱藏到顯現的現象已經透過文學創作表現出來了。如果武斷地給予否定批判，就犯

〔註 26〕鄭志明編《中國文學與宗教》，臺灣學生書局，民 81 年，第 258 頁。
〔註 27〕詹鄞鑫《神靈與祭祀——中國傳統宗教綜論》，江蘇古籍出版社，1992 年，《緒論》第 4 頁。
〔註 28〕詹鄞鑫《神靈與祭祀——中國傳統宗教綜論》，江蘇古籍出版社，1992 年，《前言》第 3 頁。

了將問題簡單化的錯誤。至少從重寫神話的現象可以斷定這是一個與宗教精神、集體意識聯繫甚緊，延續著人本與神本，無神與有神論的歷史之爭，同樣也預示著新世紀文學自身開疆擴土，超越傳統認識論基礎的重要動向，而讓人期待的則是異彩紛呈奇幻、神話世界所帶來的創作與閱讀愉悅。

第三節　新世紀奇幻文學中的神秘元素

那麼，當代奇幻小說中對大量以神話爲中心包括巫術、魔法等神秘元素的再現，其根源究竟是什麼呢？首先被考慮到的應該是一種心理力量始終驅使著身處人的時代的作家們對神的時代和英雄時代的想像與神往。今天這樣一個人的時代，人的意義已經在現代化進程中被大大地異化或者說被物化了。與其說是人的時代，毋寧說是一個物的時代。具有獨立意識的人希望突破物的重重包裹，以重現人的本質。那麼神的時代和英雄的時代能夠賦予現代弱質人類一種原始生命力，也可以說奇幻類文學創作者有意無意地選擇了原始時代作爲他們精神力量的充電器。

國內研究巫術的專家顧祖釗通過研究發現「目前世界上最流行的文化人類學觀點認爲，人類最早的文化形態就是巫術文化形態」。〔註29〕奇幻文學對象化石一樣古老的巫術文化進行吸納和重現除了對這一文化形態在感情上的共鳴使然，同時還應該看到，古老神秘文化本身也有絕對的分量可以與彙聚大量現代科技前沿成果的機械文明被放在同一層面上進行相互比對。雖然顧祖釗在世界流行觀念的基礎上從巫術文化在華夏文明史的實際發展中看到了它非原始的一面，進而推斷出巫術文化繼原始社會之後，仍然擁有強大的世俗和政治力量，被等級社會的統治者繼續推崇的結論。巫術研究學術上的爭執並不會削弱它出現在奇幻文學中的神秘魅力。

對於大多數接觸並愛好奇幻小說的人來說，他們最初喜歡這類作品的原因可能因人而異，但是通常會覺得奇幻想像的神奇力量能夠帶來一種愉悅。很少有人會深思這種愉悅與日常生活的其他樂趣究竟有什麼不同。在當代五彩繽紛的世界裏，要找到些生活的樂子並不困難，但是那種刺激眼球和神經的樂子通常並不能維持多久，人們仍然可以在轉瞬之間感到沮喪和鬱悶。這也

〔註29〕顧祖釗《華夏原始文化與三元文學觀念·總序》，北京大學出版社，2005年，第49頁。

就是現代病的集中表現：膚淺的尋歡作樂最終只能帶來更多的空虛無奈。

而奇幻作品如果只能滿足低級趣味，那麼它存在的價值，在歷史學家、社會學家或者文化人在對時代精神作研究時，充其量不過是個不光彩的反面材料。正好相反，巫術、魔法文化在奇幻作品中的表現，既反映了一部分人的精神追求，還把更多人的目光引向原始文化，使其從一個民間迷信形式、一個學術概念進入了真實的文學創作領域。只不過要控制這個話題的難度非常大，這也是一個危險的陷阱。一旦脫離學術、擺脫政治批判話語，在作品中要借巫術、魔法表達一個什麼樣的價值觀念就成為人們關注的焦點。僅僅為了滿足一點讀者獵奇心態，或者神神叨叨地故弄玄虛，這類作品無疑將會成為奇幻文學中的下品。

在文化人類學上，有兩位重量級學者維柯與弗雷澤對巫術都進行過細緻的研究和論述。不過兩位在巫術的產生和功能上的觀點有著明顯的區別。維柯的基本觀點是將巫術文化看作人類最為原始的文化形態，在他的著作《新科學》中體現了這樣一條主線，即人類從神的時代到英雄的時代，再從英雄的時代回到人的時代。而巫術文化正是人類處於神的時代的表徵之一。

顧祖釗在這個問題上並不同意維柯的觀點。他認為通過對華夏原始文化典籍和考古資料的分析，可以發現從黃帝開始，那些擁有至高王權的人通常本身就是強大的巫師，到後來雖然巫師雖然成為某一個王國重要的重要人物，有的時候地位甚至高於國王，種種事實表明巫術文化的產生已經超越了原始的神靈崇拜階段，披上了功能政治的外衣。弗雷澤曾肯定地認為，在物質方面人類都經歷了石器時代，在精神和智力方面則都有一個巫術時代，巫術信仰是「一種真正的全民的、世界性的信仰」。〔註30〕無疑，弗雷澤的觀點將巫術的地位最大限度地拔高了起來。

不管中西專家們關於巫術等神秘文化的起源、功能、特徵等問題存在怎樣的學術分歧，有一點可以肯定。二十一世紀的今天，我們不能不負責任地將巫術、魔法歸於裝神弄鬼、妖言惑眾或封建迷信，更不能將帶有這方面內容的文學作品不加甄別地掃地出門。就好像 2007 年 6 月世界巫術大會選擇在歐洲的挪威召開，而 17 世紀的歐洲還曾上演過迫害、燒死女巫或者嫌疑婦女的慘劇。人們從粗暴打壓到冷靜研究沒有想到一晃竟是 300 多年。

不管怎麼說，巫術、魔法在當代進入文學世界很大程度上被當成一種表

〔註30〕弗雷澤《金枝》，中國民間文藝出版社，1987 年，第 88～89 頁。

現手段，真正的目的應該是通過這樣一個手段展示出深層精神狀態和時代文化動向。一個世界文化傾向與中西文學互通的問題很自然地被牽涉進來。一貫重視文藝學本土建設的當代文藝學專家童慶炳在其為「文藝學與文化研究叢書」所作的《總序》中對中西方文藝學二十世紀研究重心以及轉向不同方向的實際情況進行了表述，並提出了他對「落後」的理解。他指出當二十世紀80年代中國大陸結束文革之後，就開始了文藝學「審美論」、「主體性」、「語言論」〔註31〕三大轉向，努力擺脫文藝「他律」的束縛、探求文藝「自律」的時候，西方文藝理論界竟自覺擺脫相對成熟的「新批評」和結構主義文論的模式，朝著文化的方向重新關注起文藝「他律」的問題了，文化研究獲得充分發展。如果一味跟在西方文藝界的腳步之後，這一現象就只能說明中國的步子又落後了。

不能否認，二十世紀末，中國文藝界在童慶炳所說的三大轉向之後，的確發生了第四次轉向，即文化研究熱。反映到文學創作上，文化研究關注的如種族、性別、第一世界和第三世界、文本與歷史等問題紛紛出現在具體的文學創作中，並通過虛構故事充分展示出來。奇幻文學作品當然也不例外。以上話題幾乎可以在不少奇幻文本中找到對應的表現。

有一點必須明確，所謂童先生所擔憂的「落後」並不是絕對的。以某些類似現象出現時間的先後為判斷標準，得出本國文藝界的「落後」這個結論顯得操之過急。我們不排除有跟風、模仿的實際情況存在，但是要看到一種理論在某一個地方能否找到棲身之所，以及出現的早晚都要受各方限制。雖然發達的咨詢網絡和全球化溝通趨勢的氣氛下，要實現互通有無不是件難事，但是如果全球範圍內，在思想上、文藝上都能實現時間上的同步，那將是非常不可思議的現象，思維多樣性、地域差別、傳統文化以及接受消化能力都決定了就算同一事物散佈到不同地區，也不可能獲得完全的複製。畢竟人類思維、情感體驗不可能被改造成生物學意義上的克隆技術。就好比文化研究方向一樣，作為世界性大傾向有可能存在中西趨同現象，但是各民族文化所分解出來的成分更多的是獨立而獨特的。

因此，如果「落後」一詞僅僅代表出現早晚這樣的時間問題，我們應該毫不猶豫地將其取消。只要從根本上擺脫單純追逐的惰性，祛除刻意模仿的心理陰影，真正實現中西交流的對等和互動完全可以實現。這一點，文學創

〔註31〕顧祖釗《華夏原始文化與三元文學觀念‧總序》，北京大學出版社，2005年。

作領域中，中國奇幻小說就說一個典型實例。同樣出自童慶炳先生的文化詩學五大基本原則，即歷史優先原則、對話原則、邏輯自洽原則、聯繫現實原則和不放棄詩意原則，就是提醒人們面對文學創作、文藝學研究應該保持著一種平衡與獨立的心態。在這個問題上，正好有一個佐證：奇幻文學在最初成為一種流行的時候，的確帶有鮮明的西化風格，到處充斥著西式魔法或騎士傳奇類作品，但是也要看到，眞正具有持久魅力和有成為文學經典潛力的作品，卻是奇幻界目前正在形成的「中式奇幻」風格。這些奇幻作品的內在精神跟中國傳統主流文化和邊緣文化都實現了不同程度的接軌：除了與中國的志怪傳奇文學傳統、民間通俗文學發生了一次親密接觸，對於邊緣文化的關注，也不自覺地與西方二十世紀以來形成的後現代理論以及文化研究思潮相呼應。那麼，文學中表現的巫術與魔法自然又多了一層文化研究的學術意義。

　　巫術、魔法、神話等神秘文化資源在奇幻小說中的出現決非單純、孤立事件。上面所談及的心理感受、文化交流、文學傳統等原因都只能是普遍原因，無法完全給出爲什麼這些文化形態會在此時此地大量出現的特定原因。要解答這一現象最終還是必須回到全球範圍內對科學理性反思上來。當反思的主觀願望、隨之而產生的相關理念通過各種途徑在接受者心中沉澱之後，文學領域中出現對非理性、宗教意識、神秘主義的普遍回歸也就順理成章了。與現代「人」的話題相呼應，奇幻小說中體現的巫術、魔法、神話情結是向神秘、虛玄更加靠攏的表現。人是神的造物主，抑或神是人的主宰等等從科學理性或宗教角度加以論證的話題都不是奇幻小說期望表達的意義。超自然法術、神秘儀式、神靈魔怪、古老神話，以及與「神秘主義」相關的很多元素以無須證明、預設爲眞的狀態直接空降到奇幻小說中，作爲背景或者主體，在純粹的神秘世界裏，訴說著它們的時代內涵，從側面展示出隱蔽在當下奇幻小說中的現代精神動向。

　　「神秘主義，作爲一種詩性智慧，它不是把世界拉到身邊，抓到手上，拆卸開、弄明白，以便強制它爲我所用；而是將世界奉爲神、景仰它、尊重它、愛護它、讓它保持自然的本性，人效法它，努力與它恢復和諧」。〔註32〕這段話影射了對待神秘主義的兩種態度，前者是典型的科學理性模式，後者卻是在反思前者之後擺正「人」的位置之後所作的調整。在一定程度上符合

〔註32〕毛峰《神秘主義詩學》，北京：三聯書店，1998年，第31頁。

神秘主義重新進入人們視線，出現在文學作品中的實際情況。上面這段話的作者甚至還一口氣為「神是什麼」提供了從古自今、縱橫中西的七種概括：「神是無限的宇宙生命」，「神捍衛宇宙神聖和生命尊嚴」，「神是生命之美、萬物之妙」，「神是對萬物的超越」，「神是生命信仰、心靈自由、宇宙博愛」，「神是生活的深度」，「神是宇宙之詩」。很明顯，上文對「神」、「神秘主義」的定義總體上還是將對方置於一個令人仰視的高度，其超越性和永恆性更像是眾人面前遙不可及的幻象。

　　顯然到了今天，人們單向度仰視神的方式已經不再有絕對說服力。學術界逐漸還接受了人與神之間實際存在的平等對話關係，「對話叢書」的出版就包括了《人與神的對話》〔註33〕，書中還詳細考察了實現人與神交流的原始巫術、宗教，以及相關儀式等途徑，一定程度上調整了仰視的角度。不能否認在新世紀文學創作，尤其是奇幻小說中，呼喚人與人、人與自然和諧關係的重建在很多作品中是通過人對原屬自己創造物的「神」的態度間接表達出來的。只不過在對待「神」、「神性」的態度上文學創作者比學者們走得更遠，從他們的作品中既可以看到對原本仰視角度的保留，也能夠聽到平等的對話之聲，更能發現令人驚喜的超越。「重寫神話」的真正魅力恐怕就在於此。

　　當然，我們也要承認，畢竟神秘主義既是一種學說、哲學思想，又是現實人類的某種特異精神體驗。從東西方宗教教義、神仙譜系、民間原始文化傳承，到具有一定操作性的超自然信念和力量（包括巫術、占星術、煉金術等），都被置於神秘主義的龐大家族譜系之下。基於以上種種原因，本書專門從巫術、魔法、神話等奇幻小說標誌性元素中，將神話獨立出來加以展開，並將注意力投向奇幻文學中的「重寫神話」之上。除了這一現象所具有的代表性之外，神話作為神秘主義的冰山一角，它在當代奇幻文學中的大量出現不但能夠展示這類幻想小說的文學特質，還能進一步勾勒出「神秘體驗」〔註34〕進入奇幻文學的時代文化線條，更重要的是這個純粹的神奇世界雖然離現實世界遙不可及，卻絲毫不妨礙它發揮對現實機械文明與生俱來的反襯功能。

〔註33〕 參見譚桂林《人與神的對話》，安徽教育出版社，2000年。
〔註34〕 （比）保羅・費爾代恩（Paul Verdeyen）《與神在愛中相遇——呂斯布魯克及其神秘主義》，陳建洪譯，中國致公出版社，2001年，第314頁。

　　要把這樣的動向或者說一種不知不覺的滑動表述得更清楚，這裡還可以提到一部當代最新西方奇幻力作——《美國眾神》。它的出現甚至可以對深入體驗神話、巫術、魔法共存的神秘奇幻文學以及對科學架構下現實世界的反思兩大問題起到收官的效應。如果說擁有深厚本土文化素養和超凡語言創造力的《魔戒》作者托爾金與最初為了生計，為了給孩子講故事的《哈里·波特》作者，一個落魄的單親母親能被稱為當代西方奇幻文學中的雙子星座，那麼英國奇幻作家尼爾·蓋曼無疑是繼他們之後出現的眾多奇幻作家中格外耀眼的一顆新星。他本人更被《文學傳記辭典》（Dictionary of Literary Biography）譽為十大後現代作家之一的優秀奇幻作家。

　　奇幻大作《美國眾神》可以榮登紐約時報暢銷書排行榜，在全球熱銷千萬冊決不是偶然的。讀者僅看看書中出現的眾神名單就會被震住。挪威神話中的主神「死亡之神奧丁」，與「狡詐之神洛奇」，古斯拉夫神話中的「黑暗之神岑諾伯格」，西非最重要的神祇之一「騙術之神安納西」，盎格魯——撒克遜神話中的「黎明之神伊斯特」，印度教主神「毀滅之神伽梨」，埃及諸神之一「計算之神透特」，埃及神話中的「冥界之神阿努比斯」，埃及神話中的「天空與太陽之神荷露斯」，埃及「聖貓女神芭絲忒」，古斯拉夫的「天空與光明女神」等等。埃及、古斯拉夫、印度、西非、挪威、甚至中國的主要神祇都出現在了這部作品之中，這還不止，除了這些昔日之神，新一代的神靈也出現了，它們是計算機之神、電話之神、媒體之神、飛機之神、高科技之神。

　　舊神們隨其信徒一起來到了美洲新大陸，卻沒有能夠維持過往的輝煌，隨著信徒一代代遞減、無法獲得虔誠獻祭的古老神靈們就像隨風飄落的塵沙，隱遁於人類世界的各個角落，如凡人一樣討生活。冥界之神阿努比斯開起了殯儀館，靠解剖非正常死亡的屍體來重溫其護送亡靈、審判亡靈的神職；黑暗之神岑諾伯格應聘屠宰場的工作，在屠殺牲畜的過程中回味很久以前眾人向他獻祭時的儀式；擁有與欲望相關魔法的希巴女王當上了街頭拉客的妓女。化名「星期三」的死亡之神奧丁此時站了出來，為了挽回昔日的勝景，號召舊神團結起來加入戰鬥。

　　新舊神靈之間爭奪人類信仰的戰爭到了一觸即發的危險地步。它們所代表的新舊文化體系、思維運行模式之間的碰撞也隨之從戰爭的背後走了出來。這是一個大膽而新奇的奇幻創作，緊緊延續著對現代性反思的世紀話題。

高科技新神的加入一方面擴充了神靈的隊伍，另一方面使得爭奪更具戲劇性。《美國眾神》在透過眾神的眼睛看美國的同時，也間接折射了整個世界。作者更是爭脫了「科玄」關係的爭論漩渦，通過一個核心人物（「影子」）、一個最高秘密的揭示（聖女「努雲尼尼」）、一個令人震驚的陰謀（「星期三」與「洛奇」）和一個理念的顛覆（家神「赫因澤曼恩」），試圖尋找如何解決現代人信仰缺失和信仰重建等時代問題的答案。

就像大部分奇幻小說一樣，核心人物的出場可能處理得很神秘、也可能顯得很荒唐，但是不管怎麼樣，他是矛盾的集中點，也是解決問題的鑰匙。「影子」的出場帶著灰色的低調，正當即將刑滿釋放的他滿懷希望地計劃著如何再見到愛妻、怎樣重新獲得入獄前那份好友提供的工作時，愛妻與好友在偷情中遭遇車禍雙雙死於非命。他在跨出牢門獲得自由的一刻同時失去了家庭、友誼和工作。「星期三」的出現使這個灰色小人物的生命軌跡發生了逆轉。他接受了「星期三」提供的工作，與其一道開始完成一項自己也不甚了然的神秘使命。

在逐漸接近事情真相的過程中，也就是他與眾神接觸的時候，他的意識不斷地發生著轉變。面對不忠妻子的亡靈，他懂得了寬恕；面對新舊神靈的爭戰，他學會了冷靜思考；面對身世的揭密，他選擇勇敢面對死亡；面對眾神即將覆滅的危機，他毅然站在正義的一方，與陰謀策劃者，他的父親「星期三」徹底對立。所有這些都源於他其實是「死亡之神奧丁」（化身為「星期三」）與人類所生的兒子。作者安排這樣一個具有「神人」雙重背景的主人公並不是為了表現神性與人性的神奇結合。雖然，這樣一個卑微的人物在不斷的磨難中逐漸恢復了「神力」，還日益擺脫了他過往渾渾噩噩的精神狀態，獲得正直、善良、勇敢等正面「人性」的復蘇。「影子」最大的作用仍然是作為一個特殊的親歷者參與到信仰大戰之中來。

聖女「努雲尼尼」在公元前 14000 年作為神之秘密的守護者透露的驚天秘密被當時的族人視為藝瀆之言，卻道出了此中真諦：「神是偉大的，但是人心更加偉大。神明來自我們的心，也將回歸我們的心。」〔註35〕小說中的人類表面上退居幕後，整個世界彷彿騰空了出來成為古老眾神和當代新神的競技場，但是實際上，雙方角逐爭奪的對象還是人心。神靈不過成為人類信仰

〔註35〕（英）尼爾‧蓋曼《美國眾神》，戚林譯，四川科學技術出版社，2006 年，第
317 頁。

的特殊產物。沒有魔法和神力的人類卻擁有能夠主宰法力無邊的眾神的「心力」。眾神之間的陰謀和戰鬥最終歸於人心力的起伏。「影子」在最後關頭的出現和他勇敢的抉擇正好應驗了聖女透露的這個驚天秘密。

而「星期三」和「洛奇」兩人的陰謀進一步證明一個大騙局將所有的神靈捲入其中。原來當代新神根本不是「星期三」所謂的挑釁方，「星期三」的死不過是他引發舊神們的團結精神、嫁禍新神的精密策劃。當新舊神靈拼個你死我活，屍橫遍野的時候，它們的生命和鮮血就是對「星期三」最豐厚的獻祭。到那時黑暗之神又可以重新復活了。知道了真相的「影子」在雙方即將開展的那一刻喊道：「對神來說，這是一塊糟糕的土地。……你們可能早就以各自不同的方式明白了一個道理：舊的神靈被冷落，被遺忘，崛起了新的神靈。新神興起雖然迅速，但其衰落也同樣如此」。〔註36〕「影子」的話喝止了一場神靈大戰，也爲人們在頭腦中糾纏於對科技文明的反思找不到出路狠敲了一下警鐘：舊神們的落魄與新神們的無辜是同樣的，正如「影子」所想：「人就是這樣，他們不可能沒有信仰，但卻不會爲他們的信仰承擔責任。他們用自己的信念造出神靈，卻不信任自己的造物。他們用幽靈、神明、電子和傳說填滿他們無法把握的黑暗。他們想像出某種東西，然後相信它的存在，這就是信仰，最赤裸裸的信仰。一切都是這麼開始的」。〔註37〕

而那個被稱爲美國最完美的鎮子，治安良好、失業律極低、生活便利、風景優美的「湖畔鎮」只不過是家神赫因澤曼恩以每年殺死一個鎮上少年或少女作爲交換條件刻意保持的表面完美和獨立罷了。「烏托邦」理想隨著命案的水落石出，赫因澤曼恩的死也歸於覆滅。一個不完美、卻有生命力的新「湖畔鎮」卻誕生了。

《美國眾神》毫無疑問成爲當代西方關於奇幻小說的又一高峰。歐洲文化傳統中神性與人性是有相通性的。神靈跟凡人一樣擁有各種欲望，是一群帶有明顯缺點的神靈。雖然中西方對於神性的傳統理解在根基上有區別，但是到了當下，不完美、神靈人性化幾乎達成了共識。這一現象使得西方神靈們，作爲文化遺存，其在文學創作中的行動軌跡可以與中國本土類似奇幻創作的實際情況相互呼應。

〔註36〕（英）尼爾・蓋曼著《美國眾神》，戚林譯，四川科學技術出版社，2006年，第413頁。

〔註37〕（英）尼爾・蓋曼著《美國眾神》，戚林譯，四川科學技術出版社，2006年，第411頁。

　　然而，尼爾・蓋曼最新奇幻小說的最大魅力卻是讓讀者感受到了新世紀祛除科學迷信之後，對待神靈世界和科學世界的新動向。從奇幻小說本身的敘述中我們可以看到一條清晰的思路。對古老神靈和新科技之神的塑造分別代表了兩個世界的整合傾向。這一傾向充分體現了蓋曼以冷靜而公平的心態對待處於被批判地位的高科技物質文明世界和重新崛起的神秘世界。他沒有因為科學理性、物質文明在二十世紀遭遇前所未有的懷疑而打壓被他塑造出來的高科技之神，也沒有因為古老神秘世界的重煥光芒而沿著這一思路放大遠古神靈的形象。他躍出科玄雙方的爭奪，看到了爭奪信仰權，獲得支配權才是各類爭端的最終目的。當高科技之神和古老神靈紛紛撕下神聖的面紗，甚至暴露了原本的無辜和弱勢之後，他們作為人類漫長思想歷程中的部分承載物的身份也就一覽無疑了。他們之間的爭奪歸根到底還是人為的結果。這樣一來，終結對峙的預測被正面強化了。

　　也就是說，在對待當代「科玄相遇」的問題，奇幻文學創作者已經開始嘗試著從根本上擺脫單一的二元對立模式。兩者相遇後發生的化學作用，通過奇幻文學表現出來的結果肯定不會整齊劃一。《美國眾神》的出版不但回應了關於當代「科玄相遇」的話題，也提供了認識兩者本質關係的一種思路，更可以為瞭解中國本土奇幻小說在這一話題上的表達提供對照的依據。

　　事實證明，中國奇幻小說在展現「科玄相遇」主題時，也看到了兩者可能的真實地位，將思考的目光聚焦到了人類自身。「人」自然成為解開「科玄」關係的關鍵所在。只不過，在奇幻小說中，人類面對自身以及創造物之時處處顯示出與生俱來的矛盾情緒。總之，迷信一詞只要不跟封建捆綁在一起，它將適用於包括科學、宗教、哲學、神秘主義在內的一切與思想、信仰有關的領域。當代「科玄相遇」之後出現彼此結合的趨勢、神秘世界以奇幻文學為載體的異軍突起正是以人們試圖破除科學迷信的現實思想狀態為前提的。

第三章　獨特的奇幻小說追求：
「架空世界」

第一節　本土「架空」奇幻理念的形成與發展

　　從科幻文學首先放開懷抱接納奇幻創作理念，到奇幻小說透過人類與異類的較量表達了「科玄相遇」後彼此糾纏的精神主題，再到以神話等元素爲中心的神秘奇幻世界對現存機械世界的反襯，人們可以明顯感受到奇幻小說中貫穿的關於「科玄」之間分分合合的矛盾狀態。實際上，對於「科玄相遇」後引發出的種種矛盾表現得最淋漓盡致的卻要數中國奇幻小說中的重要一支——「架空」奇幻小說。

　　本土「架空」奇幻小說的出現不但與全球性文化交流緊密聯繫，圍繞它所結成的創作團隊所進行的活動也充滿了耐人尋味的戲劇性。至於奇幻小說從創作構成到意圖表達同樣具有豐富的解讀空間。所有這些疊加起來生動地展示了「科玄相遇」後在思想和技術層面上形成的拉扯和膠著狀態。可以說，進入中國「架空」奇幻世界，對「科玄相遇」後產生的諸多可能性將會獲得更加豐滿的認識。

　　嚴格地說，目前學界並沒有形成對「架空」奇幻小說在學理上的認定。對「架空」一詞的借用與表達也只是中國奇幻創作圈內取得共識，獲得默認的約定俗成。那麼，把「架空」小說從奇幻小說的整體中突兀地單獨劃分出來必然會造成歧義。首先從「架空」的詞意來看，作爲一個外來詞，它是從日文轉譯過來的，就是「虛構」的意思。奇幻小說作爲幻想文學類型，本身

就是「架空」的，因此，「虛構」的特質不足以證明「架空小說」這一提法是
區別其它奇幻小說的完美概念。其次，作爲類型小說，奇幻小說的大旗下的
確有許多風格各異的分支。如果細分下來，二級劃分的標準問題就會牽涉進
來。目前就有從時空角度進行的劃分，如反映工業文明或後工業文明的都市
奇幻，反映前工業文明或原始初民時代的古典奇幻。還有從內容出發的，如
仙俠、修眞、神話等繁雜的支流。「架空」奇幻小說對於任何一個方陣來說，
既可以完全嵌入，又不能完全覆蓋。至少，從時空上來說，它古今皆宜，從
內容上來說更是戰爭、武俠、魔法、秘術無所不及。

那麼，人們從詞源和相關文本出發，想要完全證明「架空」奇幻小說這
一概念的合理性難度非常大，但是沿用這一提法的原因除了爲求便捷所施的
權宜之計外，眞正的價值卻在於使人們意識到必須承認一種特殊的奇幻文學
創作方式已經進入國內的幻想文學領域。這裡不但關涉到「架空」創作理念
（這裡不單指文學創作理念）的生成，還關係到文學世界本體以及虛構或「架
空」一個處於文學本身之外、具有獨特運行規律的「世界」之間的互動。從
這個意義上說，「架空」奇幻小說不但是中國奇幻小說中的新生形態，還是能
夠鮮明反映其時代文化特色的重要分支。它展示了一個從創作理念到文學創
作與傳播，再到創作主體的多義形態。「架空」小說出於傳統意義上的文學創
作，卻又大於一般的小說創作。雖然這在西方世界不是現在才有的現象，但
是對於中國奇幻創作來說無疑是特殊而嶄新的創作方式。在逐步擺脫外來影
響的同時，它將越來越煥發出本土文化的特色。

我們首先根據本土奇幻作家對「架空」奇幻的不同理解，對「架空」奇
幻小說的元素和形成階段獲得一個比較初步、客觀的印象。2007 年 8 月 26 日
上午，在「國際科幻‧奇幻」大會上，中國著名「架空」奇幻作者今何在、
文舟、鳳凰公開作了題爲「中國架空，路在何方？」的報告。「九州」架空世
界初創者之一的今何在認爲設計一個「架空」世界，是一種思維模式問題。
寫小說首先是一部文學作品，不是一個空洞、孤立的「架空」世界。這個「架
空」世界是小說的衍生體。反之亦然，小說也可以是這個世界的衍生體。這
裡提到的世界專指「架空世界」。小說本身和「架空」世界是「架空」奇幻小
說的兩個端點，不能混爲一談。如何處理它們之間的關係，因人而異。

另一位作家鳳凰則認爲現實社會容納不了某些人的想法，而「架空」世
界也並不是完全爲小說而設。它能使所有作品有一個統一的世界。小說和「架

空」背景疊加起來會形成一個龐大、連貫、統一、真實的世界。這個世界，以他本人的創作習慣，神譜（創世細節）、宗教（信仰）、地理、歷史四大條件必不可少。它們共同構建了虛幻世界。

奇幻作者文舟則談到了當下奇幻創作中比較流行的「穿越」小說（即小說主人公穿越時空改變歷史的小說）不等於「架空」小說。因為它們的世界觀是不同的。前者的世界觀與取得共識的現實世界秩序很相近，像直升飛機不需要跑道，而後者更像滑翔機需要機場和跑道等外圍設施，即「架空」世界的設定。

不論，架空奇幻作者們對他們設定的世界和創作出來的相關小說有何種不同理解，對「架空」奇幻小說本身而言，這是一種突破傳統小說創作的形式。雖然文學創作在現實與虛構問題上都有很大的共通性，但是在具體操作手段和創作心理上，傳統小說和「架空」奇幻有著明顯的區別。傳統小說的人物、情節、環境三要素是展開故事的中心點，而成功的架空奇幻小說除了具備傳統小說各要素之外，還增添了小說以外的對於虛構世界背景的龐大設定。小說本身與虛構世界之間可以平行也可以交織。尤其是在設定世界的階段，其操作性和主動性更加明晰。雖然一個世界被設定出來並不是憑空而造，仍然要遵行某些現實世界既定的規則，像目前比較有代表性的一個「架空」世界——「五陵」世界中的五行，也不可能完全獨立於現有文明形態之外，但是設定世界的過程絕對不等於小說創作的過程。

雖然任何小說創作都不可能是現實世界的精確翻版，但是架空奇幻小說作者們打破規則、自定法則的心理動能無疑超過傳統小說創作者。小說與世界無論是現實世界還是「架空」世界之間都存在著對撞。關鍵在於，創作者是如何看待並參與這樣一種戰鬥的。相比之下，「架空」奇幻小說的作者們要體驗和進行的對撞就更顯複雜了。

首先在設定世界的時候就會飽嘗各類矛盾的情緒。一個純虛構的世界要橫空出世，支配這個世界運行的法則就必須制定出來。這個世界與現實世界的距離究竟有多遠也是在設定的時候必須考慮的。當然，考慮得最多的還是打破現存世界的規則，重新注入相近或者相悖的運行規則。那麼究竟要打破現實世界怎樣的秩序呢？是不是都能打破，又或者說打破只不過是一種遙不可及的理想。也許作者們經過一番掙脫的努力，在本質上並沒有真正的打破，只不過在細節上與現實世界存在著差距。那就是說打破還是打不破是「架空」

世界設定者們首先要面對的難題。但是不管怎麼說，企圖打破既定規則的心理完全符合二十世紀後現代主義文化思潮的整體動向。此舉既是後現代思潮延續的一種具體方式，也體現了對以機械運行模式存在和運動的現代世界的逆反。這個時候，創作主體的精神力量將得到充分釋放，並在其「架空」世界的誕生過程中起著舉足輕重的作用。

其次，一旦「架空」世界得以形成，創作者就開始用小說對其進行填充，即賦予架空世界獨特的故事內容。這時候講述具體歷史事件，展開情節的時刻就到來了。這就是為什麼優秀的架空奇幻小說除了具備一般小說的可讀性之外，總是具有相當的歷史質感的原因。畢竟這不同於普通歷史小說，也不同於傳統小說。作者作為故事敘述者從一個世界的創世神搖身而變成為這個世界的歷史締造者了。既然是敘述者，那麼敘事文體的規範和要素就成為這一個階段最為重要的東西了。說得簡單一點，作者在這個階段最需要關注的就是能不能把這個世界所發生的故事講得好聽，講得引人入勝。這還是考驗、衡量作者敘事能力的關鍵。從世界設定到具體文學創作的轉變階段終於到來。敘事文學的要求在這個階段重新回到了最高的位置。

如果「架空」奇幻小說的創作階段到此為止了，那麼它不過比傳統小說創作多出了一個準備環節──設定虛構世界的階段。然而，事情的發展並沒有這麼簡單。正因為優秀的「架空」奇幻作者們通常並不滿足僅停留在完美的世界設定上。他們通常有強烈的文學表達願望。這很容易出現另一個矛盾。創作者們在自己搭建的「架空」世界面前，就好像面對著一個巨大的水坑。要把這個坑填滿、填好就需要他們拿出相應的奇幻創作了。只有一部部填坑之作出爐了，才能使這個如建築圖紙一樣死的架空世界活過來，成為一個能夠運轉、富有生命力的動態世界。但是要使一個世界運轉起來所需要的能量卻又非比尋常。這就是為什麼目前中國「架空」奇幻中的代表系列都是以團隊的形式結成的。人們分工協作，共同為這個世界添磚加瓦。集體創作與個人原創成為架空奇幻小說創作特殊而開放的特色。從這個意義上說，「架空」又是一個非常貼切的字眼用來形容這一奇幻文學群落。它不但可以說明奇幻文學虛構的整體特色，還通過一個「空」字，將虛構世界和奇幻文本之間的互為補充、彼此對應關係生動描摹出來了。

當然，虛構世界和奇幻小說創作之間最不可調和的矛盾也就不可阻擋地產生了。「架空」作家們要面臨的又一重困境出現了。一方面，有限的個人力

量降低了作者獨自駕馭並完善「架空」世界的可能；另一方面，個人的差異
又是導致創作團隊出現分歧的首要原因。兩方面都有典型的事例。前者的代
表人物就是奇幻作家鳳凰目前的情況。他憑個人之力進行「架空」奇幻小說
的創作，從世界設定到具體創作已經歷時將近 5 年。以作者自己的話來說完
成了還不到五分之一，目前發表或者公佈的條件完全不具備。後一個方面的
代表事件必當首推「九州」創作團隊在 2007 年初的分裂。「九州」團隊面臨
的困境如果放到「架空」奇幻小說創作的整體階段來看，只能說是這類小說
創作者們遭遇的各種難題的一個部分。

　　事實上，「架空」理念真正匯入中國奇幻小說創作的決定性緣由並非對象
巴爾札克《人間喜劇》那樣龐大敘事模式的簡單模仿。誠然，在篇幅上，它
們都是長篇巨著，被囊括其中的單部小說也都具很強的獨立性。不過，將《人
間喜劇》中所有小說串聯起來的是一個貼近現實世界的時代背景。面對這個
不需要事先設定的時代背景，作家的創作心理機制必然與「架空」奇幻小說
作者存在很大差異。而小說和時代背景之間更多體現的是反映和被反映的關
係。「架空」世界的身份不僅僅作為相關小說的背景。構成這個世界的細節直
接進入小說創作，或者為隨後而來的小說提供靈感。最明顯的是，「架空」世
界有一整套迥異於現實世界的虛構法則。小說和「架空」世界不需要反映和
被反映，而是通過互動，通過幻想、神秘、超現實的方式共同反映創作者的
精神狀態，進而反襯現實世界的思想狀態。

　　嚴格地說，英國小說家托爾金（J. R. R. Tolkien）的《魔戒》（又名《指環
王》）席卷全球的超級震撼力，在其之後形成的 D&D（Dungeons & Dragons）
即「龍與地下城」系列 TRPG（Table-top Role Playing Game），即「桌面角色
扮演」遊戲，以及《龍槍》系列創作這幾大因素才真正意義上在中國奇幻小
說中的「架空」概念形成問題上起到了至關重要的先期作用。

　　在英國最近的一次民意測驗中，托爾金被評為「世紀作家」（author of the
century），而他的名作《魔戒》系列則被稱之為「世紀之書」（book of the
century）。這一稱譽形成的邏輯秩序應該是先有托爾金本人的文化積澱，才
造就《魔戒》系列豐富的內涵，再通過幻想文學的表達方式形成了這部出
於奇幻卻高於普通奇幻的「世紀之書」。這一順序使得我們不能因為單個作
家的單部作品就無限放大奇幻類型小說的存在價值。同樣，看待中國奇幻創
作的問題，《魔戒》系列的影響研究看似必不可少，而真正對本土奇幻能夠起

到推動作用的有效比較卻不能停留在表面的類似比較。嚴格地說，是它們之間的差距。只有在找到差距的基礎上，才能客觀對待彼此的優勢和劣勢。而找到差距的根源還在於對托爾金本人的認識，這往往是過去人們談得較少的東西。

仔細對照托爾金的生平，就會通過一條很清晰的線索發現他的創作成就是實至名歸的。這部「世紀之書」可以說是一個合力的結果：作者童年經歷＋成年後的人生體驗＋學術路徑。托爾金的成就是不可複製、獨一無二的，而《魔戒》系列則成為他眾多文學創作和學術研究的一個濃縮點。

托爾金出生在南非，托爾金母子對南非夏季的酷熱和冬天的乾冷很不適應，常常生病。他們除了對氣候不適應外，還遭遇惡劣的生活環境。他們的家緊鄰廣闊的平原。野狗，毒蛇，野猴，甚至獅子都曾出現並威脅過家庭安全。幼年托爾金還被巨大的毒蜘蛛咬傷過。因此，托爾金最著名的兩部作品《霍比特人歷險記（The Hobbit）》以及《指環王（Lord of the Rings）》中都有巨大的，劇毒蜘蛛群出現。

托爾金從小就體現了非凡的想像力和對大自然的熱愛。西方有學者發現：「He did show a natural inclination for drawing, particularly if his subject was a landscape or tree」〔註1〕（對於繪畫，他有與生俱來的興趣，尤其喜歡畫風景和樹木）。他的母親從小就鼓勵他多讀書，而他最喜歡的就是《愛麗絲夢遊仙境》、神話故事、屠龍者傳奇之類的幻想類書籍。他創作的第一個奇幻故事就是關於一條龍，而母親對他這個故事標題中出現的一個語法錯誤的指出竟然直接影響到托爾金一生的學術選擇："His mother aroused his first interest in words and languages by pointing out that he had to say 'a great green dragon' instead of 'a green great dragon'. He wrote no more stories for years afterwards, immersing himself in language instead." 〔註2〕（母親指出他將兩個形容詞的先後位置放錯了之後。正因為此，他有很多年都不再動筆創作，而是埋頭攻讀語言學方面的知識）。《魔戒》中的人名、地名基本上都是托爾金的語言發明。他對語言、造詞有一種狂熱的迷戀。

成年後的愛情、友情、戰爭、婚姻家庭等人生體驗對《魔戒》的形成同

〔註1〕 Bramlett, Perry C. *I am in Fact a Hobbit: an Introduction to the Life and Works of J.R.R.Tolkien*. Georgia: Mercer University Press, 2003.p3.

〔註2〕 Bramlett, Perry C. *I am in Fact a Hobbit: an Introduction to the Life and Works of J.R.R.Tolkien*. Georgia: Mercer University Press, 2003.p4.

樣起著決定性作用。1908 年，在寄宿學校裏他與一位叫 Edith Mary Bratt 的 19歲孤兒相愛。由於法定監護人的反對，他們倆不得不分開。雖然他們之間保持通信，但是有將近三年時間不得相見。不過，有情人終成眷屬。他們的婚姻維持了 50 年。托爾金開始寫詩則始於 1910 年之後。他的詩歌在主題上多與神話，尤其是美輪美奐的仙女有關。這裡有明顯 Edith 的影子，更注入了作者對愛情的體驗和幻想。

　　當然，托爾金的詩歌創作並不完全是個人的愛情獨白和吟唱。這裡還有一個值得一提的團體，那就是「T.C.B.S」即「Tea Club（of the）Barrovian Society」，托爾金與其三位密友是這個團體的四位核心人物。正是在這個團體中獲得了朋友的鼓勵，托爾金堅持寫下不少詩作。這個團體一直堅持到第一次世界大戰中兩位核心成員陣亡，才宣告解體。1916 年托爾金從牛津大學畢業後，馬上就開始服兵役，而此時正值第一次世界大戰之際。他也因此參與過法國西線的戰役。他童年摯友和「T.C.B.S」中的一位核心成員都在戰爭中喪生，而他也身染疾病。在接下來的戰爭歲月，他就只是進出於醫院，沒有再回到戰場。不管怎樣，曾親臨戰場，目睹友伴的陣亡，這無疑對他今後的文學創作，尤其是對其形成歷史感很強的戰爭場面的描述能力有著重要影響。

　　在婚姻家庭生活中，托爾金是一位公認的好丈夫，好父親。對於孩子，他傾注了大量的心血。孩子們很小的時候他就編故事給他們聽，而那些故事中的許多人物恰恰是他後來作品中的人物原型，比如他創造的 hobbits（小矮人）就是一例。此書之所以被評爲「世紀之書」，根本上不是因其巨大的銷量，也不是因爲它被改編成電影，更不是因爲它的通俗性趣味性和奇幻性。事實上，以上的實際情況在很大程度上起到了世界推廣作用。他的眞正魅力在於，這是一部充滿學術積澱，融合獨特人生經歷沉甸甸的奇書。這些細節在人們談到《魔戒》之於中國、乃至世界奇幻創作時卻經常被忽略。

　　如果我們從托爾金那裡看到了中西奇幻的差距，走純西式奇幻道路想要超越《魔戒》的不可行性，那麼再來談談這個幾乎成爲一種美國文化象徵的 D&D（「龍與地下城」）和 AD&D（高級「龍與地下城」）特殊文化產品。它對於當代中國「架空」奇幻小說的影響非同一般。直到今天，還有大量寫作者樂此不疲地按照或模仿 D&D 模式進行奇幻創作。

　　當下 D&D 和 AD&D 系統簡而言之就是一個包括紙上角色扮演遊戲、電

腦遊戲、相關奇幻小說、雜誌，以及由此衍生的大量來源於遊戲或小說的玩具、道具、海報、圖片、CD 等商品銷售這樣一個文化產業總和。就拿 D&D 系統所屬的 TSR 公司的產品線所涉足的領域來說，它包括了紙上角色扮演遊戲、相關小說出版、戰略骰子遊戲、紙牌遊戲，以及每年的月曆、畫冊出版，還擁有兩本雜誌《地下城》和《龍》。

最早的「龍與地下城」是一個虛構的中世紀戰爭遊戲，遊戲規則也沒有現在的嚴格、完備。玩家通常扮演一個擁有獨立人格和行為方式的英雄。在這個想像的世界裏，玩家可以感受到一個迥異於現實世界、沒有善惡之分的自由空間。他們可以打破現實世界的規則任意行動。而 D&D 遊戲開始向奇幻風格轉變還是始於 70 年代開始的《魔戒》影響。1978 年，高級「龍與地下城」系統誕生了。它比最早的龍與地下城具備更完善的規則。在 AD&D 中，玩家通過擲篩子來建立角色，即魔法師、戰士、小偷以及其他魔幻世界中的種種虛構人物。玩家們聚在一起來進行遊戲。他們通力協作來解決問題、完成任務，並且與邪惡戰鬥。這也是對最初的個人英雄模式的發展。一個被稱為「地下城主」的裁判將組織並監督整個遊戲過程。地下城主要根據各種幕後設置來創造一個故事，以吸引住所有的玩家。這個遊戲是完全開放的。它只有開始，沒有結局。只要地下城主還有故事可講，玩家們也樂意去聽去玩，遊戲就會一直繼續下去。

這個龐大的遊戲系統與奇幻小說創作結緣的最初原因就是 1984 年。為了給 TSR 公司的高級龍與地下城遊戲系統（AD&D）提供一個故事背景，瑪格利特‧魏斯和崔西‧西克曼合著了一本叫《龍槍編年史》的小說。這本小說推出之後竟然轟動一時，大獲成功，不停再版。由此而派生出的 TSR 公司的其他各種奇幻文學作品也受到了空前的歡迎。《龍槍編年史》是 TSR 公司所出版的奇幻小說中最成功的一部，這一系列小說的每一部幾乎都登上過美國出版界的暢銷書排行榜。在「龍與地下城」遊戲影響很大的美國，「龍槍」小說是多數書店中的必備書目。以《龍槍編年史》為首的《龍槍》系列小說中最著名的還有《龍槍傳奇》三部曲、《夏炎之巨龍》和《靈魂之戰》三部曲。此外，比較優秀的作品還包括瑪格利特‧魏斯和丹‧佩蘭合著的《混沌之戰》三部曲和吉恩‧瑞德創作的《新時代巨龍》三部曲。除了長篇巨著之外，《龍槍》這個系列還有十三本短篇小說集。最早的以解說遊戲規則的「龍槍」系列作品隨之對遊戲內容的發展起到了巨大的反作用，完成了從電腦遊戲引發

小說，再由小說決定遊戲的循環。有關「龍槍」的電腦遊戲後來基本上都是根據小說中的故事線索而發展變化的。

不僅如此，在《龍槍》系列之外還衍生了大量優秀的奇幻作品，隨著這些小說的成功，它們通常也擁有與之配套的電腦遊戲。稍加列舉就有《被遺忘的國度》系列。在它的作者群中最著名的要數西班牙裔美國人 R・A・薩爾瓦多。自 1990 年開始薩爾瓦多成爲專職的奇幻文學作家，曾先後爲 TSR 公司撰寫過 16 本奇幻小說。其作品在全球賣出超過三百萬冊，並且翻譯成多國語言和有聲書，其中的《碎魔晶》、《白銀溪流》和《半身人的魔墜》彙集成了《冰風溪谷三部曲》。

TSR 公司推出的以三維空間爲主題的戰役背景的《異度風景》系列。在這個系列裏玩家們的目的也不再是打倒惡龍拯救公主，而是探索信仰、哲學以及善惡的本質。在宇宙中的每個空間都有自己與眾不同的物理及魔法規則，空間穿行者們則可以在這些空間之間穿行。這些空間中居住著各種各樣傳說中的生物，其中的外層空間裏還居住著那些被一般人稱爲「神」的存在。所有這些居住者都在用自己的方式影響著多元宇宙。《異度風景》最吸引人的並不是上面三條在整個多元宇宙中都成立的眞理，而是一條只在外層空間成立的規律：「信念就是力量」。信念並不能決定一切，但是信念確實可以在一定程度上改變這個世界。一個人的信念可以改變自己周圍的環境，而千萬人的信念甚至可以完全改變一個空間！

帶有奇幻恐怖風格的《魔域傳奇》不僅融合了幾種哥特式恐怖傳統，還將英勇、浪漫、魔法和奇異等奇幻元素加以發揮。此爲，還有《魔法船》、《浩劫殘陽》、《灰鷹》等作品。目前遊戲業界鉅子 Interplay 公司和 SSI 公司也獲得了 AD&D 的使用授權。從 2000 年之後陸續發行的《博得之門 II：阿門的陰影》、《冰封谷》、《光輝之池 II：德蘭諾廢墟》、《冰封谷 II》等作品，它們均獲得了極大的成功。

對托爾金本人的瞭解是考察《魔戒》所發生的對中國奇幻文學影響之起點，對 D&D 巨無霸系統的初探則可以發現最新的西方奇幻世界的狀態。當然必須承認它們的確與中國奇幻創作流行潮的爆發有緊密關聯。不過，在這一潮流中，西方奇幻元素終究起到的是助燃器而非發生器的功效。中國本土的幻想類創作早就存在著深厚的傳統，只不過在新世紀發生了一次變道加速的動作。雖然托爾金的某些創作嘗試給後來的中國奇幻作者許多靈感和啓示，

「龍槍」系列中出現的魔靈法師、騎士兵團、異度空間也被不少中國奇幻寫手吸收，但是人們開始意識到對托爾金簡單模仿的下場只能是跟在巨人身後做做小動作罷了。而在「龍槍」系列陰影下逐漸淹沒於西方文化之中的中國奇幻作家們初入其中覺得新鮮刺激，但遊刃有餘的感覺卻總不能如期而至。在此必須承認，中西文化交流的進行是合理而不可避免的，而異質文化之間在審美感受、心理差異、文化積澱等眾多差異中存在著不可通融性則是造成單一模仿逐漸走入死胡同的主要因素。

2006 年《飛‧奇幻世界》雜誌發佈了「中國製造」的口號。細心的讀者發現這既是對本土奇幻的呼喚，也是對具有鮮明本土氣質的奇幻小說的出現進行階段性展示。前面章節談到的神話、仙劍奇幻小說就是其中一類，來自西方架空理念的中國「架空」奇幻小說則是另一類。確切地說，《魔戒》及 D&D 的眾多影響中，真正沉澱並為廣泛接受的主要有兩個方面，其一是對本土文化資源再利用或顛覆的自覺意識；其二就是對「架空世界」觀念，也就是所說的虛構世界創作理念進行的模式化借鑒。這裡所說的模式化借鑒主要相對於對單一細節模仿而言。對這兩方面影響加以融合，在創作構思和實際作品上都有突出體現的就是我們要談的中國「架空」奇幻小說。不過要看到，不同的「架空」奇幻小說作者對虛構世界與小說本身都存在不同的理解。可喜的是他們的思考在個人化的基礎上，與早先的迴避態度或粗糙設想相比已經日趨明朗清晰了。

正因為如此，「架空」奇幻小說從生成到發展、延續都有其豐富的內涵值得一一解讀。作為中國「奇幻」類型小說中最重要的一支力量，要瞭解奇幻小說，「架空」現象是必須面對的話題。當然我們必須承認就算同為奇幻創作圈的作家，對於是否選擇「架空」世界這一形式進行奇幻創作仍然存在著內部分歧。奇幻作家楊叛就對中式「架空」持懷疑態度。他個人覺得創作者不應該耗費大力氣去設定一個過於嚴密、詳細的世界框架，故事還是最重要的。小說最重要的是故事和人物，尤其是人物，不要本末倒置。女作者柳隱溪也持相近意見。她認為設定應該為小說服務，而不是形成枷鎖，用以束縛小說的自然生成。

不協調聲音從同一個圈子傳出來是再自然不過的現象。就算同為「架空」奇幻作者，出現對「架空」世界設定的分歧也是不能避免的。在分歧面前，引起實質性糾紛的可能性幾乎為零，也並不會引發顛覆效應。甚至，人們還

能看到在這個新的幻想文學創作領域中，遵循傳統還是非傳統創作方式的彈性空間很大，多種可能性同時並存。

第二節　「架空」奇幻小說的世界圖景

「九州」、「雲荒」、「五陵」，還有新近表現靈異、神怪的「玄澹」系列都是目前「架空世界」設定相對穩定，相關小說創作成績明顯的中國「架空」奇幻系列。它們是將本土文化納入「架空」奇幻小說創作的典型實例。不過，上述幾大「架空」世界從它們的世界構成和運行設定到具體的奇幻小說創作都顯示出獨特的風格。以「五陵」世界來說，它的創作群體與「九州」團隊相比就鬆散得多。參與其中的相當一部分作者都已經在奇幻文學創作界形成了相對獨立的寫作風格。有的作者還是受邀加入「五陵架空」世界的寫作。以至於目前五陵架空奇幻小說呈現出了最為駁雜的風格。這裡沒有要指責的意思。不過，人們卻可以從中國「架空」奇幻小說的創作理念和創作實踐中看到，在「架空」世界的外圍與內部，處處蘊含著動態的多義性。下文，我們將「九州架空」奇幻系列作為論述重點，同時結合其他幾個「架空」系列，近距離觀察中國當代「架空」奇幻小說所構成的神奇世界，以及存於其中的眾多細節所流露出來的時代文化氣息。

在「九州」這個龐大的世界設定中，天文、地理、種族等等作為一個世界運行的基本要素都被嚴密確定之後，剩下的就是通過具體的奇幻創作來啟動這個圖紙上的虛構世界了。那麼，是時候看看這個世界究竟是如何運行的，在運轉過程中又傳達了怎樣的文化信息。

一、「龍淵閣」：與傳統知識理念的若即若離

「龍淵閣」是「九州」團隊在進行「九州架空」奇幻小說創作中虛構的一個神秘處所。在許多「九州」題材小說中都有出現。不同作品對這個地方的描寫都有不同的側重。有的側重於描述龍淵閣的神秘，沒有人可以在同一個地方找到它。能夠一睹其真面目的人不是誤打誤撞，就是有著特殊身份的「九州」風雲人物。有的偏向暴露「龍淵閣」學士們的言行舉止。當然更多時候是對這些飽學之士的負面評價。迂腐、怪僻、不會變通等標籤經常被貼在這些來自神秘而神聖的知識寶庫的智者身上。還有的就是對「龍淵閣」內部構造以及其中收集的知識典籍進行近距離描述。所有這些細節疊加起來，

對「龍淵閣」的整體印象而且是公認的形象基本上形成了。它成為「九州」生靈無法隨意進出的地方，是一個傳說中神秘而聖潔的處所。人們只能幻想著這個行蹤飄忽不定的知識聖殿是如何超越時空界限，俯瞰著九州生靈的。而「龍淵閣」學士們正持筆描述它們的過往，預言它們的未來。「龍淵閣」顯現或龍淵學士出現的地方，要麼重大變故迫在眉睫，要麼風雲人物即將登場。這時，「龍淵閣」不僅是記錄或預言者，更是一個歷史見證者。

水泡在《九州島紀行・宛州卷・龍淵閣》中就對「龍淵閣」的整體特色進行了一番渲染。九州大地上關於它的傳說很多。有人說它是藏書樓，有人則稱它是一座古建築，還有傳聞稱它不過是個大酒樓。最後迷路的「我」在宛州「雲中城」北六十里之「青悅山」中的一處絕壁下誤入了一座素樸無化的樓閣——「龍淵閣」。「我」通過詢問其中相關人員才得知「龍淵閣」那博學的主人為了避免天下知識失傳，率領大批弟子日夜謄抄記錄。通過多年的積累，「龍淵閣」成為彙聚天下知識的寶庫。這些知識上至天文，下至烹飪，簡直無所不包。其中僅僅關於肉糜燒菜的做法就有一萬三千七百二十五種。從這一個細節足以讓人體會到這個藏書閣關於各類知識的收集有多豐富了。當「我」離開「龍淵閣」後，試圖再次沿路返回時，就再也找不到它的入口了。水泡在這一部作品中記載的誤入寶地、再尋不獲的情況跟《桃花源記》中主人公的遭遇如出一轍。

「龍淵閣」作為象徵物伴隨著九州設定的完成和相關小說的出現雖然沒有定型，其內涵卻越加豐滿了。不過它那專門雕刻九州歷史大事件的「龍音壁」，九曲迴腸般的殿內道路，汗牛充棟的典籍，專注而博學的學士卻成為固定的風景線。到了今何在的《羽傳說》，「龍淵閣」的功能已經獲得最大限度的擴充。對知識典籍的收藏只不過是它日益強大的功能中最基本的。「龍淵閣」成為主動記錄正在發生的，或預言必然發生的事件的一個全能機構。在這一部奇幻小說中，掌管「天理和歷史卷」的龍淵學士「卻商」將自己一個惡作劇的念頭寫在了「天理卷・辰行篇」之中，以及「鶴雪團」主人「向異翅」焚毀「龍淵閣」中部分歷史藏書的兩幕分別用不同的方式代表了對知識的懷疑。

前者的一個惡作劇暗示具有預言功能的「龍淵閣」以不嚴肅的方式影響了「九州」世界的未來；後者的焚毀行為，也就是毀滅那一部分記載過其悲劇命運的那一段，試圖改變命運的企圖給人們帶來一個希望——歷史是可以

重寫的、命運也是可以改變的。什麼都有可能發生。這樣一來，對於歷史，對於幾乎確定無誤的歷史發展趨勢表達了挑釁的態度。而在某些「九州」題材作品中，「龍淵閣」學士顯示的某些氣質那就不單單是對權威知識制定或記錄者們的根本懷疑。一方面，作者在「龍淵閣」相關人士或知識等具體細節上的描寫充斥否定、諷刺筆墨；另一方面，他們對「龍淵閣」本身的神秘、聖潔所持的仰視態度卻始終保持不變。這不是一種反差渲染，其實反射了一種相當矛盾的心態。此矛盾揭示了對抽象意義上知識或真理、實際存在的語言文本，以及掌握敘事程式的操作者之間糾纏的關係。

　　無知與淵博、博聞強記與遺忘一切、追尋記憶與沉迷夢境在奇幻小說中同時並存。在這些相對概念之間並沒有角逐。人物們似乎並不在乎他們的某些行徑一定要獲得他人的認同，。他們各有堅持、互不侵犯。但是平行共存並不代表趨同欲望的徹底消失，如果是這樣就沒有必要存在這樣一個美輪美奐、虛幻仙境般的「龍淵閣」了。「龍淵閣」本身可能就是一個幻象，是人們聯想到一個可以針對的對象，那就是現存的知識體系。而知識體系本身可能就是最大的幻想。人類企圖不斷建構、累積自己的感知物。通過幾十個世紀的努力，體系確實建立起來了。突然有一天，人們反觀自己身後這座「龍淵閣」時，竟生出諸多複雜的情愫。有時候人們覺得「龍淵閣」的存在是肯定的，但是卻永遠找不到固定的路徑敲開它的大門；有時候人們終於因為各種機緣巧合得以進入，但是在迷宮一樣的殿堂裏迷失了方向；還有的時候，總有一些人可以很輕易地進出這裡，但是每一次進出都會給「龍淵閣」帶來各種「破壞」。

　　對「龍淵閣」的描述還透露出人類思維中一貫保有的懷疑精神。懷疑的對象既可以是知識的內容，還可以是知識本身。就好比對「龍淵閣」那神話般美好想像與對其守護者龍淵學士們特異行為之間的反差描寫，就體現了由懷疑引發的心理矛盾。至於對知識內容的懷疑，走得最遠的就是《羽傳說》中「向翅異」的極端行為。而處理得比較滑稽的則要數江南《縹緲錄》中高貴的蠻族巫師首領，「盤轈天神的信使」——「大合薩」。他在某次主持一年一度燒羔節的大祭司過程中，「偷偷砍掉了一節半」神聖的「拜歌」（重要祭祀活動中唱的歌）。他本人的解釋很簡單：「忘了那一節半怎麼唱的」，而他的助手「阿摩敕」在近旁看得真切。大合薩在唱拜歌時「臉色通紅，醉眼迷茫，嘴裏還叼著酒罐，一手持刀而一手撓著腋窩，不知道是不是因為好些天不洗

澡生出蝨子來」。既然，知識的記錄者、發現者、傳遞者或執行者對知識可信度都做出不同程度的動搖，科學作為人類知識體系中的重要組成部分，在經過眾多中間環節之後，形成的現代科學體系自然無法避免地進入人們懷疑的視線。

當代法國學者讓－弗・朗索瓦・利奧塔認為「後現代定義為針對元敘事的懷疑態度。這種不信任態度無疑是科學進步的產物，而科學進步反過來又預設了這種懷疑態度。」〔註3〕只不過他並不承認後現代狀態是徹底的破壞和毀滅。它反映的是對元敘事、合法性的不盲從態度。而經過幾百年變遷的對「知識」本身的哲學思辨自然逃不出後現代思潮所涉及的範圍。二十世紀80年代作為後現代思潮一支的新歷史主義雖然跟前輩哲學家的思想並沒有直接的關係，但是歷史作為人類知識體系的一個重要部分，人們在歷史與人、歷史與文化、歷史與文學、歷史與權力、意識形態等等一系列模式和方法中重新反思了形式主義、理性主義取得統治地位以來對於歷史的知識體系構成。

那麼，當知識本身的神聖性都成為令人懷疑的對象時，思想史上從來沒有停止過的一個活動，即尋找知識體系的來源，在新世紀的奇幻文學中被重新烘托出來了。將形而上學視為研究其他所有科學之精神準備的法國18世紀哲學家孔狄亞克認為企圖窺探一切奧秘，自然界、萬物的本質，最隱秘的原因，並揚言要揭示這些事物的哲學家們都是狂妄的。他更願意從事謹慎而謙虛，只圍繞人類的精神進行研究的哲學思路。在這一點上，他受十七世紀哲學家洛克很深的影響。那麼在孔狄亞克對人類精神進行眾多哲學探索中，對知識起源問題的論點跟笛卡爾學派和馬勒伯朗士學派的主張完全南轅北轍。在他看來：「感覺和心靈活動，就是我們全部知識的材料」〔註4〕，通過反省這樣一種心理活動使得感覺和心靈生成物得以組合，進而形成組合之間的更高一級排列。那麼這種關係就是知識。雖然沒有明說，從中我們卻可以看到孔狄亞克對知識活動性的預測。因為既然心靈作為知識起源，那麼心靈活動的不確定性決定了偶然成因也是構成知識的源泉之一。不同個體通過感官獲得不同感覺，又或者不同的心靈感受彙聚在一起，使整個知識體系也將保持

〔註3〕 中國社會科學院外國文學研究所《世界文論》編輯委員會編《後現代主義》，社會科學文獻出版社，1993年，第57頁。

〔註4〕 （法）孔狄亞克《人類知識起源論》，洪潔求、洪丕柱譯，商務印書館，1989年，第11頁。

一個偶在的狀態，即非固定狀態。這些經驗主義的哲學觀點與十八世紀以來形成的理性主義主流觀念存在很大出入。理性主義知識觀認為感覺是錯誤和幻覺，更是獲得知識、真理的障礙。雖然洛克、孔狄亞克他們的觀點在所處時代並沒有受到廣泛支持，但是對「知識」本體的理解對後世的影響卻很大。實際上，「知識」、「歷史」等經典論題在當代哲學、思想界始終保持著持久的魅力。

可以看到，「九州」奇幻作家虛構的「龍淵閣」並不是對現代科學知識的直接否定。它通過對知識本體真實性的懷疑，將注意力集中到掌握並構建知識的人類主體之上。科學知識在這個意義上已不再是絕對權威，更不是製造人類危機的罪魁禍首。當一度圍繞科學知識體系的光環被祛除，其真實的附屬身份得以恢復之時，「科玄相遇」之後劍拔弩張的情景將不復存在。中國奇幻小說雖然不能決定最終哪一種思維方式會獲得支配現實世界的主導權，至少能夠提醒人們對這個問題的關注，並且通過想像的文字表達了對此世紀話題的一種理解和設想。

二、多元世界的文學建構

2005 年～2006 年集中出版的「九州」團隊四大主創人員潘海天（大角），斬鞍、江南、今何在以及女作家蕭如瑟分別創作的《白雀神龜》、《朱顏記》、《縹緲錄》三部曲、《羽傳說》和《斛珠夫人》這五部長篇作品無疑奠定了「九州」文學世界的基礎格調。一個被設定為人族、羽族、河絡、夸父、魅族，鮫族共存的「九州」大陸，一個遠離現代文化、不帶任何工業文明生活方式的蠻荒世界，黷武爭戰陰雲籠罩、英雄梟雄更迭出現、勾心鬥角比比皆是，而就在這沉重如鉛鐵般的天地之中，善良與邪惡的人群、輕靈善飛的羽人、河絡的心靈手巧、夸父的高大強壯、魅族的漂浮不定、鮫族的滴淚成珠，不知不覺豐富了這個黑白世界的色彩。人的世界就算沒有消退也被淡化，但是仔細體味這個多元世界從最根本價值觀念上講還是建立在對比分明的二元世界之上，就像怒放的花朵與根莖之間的關係。

在這個世界，生存第一義是至高無上的準則。江南讀了小說《紅拂夜奔》後，感受到「太多的沉重與無奈」，王小波建構的那個「空虛時代」對江南來說卻並不是他所期盼的。他想要的是一個「相信愛情……相信朋友……相信紮了翅膀就可以飛上天，相信世界還是有光……依然要說在第一千個選擇之外，還有第一千零一個可能，有一扇窗戶等著我打開，然後有光照進來……」。

《縹緲錄》的寫作正是在這樣的心境下開始的，而江南本人感覺《縹緲錄》與《紅拂夜奔》相比，有更多的溫暖，是一部「充滿了陽光與孩子般笑容的書」，算是他試圖擺脫沉重與無奈而做的一次努力，成為江南心中呼喚的那「第一千零一種夢想的可能」〔註5〕中的一種。

這是江南的希望，但是老實說，完整的《縹緲錄》三部曲作為另一種世界的可能，卻超出了作者原本希望表現的「溫暖」感。在這個虛構世界中，尤其在第一部中，人類原始擴張精神被濃縮體現出來。武力統治，叛亂，屠殺，崛起彷彿可以同一時間爆發，超濃縮的矛盾衝突，怎一個「亂」字了得。如果說《縹緲錄》講述的是一個簡單的大魚吃小魚，小魚吃蝦米的老故事，那是不準確的。如果說它是一個弱者反抗強者的故事也不完全。兩相結合才在大方向上接近了主題。蝦米在突然躍起反擊大魚時，就算被撕個粉碎也不退縮；而貌似強大的大魚還沒有來得及為不自量力的小蝦自取滅亡沾沾自喜，就已遭環伺周圍的小魚反噬。這個關係就像北陸草原中最弱小的真顏部，竟然公然反叛草原的盟主，面臨滅族之災也毫不在乎。就在同一個月，東陸有七百年光輝史的「胤朝」竟然臣服於來自南蠻「離國」諸侯「嬴無翳」的鐵騎刀劍之下。

對於讀者來說，東陸、北陸，還有橫亙其中的眾多部落與王朝，初讀時要理清這些錯綜關係就得費一番氣力，但是在邏輯上並不混亂。因為小說提出了一個中心問題。人們有意無意地製造各種混亂，究竟想要得到什麼？權力欲、征服的野心不過是這個東西的延伸。那個令眾人著迷的東西最終歸結到「生存」。生活在物質文明高度發達的科技時代的作者想像著野蠻時代的生存。兩種生存的對話本身就包含了一種注意轉移、擺脫現實的嫌疑。就好像沉迷幻想的人，通常會被認定為一種逃避行為。就連西方發達的幻想文學評論也總是喜歡用到「escape」這個單詞。野蠻世界的生靈用強力爭奪生存權成為最直接有效的生存之道，而現實規則卻不允許這樣，那麼作者就可以在幻想的避風港一邊逃避一邊釋放了。不過，這個結論的適應度是有限的。對於某些需要發泄或逃避的人來說也許適用，我們也不能排除九州創作成員也會心生此念。

筆者卻認為，用「逃避論」這樣一個慣用的評價幻想類小說的思路來看待新世紀的奇幻小說，除了不能全面廓清這類小說的複雜特徵，還會將奇幻

〔註 5〕江南《九州幻想・卷首語》2006 年第 6 期，第 9 頁。

小說的文化意義淹沒在從古至今浩浩蕩蕩的幻想文學大軍之中。其實目前眞正優秀的奇幻小說在很大程度上努力實現的是一種文化理念輸出。作者們通過他們將當代文化思想中的某些關節點提取出來，表達對這些節點進行重新理解和組合的意願。「龍淵閣」之於知識體系，「九州」紛紜之於生存方式分別表達了寫作者們對文化與生命的理解。

在這個世界，生存的方式是多種多樣的。潘海天的《白雀神龜》中，從小備受呵護的蠻族「瀛棘」部落六王子「瀛臺寂」是父王眼中的驕傲。這位七歲親政，十七歲入主北都，掌握著測算天道的「元宗極笏算」和強大秘術的神童一出生就經歷了青陽部落的威脅，兄長慘死，父王與叔父爭權等等血淋淋的磨練。部落爭戰，吞併包括「蠻舞」在內的各個部落，進而統一「瀚州」草原的使命將他一步步推上了萬人矚目的位置。他在選擇成爲一統蠻族的「大蠻天王」之時，也就選擇了冰冷、孤獨的生存方式——對他人和自己的殘忍。他內心對兒時玩伴「蠻舞」部女子「雲馨」的無比依戀與愛慕也只能被冰凍在冷酷與血腥之下。

今何在《羽傳說》中的「向翅異」是一個被人類收養的羽人棄兒。羽人在感受到月亮召喚的時候，憑藉精神意念就可以在身後凝聚出一對潔白的雙翅，展翅飛翔。不過，羽人中也有凝不出翅膀不能飛翔的，他們被稱爲無翼民，受到同類的鄙視與欺壓。每年的七夕之夜是羽人們集體凝翅，開始遷徙之旅的日子。那一年「向翅異」竟然凝聚出了一對黑色殘翅。正當此時，羽人們遭遇了人類的圍攻。原來，天眞善良如「向翅異」這樣的孩子竟是比無翼民還爲族人唾棄的，可以帶來災難的黑翼人。「向翅異」一生共飛起過三次，而每次起飛都是北陸羽族遭到滅絕性屠殺的日子。就是這樣一個最低級、給周圍人帶來災難的黑翼者，若干年後陰差陽錯成了羽族頂級殺手集團「鶴雪團」的領袖。雖然「向翅異」與《白雀神龜》中的六王子「瀛臺寂」都攀上了普通人無法比擬的權力高峰，兩者在出生背景與個體資質上的差距，卻並沒有妨礙各自的行動能力。「瀛臺寂」選擇將感情冰凍，用寒氣逼人的法力征服大地，而「向翅異」卻選擇直入「龍淵閣」，焚毀歷史卷冊記載的：黑翼一展族人遭戮的宿命。

相比之下，「向翅異」和「瀛臺寂」的生存狀態跟蕭如瑟《斛珠夫人》中主人公「方鑒明」顯得獨立而主動多了。方家一共五十三代，自開國就是褚氏帝王朝唯一分封的異姓王公「青海公」世家。這一家族每一代世子都享受

著與皇子一樣的教養。尊貴地位不言而喻。而一個驚天秘密也正藏在這浮華外表之下。原來方氏血統奇特，是歷代帝王天生的「柏奚」，也就是尋常百姓家中替人擋災的柏木人偶。只不過方氏子孫卻是可以流血犧牲的活「柏奚」——人肉盾牌。「方鑒明」的一生不必有理想抱負。政治野心或見解對身處高位的他來說也沒有實際意義。他的生命中也不必存在永遠的朋友和政敵。當今帝王與他自己的生命是緊密相連的。正因為如此，他所有籌謀和智慧都圍繞一個目標——保住前者。在這個前提下，他自己自然就能繼續存活。然而，他畢竟不是一具沒有靈魂的傀儡。當他還是翩翩少年之時，接受了家族與皇族世代相傳的使命之後，就毅然斬斷方氏血脈，寧可選擇當一位總是站在帝王身邊的宮廷宦官。犧牲了親情和愛情的他決意以自己為終點，結束家族幾百年的傀儡宿命。

人們可以深刻感受到在「九州」世界中，不論是為生存而奮爭，還是為了生存無奈承受；不論是活得光鮮耀眼，還是卑微低賤，他們的生存之路總是帶有濃濃的悲劇色彩。這樣一種沉重與無奈，用江南的話來說，他原本是希望徹底擺脫掉的，然而「九州」上空籠罩的悲壯和沉重的陰雲卻總是揮之不去。在現今什麼都講究速度、追求輕巧而泛娛樂化的大眾生存效果之時，「九州架空」奇幻小說中通過主人公生存方式透露的悲劇色彩為通俗文學與大眾趣味注入了沉甸甸的精神力量。他們借助完全虛構的人物與世界表達了與當代現實主義作家通過傳統現實小說對生存這一共同命題的關注。在行動層面上，兩者享有平等的權力；在藝術創作層面上，兩者的風格卻是各異的。

如果個體生存方式的描述在整個「九州」世界運行過程中可以視為繁星點點，那麼一座「厭火城」就進一步濃縮了整個「九州」大地的風雲變化。2007 年潘海天最新出版的九州長篇《鐵浮圖》可以說是他繼《白雀神龜》後的又一「九州」長篇力作。此小說一面世，被評論得最多的不是其內容，倒是其敘述手段。這在以往的九州系列小說評論之中都是少見的。

目前網絡上就流傳著同為奇幻作者，胤祥的一篇評論文《鐵浮圖：幻想小說的類型突圍》。此文作者將《鐵浮圖》定性為一部實驗性文本。因為小說的獨特敘事特色以及引人入勝的故事文本，此篇評論的作者甚至大膽預言：「我們看到了幻想文學大師的徵兆」。平心而論，我們現在談中國的奇幻文學或者幻想文學大師恐怕還為時過早。這種願望本身還表現出了一種浮躁急進

的心態，但是要看到不談並不表示不希望或沒希望。至少奇幻文學創作，這裡專門討論的架空世界奇幻創作的確已經進入了一種文學自覺階段了。雖然評論者認為這種奇特的敘事模式具有「後冷戰時代文學特質」，表現出來的特點就是「一種曖昧的、含混不清的世界體認開始出現，敘事本身變得更為複雜。於是敘事藝術家們有意識地採取各種手段，力圖還原世界在某一個時刻的狀態」〔註6〕。這裡談到的「後冷戰時代」、「含混不清的世界體認」一言以蔽之，就是人們談論甚多的後現代多元文化理念。權威性、統一性受到動搖之後反映到文學創作手段中，歷時與共時、統一與含混、單線索與多線頭的創作習慣所發生的一系列置換。

一座城池、一塊石頭、四股勢力，眾多人物，在迷宮一樣的「厭火城」，彼此糾纏、爭奪、牽制。隨著這個世界的崩塌，與之俱來的是最後的勝利者面對斷瓦殘垣，洞察一切後的歎息。相安無事的和睦相處是不可能的，心無芥蒂的完全信任更是無法企及，對古老家園的神往，對現實居所的留戀，使得蠻族勢力毀滅寧州與瀚州天然屏障的夢想也成為泡影。「厭火城」作為一個小世界崩毀了使得幾百年來形成的城內格局驟然失靈。被驅逐的蠻族勢力要打回原本屬於他們的家園的努力，卻在小世界的秩序被徹底打亂之後，歸於無望。「九州」大陸這個大世界在多年前形成的格局還要繼續著。小世界之毀滅與大世界之巋然不動的矛盾預示著秩序的破與立本身，冥冥之中，並不在個人甚至強大勢力的掌控之中。最後的勝利者「鐵爺」是一個吃透以靜制動、以不變應萬變這一千古規訓的智者。對於世界秩序的思考與後現代的敘事策略相結合，《鐵浮圖》一書可以說是目前首部從敘事文本本身到情節主題都徹底強化「九州架空」世界格局的作品。

不過，看到潘海天的敘事試驗，也要看到對於擁有大批年輕閱讀群的中國奇幻小說來說，在純文學範疇內的敘事策略上狠下功夫，使得小說在閱讀和理解上的難度大大提高，必然會接受來自讀者群的考驗。有的讀者在閱讀此書之時甚至拿出紙筆將人物和場景一一羅列才能理清小說的脈絡。這對於出身通俗文學大家庭的幻想小說來說無疑是一次挑戰。當然這個實驗才剛剛起步。作者的挑戰精神，以及他對於敘事技巧上的自覺追求至少說明了一個問題，那就是已經有跡象表明以故事性取勝的奇幻小說本身可能要經歷一次

〔註6〕http://www.mtime.com/my/yinxiang/blog/267710，「胤祥《鐵浮圖：幻想小說的類型突圍》」，2007-03-01 00：25。

內部的蛻變，即在文學性方面的追求。就好像有的奇幻作家最重視鍊詞造句，關注文學語言的錘鍊，有的作家開始進行敘事革新等等，無形中擡高了奇幻類文學創作本身的平臺。

這樣的自覺努力必須得到肯定，但是也要看到如果對形式主義的手段和策略過於沉迷的話，最後的結果反而會有悖於中國式奇幻小說最初建立起來的那種以內容，尤其是展現進入新時期以後現代與後現代精神相糾纏的內容吸引大眾的初衷。精細化傾向在文學創作和研究史中都有很多走向死胡同的例子。比如美國「新批評」理論擺脫歷史文化思路對於文本的形式化解讀，比如先鋒小說的極端敘事策略等等最後歸於沉寂，並不是因爲它們本身價值全無，而是當一種試驗或者操作秩序，尤其是當本應充滿靈性的文學創作，講求感悟的文學研究可以用對待科學方程式般的思維方式就可以解剖分割的時候，這必然會導致文學創作或研究在走向極致的同時也走上了枯萎。

就好像現在流行的網絡小說接龍式的創作模式，網絡寫手們商定好一個開頭之後，像玩成語接龍般一個接著一個將這個故事接下去，最後形成一個完整的小說，又或者根本就不了了之。這類作品遊戲成分更大於嚴肅的創作成分。不少人不過是嘗嘗普通人也能寫小說、編故事的滋味，自得其樂並樂在其中。從敘事角度上看，無論是《鐵浮圖》式的嘗試，還是接龍故事這樣的遊戲之作，都體現了形式之於創作如影隨形的緊跟。因此我們一邊要肯定《鐵浮圖》作爲「九州」世界的一部分所奉獻的閱讀與創作價值，同時也要謹慎地選擇是否應該爲奇幻文學界出現這種現象而歡心鼓舞、熱烈鼓掌。對於潘海天和他的奇幻小說創作來說，這是一個有意義的嘗試。對這部「九州」作品本身而言，它也算比較圓滿地完成了對這一虛構世界的建構。這是一個獨立個體展示其創作個性的個案。沒有人可以預言創作走勢這樣一個個性大於共性的事物，但是可以認清某一傾向可能產生的效應。

除了「九州」世界這樣的中式「架空」世界創作，目前比較成熟的還有「雲荒世界」與「五陵世界」。它們是繼「九州」之後由另外一批比較活躍的奇幻作家創建的兩個中式架空世界。

「雲荒世界」的故事是 2006 年，滄月邀請麗端、沈瓔瓔合作創作的一系列奇幻小說。目前正在分頭進行。「雲荒」系列叢書目前已經完成的有滄月創作的正傳《鏡‧雙城》、《鏡‧破軍》《鏡‧龍戰》、《鏡‧闢天》、《鏡‧神寂》，

圍繞《鏡》的多部前傳和外傳；麗端創作的《鏡‧越京四時歌》，以及沈瓔瓔創作的《雲散高唐》（又稱「雲荒往事書」）。

在「雲荒世界」中有三位女神，分別是魅婀，慧珈，曦妃，而三位女作者亦被人戲稱爲現實中的「雲荒三女俠」。按照設定，「雲荒」架空世界的規模是很龐大的立體結構。「雲浮」人的活動空間稱爲「九天」，「鮫人」的疆界是「七海」，人類生活的地方就是「雲荒」。在漫長的歷史中，在「雲荒」大陸上，空桑、冰族、鮫人等上演著不同種族、民族間的恩怨糾葛。根據最初的設置，作爲會飛翔、擁有最高智慧的雲浮人曾經也是生活在「雲荒」大陸上，但是爲了徹底擺脫俗世紛爭、掙脫宿命的安排，最終選擇將他們的「雲浮城」搬遷至遠離「雲荒世界」的九天之上，成爲超越生死輪迴的永恆一支。

滄月歷時四年創作完成的《鏡》五部曲是目前「雲荒」架空奇幻中最完整的系列。冰族少年「雲煥」作爲貫穿整個系列的中心人物，他的命運將「雲荒」世界的生存狀態，「雲荒」大地上的種族衝突緊緊聯繫在了一起。身爲冰族賤民的「雲煥」成爲民族宿敵「空桑」女劍聖最疼惜的關門弟子之後，在坎坷的人生道路上還遭遇了魔的侵蝕，最終成爲「破軍」——一位擁有在殺戮和黑暗中吸取更高魔力的魔王。「破軍」，擺脫了「雲煥」的身份後，成爲典型的矛盾二合體，既是一名以超強魔力橫掃種族衝突激烈的「雲荒世界」的毀滅者，又是唯一可以令「雲荒」各族放棄民族仇怨團結一致的救世主。而「雲荒世界」對「破軍」來說，既是這位魔王的製造者，也是他的終結者。正義與邪惡此刻已經彼此不分了。「雲荒」上的鮫人、海國人、空桑人、西荒人甚至冰族人之間在對付「破軍」上達到了無比的一致。「破軍」被滅之日，也是滿目瘡痍的「雲荒」大地沉靜之日。然而，進入休養生息的「雲荒」仍然像暗礁密佈的海岸，表面的平靜卻難掩水下的湍流。人們預感到「雲荒」上的爭端終有一天會重新燃起。邪惡如「破軍」，強大如劍聖宗師都只能在特定階段發揮作用。人的個體能力就算再大，也抵抗不了「雲荒」世界運行的巨大輪迴力量。在潮起潮落之間，人力的蒼白無奈被表現得淋漓盡致。滄月在爲此系列終結篇《鏡‧神寂》作序時說的「一切開始於結束之後」〔註7〕則進一步表達了對世界運行強力的仰視。

「五陵世界」在時間上的跨度較之前兩個「架空」世界大一些。它包括

〔註7〕滄月《鏡‧神寂》，天津人民出版社，2007年，見《序‧鏡中的夢幻城》。

了法術昌盛的黃金時代、較爲世俗的青銅時代和現代工業文明的黑鐵時代。不過就算是工業文明時代，作者也有意拉開與眞實世界的距離，根據元素的特點改造現代人的體質，仍然致力於掙脫實際生活狀態。

2007年第一期的《飛・奇幻世界》開始連載以「架空」奇幻世界「五陵」爲背景的首部奇幻作品《西陵闕》。文首的編輯導語向讀者介紹這一「架空」世界的來由：「西方，有五種元素的說法，並因此而演化出一個成熟的法術系統。中國古老的陰陽五行，相生相剋，似乎更蘊含著更奇妙的鬥爭模式。與傳統上以釋道爲正，妖魔爲邪的法術體系不同，在這裡讀者們將看到一個熟悉又新奇的世界，一個個由金木水火土塑造的國度與人民。『五陵』這個詞的本身，有種令人油然而生的思古幽情，無論是『五陵少年爭纏頭，一曲紅綃不知數』，還是『不見五陵豪傑墓，無花無草鋤作田』，都在電光火石間，讓我們的心靈與那些巍峨帝陵的剪影有了一次微妙的遇合。我們可以回想起古帝王們的豐功偉業，也能在下一個刹那意識到那些功業最終不過化作斜陽高陵上的瑟瑟荒草。豪邁與蒼涼，繁華與靡華，在這個詞語上被高度地濃縮了，這是打動作者們寫這個架空體系的原因，相信也將是留在讀者們腦海中的意象。」〔註8〕

《西陵闕》的作者秋風清接受了《奇幻世界》的訪談，就《西陵闕》的背景構思的來源做出了說明：「想提取一些中國化的元素，精鍊地融入背景中去，於是就想到了五行，正好和阿飛交流。他有一個自己做好的設定，我們兩個把設定融合在了一起，就成了如今五陵的大框架」。「五陵」世界有分別代表五種屬性的五大神器：水性的「雲水鏡」，火性的「九龍神火罩」，木性的「芥子環」，土性的「須彌山」，金性的「北辰劍」。五大神器還有各自的守護神獸，它們分別是「雲夢白螭」，「豐安青勯」，「明祥赤雉」，「秀行金蜈」和「中山黃麒」。

目前用五陵設定創作奇幻小說的主要作家有三位他們是秋風清，天平，文舟。他們的寫作各有側重。秋風清「寫的是法術昌盛的黃金時代」；天平所寫的故事發生「在《西陵闕》的時代最後，由於上師們的混戰，原有世界崩潰以後形成的。因爲元素力量消耗過多，神器遺失，普通人無法接觸到法術，法術成爲禁忌，是相對較爲世俗的青銅時代」；文舟寫的是「世界大崩潰時，少數術士成立的獨有結果，已經處於現代工業文明階段，較有黑鐵時代特徵」

〔註 8〕 《飛・奇幻世界》2007年第 1 期，第 59 頁。

〔註9〕。到了 2007 年底「五陵」創作隊伍和問世的作品都得到了擴容。圍繞「五陵」世界設定,秋風清《西陵闕 II・焚城》,冥靈的《皇家飯店・唐人街13 號》、《皇家飯店・鬥戰美食學院》,文舟的《一頓半之金男銀女》、《火中來客》、《斧街風雲》,本少爺的《東陵・荒川記》,小狼的《南陵・伏羲宮》,蘇學軍的《古陸・雪藏》陸續在《飛・奇幻世界》上刊載。

與「九州」,「雲荒」設定不同的是,在「五陵」世界中幾乎沒有多種智慧種族的概念,有的是對信仰的崇拜。作者們對種族問題進行了創作構思上的刻意迴避。當種族概念在先前許多奇幻類作品中均有充分表現,在種族平等,種族共存等問題在架空奇幻文學內外也基本取得共識之後,在創作上有所突破的空間自然就不大了。與此同時,信仰作為跟種族概念同樣古老的話題,在奇幻創作中還有進一步加以闡釋的巨大空間。

信仰危機、信仰缺失這些字眼除了表達現代人在物質與靈魂擠壓下所生出的精神焦慮之外,還代表了人類思維經歷的幾個典型波段。在這幾個階段中,宗教等神秘信仰的籠罩空間先是被科學理性大大壓縮,繼而科學理性等新興體系在二十世紀也受到根本懷疑。人類與生俱來探求信仰的慣性很自然地被啟動了。這樣一來,人們一方面對於科學理性時代形成的思維板結現象唱出了反同化危機的調子,另一方面卻又致力於尋找新的可以凝聚精神的統一信仰。表面看起來,從批判同化的物質統一到追求信仰的精神統一,人們還是在進行著矛盾的擺渡。實際上,信仰在精神上的統一性與現代科技文明引發的同化危機,兩者雖然都牽涉到統一或同一問題,本質上卻存在著差異。

現代科技文明引發的同化危機總是與現代高科技殺傷武器、千人一面的日常物質生活、整齊劃一的城市化進程和在工業污染中逐漸變黑的綠色地球這些事實緊密相關。這些同化元素不斷侵入甚至蒙蔽人類的精神世界。正是這些現代生活的外圍對人類精神的不斷擠壓,才會引發人類精神的反彈。各界人士對於人類精神重建、信仰確立等問題上都不約而同地表達了關注之情。但是任何期望通過恢復特定宗教或其他形式的信仰來達到新世紀精神重建的願望都應該被謹慎看待。

首先,從康德經黑格爾到海德格爾對於「信仰」本身的哲學思辨歷程可以發現,信仰是一個嚴肅而複雜的概念。在康德那裡,從道德出發,將宗教

〔註9〕《飛・奇幻世界》2007 年第 3 期,第 7 頁。

信仰置於人之外，塑造了道德神像。當信仰被海德格爾拉入人之思的疆域後，其無處不在又難以直接觸及的存在證實了信仰存在於人類精神的內在性質。他將神像般高高矗立在人類面前的信仰內化為人之思的機能表現，從而掙脫了信仰與宗教的捆綁關係。信仰從道德、邏輯概念、宗教實體中被釋放出來之後，立即獲得了最大限度的自由。思與信仰的溝通使得當下所謂的追尋信仰更像一種藉口，人類本身的精神狀態才是真正的目的。廣義的信仰成為「人作為人而存在的命運」〔註10〕。在這樣的哲學基礎之下，奇幻文學尤其是「五陵」架空小說率先直接提出將信仰設定為這個虛構世界的存在方式，而它又不特別指向真實歷史中的宗教信仰，這一現象是可以理解的。

很明顯，這裡的「信仰」已經失去其作為宗教的玄學意義。與其說當下重提「信仰」，在感情上是可以實現的，實際上卻很難實現。直白一點就是，新世紀當人們用不嚴密的方式大談信仰時，實際上沒有看到傳統宗教信仰已經沒有完全恢復的可能。

日本學者池田大作以「和平凱旋──宇宙主義的復興」為標題，在 1999年一月二十六號二十四屆 SGI 之日紀念活動上發出感歎：「從中世至近世、近代，不是從『舊世界觀』過渡到『新世界觀』，而是變成一種放棄任何世界觀的時代。換而言之，近代科學的機械化觀點，完全拒絕接受這種人類最基本的問題，對宇宙觀顯出一副完全漠不關心的態度」〔註11〕。他所指的「舊世界觀」正是歐洲中世紀通過但丁《神曲》表達出來的，雖然不符合科學標準，但是卻能提供一個有效而完整的世界觀、宇宙觀，在繼續人類尋找自我的漫長歷程中，合理解釋哲學最基本的關於我是誰，世界從哪裏來，我要向何處去的問題。而他在談到新世界觀建構的途徑時，屢次提到包括佛教、基督教在內的眾多宗教信仰形式。暫不提，學者們企盼的新世界觀是否可以通過宗教信仰得以建立。僅就學界提出的新世界觀問題和奇幻文學中表達的遙遠而神聖的信仰，就可以發現，信仰問題反映的諸多方面中，信仰本身在新世紀經歷的哲學概念模糊化足以得到說明。

只不過，存在於「五陵」世界的信仰不是現實世界中的宗教信仰。虛幻而神秘的信仰通過遠古創世之神遺留下的五大神器和守護神獸，以及那些有

〔註10〕 吳宏政《「信仰的知」的歷程及其對象化結構的克服》，載《社會科學輯刊》2007 年第 6 期。

〔註11〕 （日）池田大作著《時代精神的潮流》，香港商務印書館有限公司，2005 年，第 102 頁。

意無意接近或得到神器的各色人等被實體化了。「神器，守護靈獸，以及一些神跡的顯現，是產生信仰的綜合原因。原本西陵大陸沒有國家，然而根據信仰分成各自群落。這些群落後來組成了一個鬆散的國家，就是西陵國，最終終於分裂成五個不同信仰的國度」〔註12〕。而這個時候，信仰不但具有凝聚力，更有導致分裂的破壞力。

第三節　「架空」世界：與現實的距離有多遠？

一、「架空」小說與傳統寫實

　　中國「架空」奇幻小說作為一個整體的魅力在於它的「世界」就像擁有魔力的方盒子，可以累加，還可以連環套裝。雖然奇幻作者蘇鏡表示：「架空最大的好處就是揀懶，我們不可能熟悉每一個朝代的典章制度大眾生活，所以架空是一個應付辦法。其次，『架空』是對歷史真實的提煉，你可以感覺到這是每一朝每一代都在發生的事情。最後麼，歷史上未必有那麼趁手的背景，所以造一個」〔註13〕。她的坦誠一方面說明奇幻創作圈被大量年輕寫手圍繞著，在「架空」的世界大家既可以完成無拘束的思想馳騁，還能享受幻想所帶來的創作樂趣。當然最重要的是可以避開沉重而嚴格的歷史真實。這既是一種「應付手段」，也是一種「聰明選擇」。另一方面，從「架空」與歷史的關係上看，透過「架空」的世界，作者和讀者仍然可以感受到現實世界的身影，從主題到人物總能找到似曾相識、似遠實近的感應力量。「架空」，就像它的英文表述「overhead」一樣，給人懸空不實，但卻凌空飛架、無法擺脫籠罩的感覺，與寫實是一對矛盾著的奇妙組合。它們彼此糾纏在一起，只不過這一次，一些奇幻寫手們對一向以現實為支柱的傳統思維模式發起了策反，主次地位在奇幻世界中顛倒過來。人們在獲得一次新鮮體驗的同時，對現存世界運行模式自然會產生更加深刻的認識。

　　架空世界的一個很有現實警策作用的地方就是，對精神與生態關係之間的處理通常更加注重精神方面的構建，而在物質生活方面的要求卻只需保持最低限度。生活在此間的各類種族，它們的日常生活都實行著低消耗運行模式。這與現實世界——處處以技術和金錢為尺度的社會之間形成了巨大的反

〔註12〕《飛・奇幻世界》2007 年第 3 期，第 6 頁。
〔註13〕《飛・奇幻世界》2007 年第 1 期，第 6 頁。

差。快節奏、高消費、重享樂的現代生活方式作為現代人群追求的理想生活目標在架空世界中遭到了顛覆。拿「九州」世界來說，它反映的就是一個前工業時代。在「九州」蒼茫大地上，各種族之間上演的是最簡單的原始競爭。這裡根本用不著高科技手段。原始生存手段、神秘力量、特異功能在這個世界大行其道。

那麼「架空」世界奇幻小說中的世界與「烏托邦」理念之間有無可溝通的地方呢？當代學者魯樞元在談到這一古老理念時試圖推翻「烏托邦」觀念源於古希臘柏拉圖的《理想國》，甚至源於 16 世紀英國莫爾寫的「烏托邦」的普遍共識。從它的產生機制上，魯認為「『烏托邦』源於『心動』，源於生命體對超越自身、超越現狀的渴望，源於人類童年的夢幻，源於人類神話的想像，源於藝術創造的衝動」〔註14〕。按照這樣的標準西方「猶太教的『伊甸園』、艾賽亞的『塵世天空』、柏拉圖的『理想國』、奧古斯丁的『上帝城』、莫爾的『烏托邦』、培根的『新大西島』、康帕內拉的『太陽城』、安德利的『基督城邦』、哈林頓的『大洋國』、傅立葉的『法朗吉』、歐文的『和諧村』、巴盧的『希望谷』、赫茨卡的『自由之鄉』」，東方「老子的『弱國寡民』、孔子的『內聖外王』、墨子的『兼愛非攻』、莊子的『遁世逍遙』、佛教的『極樂世界』、道教的『蓬萊仙境』、陶淵明的『桃花源』、張魯的『五斗米教』、洪秀全的『太平天國』、康有為的『大同世界』、甘地的『嶄新印度』、泰戈爾的『精神性亞洲』、梁漱溟的『鄉村自治』」，甚至「毛澤東的『人民公社』」〔註15〕。都可以稱為「烏托邦」。如果僅就是不是「想像」或「心動」的產物來看待「烏托邦」與中國奇幻小說中的「架空」世界，之間的確有可以溝通之處。

作為想像物，兩者都有一個共同的「心動」之源。它們在與現實世界的物理和心理距離上，彼此都刻上了明顯的同源痕跡，但是，同為虛構世界的它們在構成和運行上有很大差別。「架空」世界沒有對「烏托邦」理想世界進行移植搬用。這個不完美的空間，終年有爭戰。勾心鬥角和血腥屠殺從人類擴大到各類生靈。在充滿原始搏鬥和超自然力的世界，和諧與平衡被毫不留情地打破了。然而，自然法則的嚴酷與各類生靈為了生存而煥發的精神力量

〔註14〕魯樞元《猞猁言說——關於文學、精神、生態的思考》，社會科學文獻出版社，2001 年，第 317 頁。

〔註15〕魯樞元《猞猁言說——關於文學、精神、生態的思考》，社會科學文獻出版社，2001 年，第 320 頁。

卻總是給讀者帶來意想不到的驚喜。其實，不光是「架空」世界的本身異於傳統意義上的「烏托邦」世界。「架空」世界的創造者們之間，以及創造者與現實社會之間都充斥了不和諧的音符。它們彼此所形成的多重能量圈，或者說是多元世界，在補充現實世界萬千面貌的同時，擺脫了「烏托邦」夢想，走向一個對「世界」的重新認識之旅。

就文學與現實的關係來論，不管是傳統現實主義小說還是 20 世紀以來的現代與後現代小說，真實都是與虛構同時存在的。不過，各自都是有條件、相對的。柳鳴九先生就曾直言：傳統小說追求的真實是「類的真實、概括的真實、典型的真實、必然的真實，是符合這種或那種理性秩序的真實，是一種被賦與某種真理性質的真實」，而 20 世紀以來與傳統小說相對的各類小說的真實則是「個別的真實、偶然的真實、浮動不定、變化無定型的真實、分解的局部的真實、多角的相對性的真實」〔註 16〕。文學真實的相對性與內涵的擴大化使得它與絕對真實之間存在著不可能彌合的永久裂痕，而這正是它的另一面——虛構，擁有被最大限度發展的前提條件。

毫無疑義，研究將小說虛構性特徵發揮到極致的幻想類小說時，一味糾纏於真實與虛構這樣一個老話題之中的意義並不大。作為小說，二十一世紀的奇幻小說完全可以稱為傳統小說和二十世紀小說的一個雜糅品。在表現手法上，它將傳統小說對情節故事的重視，現代派小說的追求寓意和象徵，後現代小說的拼接、蒙太奇手段等等皆入囊中、并加以鎔鑄，體現了一種盤根錯節的狀態。在對待理性問題上，它既有傳統小說的理性光芒，又不排斥現代、後現代小說的反理性、反邏輯的思路。然而所有這些細節彙聚在奇幻小說身上，都會不自覺的聚焦於它所建構的虛構世界之上。也就是說，奇幻小說文學性表達、文化觀念輸出等方面都是通過它所虛構的世界傳遞出來的。對當前中國奇幻小說中虛構世界理念形成中的中西碰撞以及內部矛盾，虛構世界的構成與運轉規律，以及虛構世界中出現的典型文化意象加以考察，也就是希望從最底層的基座開始對這類小說的獨特氣質進行整體把握。

那麼，作為無論是現實情況，還是虛構創作都會面對的一個字眼——「世界」，從它最寬泛的意義上看，「世界」有時所囊括的範圍也許只是小小的一個角落，那麼奇幻個體、奇幻創作圈之間、創作圈與外界都可以形成形形色

〔註 16〕柳鳴九主編《從現代主義到後現代主義・前言》，中國社會科學出版社，1994年。

色的獨立或接壤的世界。從世界存在的終極意義上看，「存在的統一性首先也在於只有這一個世界。所謂只有這一個世界，既意味著不存在超然於或並列於這一個世界的另一種存在，也意味著這一個世界本身並不以二重化或分離的形式存在。……形上之道與形下之器並不是二種不同的存在，而是這一個世界的不同呈現方式。」〔註17〕顯然，奇幻小說創造出的「世界」與哲學對世界存在所下的定義最大差別就在於，幻想領域的世界具有立體、多元的特點，比如天界、人界、魔界、冥界可以平行共存的，通常各行其道。不過，受某些特殊原因激發時，還有可能恢復蜿蜒盤互在它們之間的各種溝通途徑。與此同時，各層世界內部的運行法則，以及支配此世界存在的原動力也就很自然地呈現紛繁景象。因此，中國「架空奇幻小說」現象就可以為時下「世界」概念在文學中的體現提供相當豐富的解說。

從文學角度來談虛構與寫實，本身就是一個含混而充滿悖論的話題。因此我們不想糾纏「架空」奇幻小說與傳統寫實文學的距離有多遠，而是努力將「架空」奇幻文學作為一個整體，來度量一下它與現實的距離。當人們在設定一個「架空」世界時，就是在嘗試作一個創世之神。當人們在創作小說時，首先只是一個人。「架空」奇幻小說從整體上看大於單純的小說。至於是先有小說還是先有架空世界並不是問題的關鍵。這就好比無論運用歸納與演繹哪種不同的思維方式都是論點與論據之間的相互闡發一樣。雖然，我們無法也不必預測像「九州」這些未完成的「架空」奇幻系列，以及如「九州」創作組這般的「架空」奇幻創作團隊或群體能否像西方「龍與地下城」系列那樣長期存在，但是在對中國「架空」奇幻理念和文學世界圖景的探討基礎上，「架空」奇幻現象與現實世界的互動為「科玄相遇」的論證提供了豐富而驚人的依據。

二、「九州」團隊：一個理想和現實的夾生物

完整的「九州世界」概念既包括「九州大陸」這個架空世界，又包括「九州」創作團體，兩者是不能分割的。「九州」團隊作為同時與現實世界和虛構世界接壤的年輕群體，對他們的近距離接觸是更好理解中國奇幻，乃至「架空」世界的鑰匙。

〔註17〕楊國榮《存在之維：後形而上學時代的形上學》，人民出版社，2005 年，第48 頁。

　　「九州」團隊的形成：如果說用文學流派來形容「九州」也不爲過。五四運動形成的同人團體，尤其是志趣相投的青年們結成某一個創作團體是常見的一種力量組合方式。當代奇幻創作的團體雖然具有傳統意義上的文學流派特色，但是卻因處在一個高度信息化的，全球化趨勢日益強大的社會，其從創立到定型發展都有著鮮明的時代特色。

　　首先，從靈感來源來看，這是一個徹底脫胎於網絡文化，尤其是借鑒網絡遊戲存在方式的網絡團體。從文學創作的虛構與眞實來看，除了採用網絡虛擬遊戲世界設定的模式來設定「九州」虛構世界的結構，還從西方同類形式中獲得虛擬世界建構的標準和啓示。

　　再次，從創作的旨趣來看，眾多成員加入「九州」龐大的協作計劃。正因爲有這樣一塊廣闊的虛擬世界，提供給寫作者們無限的想像空間和恣肆發揮的自由創作的可能。

　　值得一提的是，這個團體在充分享受創作自由的同時，恪守「九州」的天文、地理和種族的設定，因此「九州」奇幻文學在異彩紛呈的想像力飛揚的同時，從高空俯瞰卻是一副宏偉而完整的大陸，「九州」就好比另一塊神州大地，上演著無數看似與眞實世界很遙遠的，卻充滿著人性的令人動容的故事。其開放性和閉合性是共存的。可以說這樣一種集體創作模式就像是串珠式的，每一個「九州」故事就如一顆珍珠放著光芒。眾多故事穿在一起，爲構築一個完整的「九州」史詩塡補著空白。眾人通過各自的創作，講述著一個共同的「大故事」。至於這個故事能否講完，講到最後「九州」世界究竟成了什麼樣子，哪些九州故事將會成爲經典，都是目前不能預言的。也許，堅持不了多久，九州團隊會徹底分崩離析，講或聽九州故事的人會逐漸厭倦這個世界，又或者他們會像超長季播劇那樣存在很多年，擁有越來越多的「九州」人。但是至少這樣一個創作團隊從 2001 年 12 月至今，存在並始終活躍著，這跟五四以來很多文學團體生存的時間相比，都不算短了。

　　具體來說，「九州」從無到有經歷了許多關鍵事件。回顧他們一路走來的道路，更可以清晰的看出這一純奇幻文學團體的複雜變遷。2001 年 12 月 17 號，水泡在「清韻論壇」上提議設立一個西式奇幻世界「凱恩大陸」。2002 年 1 月 10 號大角，也就是數屆中國科幻銀河獎得主潘海天隨後建議「增加一個東方風格的大陸」。2003 年 1 月 15～17 號設定小組成立，六位「天神」降臨。他們就是「九州」原創者遙控、江南、今何在、大角、斬鞍、水泡。2003 年

1 月 30～2 月 5 號江南貢獻了他原本以《九州》爲名的小說名，也就是後來的《縹緲錄》系列。官方稱謂「九州」正式確立。2003 年 3 月 4 號十二主星確定：太陽，谷玄，歲正，明月，影月，郁非，互白塡盍，中臺，印池，寰化，密羅，裂章。2002 年 3 月 5 號地理設定，九州州名確立。北陸（殤州、瀚州、寧州），西陸（雲州、雷州），東陸（中州、瀾州、宛州、越州）。2003 年 4 月 7 號種族設定確立：人族、羽族、河絡、夸父、魅族，鮫族（龍族退到幕後成爲神秘物種）。至此九州的設定就全部完成了。

隨後，這個團體在傳播媒體中開始了它的三級跳。2002 年 5 月是九州從網絡走向傳統媒體的第一步，即《驚奇檔案》雜誌刊載了潘海天主持的「九州星野」欄目。2002～2005 年先後留下九州創作團體足跡的雜誌有：《科幻世界‧奇幻版》，《飛‧奇幻世界》。2004 年 12 月今何在與大角合資創辦 Novoland Ltd（「九州」公司）。2005 年 5 月 21 號「九州」系列圖書第一批《縹緲錄》《羽傳說》出版。2005 年 7 月「九州」自己的雜誌《九州幻想》上市。自此，九州融入了商品市場文化傳播的大循環之中。

但是，2007 年的春天，奇幻世界傳出了令人震驚的消息，「九州」群體分裂了。2007 年 3 月 20 日這天，原九州原創人員今何在在他的博客中發表了一篇 4 千餘字的激憤而傷感的文章。他首先不無懷念的回憶了「九州」初創期的點點滴滴，向網友透露了不少鮮爲人知的背後故事。在「九州」公司和「九州」雜誌正式出現之前，今何在就註冊創立了 9z.net.cn 網站。這一時期「九州」的設定和小說也都還在醞釀之中。網站沒有任何資金，硬體維護和操作人員也很缺乏。在此情形下，今何在支撐著網站論壇。

除了維持著網站，他還是「新浪金庸客棧」等大論壇的版主，那裡一度被稱爲中國網絡原創的第一論壇。其《悟空傳》就是在那裡發表的。認識江南，彼此惺惺相惜則是看了江南的作品《天王本生》之後。遙控，潘海天（大角）等七人組成員都是在網上結識的。回想起當年網絡原創的火熱，今何在忍不住在博文中感歎：「今天來看，會寫東西的人都不寫了，寫東西的人都是不會寫的。因爲寫作應該是一種心情，而現在的職業作者，包括我和江南，已經沒有人再有這種心情」。隨著客棧名聲越來越大，陌生面孔越來越多。在眾聲喧嘩中，原來的老客基本上都被擠跑了。最初桃花源般的氣氛也隨之消失。於是今何在辭去了版主，加入了舊友們的封閉論壇。不過很奇怪，最早的感覺卻還是回不來，而且失去了發表文章的欲望了。後來，今何

在還建立了網絡版「九州論壇」。如今，九州論壇的版主換了一波又一波，原創作者也更新了多批，這一切只能增添初創人員面對物是人非情景所生的蒼涼感。

在這篇博客文章中，今何在還表達了，作為「九州」原創人員，對「九州」世界的最新感受。創立這個虛構世界的初衷是為了把大家的想像和作品用一個統一的背景聯繫起來，形成一個詳實而有活力的幻想世界。「九州」系列小說《縹緲錄》，《羽傳說》等都不可能代表「九州」，只是體現「九州」世界的一部分。所有已形成或還未出爐的相關作品合起來才是九州。如果幾部小說就可以代替九州世界本身，那麼共同創造、設定世界就成了多餘舉動。這樣的話，大家呆在家裏比誰寫得快也就行了。小說只是小說本身。沒有「九州」世界，這些小說一樣存在，也可能暢銷。而一個「架空」世界如果反倒是附屬於某幾部小說而存在的，那麼它就是失敗的。

基於這樣的理想，今何在痛心地發現，有的人來到「九州」是為了創造一個世界，但更多的人來到「九州」只是為了有個地方放他的小說。有的人則是將其視為賺錢機器。當然還有到「九州」，僅僅為了找小說看的。漸漸的，將沒有人知道什麼是最初的「九州」了，也不會再有人建造和維護這個世界了。作為單本小說背景附屬品的「九州」可能會永遠流傳，而作為「架空」世界的「九州」終究走向滅亡。這是看著「九州世界」成長起來的今何在最無法忍受的。

當然，五年時間一晃即過，今何在也不是沒有反省。他坦言，五年了，這個幻想中的世界仍然還只是天空中的一滴水。它落到了地上，並沒有變成大海，只是一個水坑。當他們想建造一個真正的世界，是否有正搭起一個思想籠子的嫌疑。目前，也只能說這的確是一個令人困惑的自問。

今何在的這篇名為《今何在：我與九州》的博文一發表，立刻吸引了大量的「九州」迷的注意。網友們紛紛猜測：「九州」內部是否發生嚴重分歧。「九州」迷們感到很難過，不希望他們的猜測會成為現實——今何在離開「九州」。當然還有相當一部分人表示會尊重博主的任何選擇，並理智地看到理想世界在遭遇現實環境時的無奈與脆弱。儘管如此，當時的所有論壇表達的主要是一種猜測。

直到 2007 年 4 月《九州幻想》雜誌的上市，真相終於大白於天下了。「九州」原創組成員之一潘海天撰寫了這一期的卷首語，文章開篇歎息著：「四月

是最殘忍的季節，荒地上長著丁香，把回憶和欲望摻和在一起」，以此明確表明分裂的事實。而這一分裂正是人們最不願意看到的「九州」七人組，即俗稱的七位天神或七位老妖，核心內部的分裂。用潘海天的話就是：「九州分裂了。他們的創造神不再友愛和睦」，並自嘲：「可惜，許多看似堅強如鐵的東西，都是從內部開始朽敗的」。

核心組成員的分裂直接造成的結果就是「九州」公司的解體。在無法將對錯分得一清二楚的情況下，他們只能明白一個事實：「九州是一個夢，而夢背後的現實世界是不那麼浪漫的一部分。它也有著世俗裏有著的一切關於權力、利益、紛爭和背叛。」但是讓「九州」迷振奮的是，潘海天表示：「一個公司崩盤了，但九州並沒有結束。對待死機的最好方式是系統重啓。我們會丟掉一些東西，遺失一些記憶，……我們不會爲了挽救一個已經從內部朽敗的殘軀而努力，但是對這些創造世界的老妖們來說，如果有什麼值得爲它而戰鬥的，那麼九州算一個」。〔註18〕

這一期《九州幻想》還發表了《〈九州幻想〉策劃部聲明》，《原「九州設定組」成員今何在、潘海天、斬鞍、水泡關於〈創造古卷〉的聲明》，《原九州設定組四成員關於制定並公益化「九州世界核心設定版本」的公告》，《關於九州，關於分歧，關於未來》四篇「重大事件公告」。如果說潘海天在卷首語中的表白還有些含蓄的話，那麼從這四大聲明中就可以很明顯地分析出產生分歧的具體原因，也可以獲悉七位原創人員的動向了。

前兩項公告均否認即將面世的《創造古卷》和《九州幻想》之間存在任何形式的關係。大凡關心奇幻出版的「九州」迷們都會注意到《九州幻想》雜誌 2007 年第 2、3 號連續刊登了有關《創造古卷》的徵訂公告。其實《創造古卷》的出版計劃最初的確是「九州」團隊，也就是還沒有發生分裂之前的原「九州」公司的創意。不過「九州」團隊將此書的編排、裝幀、定價、徵訂、收款、發貨、售後服務等一系列事務委託北京的「幻想 1＋1」團隊操作。有一點非常重要，那就是此書的內容本應該獲得「九州」設定團隊占大多數的認可，在尊重「九州」統一設定的背景之下，進行組稿。

雖然如「聲明」所言：「我們之前創作與發表的文稿佔據了此書的大部分內容，一些九州愛好者也利用業餘時間爲該書的整理付出了努力，但由於北京團隊決策者在選編增刪上的主觀偏向性及獨斷做法，以至該書的內容無法

〔註18〕潘海天《系統重裝！九州仍將繼續！》，載《九州幻想》2007 年第 4 期。

代表我們心目中對九州世界設定的認同」。從字裏行間可以看出創作者最在乎的是自己要表達的意義能否被忠實地呈現出來。在沒有獲得主創人員認可的情形下,從商業利益或權威意見出發,擅自篡改作者本意的現象並不是不存在的,但是,今何在、潘海天、斬鞍、水泡四位站出來毅然表示將不會參與《創造古卷》的任何事務,無異於爲了堅持某種對「九州」世界設定的信念而選擇放棄出版可能帶來的豐厚利益。

表面上,這是一個作者與出版方的矛盾之爭,實際上涉及了原先七位小組成員在對待集體智慧的態度上出現了巨大分歧,而問題的焦點直接指向對「九州世界」這麼一個虛構架空世界的理解。可以肯定,作爲一個團隊性雜誌《九州幻想》,如果沒有某些主創人員的授意,這本內部尙有爭議的《創造古卷》發行徵訂公告不可能被登上雜誌的醒目位置。用印刷排版的錯誤更是解釋不通的。當然從帶有署名的公告上可以看到江南,遙控與多事這三位的名字沒有簽上,這是否意味著兩大陣營的分裂模式已經形成?還是有的他們其中有人還在權衡思索,準備引退或重新站隊?

不管七位的選擇是什麼,讓我們深切地認同:「在商業化的過程中,種種主動和被動的因素使九州從一個開放性的世界體系變成了一個任何公司成立一個策劃團隊關起門來幾個月都可以做出來的封閉式策劃,從而使它失去了靈感與活力,變成泯沒於眾人的商業項目,也讓我們這個團隊分崩離析,失去了合作的熱情和共同的理念。如遙控早前說的:這是天鵝和魚拉著的馬車,我們沒有共同的方向」〔註19〕。也許商業因素只是導致內部分裂最直接的導火線。眞正的原因還是在於「九州」團體內部對他們所建構出來的「架空」世界發展的未來走向上出現了裂痕。那麼完全可以認定作爲較小世界構成單位的「九州」團隊在較大現實世界面前希望完成最理想化的「架空」世界的願望必然會引發一個多重世界的爭奪與較量。「架空」奇幻外圍的異動在無形中豐富了作爲整體的「架空」奇幻文學現象。

如果說 2005 年九州團隊集體飛離《飛・奇幻世界》是爲了擺脫一直以來寄人籬下的附屬地位,以實現九州理想的最大化,那麼今天的分裂局面則是獲得自由平臺的「九州」團隊,在商業利益面前選擇屈服還是堅持的矛盾最大化,更是紛爭迭起的「九州」世界現實版上演。這一奇幻界發生的大事件

〔註19〕原九州設定組四成員《關於制定並公益化「九州世界核心設定版本」的公告》,載《九州幻想》2007 年第 4 期。

至少讓人不禁聯想到烏托邦世界的近與遠。作爲個體的人在紛繁的世界中將面臨多少誘惑？作爲團體的一群人可否在堅守共同的信念下和睦共存，繼續唱著同一首歌呢？

這一事件的發生還使人們不僅聯想到另一位出色的奇幻創作者滄月惹上的官司。2007 年 4 月 11 日這天，滄月在博客中憤而指責北京浪漫經典文化公司違反合同，擅自拆分《鏡‧闢天》和《織夢者》，將原本只是一本書字數的文章拆分成 2 本上市，導致每本書篇幅減少一半，定價卻反而調高，而出版商甚至要拆分剛寫到一半、不足十萬字的《鏡‧歸墟》。對於滄月的提出的反對意見，出版商拒不採納，而且從去年 10 月出版的《織夢者》開始，出版方已經有半年多不曾支付任何稿費。所以，她決定向對方提出解約，中止與浪漫經典文化公司的一切合作，另行出版完整的《鏡》系列，也希望通過法律途徑解決這件事，維護讀者和自身的利益。

《鏡》是滄月的一部大型奇幻系列小說，包括《鏡‧雙城》、《鏡‧破軍》、《鏡‧龍戰》、《鏡‧織夢者》、《鏡‧闢天》和《鏡‧千年》（後改名爲歸墟）。從 2004 年 10 月開始，作者與北京浪漫經典文化公司簽訂出版合同，除了《鏡‧歸墟》，都已出版發行。鑒於出版商不顧作者的強烈反對，擅自拆分完整作品，無形提高小說售價，滄月單方面提出終止和約，並拒絕將最後一卷《歸墟》如約交付。2007 年 4 月 16 日，北京浪漫經典文化公司的出版商孫士琦搶先在北京向海淀法院提起訴訟。隨後，作者委託律師異地應訴，並向法院提起反訴。

滄月表示最不能容忍的是自己心愛的作品變得支離破碎，如注水豬肉一般。她希望能夠出版《鏡》合集，合集的每一單本仍然可以拆開賣，不增加讀者的經濟負擔。她甚至感到《鏡》系列是一部八字不好的倒霉作品，因爲自己三年的辛苦創作，經歷了被中國戲劇出版社冒名出版，還經歷了這一次的商業拆分。其實滄月面臨著跟「九州」團隊一樣的矛盾。這一矛盾在商品經濟時代比任何時期都要激烈。那就是商業利益與無功利性的自由創作之間不可調和的矛盾。不同的是作爲一個群體，「九州」成員還要經受一次原本團結一致的內部的痛苦撕裂，而作爲相對獨立的作者滄月而言，她面臨的選擇就要單純多了。

不管是什麼樣的情況，我們不能單沉迷於討論奇幻作品存在意義，奇幻概念定位等基本問題。首先必須看到這種類型的創作實際已經擁有廣大的接

受群，正因爲如此，才會出現種種利益之爭，也才會加速不同創作主體之間的分化或聯合。目前看來，奇幻世界的熱鬧不僅來自其內部，還有更多的外部因素參與進來。奇幻創作者們要經受的磨難與誘惑是有增無減的。「八字不好」，不過是作者的激憤之詞，滄月的《鏡》系列，恰恰如一面明鏡，不但照射著虛幻的世界，現實世界的紛擾同樣可以在這面鏡子上成形。

還有一些奇幻作家拒絕紙質文本，他們的作品並沒有出版發行。這並不是說其中的作品沒有達到出版的要求。以創作了長篇奇幻小說《縹緲神之旅》的「百世經綸」爲例，他就曾表示不會出版這部小說。理由很簡單。在他寫《飄渺神》第二集的時候，就明白版權問題的麻煩。的確，「縹緲」題材最早在蕭潛的《縹緲之旅》中就浮現出來。「百世經綸」的這部小說在總體上可以說是原創，但是在細節上，如篇名，主要人物等等與蕭潛《飄渺之旅》幾乎完全一致。這如果發生在出版界，就會牽涉到嚴肅的版權問題，但是通過網絡發佈自己的文學創作，目前卻可以避開這個棘手的問題。這就是爲什麼「百世經綸」決定不出版《縹緲神之旅》的原因。

網絡發表機制與傳統出版機制之間存在制度上的差異。這自然決定了爲什麼許多人願意在網上「灌水」的原因。但是，網絡環境的相對自由也決定了不少作品的有頭無尾現象。人們在創作之初，並不像傳統作家那樣有一個很明確的創作計劃以便出版之用。參與網絡原創的許多作者更多的是爲了表達而表達。當說不下去或不想再說的時候，他們可能嘎然而止。這樣不會牽涉到所謂江郎才盡的問題。當然，也有可能爲了商業出版利益，故意拖延結尾或者後續故事的上傳。總的一條，許多現象的背後大都由規避商業風險或者爭取最大商業效應，這兩種最大可能操縱著。無論怎樣，代表高科技成果的網絡世界與崇尚神秘虛玄的奇幻小說走到了一起。它們的聯姻恐怕最能展示當代「科玄相遇」後的獨特現狀。

總的來說，在世紀之初，網絡與出版界的爭奪還沒有現在這麼激烈。網絡文學如果被出版商看重，直接的可能就是停止更新，以獲得出版的最大利益。對於參與網絡寫作的人來說，有的人也看到網絡寫作直接通往傳統出版界還是有捷徑的，因此，雙方在利益上的較量使網絡寫作群也開始分化。從純粹的享受寫作樂趣，分享協作成果到爭名逐利，有的人「昇華了」，更多的是被淘汰了。網絡原創少了原有的從容和淡泊。但是還要看到，能夠與出版社接洽並順利簽約的寫作者們也並不代表踏上了坦途。事實上，這一類作者

還可能遇到其他的煩惱，那就是要在自己的創作自由和迎合市場為標準的出版商之間卷起新一輪戰爭。發行量和利潤直接制約了從網絡走向傳統出版界的奇幻作者。這一個現實的矛盾通過奇幻小說的出現，從網絡暴熱再到出版界，全盤浮出水面了。脫胎於網絡的「架空」世界奇幻團體在理想與現實之間感受到了無比的壓力。這個壓力在「九州」團隊矛盾激化的那一天再次引起人們的注意。

至此，一系列有待解決的問題進入思考範圍：一，網絡奇幻創作與傳統出版的關係究竟如何？在從網絡走向出版的道路上，出版商的介入會對網絡奇幻原創發生怎樣的影響？兩大媒體之間共存的空間到底有多大？二，「架空」題材奇幻小說這類典型的幻想類作品在與現實利益的較量中，注定會敗下陣來嗎？三，創作者的分化能帶來怎樣的信息？具體而言，比如創作群的解體，又好比「縹緲系列」的集體網絡大接力等現象的出現都可以歸入這類問題的思考範圍。四，最值得考慮的其實是眾多奇幻迷們這正關注的焦點——奇幻小說能在何處找到安身之所。是繼續佔領網絡空間，還是通過與出版界的溝通獲得依靠，又或是創辦同人雜誌？

不過，某些港臺奇幻作家提供的創作和出版經驗也許有一定的借鑒價值。以香港著名言情小說家張小嫻為例，2004 年 7 月 21 日至 26 日舉辦的第 15 屆香港書展上，皇冠出版社推出張小嫻的轉型新作奇幻小說《吸血盟 1：藍蝴蝶之吻》。她當時是香港皇冠出版社的簽約作家。這種合作形式在內地還沒有。出版社給予簽約作家很大自由。作家有創作自主權。出版社不會對其創作指手畫腳。一旦滿意的作品問世了，出版方還會大力為作家的新作進行宣傳。不能否認，這種相對靈活的運作機制為作家的自由創作營造了比較寬鬆的外部環境。

目前我們還是要承認，上面的問題想在短期內得到完美解決幾乎沒有可能。倒是這些難題存在的本身不但使人聯想到奇幻文學的未來命運，還借奇幻文學的生存現狀反指「科玄」關係反映到奇幻文學上的複雜性。虛構世界中各種力量為了生存大展神通，而為了生存這個最高目標而生的戰火從「架空」世界燒到了被現代科技武裝了的現實世界。這無疑是我們理解「世界」本身意義的生動教科書。當有識之士在為通俗文學中的媚俗現象大感擔憂之際，堅持維護「九州」設定統一性和純潔性的部分原創人員，以及為了創作理想的實現跟強勢出版集團公開叫板的寫作者們卻用實際行動告訴大家：蘊

藏在年輕創作群體內部意識鮮明的反媚俗、反功利的星火已然在這小小的幻想園地默默燃燒起來了。

不過，只要文學作品本身擁有魅力，最終是不會被掩蓋的。而事實上，儘管在價值追求與創作理念上分歧出現了，「九州」團隊在過往以「九州」世界為中心所進行的創作實踐代表了中國當代奇幻文學的一個高度。對關心「九州」命運的人來說，值得慶幸的是直到現在，不論九州團體內部刮了多大的颶風，原創人員們並沒有停止「九州」奇幻小說的創作。今何在的《海上牧雲記》、《羽傳說 II》，潘海天的《鐵浮圖》、江南的《商博良》、《飄渺錄 III／IV》、唐缺的《英雄》、《龍痕・鱗爪出現》、斬鞍的《秋林箭》等都是最近出版的「九州」作品。「九州」架空世界的設定仍然在不斷地被充實，如江南等合著的《九州志》中的「獅牙之卷」〔註20〕就是對《縹緲錄》前 70 年的「東陸王朝」進行了進一步設定。其中包括新的事件、人物，如代表蠻族入侵的「蠻蝗乍起」事件，「風炎皇帝白清宇」的出現，東陸王朝的政治制度，統治階級的官階與人事體制、皇族系譜和後宮構成、東陸第一大城市「天啟城」的結構佈局等等細節上的澄清。可以肯定地說，不瞭解「九州」作品、不接觸中國奇幻創作的這支生力軍，是肯定不能獲得對中國「架空」奇幻文學的全景式認知，自然容易錯過深入體驗「科玄相遇」之後，在「架空」奇幻作品主題以及團隊集結上留下的痕跡。

三、「一滴水」的成像：全球化趨勢對奇幻文學的侵入

「『九州』是天空中落下的第一滴水，我們希望它能變成海洋」。但凡關注過「九州」奇幻小說的人都會知道，這句話是「九州架空」世界和文學世界問世時「九州」人在網絡、期刊或者私人文章中多次提到的「九州宣言」。最初，它不過是「九州」初創人員對於虛構世界設定和「九州」題材小說創作表達出來的一種美好願望。隨著「九州」世界設定的完成、相關小說的陸續面世，「九州」團隊內部異動，作為整體概念的「九州」奇幻已經不僅僅是「九州」創始人心中的那一滴水。水滴在下落過程中折射出的豐富影像立體地支撐了在「科玄相遇」大背景之下的奇幻世界所蘊含的諸多信息。這也正是「架空」奇幻多義性之所在。作為文學作品的它必不可少的要與文學審美領域發生交集，但是作為文學現象的它卻是從內而外，從文本到外圍都散

〔註20〕江南《九州志》，新世界出版社，2007 年，見目錄頁。

發出在後現代思潮影響下，全球化語境之中的由網絡獨語到傳播群語的流動脈絡。

目前，但凡有人希望圓滿解答全球化問題時，都不可避免地先要面對與之相關的混雜局面。烏・貝克認為：「全球化爭論為何如此難以理解，如此紛亂、無法避免和不可抗拒：在這場爭論中，人們勉強違背在世界上居統治地位的思想的束縛，勾畫並重新討論了不久前似乎還完全封閉的東西：西方的現代性基礎」〔註21〕，而他在編著《全球化與政治》一書之時，正是希望透過概念的迷霧，探求潛在的引導全球化爭論的種種不同觀點。通過他本人，哈貝馬斯、沃爾夫岡・施特雷克、弗里茨・沙爾普夫、奧斯卡・拉封丹等十位社會學者的論述強化了全球化論爭過程中出現的焦點問題。它們分別是國家主權、民主的困境，經濟全球化的後果，全球化時代的種族歸屬，世界市場的生態決定因素等等。顯而易見，引發全球化的真正出發點是具有強大能量的政治、經濟、國家、民族、種族等主導勢力的合力。它們作為現代社會存在和運行的關鍵元素，在現代歷史上已經在理念和實際運行中早就獲得了圓滿的界定，完全可以視為現代社會存在的基石。當原有理念遭遇當代全球化趨勢的衝擊，兩種制度之間必然會進行一番較量，那麼因此而產生的對於全球化趨勢的焦慮也就毫不奇怪了。

文學作為文化的重要分支在新時代信息的刺激下，不可避免地會納入這樣一個大的連動效應之中。在這樣一個前提之下，文藝理論界、當代文學界對於全球化語境下的本學科動向都有積極的探討。這也就是說，文學文本作為上述學科來說是最基本的一手材料，為討論和研究提供了豐富的素材。中國奇幻小說作為目前流行的文學樣式用文學自身的方式同樣傳達了與之相關的信息。

縱觀現代文學發生至今，文學領域中幾乎沒有哪一分支可以毫不猶豫地跟西方文學、思想界撇清關係。不過，當年局部的中西交流，經過了一個世紀的演變，伴隨著信息技術與科技文明的進步，來到了一個全球性對話與交流的時代。正因為如此，在全球化語境下把握奇幻文學現象的特徵有利於對此研究對象，即作為全球化趨勢在文學上的具體表現，形成完整理解。

從通俗文學角度來看，全球性大眾文化的繁榮，後現代對邊緣文化或文

〔註21〕烏・貝克，哈貝馬斯編《全球化與政治》，中央編譯出版社，2000 年，第 5 頁。

學現象的重視，使得過去帶有貶義性質的通俗文學獲得了同雅文學或者說學院派傳統平等對話的關係、如今甚至出現交融趨勢。中國奇幻小說作爲大眾的、通俗的、流行的文學樣式必然成爲雅俗文學相遇下的一支奇異的隊伍。歐美發達國家作爲文化輸出大國，在雅俗文學的結合問題上早已取得比較理想的經驗，所以，學術與流行在文學或文化產業上的結合已經完全不是什麼新氣象了。在這樣一個環境下，拿上文列舉的《魔戒》以及 D&D 文化產業爲例，前者就是學者從事學術研究與通俗文學創作雙結合的典型，而後者更是將大眾娛樂、網絡傳播、文學創作、相關文化產品營銷等等元素的一體化綜合，形成一個巨大的文化產業鏈條。深受其影響的中國「架空」奇幻小說的產生與發展毫無懸念地承襲了以上的文化多元特色。追求虛幻神秘的奇幻小說與現代精確的操作模式兩相結合恐怕是這多元特色中反差最大的一對組合了。

　　另外，從「九州」主創人員的構成來看，主創者中有機會直接與西方這種文學文化方式接觸的就不在少數。其中，中斷了美國學業回國的江南在「九州」公司的組建過程中就是最關鍵的一位。另一位，多事，他本人就是長年定居美國，並與國內奇幻創作一直保持緊密聯繫的奇幻作家。他們對於「架空」世界的設定理解毫無疑問擺脫不了所處國度和文化氛圍的影響。他們對學術與通俗文學以及流行文化之間疏密關係的體會因爲其身臨其境的異域體驗對「九州」世界的發生與發展所起的作用也是很明顯的。而所有這些細節上的結合通過全球化趨勢的推動已經從單純的文學創作朝著一種全球化文化運作模式演變，而文學作品成爲載體之一也不可避免地匯入這樣一個運行過程之中了。

　　「九州」世界目前可以說是國內最早、規模最大的以奇幻小說爲中心，覆蓋「九州」世界設定、網站及公司運營、期刊書籍出版、相關網絡遊戲或桌面角色扮演遊戲等多個領域的文學、文化現象。它與西方同類現象之間有很明顯的接軌痕跡。其對通俗文學創作、以及產業運作等理念的借鑒與實踐也是顯而易見的。不過，恰恰是這樣一個模式直接導致了以江南與今何在這兩位「九州」天神最終的分道揚鑣。他們的分歧是理念上的分歧。前者受到美國流行文化發展模式的影響，致力於將包括「九州」世界奇幻小說在內的一切東西作爲整體產業進行開發，從而獲得相應的經濟回報。這樣一來，小說必然居於次要地位。而後者更願意建構的是一個文學「九州」的理想園

地。在這個園地裏小說本身與「架空」世界獲得完美結合、創作者的意圖也可以獲得充分表達。他們之間不是友人之間吵架這麼簡單。其中包含了人們面對全球化趨勢時所要承受的各種壓力。一方面這一世界性趨勢的超強滲透功能使得包括文學在內的各個領域都不可能保持絕緣狀態，另一方面仍有不少人願意堅守文學、文學研究的相對純淨度，並且希望能夠持續拓展其發展空間。

　　人文學者們近年來對於全球化趨勢引發的諸多困境進行了大量的論證。其中透露出來的焦慮更是大於喜悅。不過，回到文學創作與研究本身，我們還是要看到，全球化趨勢並沒有抹平世界性／民族性，東／西文化等有著明顯界限的概念。只不過「『西』／『中』的對峙與對話轉換爲全球化／本土化、中心／邊緣等新近引入的概念」。〔註22〕文學創作中對這幾組概念的慎重掂量甚至可以視爲人文學者、文學創作者對於全球化趨勢的有意識抵抗。說實話，沒有個人、甚至國家機器可以立竿見影地阻止全球化趨勢。人們卻依然嘗試著通過文學這樣一個特殊載體，進行一番抵抗或包容的實踐。在這個問題上，中國奇幻小說中的「架空」奇幻已經與這股潮流發生了全方位接觸。當我們採用「科玄相遇」的角度來看待全球化趨勢在「架空」奇幻小說的糾纏，就可以更加從容地接受其中的多義與矛盾。

　　雖然說任何事物都是矛盾的統一體，但是某一事物通常是以主導面的形象呈現出來的。很少有像全球化趨勢這般困境與契機平分秋色的。它們在這一趨勢之中尤其刺眼地並列著。人們也逐漸意識到解決這一矛盾的捷徑是不存在的，卻又不滿足因爲無奈只好選擇和而不同的混沌狀態。我們的研究對象中國「架空」奇幻文學目前的發展態勢正好可以證明在構成上、甚至創作靈感上得益於借助全球化信息傳播媒介進入的世界奇幻創作、運行模式。如果說上面提到的「九州」團隊的分裂代表著全球化語境下的整體困境，那麼沒有多久就有人對純西式的「架空」奇幻產生了逆反。純中式「九州」「架空」世界及其它「架空」世界的應運而生，則是文學創作本身在全球化語境下所做的自我調整。

　　由世界著名文化人類學家奧伯格（Kalvero Oberg）早在 1960 年提出的「文化休克」（culture shock）概念，原本是指人們在異地他鄉，價值觀、新生活方式、習慣、地理氣候等方面的不同引發焦慮和不適應的心理障礙，還曾

〔註22〕劉吶《全球化背景與文學》，載《文學評論》2000 年第 5 期。

一度被用於對年輕移民或留學生進行心理分析時所討論的主題。今天的人們在強大而便捷的文化交流和交通網絡之中，對異域文化以及環境的接觸早已不是 60 年代的狀態。就算是足不出戶的人也可以輕易獲得大量本土以外的信息，再用「文化休克」就顯得老土過時。但是「文化休克」所總結出來蜜月、沮喪、恢複調整和適應這四大階段卻非常符合從西式「架空」奇幻到中式「架空」奇幻的演變特徵。也就是說中式「架空」不是憑空而來的。最開始，當產生重量級衝擊力的西式魔法奇幻進入本土文學圈時，奇幻愛好者與寫作者爲此意亂情迷，迅速墜入蜜月期。模仿跟風之作鋪天蓋地充斥於網絡。這種眼花繚亂、精神亢奮的狀態並沒有維持多久。人們就開始尋求迥異於西式奇幻的另一種表達。這也就是「凱恩大陸」的構想最後被否決，而「九州大陸」的理念獲得一致同意的原因之一。

　　世界設定加小說創作這樣一個舶來品的外殼保留下來了，但是實質內容卻標上了鮮明的東方神秘文化特色。這一現象本身就說明了小說創作在內容或細節上的調整，是文學創作自發與自覺的雙重表現。文學創作者在大多情況下不是從概念出發的，理論與直覺在作家和學者面前的分量也不是一樣的。也就是說，就算沒有在學理上對全球化趨勢對文學的侵入進行深入研究，文學創作者自身完全具備一種天生的免疫力。我們完全不要低估其吞吐能力，爲全球化趨勢給文學帶來的威脅過分地焦慮。萬物有不變之理，但也有變通之道。也許文學家與研究者之間的思維方式不同，彼此會產生思想的碰撞，但更多的是兩者思維成果的產出是不同步的。闡明這個問題，目的就是想說明在學界對於全球化語境下文學與文學研究如何自處，如何生存問題進行思考的同時，奇幻小說本身已經發生了相應的調整，而這一調整正好可以在不同程度上減少部分焦慮感。

　　對於「零距離」時代下文學是否可以主動保持距離的自主力的擔憂其實並沒有必要。文學作爲審美聚焦物，從學理上還是從對美的感受的直覺上都說明，世界的與本土的，中心的與邊緣的話題在中國「架空」奇幻小說中都有體現。鑒於中國奇幻創作者和讀者群幾乎是清一色年輕人，他們的這種對傳統文化的自覺靠攏從另一個角度強化了一種信心。這種信心是相對於人們所謂在全球化語境下的民族身份認同、「距離的消失或零距離對於文學和文學研究的威脅」〔註23〕等等擔憂與焦慮中展示出來的。

〔註23〕金慧敏《趨零距離與文學的當前危機》，載《文學評論》2004 年第 2 期。

　　不過，當代學者王一川將「全球化」與「全球性」加以區分，認為「與『全球化』指代經濟狀況不同，『全球性』主要涉及生活方式、價值體系、語言形態、審美趣味等文化維度，顯示為時空模式、道器關係、傳播媒介和審美表現範型四層面」〔註 24〕。這倒是可以在一定程度上避免在討論全球化問題時陷入含混不清、好壞之辯的僵局。在他看來從晚清鴉片戰爭開始，到 1949年新中國成立，再到當代全部都處在「全球性」的境遇之中，不過各有各的時代特徵。

　　王一川進行的區分努力是有一定積極意義的，為理解具體文學現象也提供了相應的思路，像對上世紀 90 年代當代文學被影視介入現象的探討就具有很強的時下性，但是這種宏觀區分思路卻尚未覆蓋到具體的「架空」奇幻小說創作現狀。實際上，這一新興類型文學中經濟狀況、價值體系、語言形態、審美趣味等維度糾纏在了一起，很難將「全球化」和「全球性」兩種概念劃分清楚。就像我們談到的「九州」團體在文化產業的發展（直白地說就是營利的、資本運作的經濟手段）和文學審美理想之間的矛盾就是這種混雜性表現，完全可以視作新世紀文學出現的新動向——作為經濟、政治概念的全球化運作模式已經不可阻擋地進入了文學創作和研究的領域。「科玄」問題在奇幻文學中被突出烘托出來的時候，進入全球化這樣一個世界話題，無疑對於當下反思原本以政治、經濟角度作為出發點的「全球化」趨勢時就多了一份從容與平和。

　　話又說回來，烏・貝克卻認為不論「全球化」爭論是一種「政治論辯」，還是「一種新的跨國大敘事的蛻變了的初始思想」〔註 25〕，兩者其實並不矛盾，找出它們背後的主導思想才是意義所在。而筆者卻對「新的跨國大敘事」問題生出很多感觸。好像二十世紀 80 年代，人們經歷了後現代理論針對大敘事的顛覆之後短短十幾年，「全球化」就成為人們討論的熱點，不少學者們因此深刻感受到一種新的大敘事正在崛起。

　　在這樣的背景下，文學敘事作為大敘事中不可缺少的環節自覺地圈下了一塊特殊而敏感的地帶。奇幻文學，包括「架空」世界小說，作為文學敘事的分支，從文本本身的主題表達、敘事策略、虛構世界設定，以及創作群真

〔註 24〕王一川《『全球性』境遇中的中國文學》，載《文學評論》2001 年第 6 期。
〔註 25〕烏・貝克，哈貝馬斯編《全球化與政治》，中央編譯出版社，2000 年，第 2 頁。

實世界共同支撐起了一個立體的世界。世界在這裡因而獲得了更加複雜的身份。存在於這個世界的所有細節直接或間接表達出與時代語境關係密切的意義。正如，「架空」奇幻小說中對其他智慧生物的設定就與現代種族話題存在明顯的聯繫。再如，許多「架空」世界在時間上通常都被創作者設定為前現代虛擬時代。這樣一來，現代國家體制、民主政治、現代科學體系所形成的現成系統自然就失去效力。還比如，有的架空奇幻小說利用部落、族群的爭奪與分合，原始宗教或神秘力量參與最終裁決等方式大膽地擺脫現代民族國家、民主政治等固有理念，以形成幻想世界獨特的地域或民族概念。所有這些細節的發掘恰恰可以跟伴隨著「科玄相遇」過程對現代科學的持續性整體反思以及全球化趨勢牽涉到的諸多話題相互對照。這一發現堅定了一種認識，文學與時代話題的結合這在主流文學或者經典文學中必然存在的現象，已經在一定程度上進入了通俗流行文學的領域。中國「架空」奇幻是一個活動著的例證。當我們回望中國「架空」奇幻中以「九州」為代表的創作團隊以及相關奇幻作品時，「科玄相遇」之後在奇幻文學內、外形成的影像將更加清晰。

第四章 「科玄相遇」的社會文化根據

　　「科玄相遇」為什麼會成為中國當代奇幻文學最值得注意的特徵？這背後涉及了一系列豐富、複雜的社會文化動態。眾多現象累積起來共同折射出「科玄」從單一相爭到相遇後彼此糾纏的人類精神現實。表現人類精神狀態的方式多種多樣，而文學正是其典型表徵之一。不過，人類精神本身則需要一個更深遠的特定文化背景對其形成和釋放進行支持。時代文化背景自然成為一切文學藝術的根柢。我們在研究中國當代奇幻小說的時候，當代「科玄」雙方的新關係構成了中國奇幻文學出現並火爆的根基。

　　西方學者宣稱西方文化的終結，矛盾指向正是科學理性。奇幻文學世界中表達的天平向欲望、自由、玄幻、神秘或玄學思辨等與現存科技文明、科學理性有一定差距，甚至偏離的領域大大傾斜，也正是基於後者正遭遇到前所未有之否定所引發的正常反應。科學理性所受到的衝擊是全方位的。在此，我們僅用西方學者如何將上世紀發生的「納粹大屠殺」引入對科學理性的批判，就可以深刻體會到科學理性所受攻擊究竟達到了怎樣的極致。

　　眾所周知，希特勒一手策劃對於猶太人的滅絕性大屠殺一向被視為人類文明史上最陰暗、最沒有人性的一頁。這一行徑常常被世人形容成沒有人性、缺乏理性的瘋狂之舉。正是這看上去與理性最沒有關係的歷史事實卻遭到了西方學者的質疑。Ｚ・鮑曼甚至寫出一本《現代性與大屠殺》的專著。書中將人類歷史上出現的許多大屠殺歷史事實與現代性聯繫在一起進行追根溯源的探討。在鮑曼專著的基礎上，同時參考了許多人在感情上無法接受的希特勒本人那篇《我的奮鬥》，英國學者費夫爾完成了他的《西方文化的終結》，並

設專章研究了「科學與希特勒」、納粹「大屠殺」問題。

費夫爾發現：「科學的眞正意義，對希特勒來說，並不在於它做了什麼，而在於幫助我們理解——理解自然怎樣總是在改善事物，尤其是改善人」。〔註 1〕希特勒是如此信任科學發現、發明，尤其是達爾文生物進化論所試圖證實的自然對於事物的改造理論，並將他的理解徹底貫徹到人類社會之中。猶太人在希特勒眼中是最爲劣等的民族，地道的吸血蟲。連一個屬於自己的國家都無法結成的猶太人被排在了被滅絕的第一位置上。希特勒本人則覺得自己的大屠殺政策完全順應自然的要求。這不是簡單的施虐狂或變態者的行徑，因爲在大多數情況下，他們沒有權力和自由進行這類慘無人道的行動。「給予他們自由的是科學對自然至高無上作用的解釋，是科學所提供的某些人天生卑賤的『證據』，以及人性是可臻完美的證據」。〔註 2〕這讓人們不得不驚懼地發現在表面瘋狂、血腥的大屠殺背後竟然有一雙冷冰冰的科學理性之眼。

包括鮑曼、費夫爾在內的不少學者雖然發現了這雙背後的眼睛，但是他們並沒有武斷地將造成悲劇的原因一股腦歸咎於現代性和科學理性。他們相當中肯地提出科學理性被人爲地放錯了位置。這才是造成悲劇的眞正原因。雖然理性本身是無辜的，科學也承受了太多無關其本身的指責，但是一方面要人們冷靜地對待科學理性也許並不難辦，另一方面希望人們從感情上完全像過去那樣將科學理性重新放回聖壇、頂禮膜拜卻是不可能的了。對於科學理性有可能會被危險地錯用，無論是善意還是惡意，有意還是無意，都使人們對於它們生出了下意識牴觸情緒。這種不安全感和危機感直接引發了與科學理性相對的「非理性、迷信和新宗教」〔註3〕思潮從上個世紀蔓延至今的覺醒。而當代奇幻小說中無不集中表現出了非理性、神秘、宗教、玄學思辨的色彩。西方思想界對科學理性進行普遍而深刻的批判。當下奇幻文學中表現出來的種種現象則進一步強化了這一重要的思想背景。

〔註 1〕 （英）R・W・費夫爾《西方文化的終結》，丁萬江、曾豔譯，江蘇人民出版社，2004 年，第 41 頁。

〔註 2〕 （英）R・W・費夫爾《西方文化的終結》，丁萬江、曾豔譯，江蘇人民出版社，2004 年，第 53 頁。

〔註 3〕 （英）R・W・費夫爾《西方文化的終結》，丁萬江、曾豔譯，江蘇人民出版社，2004 年，第 60 頁。

第一節　「玄」：構成中國傳統文化旋律的音符

在對「科玄」關係進行辨析之時，本書選擇了「玄」的廣義內涵。「玄」既包括傳統玄學對哲學終極問題的思辨，還包括神秘主義、宗教信仰在內的世俗理解。這種選擇不但尊重了中國傳統文化中「玄」所包涵的混沌而廣闊的意義空間，還直接決定於中國奇幻小說主題、形象塑造等眾多文學表達的細節。具體而言，中國漢字「玄」作為多層含義疊加的概念，它的第一重含義相當於西方所謂的形而上學，或者哲學，而它的本土含義遠不止這些。在中國，學術意義上的「玄」學是指魏晉時期的主要哲學思潮，是一種儒道合流的文化思潮。魏晉時期，學者們崇尚清談，他們談論的主題都圍繞《周易》、《老子》、《莊子》，即所謂的「三玄」所展開。「玄學」因此而得名。此類清談涉及的正是生死、有無、動靜、言意，名教與自然等終極性哲學思辨問題。不過，儒家也好，儒釋道三者合流後所形成的主流文化也好，卻始終將人欲作為一種控制和壓抑的對象。像魏晉玄學，晚明心學這樣極端張揚個性，心性，追求欲望的滿足，就是非常態的反叛。當其步入道德虛無之後也難逃被徹底摒棄的命運。

撇開學術化的玄學，「玄」還擁有其神秘的世俗魅力。「玄」字的本意是指一種深顏色，許慎的《說文解字》解釋為：幽遠。老子《道德經》中談及「道」時也有「玄之又玄，眾玄之門」的表述。世人對「玄」字的理解很自然地指向虛幻、神秘、琢磨不透、怪異幽深的人與事。簡單的一個「玄」字凝聚了對神秘世界樸素而深刻的想像。集中人類心力、試圖洞察萬物的智慧，連同超自然的神話、靈異世界在內，都彷彿是高度濃縮的「玄」從它那幽深的謎團中分解出來的各條色帶。

中國古代鬼神，志怪，傳奇文學的發達無疑是一種典型的釋放路徑。玄學中涉及的所有哲學終極問題，諸如世界存在、運行模式，人類生命本質……都可以在談玄說怪的幻想小說中找到相應的文學傳達。進入中國傳統文學世界，我們很容易發現歷來就延續著一條與玄異主題相關的文學創作脈絡：六朝志怪小說，如《列異傳》、《搜神記》；唐傳奇中描寫人與非人之戀的《離魂記》、《任氏傳》、《柳毅傳》，描寫夢幻故事的《秦夢記》、《枕中記》、《三夢記》以及怪異故事《玄怪錄》、《續玄怪錄》、《博異志》；之後的宋元文言小說《雲齋廣錄》分九卷六門，其中專設「靈怪新說」、「奇異新說」、「神仙新說」；宋元話本中關於鬼妖作祟的《西山一窟鬼》，神仙度脫的《張古老

種瓜娶文女》，以及帶有玄佛合流色彩的佛教故事《菩薩蠻》；明清文言小說
中來源於六朝志怪與唐傳奇的《剪燈新話》和《聊齋誌異》；明清話本，三言
二拍中的神仙怪異題材《灌園叟晚逢仙女》等，再到四大名著之一《西遊
記》的誕生都說明中國傳統的文學創作跟玄幻、神魔題材之間有著非同尋常
的關係。

只是，近代以來，深受西方理性思潮、科學主義影響的華夏大地，經歷
了炮火洗禮、西學東漸、維新變法、思想啟蒙等一系列變革之後，這類題材
的創作也就一度由中心滑向邊緣。不過，要看到一個顯而易見的事實：階段
性的銷聲匿跡與從人類思維空間連根拔除的性質完全不同。曾經有人定義鬼
神概念是建立在古代人對自身和外界認識局限之上的虛構想像。原始人類首
先從自身經驗出發，遇到超出自身理解範圍，無法給予合理解釋的各類事物，
就抑制不住為其作一個合理的設定。如果說，遠古神話或神秘想像的產生的
確基於以上判斷，那麼由古自今存在著的鬼神玄幻概念就不能再簡單地歸咎
於人類認識局限與人類求知欲的反映。到了今天，「玄」甚至以平衡並調試機
械發展模式後遺症的身份出現了。世界範圍內奇幻文學的繁榮則預示著「科
玄相遇」後迸發的各種交錯光圈存在更加深刻的解讀空間。

隨著人類對自身和世界的日益瞭解，駕御能力的日趨強大，「玄」在人類
精神世界中從未泯滅的原因是多層面的。哲學、心理學、宗教，甚至自然科
學共同構成了其存在甚至復蘇的土壤。從心理學角度看，寄居於人類思維中
的「玄」既能釋放精神壓力，又能滿足人類表達與創造的心理需要。人性故
有的意志力，對心性的不斷追問最終使玄異一脈通過別的途徑釋放出來。奇
幻文本要麼致力於反映被壓抑的自然和諧狀態；要麼表現遭遇反思的人類生
存或思維模式；要麼打造一個純粹神秘虛幻的世界，於其中自由揮灑。

建立在實證主義基礎上的現代科學與「玄」曾經像平行的鐵軌，各有其
認識世界、解釋世界的一套系統。在科學昌明的特定歷史階段，「玄」的種種
思維方式一度顯得格格不入。自近代以來，科學派對玄學派的壓制日益升級。
中國傳統文化中的「玄」漸失往日光芒，「玄」甚至連保持抗衡的力量都幾乎
消失殆盡。儘管如此，一些學界人士沒有放棄對「科玄」關係的思考。他們
對現代科學理性、科技文明的實質和前景、對文化傳承與人類精神演進保持
著清醒而謹慎的態度。

被稱為典型文化保守主義者的辜鴻銘面對西方強大物質文明，就曾經在

他所處的時代發出過異聲。只不過他沒有停留在對科技文明、戰爭災難的一味批判上，而是看到了「人心」超越自然的巨大力量。他在診斷現代物質病的同時還表達了通過恢復中國舊有道德秩序來對「人心」加以約束的希望。在其英文版《中國人的精神》的引言中，就提醒被捲入世界大戰腥風血雨之中的人們是時候反思一下人類文明的重大問題了，並明確聲稱再洶湧的自然之力也比不上人心，人的情感的力量。而人類情感的破壞力和殺傷力更是無與倫比的，除非被加以規訓和適當的限制。他認爲西方基督傳統已失去道德束縛力，用武力來解決社會秩序問題是治標不治本的，最好的維持秩序的武器之王只可能是道德力量，而它恰恰來自對愛與公正的追求。中國的情況與歐洲完全不同。中國人信奉的是辜洪鳴稱之爲「The religion of good citizenship」，因此外力，主要是物質力量，在維持社會秩序上並沒有領導優勢。辜鴻鳴進而得出結論：歐洲最終會效法中國這種「好公民」模式，解決宗教和武力都不能解決的社會秩序問題〔註4〕。

作爲上個世紀文化保守主義者辜鴻銘的預言在當時沒有被五四新知識界所認同，甚至被批判，但是至少可以說明某一種文化策略的提出不論有多少疏漏或偏激之處，就算在當時沒有被採納甚至遭致全盤否定，仍然有可能具有一定的前瞻或超前性。

事實證明，新世紀的到來，人們對人類存在理想狀態的設想以及對神奇力量的嚮往和想像，不但沒有超出古典玄學關注的範疇，還借助當代奇幻文學形式進行了曲折而誇張的表述。人們對「玄」，這一古老民族文化遺存的態度發生了逆轉。在反思科技至上的機械發展模式導致全球生態和精神危機的同時，對「玄」的價值進行了再發掘與再認定。這在奇幻類小說圍繞對「人」的複雜情感，神話重寫、虛構世界的建構等主題中都有大量的表現。大多數奇幻作者們在描繪人性醜態或者迴避現實人類的同時，一邊努力追求著精神自由，意志自由。在「人」的主題表達上雖然出現了一定程度的矛盾，但是，總體來說欲望、自由、心靈隱秘、神秘元素在科學理性遭遇根本衝擊的今天，在奇幻文學中達到了合情合理的綜合。在這個意義上說，中國奇幻小說一定程度上游離出嚴格意義上的「玄學」範疇，將神秘主義、精神隱秘力量引入幻想空間，將對科學的反思推進到「玄」的整體領地。

〔註4〕 參見辜鴻銘《中國人的精神・引言》（英文版），外語教學與研究出版社，1998年，第1～6頁。

第二節　1923 年「科玄之爭」：中國近代玄學遭遇衝擊的背後

　　「玄」在傳統文化中的身份被分解之後，有利於進一步證明以「科玄相遇」來替代「科玄相爭」的可行性。顯然，從字面上看，「科玄之爭」展示了現代科學上昇期，「科玄」關係緊張化的狀態。在古典時期，科學與屬於形而上的哲學不但沒有發生敵對和抵抗行動，反而更像一棵樹上的支干與主幹的關係。從 17 世紀開始，現代科學的內涵才延伸到技術領域，進而與社會、文化全面接觸，並逐漸取得主導勸。發展到今天，世界性的「科學大戰」〔註5〕已走向公開。那麼，對「科玄之爭」的回溯旨在反映這個世界性論爭的一個歷史側面。圍繞這樣一個「科玄之爭」的話題所發生的具體事件多如牛毛。下文從眾多事例中擇取在二十世紀之初，中國現代思想史上的「科學與人生觀」論爭，俗稱「科玄之爭」為例。對 1923 年「科玄之爭」的考察，作為整個參照系的具體參照點，可以通過被隱蔽的歷史細節中發現「科玄之爭」的思路不是必然的，兩者的緊張關係也被過於放大。「科玄相遇」的提法更加符合歷史事實。1923 年「科玄之爭」的反思科學派堅守的仍然是傳統玄學陣地。這與中國奇幻小說現象中體現的「科玄」關係有一定的差異。不過，兩者在對待科學本身、人類精神世界重建等問題，在文化思想上存在著很大的共通性，甚至表現出彼此一致的批判方向。作為現在進行時態的中國奇幻小說與作為歷史事件的 1923 年「科玄之爭」不約而同地對科學淪為機械技術附庸提出質疑。只不過，它們分別從文學和文化角度出發，重新思考了科學的終極目標，對科學深入日常生活、左右社會發展進行了不同角度的反思。

　　雖然 1923 年「科玄之爭」中，反科學派們的主張在當時並沒有取得實質性的成功，但是在「科學大戰」已經爆發的今天，卻別具意味。這次論戰既是中國本土文化主動匯入西方二十世紀對科學理性的批判潮流，也前瞻性地從理論上為中國文化精神通過文學藝術在當代得到重新釋放提供空間。那麼，延續 1923 年「科玄之爭」事件，在另外的小節中還將繼續對科學陣營內部以及世界性「科學大戰」的實際情況進行考察。將這些事件串聯起來，「科玄」雙方共同為二十世紀末至今中國奇幻文學的火爆現象提供了完整的文化

〔註5〕　（美）奧利卡・舍格斯特爾編《超越科學大戰——科學與社會關係中迷失了的話語》，黃穎，趙玉橋譯，中國人民大學出版社，2006 年。

思想根據。

1984 年出版的《中國哲學 第十一輯》中曾簡單地將 1923 年開始的「科玄之爭」視為「反動唯心主義哲學陣營內部的一場混戰」，反映了「政治鬥爭的一個方面」，〔註 6〕並將其定性為「從階級性上說，表現了資產階級與地方買辦階級之爭；從政治上說，則表現了民主主義與專制主義之爭；在哲學上，雙方雖然屬於唯心主義範疇，但又有不同」。〔註 7〕很明顯，這種結論是典型的上世紀政治話語統治下二元對立的評價。今天的學者已經逐步擺脫了這樣一種評判標準，面對「科玄之爭」，能夠較客觀地將其歸入思想論爭領域。當然過去對這場論戰的評價如此苛刻也不是完全沒有道理的。

人們必須承認，上世紀二十年代的中國，在軍閥混戰、內外交困的政治格局下，思想界關於意識形態的純學術論爭幾乎是不可能的。各派迫不及待表達自身立場的同時，均與當時政治有密切聯繫，以期實現最終的政治抱負。這與中國歷來修齊治平的士大夫傳統也不無關係。

「科玄之爭」緣於張君勱 1923 年 2 月 14 日在清華大學的一次講演。講演中，張君勱強調科學與人生觀的對立，並列舉了兩者的五大異點：科學是客觀的、人生觀是主觀的；科學為理論的方法所支配，而人生觀則起於直覺；科學可以以分析的方法下手，而人生觀則為綜合的；科學為因果律所支配，而人生觀則為自由意志的；科學起於對象之相同現象，人生觀起於人格之單一性。身為地質學家的丁在君（丁文江）聽聞後不能接受科學不能支配人生觀的論調，進而與張君勱展開激辯。張君勱在文章《再論人生觀與科學並答丁在君》中形容在君讀罷其文後「勃然大怒，曰：『誠如君言，科學而不能支配人生，則科學復有何用？』」〔註 8〕林語堂先生曾於 1925 年寫過一篇《丁在君的高調》以諷刺其自詡為當代李鴻章的真面目。丁文江作為「科玄之爭」的科學派主將就曾發過諸如「學生只管愛國，放下書不讀，實上了教員的當」，「愛國講給車夫聽有什麼用」，「抵制外貨我們自己吃虧」，「罷市只須罷一二天」等「紳士高調」，在全國國民運動高漲的背景下，這些冷靜不帶

〔註 6〕 中國哲學編輯部編《中國哲學》，第十一輯，人民出版社，1984 年，第 347～348 頁。

〔註 7〕 中國哲學編輯部編《中國哲學》，第十一輯，人民出版社，1984 年，第 357 頁。

〔註 8〕 王曉波等編《現代中國思想家 第六輯——丁文江、張君勱》臺北巨人出版社，民國六十七年（1978 年），第 214 頁。

感情的言論自然倍受指責。林語堂也不禁模擬丁先生的口吻諷刺道：「……我是講辦法，你們是講理想，我是謀結果，你們是用感情。倘若我非見解超人一等，今日亦不爲李鴻章，所以使李鴻章生於今日，也要對知識階級來一番的『痛哭』，一番的『告誡』」〔註9〕在這裡，引用此段話並非批判丁在君之缺乏民族氣節，輕視民眾力量，而是可以通過這樣一個細節，結合1923年丁文江爲了捍衛科學的主導支配權，與張君勱的激烈論戰，對這位紳士的思維方式作一個管窺。可以說，作爲科學派的他同時也是一位享有相當社會地位的士紳，一貫愛講科學、講方法、重結果、輕感情的作風直接影響其對待事物的姿態。

　　不過，要全面了解一位歷史人物，是不能僅從對立面出發的。丁在君的友人兼戰友胡適就將其高度評價成新時代的徐霞客。丁在君時任中國科學社社長，當時的工作是調查國內礦產資源。民國初年，他獨自深入雲南、四川、貴州等地，常年埋頭測量地形、調查地質。他在自己的遊記中記載了1914年，若不是在路上遇到一批舊錫礦上的難民，告知他外國人打仗了，他竟還不知道第一次世界已經爆發的國際大事。胡適在其《丁在君與徐霞客》一文的附記中引用雲南詩人唐泰在明末天下大亂時寫給徐霞客的詩句：「閉門不管鄉鄰鬥，夜話翻來只有山」〔註10〕以形容丁在君的個性與心態。這樣一位兩耳不聞窗外事的地質學家，具有冷靜的個性，其個人價值追求以從事純科學工作爲主軸。他能成爲1923年「科玄之爭」的主要發起人可以說主要是張君勱的言論侵犯了他對科學的個人理解，具有相當的偶然性。

　　對於玄學派，張君勱同丁文江一樣，也是一位富有爭議的歷史人物。張君勱有著學者和政治人物的雙重身份。在學術上，他與新儒家代表熊十力是同輩。他13歲開始接受新式教育，21歲東渡日本學習西方政治學，27歲前往德國學習政治學與哲學，35歲再赴歐洲，師從倭鏗學習哲學，44歲再赴德國，與杜里舒進行哲學研究。張君勱在倭鏗反對科學主宰自然，反對人淪爲物質的奴隸，強調精神價值的生命哲學影響下，結合自身所處時代，逐漸形成了反對西化論、反對機械論自然主義、線性進化論和科學主義的哲學觀點，並且將目光投向中國傳統文化的精髓——儒家思想。

〔註9〕 林語堂《林語堂名著全集　第十三卷　翦拂集　大荒集》，東北師範大學出版社，1994年，第17～18頁。

〔註10〕 楊犁編《胡適文萃》，作家出版社，1991年，第670頁。

當下，有學者認為張君勱所謂「由於人生觀的決定因素是『自由意志』或內在的道德修養，故屬於儒學的專利。顯然，對儒家來說，這是一個保守而退求其次的提法，因為它事實上等於已經承認儒學在科學方面的無能，而僅僅退守於人生觀的領域」。〔註11〕這個觀點在某種程度上曲解了儒學，尤其是新儒家的內涵。嚴格說來，儒家的心性之學是中國傳統文化，哲學意義上「玄學」的核心，幾乎涵蓋了科學、宗教和政治制度等人類文化的主要領域。關注自由意志、構築人生觀正是心性學的組成部分，決不是「承認儒學在科學方面的無能」。之所以會出現張君勱所謂科學不能支配人生觀的論調，在他個人看來首先應該是兩者的位置應該互換，即人生觀可以支配科學，玄學不排斥，且包含了科學。直白一些就是，正確的人生觀本身就是精神科學，與物質科學相呼應。

其次，張君勱本人其實並不屬於純粹新儒家。他反對將儒學宗教化，更願意將其劃入哲學的、形而上學、玄學的範疇。他對心性所涉及的領域也不像新儒家們那樣泛化，而是以「理性主義的態度來解讀和闡釋」〔註12〕。而在當時，最有現實意義的哲學傳統就是對人生觀的思考。人生觀問題可以說是心性學和玄學的濃縮點。這也就是為何「科玄之爭」首先是在對科學與人生觀的討論下展開的。張君勱與丁文江之間的爭論與其說是兩個階層間的對話與爭論，還不如說，首先是兩位價值觀念大相徑庭的人士之間的意氣之爭。他們各自從事的事業、多年積澱的思維定勢決定了彼此在「科玄」問題上壁壘森嚴的對峙。正因為這場爭論之初，帶有明顯的個人觀點衝突，以致在後來，各自陣營中發出了不一樣的聲音。

《民國叢書 第三編》中收錄了一封楊杏佛（楊銓）先生「與張東蓀論科玄之爭」〔註13〕的回信。今日重新通讀楊先生的這封信，在獲取當年爭論的細節之時，還可以引起人們對這場過去已被定性的論戰在新層面上的進一步思考。

楊先生曾在三號《學燈》上看到丁在君關於科學方法的論點，即「以科

〔註11〕丁為祥《個體與群體：道德理性的定位問題》，載《陝西師大學報》（哲學社會科學版）1995年第4期。

〔註12〕張汝倫《中國現代思想史上的張君勱》，載《二十世紀中國思想史論・下卷》，許紀霖編，東方出版社，2000年，第133頁。

〔註13〕徐血兒、楊銓等《民國叢書》第三編（84 綜合類 宋漁父 楊杏佛文存），上海書店，1989年，第285～288頁。

學方法僅屬分類」、「時流認漢學考據即爲科學方法」，並對上兩點表示質疑。他認爲：「在君先生以分類簡述概括科學方法一點，似覺過隘。惟既言『事實』之分類與簡述，則觀察假設與實驗三大段皆包括其中。……」、「漢學考據方法多有合乎科學方法者。此點適之先生言之甚詳；惟亦有牽強武斷而蹈形式論理學之錯誤者，故謂漢學考據不盡爲科學方法。同時以爲因柏格森之玄學而擁護程朱之理學，亦可不必，以其立腳點完全不同也」。

在這裡，究竟什麼是科學方法的問題被引出；同時，對時人將考據學與科學方法置於同一平面進行比較的現象做出了評價。可以看出，楊先生對這種喜好比附的習慣持批評態度的。在兩件事物之間進行比較時，表層的相似點只是必要不完全條件，普遍聯繫的規律使世間萬物之間都可產生某些共通性，但是每一個獨立事件又有其特定的輻射圈。只有承認偶然性、多樣性和各異性，才能最大限度還原事物本來面目，避開牽強附會之嫌。

就「專談方法而忽實驗之不能提倡科學」一點，楊先生認爲是「對中國實驗科學之現狀而言。自科學思想輸入中國以來，惟整理國故一方面略有成績，以其研究但須有書有方法便可從事也。其他方法則消沉以極，談社會科學者無統計與調查，倡自然科學者無實驗與觀察。舉國之大僅有一風雨飄搖之科學社生物研究所與夢想中杜里舒之海濱生物研究所。人以工商發達資本主義盛行歸罪於科學。我何如哉！工商不特未嘗夢見科學之應用，亦並不知工商之有學，其興也投機，其敗也亦投機，而說者乃亦欲歸罪於科學，豈非大冤。故在今日之中國而高談反對科學誠爲無的放失，即空言方法以提倡科學亦等於葉公好龍。此吾所以欲本春秋責備賢者之意，爲丁張兩先生及一切參戰者進醒酒湯也」。

這裡，楊先生一針見血地指出「科學」在當時的中國雖然談得很多，卻並不是人們所想像的到了發達程度。相反，科學現狀並不容樂觀，信中提到的「科學社」雖說是第一次世界大戰後，科學發展在中國的見證，且是風雨飄搖時代，堅持最久，聚集老一輩科學家最多的民間科學團體，但是這樣的組織在泱泱大國卻是鳳毛麟角。科學各項分支的發展也是極不平衡的。與此同時，遭遇世界大戰的西方世界正在進行著對科學的批判、對物質文明的反省。通過諸如梁啓超等學術界、思想界人士的介紹，影響到國人對科學的態度，科學在中國又往往成爲眾矢之的。事實上，在批判科學的陣營中，不少人缺乏對科學基本問題及本國實際狀況的了解，一味空發議論。在支持科學

的一派中，同樣也存在認識上的缺陷。

對當時丁先生提出的「科學以何物而統一」的問題，楊先生繼續談道：「先生（丁在君）以爲科學之統一在其目的——求不變之關係，至其方法則各不同，如天文學之不能離望遠鏡。弟以爲科學之目的與哲學玄學之目的同爲求眞理，而各種科學之統一亦即在科學方法之相同與唯一，先生所言不同之點，皆工具與手續之不同而已。故謂科學之方法實同，所不同者此方法實施之途徑耳」。當論辯雙方爲科學與玄學彼此對立爭執不休時，「科玄」的終極目的竟然可以統一於「求眞理」，無疑拓寬了思考「科玄」關係問題的視野。

在這封信的最後，楊先生還提到一個現象：「此次筆戰參加者，大都爲從事實業編輯與講學之忙人，而大學教授之發表意見者竟不數見。大學以外之人，乃有餘力以論學，則大學以內之人又所忙何事。竟無論學之時間與精力，此則使人不能無感慨者也。偶因感觸，拉雜及之，弟亦大學以內之人而無暇參戰者，此言正以自訟，非以責人也」。

從楊銓的信中我們可以從當年的「科玄之爭」中分離出以下幾個話題：(1)當年論戰的「參戰者」究竟爲何人？論戰的意義何在？(2)科學與科學方法的定義；(3)科學方法與中國傳統考據學的比較；(4)科學與技術的關係（科學之目的即科學精神不能與科學成果轉化成現實生產能力相等同）；(5)科學與玄學可共存、可互滲的基石。只有解答了以上概念和關係，才能眞正釐清這樣一個歷史事件的來龍去脈，跳出以往評判的誤區。

楊銓的回信就是一個證明。人們發現，參與爭論的科學派大都與一個民間組織有聯繫，即「中國科學社」。楊銓從 1919 年開始，就是中國科學社的董事（或理事）之一。他還擔任過社中的函牘書記，是社長丁文江一個戰壕的兄弟。但是他對張與丁之間的某些偏激之詞並不以爲然。他是較早以科學社成員的身份，站出來提醒雙方注意：科學與玄學是有統一的可能的，並質疑中國科學精神的實際缺失影響了人們對科學的理解，進而容易將科學與科學方法、技術進步混爲一談。對科學的認識都不能準確，勢必影響「科玄之爭」的理論基礎。

張東蓀先生曾感歎：「近代思想之不同於古代，以及社會文明型構之特殊，主要是由於科學促成。但是現代人的智慧、道德、藝術和想像力，並不比古代希臘人強。爲何僅僅百年之間，西方文明之再興，給予近世世界之發

展，有如神一般力量。從對自然之瞭解到控制，以及予以革命性的改造。這種功能是古代社會所沒有的。我們認為顯示近代人這種超越的能力，就是科學和科學方法。」〔註14〕只不過，在解釋什麼是科學時，人們習慣先從科學方法入手再到科學，其實，要搞清兩者的關係恰恰需要用逆向思維，即先從科學入手再到科學方法和技術。

科學的種子深植於古代。科學首先應該是一種精神。科學之目的即科學精神是不能與科學成果轉化成現實生產力相等同的。人類進化的成果從生理和心理上為精神世界的完善和成熟提供了條件。對自身、對外界的不懈觀察和思索是科學精神形成的基礎。後人談科學總是注重精確觀察與客觀描述的部分。殊不知，科學與玄學都離不開「思」，這裡既包括了思考又包括了想像。

古希臘畢達格拉斯學派的基本哲學命題就是「數是一切事物的本質，整個有規定的宇宙的組織，就是數以及數的關係的和諧系統」，〔註15〕「數」作為科學概念之一顯然是無形的，但卻可以用心靈去感受數的神秘。畢達格拉斯學派的科學家們將數的和諧推廣到建築、繪畫、雕刻領域。古代原子論的創始人德謨克利特同樣使科學的領域與和諧的音樂世界在精神上進行溝通。從古代科學與藝術互為印證的事實加以推斷，科學與玄學在那個時代也不會存在矛盾與衝突。值得一提的是，西方古代科學家甚至鄙視科學發現被轉化為實際的物質技術力量。他們認為探索科學真理如同獲得神的啟示，是神聖而純潔的追求。這與中國傳統文化中形而上謂之道，形而下謂之器的觀點頗有類似。因為，道與器在人們心目中的地位是有高下之別的。高高在上的道總是統領著世間萬物。

不過，具有很強開拓和創造能力的「科學」來到近代，「從牛頓時代開始，科學技術的成就就開始轉化為直接或間接的生產力。在最近的兩個世紀中，這種影響不斷增強，而且呈現了很明顯的加速傾向。」〔註16〕牛頓經典力學的出現，以其精確的演算公式為近代至今的科技大爆炸提供了有力依據。其易於掌握和便於計算的定律，又為科學成果轉化為實際生產力創造了方法上的可能。這種加速度發展態勢使得人類在短短二三百年間超越了以往幾千年

〔註14〕張東蓀《科學與哲學》，商務印書館，2003年，第71頁。
〔註15〕李醒塵《西方美學史教程》，北京大學出版社，1994年，第15頁。
〔註16〕袁闖《混沌管理》，浙江人民出版社，1997年，第116頁。

的物質文明成果。但是，高速發展帶來的離心率使人類逐漸感到不適。世界大戰的爆發更強化了人們對科技世界的懷疑。

這也可以說明，科學與技術的關係是到近代才越走越近的。它們之間的關係從疏離到密切，之間的轉換速度從緩慢到高速，使得「科玄」之間原本的和諧遭到破壞，科學的最初精神也在高速運轉過程中被覆蓋了。當然，逐步被證實的愛因斯坦廣義相對論，無疑對牛頓經典力學造成了極大的衝擊。目前科學界對不確定性、虛幻時空、多重歷史等概念的接受，使得科學與玄學在當代重新獲得對話的可能性。而科學成果轉化成技術力量的步伐也呈現被有意放慢的趨勢。從各歷史階段的發展來看，科學與技術，科學與方法之間的關係的確具有相當的彈性。它們之間的分分合合，正是人類文明進程的重要組成部分。

那麼再看中國的「玄學」，最初源於老莊思想的它，經歷了本國文化自身的整合，即儒釋道精神的三元合一，發展到宋明理學，已然成型。作為一種哲學思想，它指導著人們安身立命、建功立業。中國傳統玄學思想一統天下的局面正是到了近代才有所動搖的。

乾嘉考據學的大興其道除了與當時政治、學術氣氛有關外，還取決於清初以來形成的民族思想和經世致用的學風，所有這些與後來新文化運動所提倡的民主與科學一拍即合。宋明理學的地位就此急轉直下。

被當時的人稱為科學方法的考據學，又稱為漢學，是考據學家們治經重漢人經注及《說文》、《爾雅》的研究方法。其本身實際上帶有濃重的儒學復古傾向。他們在名物、制度、聲韻、訓詁等方面有詳實而客觀的發現，且能兼及天文、地理、算學。雖然有學者認為「真正能通過考據在一定程度上揭示早期儒學的面貌，或在宋明理學之外，重建新的儒學理論體系的人則不過戴震等數人，而最能與理學家針鋒相對的只有戴震」，﹝註17﹞這只是就個人學術成就而言，作為一時代的治學風氣，考據學無疑是最具代表性的一支。

梁啓超在《清代學術概論》及《近三百年學術思想史》中就將清代考據學的「生住異滅」作為考察清代學術思想發展變化的主線。不過後來，錢穆在《中國近三百年學術史》中，對梁啓超的學術觀點有所改進，將理學與考

﹝註17﹞馬積高《清代學術思想的變遷與文學》，湖南人民出版社，2002 年，第 78 頁。

據學的消長作爲兩條基本線索並行不悖，突出了理學與經世致用的結合。正因爲考據學的這些特點與現代科學方法重客觀描述和精確實證有相似之處，將考據學與科學方法聯繫在一起，在當時自然不可避免，成爲「科玄之爭」在學術研究和思想論辯上的論據之一。

宋代理學有許多流派，主要有程朱派和陸王派（亦稱心學）。這兩派有一些區別。有些時候甚至勢不兩立。但是它們都是圍繞人性論展開對理論和實踐兩方面的思考。「在實踐方面，是從人性中找出封建倫理道德的理論依據，然後提出主敬、主靜、存誠、致良知等道德修養的方法。在理論方面，則從探求所謂性命之原而建立起宇宙的本體論和認識論。宋明理學家熱心探討的問題如理與氣、性與命、性與情、天命之性、格物與致知、知與行、心與性情……等，無不圍繞著人性論這個核心和淨化人的道德這個目的來進行。」〔註18〕清代學術思想的發展就是建立在對宋明理學框架的突破上。

首先，明清之際王夫之在理氣觀和人性論上的新發展就動搖了道德源於天理、天命的理論基礎。要看到，思想文化的問題不是可以一刀切的。理論上的突破並不代表其影響的徹底消散。以顧炎武爲例，他所倡導的理學反對空談心性，是對宋明理學的反撥，但他同時主張「博學於文」、實與程朱的「格物致知」相通；「行己有恥」，則是理學家講道德實踐的簡化。除注意研究經世之學外，在理論上是完全與理學家一脈相承的。從時間上看，玄學派的聲音響起之時，正是舉國西學傳入，新文化運動所提倡的觀點已深入人心之時。如果僅僅叫罵玄學鬼的復興，只能反映出缺乏對文化傳承規律的認識。只有深入其中，從思想的高度、人類認識規律出發，才能避免膚淺而武斷的叫囂。無怪乎楊銓先生要給「科玄」兩派都敬「醒酒湯」了。

這樣一場距今八十多年的「科玄」論爭，與當下文學創作上出現的奇幻文學創作雖然沒有直接的因果關係，但是在對科學主義的態度上卻有驚人的相通之處。二十世紀作爲科技文明高速發展的時代，人們在思想上始終沒有放棄對科學主義的反思。從上世紀末開始，幻想類文學的大量湧現，正是精神反思結果投向文學創作的一個連動效應。畢竟文學藝術在表達個人情感的同時，有意無意反映時代精神的靈敏度是無庸置疑的。就文學創作本身的規律而言，思想的形成、情感的凝聚還需要一定的沉澱期。這也就是爲

〔註18〕馬積高《清代學術思想的變遷與文學》，湖南人民出版社，2002 年，第 76～77 頁。

什麼奇幻文學不早不晚在世紀之交出現大熱。當然，這裡不排除包括網絡媒體的成熟、出版機制的變革、全球化文藝交流市場的壯大等技術層面所提供的契機。

幻想類文學一邊借助現代科技，一邊大談虛玄、神奇甚至有悖於科學理念的故事，並能獲得大量的接受者，這樣一個看似不符邏輯甚至有些荒謬的現象，如果站在人類思想演進、科學發展的時間軸上，就不難理解了。現代科學觀念取得目前的地位不但歷史尚短，而且也並不能因此斷定它就是人類發展最理想的方向，而伴隨人類而生的精神力量卻在這類幻想文學作品中得到了充分的體現。

面對當下奇幻文學創作潮流的出現，應該一分為二地看待。首先，這類創作決不是什麼獨創或首創。它是人類面對物質文明高度發展時的一種本能反應，延續著人類文明發展史上「科玄」之間、物質與精神兩大傳統話題。其次，畢竟不同於哲學、宗教，文學創作還要遵循自身發展的規律。一方面，這是幻想類文學創作傳統的當代延續，另一方面還是當代文學在擺脫文革陰影，經歷精英化純文學階段之後，進入一個後現代大眾文學時期的表現之一。就大眾文學本身而言，故事性和趣味性永遠都是它們得以長久生存的奮斗目標。但是要看到，大眾文學並不會永遠成為媚俗的代名詞，也不會永遠遊離在經典圈之外。至少目前的奇幻創作圈中已經出現了始於大眾而超於大眾的文化自省跡象。

第三節　科學自身發展歷程中遭遇的問題

當我們從圍繞科學的外部爭論之中回過頭來，會突然發現，原來科學陣營內部從二十世紀開始就一直存在著爭執。這些爭執集中在二十世紀以來，科學新發現以及科學新理論的生成過程中，如「混沌理論」、廣義相對論、量子力學等新理論引發了科學家們對科學的終結這樣一個世紀難題的大討論。科學陣營內部出現了對未來科學發展悲觀和樂觀兩種態度上的分歧。而關於如何處理科學、技術與社會複雜關係問題又成為科學家們面對二十世紀 70 年代從西方世界開始的「科學大戰」的導火線。簡而言之，來自科學內部的震動主要表現出兩大焦點：科學發展的未來命運，科學應用與純科學研究之間的矛盾。

關於第一個焦點，即科學發展的未來命運，首先以混沌理論爲例，就可以引出目前科學界的兩種態度。所謂混沌，人文學家和科學家均對其做出過不同的定義。在人文學者魯樞元的概括中，混沌是「幾乎所有具生態學傾向的哲學家、藝術家、神學家」都不約而同非常珍惜的一種狀態，「在中國古代哲學中，『渾沌』被看作一種自然本眞的統一狀態，若『大璞未鑿』，若『嬰兒未孩』」。可以說混沌狀態具有未分化之前的整體性與相容性，這與現代科學的細緻分工、學科分化是有很大不同的。當下各學科互相跨越、模糊界限的現象本身就是一種混沌理論的體現。因此在過去相當長的一段時間裏，人們甚至懷念前科學時代的渾然未分的模糊狀態，不少人文學家視科學發展破壞了原本和諧整一的狀態，感歎「『渾沌』已經死去」。在這裡，「啓蒙」承擔了「開鑿『渾沌』」的責任。「依照美國漢學家、文化史學家艾愷（Guy. S. Alitto）的說法，『啓蒙』有兩把『鑿子』，一曰『善理智』（Rationalization），一曰『役自然』（World mastery）」〔註19〕。科學理性在啓蒙這個問題上，的確算得上是眞正的動力所在。「啓蒙」也就可以被理解爲利用現代科學發展成果進行著具體的社會實踐，既包括對廣大受眾的知識啓蒙，也涉及社會發展採用科學理性的模式等等。

換句話說，啓蒙在生活方式、思維模式方面大大改變了以往的習慣，打破了過去的一種未分化的整體和諧狀態，是一種清理和細化分類的行爲。混沌狀態彷彿成爲接受科學洗禮之後不復存在的東西，抑或是與科學化狀態相對立的一種狀態。

然而，正當人們身處混沌狀態、發現混沌的存在、主動拋棄混沌生活與思維模式之後，混沌理論竟然又加入到當代科學研究新領域之中。這一事實使人們不得不承認混沌與整飭之間你中有我，我中有你的不可分割性。科學幾百年來一直努力擺脫混沌狀態，試圖用規則、定律解釋世界運行規律，終於在獲得大量成果之後，重新發現了混沌的意義，完成了一次自我循環的過程。

那麼，科學家又是怎樣定義混沌的呢？混沌用科學語言來說，專指一種「由非線性作用導致的、可在簡單確定性系統中出現的極其複雜、貌似無規則的運動、是介於嚴格確定性（如精確的周期運動）和完全隨機性的行爲（知

〔註19〕魯樞元《猞猁言說——關於文學、精神、生態的思考》，社會科學文獻出版社，2001年，第285～287頁。

擲硬幣）之間的、與周期運動密切相關的一種實質上有某種序的運動。它是
客觀而普遍存在著的一類現象。狂風惡浪、烏雲翻滾、病人的心室纖維性顫
動、股市行情、價格變化等都可能呈現出混沌性。簡而言之，混沌是確定性
系統內在的隨機性，系統的長期行為敏感地依賴於初始條件。它是一種披著
隨機外衣的秩序，在某些權限情形下具有無窮嵌套的、自相似的精確結構與
通常意義上的有序頗為不同。」〔註20〕

　　我們從科學家們對混沌的理論定義就可以感受到，雖然人文學家和科學
家所使用的語言不同、理解的側重點亦不同，但是對於發現混沌所代表的不
確定性卻是一樣的。可以看出，科學家們仍然沒有放棄一貫的思維方式。他
們仍在試圖從混沌中找到規律，仍然不承認混沌如投硬幣一般具有完全的隨
機性。他們的這種努力是捍衛科學主義，尤其是維護科學既成體系的一種可
以被接受的行為。然而，不確定性原理在混沌理論、廣義相對論和量子力學
中的表現，一方面使科學的萬能解釋力受到震盪，另一方面，以往科學解決
問題時推崇的精確、整一的目標也受到了很大的衝擊。在這樣一個前提下，
對於近代以來形成的科學發展觀而言，隨著新理論的出臺，科學本身持續發
展的可能性，科學真理的可信度就面臨著被重新審視的命運。在這樣一個前
提下，樂觀和悲觀兩種論調在科學陣營中的出現就毫不令人詫異了。

　　對科學前景懷有信心的郝柏林院士通過對混沌理論的研究，對不確定性
原理的思考，認為《科學的終結》的作者約翰·霍根就是科學陣營內部典型
的悲觀主義論者。在霍根的著作中反映出了一種觀點，即把極限、把科學新
發現當成了科學發展的終點。郝柏林承認科學的發展為人類呈現了很多新的
極限，那應該被視為新科學的開始而不是終結。他以熱力學第三定律中定義
的永遠也達不到的絕對零度為例，指出這就是一種極限的表現，而這預示低
溫物理不會因為絕對零度的問題而終止，恰恰說明低溫物理在絕對零度問題
上有了一個嶄新的開始。

　　仔細研讀約翰·霍根所著的《科學的終結》一書，讀者不禁會思考科學
時代是否真的走向終結。若果不是，是否新科學時代已經悄然而至？在這裡，
筆者更願意用一種積極的心態去預見後一種可能的到來。新科學時代融入了
混沌理論，非線性思維方式。它對複雜性、不確定性的接受，既是對人類文

―――――――――――――――――――――

〔註20〕　朱彤《混沌現象與蝴蝶效應――訪著名理論物理學家郝柏林院士》，載《科學
　　　　世界》2000 年第 10 期。

明的一次發展，也是一次回歸。我們所經歷的科技時代對人類古老文化、對
人文學科的疏離從外部和內部都已經被證實存在著偏誤。至於怎樣去糾正，
文學的作用在實際操作上可能沒有國家機器頒佈的政令那樣行之有效，但是
它同樣是一支不容忽視的力量。最起碼幻想類文學的存在能夠提醒人們，世
界存在的方式還有可能呈現不同的面貌、前科學時代一樣具有耀眼的光芒、
高度物質文明的未來世界也不可避免地會有陰暗面。

　　與此同時，文學還可以從科學研究前沿得到相應的靈感和素材。傳統的
科幻小說就不用提了，當下的奇幻文學中時空概念的玩轉、對最新理論（如
代表混沌理論的蝴蝶效應）的借用等現象層出不窮。著名奇幻作家江南即將
出版的新作《蝴蝶風暴》就是以某隻蝴蝶在某處不經意地一振翅進而引發的
了世界巨變爲引子，揭開了神奇而虛幻的故事序幕。很明顯，小說作家從與
混沌理論密切呼應的蝴蝶效應原理中獲得了靈感，進而渲染成文。又如著名
作家黃易的玄幻小說中對人工智慧的闡發，以及大量依托網絡遊戲生成的早
期奇幻創作。

　　在此，作家們可能僅僅是借用一下某個科學概念來完成其想像之作。有
的可能還會招致僞科學的罵名。然而，問題的關鍵不在於此。從奇幻文學創
作內容的實際出發，像對科學概念或理論的借用，將故事、人物處理在科技
時代或遁入蠻荒時代等等現象正好說明此類作品在創作深層動機上不約而同
地圍繞科學話題，只不過在選擇與它親近，還是隔離上出現了分歧。

　　霍根的《科學的終結》一書從進步的終結，哲學的終結，物理學的終結，
宇宙學的終結，進化生物學的終結，社會科學的終結，神經科學的終結，混
雜學的終結，限度學的終結，科學神學或機械科學的終結十個方面，通過走
訪了當今科學界的眾多頂級科學家後積累的素材，對科學，尤其是純科學是
否已走向盡頭進行了令人深思的發問。事實上，在他走訪和接觸這些科學領
域的天才們之時，除了能夠進一步了解他們在科學領域所取得的成果，還能
深刻地感受到這些天才們對科學大統一理論，對科學是否會走向終點的切身
思考與焦慮。他們中的許多人雖然身處科學領域的最高層，仍然敢於直面本
學科，本領域前途的尷尬與灰暗。因此瞭解科學陣營內部的關於科學的終結
話題對於全面理解我們要研究的文學現象有很大的幫助。因此這本書的價
值，除了他所提出的世紀難題——科學如何得以爲繼，有沒有繼續發展的空
間或價值？極限和終結的出現還提供了目前科學前沿到底發展到何等地步等

信息。這些都成爲精讀此書的多重意義之所在。

霍根借用英國著名科學家羅傑·彭羅斯（Roger Penrose）的斷言說明了現代科學在人的意識問題上的軟弱。了解彭羅斯的人都知道他曾經與英國著名科學家史蒂芬·霍金（Stephen Hawking）合著過《時空本性》一書。他的另一本專著《皇帝新腦　有關電腦，人腦及物理定律》更是凝聚了他對人腦的功能、人類意識活動問題的深刻思考。彭羅斯認爲雖然科學發展至今擁有了強大的體系、豐碩的成果，但要解答存在的終極奧秘還爲之甚遠，因爲科學要面對的仍然是人的意識問題。「彭羅斯推測，理解意識問題的關鍵，可能就隱藏在現代物理學兩大理論間的裂隙中。其一是量子力學，描述的是電磁學以及粒子相互作用的規律；另一個是廣義相對論，即愛因斯坦的引力理論。」彭羅斯對眞理的追求，對答案的渴求並不是單純的一種「物理學理論」或是「一種組織數據和預言事件的方式」，而是一種「終極答案——關於生命的奧秘以及宇宙之謎的答案」。「科學家不應去發明眞理，而要揭示眞理。眞正的眞理蘊含著美，眞實和一種使之具有啓示力量的自明品質」。〔註21〕

彭羅斯（Roger Penrose）等人合著的《宇宙，量子和人腦》作爲「科學與人譯叢」之一，書中的出版說明中明確談到：「人類曾經以爲已找到了通往自由王國的必由之路。他將乘著科學的飛船，擺脫一切束縛，重新確立自己在宇宙中的位置。但在科學爆炸的 20 世紀，人類終於開始反思：科學行之有效，但它是否就是眞理？」〔註22〕

彭羅斯思考的焦點又歸結到人的意識上來。他認爲：「意識至少可能有兩個不同的方面。一方面，是意識的消極表現，這涉及到認識。這類意識包括對顏色，和諧的感知，記憶的應用等。另一方面，是意識的積極表現，涉及自由意願等概念，以及自由意願驅使下的活動」。〔註23〕文學創作作爲人類意識活動的可見成果，在很大程度上帶有第二個方面的自由選擇，自由表達等自由意願。缺乏了對自由創作的追求就談不上文學創作的自由。幻想類作品不但能夠擁有創作的自由，在內容上的天馬行空更是一種追求自由的結果或

〔註21〕（美）約翰·霍根《科學的終結》，孫雍君等譯，遠方出版社，1997 年，第 3 ～4 頁。
〔註22〕羅傑·彭羅斯等合著《宇宙，量子和人腦》，李寧，林子龍譯，中國對外翻譯出版公司，1999 年，第 2 頁。
〔註23〕羅傑·彭羅斯等合著《宇宙，量子和人腦》，李寧，林子龍譯，中國對外翻譯出版公司，1999 年，第 92 頁。

表現。因此，奇幻作品中有相當一部分的主題表達就與自由意願密不可分。把它們視為人腦機能運行的成果自然是理所當然的。

自由意識在這一類小說中的表現因此兵分兩路：其一創作行為的自由；其二創作內容的自由主題。有的科學家試圖用科學測量的方式計算人的意識。也許在未來的某一天會最終精確得出意識被計算的結果。至少目前，科學在人的意識面前的確有些束手無策，對人腦機能的研究，對神經系統的分析，可以說並沒有揭開意識活動的真正奧秘，人們所做的更多的仍然是借助意識能力進行思想活動，創造精神文明。如果站在意識自由活動的角度看目前的奇幻創作熱潮，就不會一味持否定態度，結合科學界的迷惑，對眾多奧秘的束手無策，人們仍然需要幻想出玄秘力量來延續甚至推進人類意識活動的創造天性。

從這個意義上說，現代科學家中同樣產生了分歧，一部分人致力於應用科學的研發與創造，在提高人類物質掌控能力上繼續做著最大的努力；而另一部分人卻對純科學表現出極度的熱情。後者在探尋終極答案，追求生命和宇宙奧妙，凝視人之意識的神秘性上，與人文學科來了自古希臘以降的又一次對視甚至互滲。「科玄」的當代相遇反映到文學創作上，純科幻創作的式微，奇幻類創作的崛起都代表了這樣一個思想基礎上時代變動的音符。科學尤其是基礎科學在對終極答案的探索中顯示出一種與「玄」可以相溝通的共同旨趣——探索生命和宇宙的終極奧秘。雖然方式不同，目標卻是一致的。「科玄」之間又可以互相溝通，而非一味排斥非此即彼的時代到來了。

在此，還可以借現代心理學的一個將靈感科學化的分支——「超心理學」加以進一步證實這一時代趨勢。靈感、直覺、靈媒、超感覺的知覺（Extra sensory perception，簡稱為 ESP）以及意念力（Psycho Kinesic，簡稱 PK）正是超心理學所關注的話題。尤其是對人類精神領域究竟存不存在 ESP 和 PK 的問題，如果存在，它們有怎樣的性質，如何使其發揮作用，能否提升它們的力量等問題將成為超心理學的研究中心。研究者對精神透視術、心靈感應術、預知力、千里眼等超越五官感受的神秘能力傾注了多年的心血。最終超心理學家得出的結論是：「決定我們命運的力量，不是我們五官的感覺，也不是這些感覺的延長——科學技術，也不是那些建立於三次元的基礎上的物理、化學等種種原理法則，而是在不可思議的世界中的一種不可思議的力量」，而「現代科學僅能提供一些或然率的數字研究。但在靈感的畛域裏，卻

往往為我們傳遞了各個或然率的確實消息」。〔註24〕上述結論的正確性雖然不是本書可以論證的，但是有一個事實必須交待清楚，這一學科早在二十世紀二三十年代就已確立，美國、英國、俄羅斯等國不但擁有正規的超心理學研究機構，還在相當範圍內持續進行了大量的實驗。

言歸正傳，1989 年，明尼蘇達州的古斯塔夫·阿多夫大學就曾召開過名為「科學的終結？」的討論會。它的主題具體來說是：科學中的信仰（而不是科學本身）正在走向終結。霍根在他的《科學的終結》中也提到過這樣一個事件。討論會中的一位發言者就是曾於上世紀 60 年代就出版了一本現在已經絕版的預言之書《黃金時代的來臨——進步之終結概論》的加利福尼亞大學柏克利分校的一位生物學家——崗瑟·斯滕特（Gunther Stent）。「他宣稱科學本身將走向終結，這並不是因為幾個學院派詭辯家的懷疑態度，剛好相反，科學走向終結是因為其出色的成就」。〔註25〕不過斯滕特預示在科學真正終結之前，還是會繼續它的某些功效，許多諸如能源短缺、環境污染、疾病和貧窮的難題多少還是可以解決一部分的，還有可能找到徹底改善的方法。隨著人類駕馭自然、控制自身的能力越來越強，「同時，我們可能會喪失『權力意志』，失去從事進一步研究的動機——特別是當這些研究不產生有形的利益時。」他歸結道：「總有一天，進步會『倒斃於途』，留下一個龐大但缺乏生機的世界——他稱之為『新波利尼西亞』（the New Polynesia）。他認為『垮掉的一代』和『嬉皮士』的出現，標誌著進步之終結的開端，顯露出『新波利尼西亞』的曙光」。〔註26〕這裡出現的「新波利尼西亞」指的是一種時代，社會發展到了飽和狀態。至少在物質生活條件方面，人們在智力發展、探索研究方面出現了怠惰甚至停止的階段。先不談全世界普遍進入這樣一個高度發展狀態，公平享受物質文明的可能性有多大，就拿這樣一種「普遍閒適」狀態而言，它也決不是什麼幸福時刻的到來。相反，一潭死水般的生活除了使人類的精神力量不斷萎縮之外，甚至會帶來意志上的致命性枯萎與崩潰。

〔註24〕（日）橋本健《心靈學入門》，陳明誠譯，臺北：國際文化事業有限公司，1970年，第 8～9 頁。

〔註25〕（美）約翰·霍根《科學的終結》，孫雍君等譯，遠方出版社，1997 年，第 15 頁。

〔註26〕（美）約翰·霍根《科學的終結》，孫雍君等譯，遠方出版社，1997 年，第 17～18 頁。

我們一邊質疑斯滕特提出的「新波利尼西亞」未來圖景，一邊不得不承認一種被彌漫了的不安與焦慮情緒。當時代的車輪滾進 21 世紀的今天，人們在享受現代科學成果的同時，的確感到了重實用、輕知識成為目前世界超級大國美國的主導文化潮流。奇幻文學正值其時地重新崛起了。在幻想的過程中人們不但可以暫時遠離科技文明帶來的機械與冷漠，而且可以欣喜地發現一種精神釋放的樂趣。在這個問題上，斯滕特甚至預言：「科學的進步在將來可能會給宗教界定出一個更明確的地位，而不是像許多科學家曾希望的那樣徹底消除宗教。」〔註27〕

許多頂級的科學家和哲學家對科學的未來做出了否定的判斷，有的出於對科學本身的懷疑，有的則是出於道德和政治的原因。他們的努力既是對現代科學模式的撼動也是對它的掙脫。逃離科學模式成為他們表達各種欲望和可能性的根本需求。之所以會造成這樣的反彈，科學強大的威力，在過去幾個世紀樹立起來的絕對權威使得被打壓或壓抑的其他文明形態產生一種回彈；同時科學發展本身的成果尤其是量子力學，廣義相對論，混沌理論等成果的逐漸成形，也使得經典科學範式受到來自內在的動搖。不過，還有一個非常關鍵的原因，那就是科學作為全社會的一項事業，需要得到社會及政府的支持，但是純科學，尤其是基礎科學在實用性和短期效益上大大的打了折扣。這直接導致政府資助資金流向發生轉移，對科學研究無疑是一次嚴重的打擊，也是直接引發科學終極觀念的社會原因。

除此之外，懷疑論者和相對主義者在思想與哲學上的影響從另一個側面影響了科學的權威地位。這與 20 世紀後現代主義的各類思潮緊密聯繫在一起。科學成為上世紀以至本世紀最大的一個靶子，被眾多思想之箭所瞄準。在這樣一個大的語境之下，科學陣營內部出現了分歧。來自其外部的各方勢力同樣針對科學提出了挑戰，其中包括文學創作上的間接反射。哲學家卡爾‧波普爾倡導的證偽之法，托馬斯‧庫恩對範式轉變的觀點都應驗了對科學至高無上地位的動搖。在庫恩看來科學不是一個建設的過程，反而是一個巨大的破壞工程。雖然庫恩跟波普爾的觀點有不同點，他認為證偽和證實都是不可能的，但是他們倆在對待科學的問題上，不約而同的離開了維護科學的方陣，質疑科學的權威性。費耶阿本德 1987 年出版的《告別理性》之所以抨擊

〔註27〕（美）約翰‧霍根《科學的終結》，孫雍君等譯，遠方出版社，1997 年，第22 頁。

科學，不是出於認識論原因，更多的是出於政治和道德的原因。也就是說，他不是真的認為科學永遠揭示不了真理；恰恰相反，他向科學開炮是因為他認識到了科學的可怕威力，以及科學抹殺人類思想和文化多樣性的巨大可能性，並對此深感不安。「當然，哲學永遠也不會真正終結，只不過會以一種更明顯是反諷的，文學的形式繼續下去，就像尼采，維特根斯坦或費耶阿本德哲學中已經表現出的那樣」〔註28〕，只不過文學在反映的過程中展現了了複雜而矛盾的多種形態。

就奇幻類創作而言，存在著對工業文明，科技發展不同的態度。有的就是典型的帶有反科學意味的立場，有的則是仍然無法擺脫理性的、分析的科學思維方式。這主要體現在以下幾類作品中：首先是「科玄」結合的創作主要代表是黃易的某些科幻背景的玄想小說，其次是純神話題材的復蘇，還有的是摹仿西式魔法精靈類作品，當然還有被稱之為「架空世界」的奇幻創作。

著名物理學家約翰‧惠勒很早就提出了一個觀點，即整個宇宙可能就是一個歸屬到人的現象。在他看來，現實世界不完全是物質世界，因為有了人類的意識參與，現實世界所呈現出來的景觀很大程度上取決於人類意識的本身。換句話說就是人類對眼前這個世界的認識、解釋與預測都打上了人的烙印，即人的思維方式、人的處理方法。

正因為如此，對人類內心世界，意識深處的文學解釋花樣會更多，因為在文學的領域，也是一個享有自由最大的領域。雖然仍然擺脫不了人類意識力的慣性，但是至少在幻想的領域，處處包含著突破的努力。這是一個明顯的對終極對極限的挑戰。想像力在這裡大大的施展，這也就是說跟哲學，物理學等需要證實或證偽的學科不同，思維在這個領域走的更遠，也顯得更加自由。

自由想像力也不僅限於文學領域，霍金等人的關於宇宙起源，黑洞，時空等觀念，在霍根眼中與其說是科學真理還不如說是天才的想像，而霍金，林德，惠勒，霍伊爾等重要的宇宙學家被他形容成詩人。以霍金為代表的宇宙學家們的無邊想像預示著宇宙學本身的終結：倚靠玄想才能繼續存在的現實就是宇宙學終結的表現。在《科學的終結》中宇宙學的終結跟其他科學的

〔註28〕 （美）約翰‧霍根《科學的終結》，孫雍君等譯，遠方出版社，1997 年，第 84 頁。

終結有著本質的不同。它不是終結於統一理論的出現，而是終結於無盡的不確定性。人們只能被動地等待著實證材料的降臨，被動地探測來自外太空的電磁輻射，並且計算出未來天文發現速率將逐漸減少的數據，繪製了宇宙學大發現的增長速率圖。

不過我們必須看到，相信科學的終結其實就是對人類文明的另一巨大成果的懷疑。那就是有兩百多年歷史的進化論。進化曾一度被等同於進步。進步意味著無限前進。當人們開始懷疑這樣一種無邊發展是否真正存在的時候，終結與邊界的問題自然會跳出來刺激人們的思維。當然這也是一種自覺拋棄科學迷信的行為。

對於進化生物學的終結問題針對的就是達爾文生物進化論。時至今日，進化論的影響力已經遠遠超出了它原本的生物學範疇。它波及到社會科學的方方面面，決定了幾個世紀人們對除了物種進化問題，包括社會發展，人類自身發展，文明發展的前進性方向。到了二十世紀甚至為許多第三世界國家提供了社會發展，政治革命的總方向。當然，對於進化論，形成伊始，就受到原教旨主義，宗教權威的猛烈打壓，但是經過多年的奮鬥，伴隨著科學理性主義在西方逐漸獲得統治地位這一過程，也獲得了最大限度的接受和傳播。當代的理查·道金斯就被稱為「達爾文的獵犬」，「作為一個理直氣壯的無神論者，道金斯宣稱他不像某些科學家那樣，認為科學和宗教探討著互不相干的問題，因而能夠和平共存。他認為，大多數宗教都堅信，只有上帝才能為生命的設計和意圖作出解釋，因而他決心把這種觀點連根拔掉，聲稱：『所有的意圖最終都源於自然選擇，這就是我所推崇的信條。』」〔註29〕無神論的思想深入人心。徹底的進化論者是拒絕接受上帝主宰一切這一觀點的。因此，宗教、迷信被並置，神話幻想被視為童年印記，在人們心目中總是處於一種邊緣狀態。這才會有學者面對奇幻類小說時，斥之為「裝神弄鬼」之作。這不能不說是一種思維定勢在其中起著支配作用。

從文學發展本身來看，現實主義，浪漫主義雙峰對峙的時代已經過去，當代文學更多的是取消壁壘森嚴的主義之爭，多了自由發揮，釋放想像力的行動。「科學固守的最後一塊陣地，並不是太空領域，而是人的意識世界。即使是那些科學解決問題能力的最狂熱的信徒，也認為意識是潛在的，無止境

〔註29〕（美）約翰·霍根《科學的終結》，孫雍君等譯，遠方出版社，1997 年，第170 頁。

的問題之源」。〔註30〕目前的神經科學也正在致力於這個問題的研究。對發育中的大腦，成熟的大腦進行著持續的研究。其實，在 20 世紀的大部分時間，意識一度被排除在科學研究的範疇之外，一直到法蘭西斯・克里克的時代才有所改觀。克里克和科克一起抵抗住了同行的反對，共同提出意識（consciousness）和知覺（awareness）這一對同義詞，並將注意力和記憶力的規律納入他們的研究計劃。

《科學的終結》一書接近結束時有這樣一句話，很值得人們的深思：「當科學家們的努力得到越來越少的回報時，他們也會變得較以前更爲清醒和懷疑。科學行將步文學，藝術，音樂的後塵，變得更爲內省，主觀，發散以及爲自身所使用的方法而困擾。」〔註31〕這裡所指的回報既是得到社會或相關機構認可並提供經濟支持的平臺，又有科學研究成果帶來的經濟利益回報、科學家群體個人或團隊價值的實現，更有科學研究領域最大限度得以拓展的空間大小等一系列因素的組合，應該可以看成是一個綜合指數。當個人、團隊乃至全社會在學科發展上的空間變得日趨狹窄之後，作爲科學研究的主體，科學家們必然會想盡一切方法改善窘境、開拓新的話題，那麼發生類似文學藝術向內轉一般的群體轉向是很有可能的。這種反應從微觀上看，有可能是走出學科困境不得已而爲之的一種策略。從宏觀上看，則可能是經過學科振盪之後通過反省，最終匯入「全息自律」〔註32〕這樣一個宏大的存在與運行圖示之中。在自律的世界，人類個體的內環境，被許多人稱爲小宇宙，除了本身具備的各項功能之外，跟整個外宇宙始終保持著高度的相通。中國文化講求的「天人合一」就是大小宇宙和諧共生的模式。科學如果終將走上內省、主觀、發散的道路，那麼除了上文提及的神經科學、宇宙學具備朝這個方向延伸的可能之外，還有一個分支，即科學神學將會有很大的發展空間。科學神學作爲科學正規軍團中的一個邊緣分支，實際上與人們所理解的傳統意義上的神學完全不同。決不是一般意義上簡單的科學與宗教的疊加。相反，圍繞在它周圍的成員們站在高度發達的現代科技基石上進行的一種類似冥想的追問。他們進行的是一種反諷的科學，他們真正關心的是幾個世紀或千萬

〔註30〕（美）約翰・霍根《科學的終結》，孫雍君等譯，遠方出版社，1997 年，第 235 頁。

〔註31〕（美）約翰・霍根《科學的終結》，孫雍君等譯，遠方出版社，1997 年，第 335 頁。

〔註32〕參見王大有《宇宙全息自律》，中國時代經濟出版社，2006 年。

年後的人類將會是什麼樣子，世界將會如何運作，智力有沒有可能擺脫世俗的羈絆呈現出另一番模樣等問題。這裡牽涉了古老的存在和永恆的哲學話題，也有對終極限度的瘋狂猜度，更有順著目前科技發展的成果預測人工智慧的未來，如果將現在的人稱爲原始人，未來的人又會怎樣生存，生命的意義將指向何方？

從科學神學的角度出發，不少帶有玄想色彩的科幻小說就是一種對未來世界的猜想。這類幻想有的是基於對人工智慧全面滲透到人類社會中以後，有血有肉的人類爲了取得永生所進行的活動，不乏莫拉維克的猜測。但是多了對人類意識存在的正面預測，而不是像有的預測那樣：「最終，意識本身也會在一類變得特別稀薄的『人』中終結或消失，徹底拋棄那曾被它緊緊擁抱著的有機體，變成一團團太空中的原子，被宇宙中的射線傳到四面八方，並徹底分解爲光。那可能標誌著一種結局，抑或是一種開端，但在此時此刻卻是無法預見了」〔註33〕在黃易的奇幻小說中意識就沒有消亡，不過存在的方式已不限於單純的與人腦相結合。有的找到電腦作爲肉體死亡後意識的棲居地，有的找到使有機體長生不老的妙方，可以永遠不用脫離有機體。當然在小說中，意識存在的最高形態是不需要任何載體而獨立存在、自由彌漫在整個時空中的全知全能物。這是一種純粹的幻想，沒有科學根據，但卻帶有科學神學的猜度色彩。無論如何，黃易開啓了科幻與玄思相結合的中國當代奇幻文學之先鋒。

至於上文提及科學陣營內部的「科學大戰」完全可以視爲繼「科學終結」爭論焦點之後的第二個焦點。所謂「科學大戰」特指二十世紀六十年代以來，社會建構主義者和後現代人文學者的反科學思潮經過三十年的積累，到了1994年，隨著格羅斯和萊維特《高級迷信》一書的出版終於引發科學家們的代表對此做出了還擊，雖然這個還擊並不被對方認同。他們認爲就算這幾十年來對所進行的「反科學」研究仍然還是屬於科學研究範疇，仍然是對科學進行研究。而1994年就是被奧利卡形容的「恐怖年」，也就是「科學大戰」經過了後現代人文學者、社會建構主義者們幾十年沒有被回應的反科學活動之後，正式拉開了正反兩方的攻擊與反攻擊的序幕。反科學主義者中的社會建構主義者、後現代人文主義者、女性主義者、環境主義者都被科學衛士們

〔註33〕（美）約翰‧霍根《科學的終結》，孫雍君等譯，遠方出版社，1997年，第364頁。

歸入學界左派或文化左派的整體陣營。他們之間對於科學的研究觀點仍然存在細節上的差異。如社會建構主義者的興趣點出於認識論基礎。他們認為科學是一種價值的負載，是被文化和社會所建構出來的。在他們眼中，按照科學方法測得月球與地球之間的精確距離和關於月亮的神話一樣，都具有真理性，不過是文化或社會建構過程中的不同認識。「後現代」主義者則更多關注社會價值、意識形態等政治方面的問題。不管怎樣，二十世紀 70 年代出現的 STS，即「科學和技術的社會與文化研究」；SSK，即「科學知識社會學」等交叉學科反映了一個現實：圍繞著「科學大戰」，科學研究以及對科學的研究都出現了質的飛躍，其中還包括人們意識到科學受到外部和內部的威脅。所謂外部威脅主要來源國家政策傾斜和豐厚投入時代的結束，而內部則指人文社科中出現的「反科學」態度。雖然科學支持者們多次表示科學本身並沒有問題，應該說是技術或決策的問題。「新形成的科學知識社會學（簡稱 SSK）內部存在一種建構主義者和相對主義者的研究路徑，它假定了在所有宣稱自己是真理的眾多知識體系中科學真理並沒有優先地位的認識論基礎：科學只是眾多信仰體系的一員，要依靠社會因素來解釋」〔註34〕。

亨利・鮑爾擁有科學家和科學的社會與文化研究的資深專家這一雙重身份，卻認為「親科學和反科學的循環是社會特有的，甚至當對科學的奉承占主導時，反抗都還在持續，因此對學界科學家來說，對這種反抗發泄不滿，既不必要，也不恰當。」〔註35〕他更願意看到的是 STS 與科學衛士之間能夠重獲和解，而不是進行無謂的爭論。有一個事實必須承認：「在反『反科學』立場的內部，很長時間裏對誰和什麼應該被準確概括為『反科學』的問題存在著嚴重的不同意見，並且政治界限也很不明顯。這再次強化了這樣一個懷疑：『反科學』不是『自然性』的，而是一個內容變化的範疇──在各個特殊時期被科學活動者為特殊的目所建構」。〔註36〕

除了以上從對立角度來看科學與人文之間的力量抗衡問題，其實還可以從另一個角度測得兩者之間可以對話的空間，那就是相當一部分科學家「試

〔註34〕 （美）奧利卡・舍格斯特爾編《超越科學大戰──科學與社會關係中迷失了的話語》，黃穎、趙玉橋譯，中國人民大學出版社，2006 年，第 4 頁。

〔註35〕 （美）奧利卡・舍格斯特爾編《超越科學大戰──科學與社會關係中迷失了的話語》，黃穎、趙玉橋譯，中國人民大學出版社，2006 年，第 52 頁。

〔註36〕 （美）奧利卡・舍格斯特爾編《超越科學大戰──科學與社會關係中迷失了的話語》，黃穎、趙玉橋譯，中國人民大學出版社，2006 年，第 97～99 頁。

圖重新獲得他們最近在另一種文化中失去的東西，即作為進步的文化力量的開創者。對於科學衛士而言科學代表了文化的一個關鍵的重要方面並且體現出重要的社會價值。他們科學的這種優勢正在受到威脅」〔註37〕

這可以說明參與科學大戰的雙方都必須面對科學本質和外延的雙重概念。看似勢不兩立的攻擊與回擊恰恰證明了兩種文化、兩套認識體系之間仍然存在對話的可能。在這裡，科學不等於理性。科學與技術的關係，科學與人文社會的互動都可以說明第一個焦點可以理解為科學研究本身受到現有學科發展前沿以及人文學科影響後產生的學科發展懷疑性前瞻，亦即對科學未來發展命運和未來形態的質疑；那麼後一個焦點深化了這樣一種焦慮，從參與「科學大戰」各方力量那裡得到一個明晰的印象，即科學在當代面臨怎樣的挑戰，它本身做出了怎樣的回應，科學文化與人文文化之間的溝通是怎樣通過這樣一個對立統一的真理模式進行下去的？

沃勒瑞・卡拉柯夫在展望 20 世紀科學圖景時試圖重新界定科學「一個人可能認為這是一個時代的終結，但是我們也可以認為永恆的科學真正回歸到了近代早期的情形和培根主義綱領（the Baconian program）。科學最終成為一種直接的生產力。現在，冷戰期間人為地空想不復存在，科學將應用於解決更多世界上的現實問題。如果我們反觀歷史，我們會發現今天對科學的熱情的下降十分類似於 18 世紀工業革命期間將科學轉化為技術的英國。從這個角度來看，即將過去的宏大科學非常相似於（1789 年法國大革命前的）社會及政治制度的國家化與軍事化的科學，由於沒能對自己進行成功的改革而淪為革命的犧牲品。對此，我們既不應該感到遺憾，也沒必要寄予厚望。」〔註38〕

必須要承認，對於學術科學的理解也是必不可少的，約翰・齊曼就發現，根據現有概念，「學術科學的結果應該被看成是『公共知識』。因此它掩蓋了科學家之間、科學家與學生和社會的交流過程中的實踐的多樣性」。「它嚴禁個人知識的彙聚來自私人經驗」，科學精神的氣質被徹底「制度化」了。〔註39〕這樣的事實更加加劇了 20 世紀人文學科對科學的攻擊力量。

〔註37〕 （美）奧利卡・舍格斯特爾編，《超越科學大戰——科學與社會關係中迷失了的話語》，黃穎、趙玉橋譯，中國人民大學出版社，2006 年，第 115 頁。

〔註38〕 （美）奧利卡・舍格斯特爾編《超越科學大戰——科學與社會關係中迷失了的話語》，黃穎、趙玉橋譯，中國人民大學出版社，2006 年，第 145 頁。

〔註39〕 （美）奧利卡・舍格斯特爾編《超越科學大戰——科學與社會關係中迷失了的話語》，黃穎、趙玉橋譯，中國人民大學出版社，2006 年，第 151～152 頁。

科學大戰之興起還包含了社會人文學家對上兩個世紀社會科學向自然科學方法論靠攏的反思與顛覆。這裡，奧利卡編寫《超越科學大戰》的主要目的在於通過回顧 1994 年以《高級迷信》一書的出版揭開了科學衛士們與學界左派之間的論爭，對科學的概念，科學的時代精神等等問題進行了匯編性質的整理。在此，我們借用超越科學大戰這樣一個具體的歷史事件，進行引申思考，可以發現西方幻想類文學的興起有其地域和文化根源，發生在中國的幻想文學，尤其是奇幻文學創作，在西方文學和文化刺激之下也找到了相應的文化根源。不過本書的中心不是在對比研究中西奇幻文學產生的文化根源，而是通過中國奇幻小說從青澀到日漸成形這樣一個文學現象找到其存在的起點。這個起點牢牢地跟上世紀世界範圍內的對於科學的態度聯繫在一起。

第四節　科學的人文性：「科玄」擺脫對峙的必然

中國近現代史上，國人有感於來自西方強大科技力量，醉心於「科學」之時，親身遊歷歐美歸國的梁啓超卻對科學萬能論進行了批判。有學者從梁啓超相對於他所處的時代，卻提出具有超前意識的觀點這一舉動看到了梁啓超本人對科學的認識。在梁啓超看來，科學萬能論「與西方人的物質主義同出一源」，科學至上的時代旋律直接導致了「情感的匱乏」、「哲學的失落」和「宗教的隱退」〔註 40〕。如果說科學與情感、哲學、宗教之間的對立關係真的存在，那麼，對「科玄」共存的設定將被證明為偽命題。它們之間也就只可能保持著緊張的爭奪或對立關係。和諧統一的共存只會是一個遙不可及的夢想。

事實上，從科學以外以及科學陣營內部發生的爭論回到科學本身，我們可以通過科學發展的傳統、不同地域的文化交流，以及不斷演進的科學史大致追蹤並發現其與生俱來的人文性。這為確立「科玄相遇」後，兩者彼此糾纏，相互調整的設想提供進一步證據。在科學發展進程中，如今為人們普遍接受的科學觀其實是被逐步狹窄化、單一化的結果。其豐富性遭到了扼殺。而某些諸如技術分支、物質條件卻獲得畸形發展，並形成擴大化趨勢。雖然這個事實並不是現在才被發現，但是從社會運行與發展的操作角度而言，並

〔註40〕程文超《1903：前夜的湧動》，山東教育出版社，1998 年，第 48 頁。

沒有因為人文學家以及部分科學家們的澄清而得到緩解。然而，短期內，認識與實踐之間存在著的距離並沒有得到徹底解決的可能。個體科學家從事科學研究的初衷，貫穿於整個科學史的內在精神氣質，以及除了現今強調的技術層面之外，科學的其他特質等問題都能在科學本身發展的歷程中找到大量的細節以資驗證，而包括奇幻小說在內的文學敘事在加入了這樣一個對「科學」、科學主義的認識循環中來的同時，用獨特的文學表達方式自然流瀉出對這個話題的重新闡釋。我們從當代「科玄相遇」之後在奇幻小說中表現出來的種種矛盾、和解和糾纏，重新回到科學本身。目的很明顯，就是希望圍繞它為確認奇幻文學中貫穿的「科玄相遇」現象的文化價值進一步尋找來自科學本身的支持。

吳國盛在《科學的歷程》一書中談到了科學史上一起關於「科學家」名稱的由來事件：1833 年，在劍橋召開的英國科學促進會的一次會議上，著名科學史和科學哲學家威廉·休厄爾建議仿照「藝術家」（artist）一詞創造出一個新詞用來稱呼那些在實驗室中探索自然奧秘、增進人類自然知識的人。在這個提議出現之前，像牛頓這樣的偉大科學家是一直被稱為自然哲學家的。直到威廉的提議獲得認可，科學家一詞才正式出現。

這就是說，直到十九世紀，科學研究的主體才獲得了他們獨立的稱謂。那麼，在相當長的歷史時期，科學一直被劃入哲學體系中，屬於自然哲學的一支。在學科地位上，古典時代的科學不過是眾多學科分類中的一員，並不像今天這般，在眾學科中佔有統治地位。當時的科學觀念完全沒有在決定價值觀或世界觀上獲得凌駕於其他學科之上的優先地位。科學研究成果顯然沒有成為社會運行的標準模式以及人類思維的主導方式。

其實，從十七世紀到十九世紀只有短短兩三百年的歷史才是現代科學概念定型的真正時期。現代科學在逐漸偏離古典時期形成的單一概念之後，才擴展成由「哲學家傳統與工匠傳統」〔註 41〕兩大源流共同構建的綜合概念了。目前將「科學技術」並稱已成為普遍接受的事實，體現了這兩大源流會合之後的科學形態。當科學理念與科學研究成果參與社會、國家建構時，技術層面的發展甚至反超基礎科學。這在當前世界已經屬於顯而易見的事實了。

無論這兩大源流中的哪一支被更多地突出，科學本身從產生伊始就具備

〔註41〕吳國盛《科學的歷程》（第二版），北京大學出版社，2002 年，第 13 頁。

的哲學人文精神，即「哲學家傳統」從沒有真正消失過。有學者甚至將「哲學家傳統」更加細化，明確提出「巫師、僧侶、哲學家」〔註42〕共同構成了現代科學雙重起源之一。經歷了上兩個世紀對現代性的反思，二十一世紀的今天，出現的某些神秘主義或玄想傾向，從其精神活動的本質而言，在產生了與現存科學體制對峙的效果之外，兩者之間不是徹底的對抗關係。從某種意義上說，對於科學繼續發展的方向也會起到一些調整或警示作用。這也進一步證實了當代「科玄相遇」後之所以可以進行對話其實存在著古老的基石。

十八世紀之前，科學在整個社會知識體系中的位置，以及科學意識從萌發到成熟都與哲學思想有著密切的親緣關係。早期從事科學研究的人士通常不談後一種淵源，即「工匠傳統」。「工匠傳統」在最早完全是一種民間生活技藝，是技術層面的獨立發展。古典時期的科學家們用時下的話來說，從事的是一種純粹的思維活動。這就不難理解，古希臘許多著名的哲學家、文學家本身就是數學家這樣一個現象了。以數學為例，最具科學嚴密論證精神的數學在真實發展過程中竟然存在著三大不同的研究基礎。它們是以羅素為主要倡導者的邏輯主義，希爾伯特為代表的形式主義，以及布勞威爾推崇的直覺主義。初看起來，來源於偶發性精神感應的直覺與注重證據的科學推理之間存在著不可逾越的距離，那麼直覺主義數學家們在數學領域有一支什麼樣的隊伍呢？

直覺主義數學家們建議「把數學工作作為他的智力的一種自然功能，作為思想的一種自由的有生氣的活動。在他看來，數學是人類精神的產物。他運用語言，不論是自然的或形式化的，只是為了交流思想，也就是使別人或自己能懂得他自己的數學想法。這個語言伴隨物不是數學的代表，更不是數學本身」，〔註43〕這一段話與數學邏輯推導概念和經典數學內在相對封閉的論證程式看上去是有衝突的。在直覺主義數學家那裡，人類的精神力量被放到很高的位置，數學成為一種個體思想的表達。與此同時，崇尚精神力量是包括哲學、宗教、文學藝術等眾多人文學科在內的重要表徵。這就是說，直覺主義數學所提倡的數學研究觀點與人文學科在精神內核上產生了一個

〔註42〕 （英）J·D·貝爾納《科學的社會功能》，陳體芳譯，廣西師範大學出版社，2003年，第18頁。

〔註43〕 （美）保羅·貝納塞拉夫，希拉里·普特南編《數學哲學》，朱水林等譯，商務印書館，2003年，第60頁。

交集。

　　不過，嚴格地說，邏輯、形式和直覺三大數學基礎並不因此而互不相容，相反它們的目標仍然是趨同的。數學作爲一個學科整體，本質上希望實現知識的可靠性，對概念的論證始終抱有極大的興趣。三大基礎之間的區別在於，直覺主義的數學家們認爲數學研究的對象是不能獨立於思想之外的，換言之就是數學研究其實是一種人腦的機能，在反對超越思維的存在的同時，也反對形式主義數學封閉、嚴密得幾乎可以拋開精神活動的論證程序。這是一種虛實相交的理念。人類的思維、直覺雖然不可能完全脫離邏輯推理，但是卻有很大的隨機性和虛擬性，至於能否將其轉化爲經得住論證的科學意義上的真實結果，數學同樣離不開邏輯推理和形式論證。人們如果要完整理解數學，邏輯、形式、直覺三大基礎和它們之間的關係必須作整體考慮。

　　也正是因爲有直覺主義這樣一個基礎，我們可以發現人文精神中必不可少的主觀意識，在最講究精確、嚴密的數學研究中也有一席之地。雖然任何研究都離不開人類思維的參與是一個不證自明的事實，但是從數學的三大基礎入手，推而廣之到科學研究的各個領域，可以看出其內在蘊含著與機械性、技術性相對抗的成分始終存在。從另一個角度說明在當代，「科玄」相通的可能性必然存在。

　　其實，科學的兩大源流，以及數學所表現的三大基礎等現象的存在並不矛盾。從人類原始心理出發，好奇心與想像力作爲人類思維能力的重要體現是開啓探索自然科學之旅的第一推動力，其次才是爲了滿足具體的生活需要，提高生活品質，結合所積累的自然知識，從技術層面加以提升。這注定了在最初，原始科學與技術的發展肯定不同步，它們之間的結合亦不是從來就有的。

　　實際上，「工匠傳統」同樣可以上溯到原始時期，與「玄」脫不了干係。原始人類製造和使用工具的行爲具備典型的技術性質，古代的製造術、巫術、占星術、煉金術、雕刻術等需要嚴密程式以及操作方法的原始文化形態也都屬於技術範疇。直到自然科學與技術的結合，它們才從分而治之的領地走到了一起，共同形成了現代科學的兩大基石。而某些與自然科學理論相去甚遠，帶有神秘色彩的技術，如巫術、占星術等也就與現代科學越走越遠，在科學理性占主導地位的某些特定歷史階段甚至銷聲匿跡。依上述歷史事實來看，在當代幻想類文學創作中出現的巫術、占星術等內容就不能簡單地將

其歸入人類精神糟粕的行列，更不能視為當代文學創作的逆流。

按照地域來劃分，科學發展的道路並不一致，而它在不同國度的側重也各有不同。四大文明古國中，巴比倫、印度的算術和占星術；中國的四大發明都是通過阿拉伯人傳到歐洲，為今後的科學發展奠定了基礎。只不過其中大部分的科學成果都與實用性的技術關係密切。「科學成為一種獨立的、占主導地位的精神範型。是從希臘開始的。希臘人最早對世界形成了一種不同於神話而又系統的理性看法，而且創造了一套數學語言來把握自然界的規律。」〔註44〕。進入希臘化時代後，歐幾里得、阿基米德、托勒密更是在幾何學、力學和天文學上將古代科學推向了高峰。也就是說，四大文明古國、阿拉伯和歐洲可以說代表了世界科學發展的不同板塊，它們之間通過文化交流與互通共同推進了科學的發展。

撇開國別差異引發的在科學上的不同淵源，從整體的時間上看，根據科學史的記載，現代科學形成的總體脈路大致經歷了漫長的時期：以四大文明古國為代表的中古時期，公元 6 世紀～11 世紀歐洲中世紀的科學沙漠時期（與此同時，中國和阿拉伯仍然經歷著科技持續發展），再到歐洲文藝復興中的科學復興時期。雖然這條線索遵循的仍然是歐洲中心的思路，但確實是現代科學觀念形成的事實。值得一提的是，文藝復興帶來的科學復興在對古希臘科學傳統回歸，亦即對理性的重申過程中，針對中世紀神學對人性的束縛發出了有力的反叛。也就是從哥白尼開始，近代物理科學才正式誕生了。

到了十七世紀，古典科學體系正式確立，不過此時的體系是歐洲為核心的西方模式。十八世紀的歐洲作為一個技術革命、科學理性啟蒙的上升階段，成為十七世紀以來形成的自然科學理論的實踐場。可以說，沒有中世紀七百多年的思想禁錮，就不會成就文藝復興在科學領域中針鋒相對的矛盾激化，也不會有科學在十八世紀獲得至高的地位。十九世紀，順理成章成為名副其實的科學時代。在十九世紀，科學的各個門類，如物理學、電學、磁學、熱學、化學、天文學、生物學等都得到充分發展，日臻成熟。而細胞學、遺傳學等微生物學則開啟了一個嶄新的階段。科學發展到這個階段，從宏觀和微觀上都對人類社會工業化進程起到了決定性的作用。至此，科學復興作為文藝復興諸多成果的一支，經過兩百多年的發展，到了十九世紀已獲得了不可動搖的權威地位，滲入了人類生活的方方面面。一時之間，離開了科學理性

〔註44〕吳國盛《科學的歷程》（第二版），北京大學出版社，2002 年，第 20 頁。

思維方式和實證主義的方法論，人類的未來彷彿必然會重新陷入黑暗與無知一般。

二十世紀被當代學者稱爲一個轉折點：一方面科學理性主宰的物質文明仍然在最大限度發揮著功效，另一方面，因爲科學技術的發展引發的各類文明世界的危機，是人類不得不面對的難題，而科學內部的新發現對已然確立的經典科學體系同樣帶來了很大的衝擊。

在此，筆者認爲與其說二十世紀是科學遭遇質疑的轉折期，還不如說，二十世紀是科學時代的歷史矛盾期。矛盾來源於科學體系自身，也來源於外部人類社會的懷疑與追問。這個階段既有科學技術的堅決擁護者，也有冷靜權衡的反思者。這正是「科玄」之爭、「科學大戰」得以發生的前因。而在爭辯與論戰的同時，人文精神不可阻擋地發出了聲音。轉折的結果通常是走到前一事物的反面，發生極端過激行爲的可能性自然會大大增加，因此與其談轉折，還不如說在矛盾激化或突出的時候如何順利過渡才更有意義。

事實上，一直到今天，科學理性的發展並沒有像有的學者預言的那樣，發生逆轉或者轉折，更多的是與人文學科之間在界線上產生了某些融合或者模糊。融合的規模雖然說不上形成了覆蓋兩大分支的絕對趨勢，但是絕對產生了足夠多的事實基礎。其中，在幻想文學領域，繼科幻文學繁榮之後的奇幻文學就是「科玄」相容，而非轉折的明顯證據。

但是人們要看到，僅從外部反對者的聲音中聽出倡導人文精神的調子，是不全面的。就上面所談的科學所經歷的歷史演變來說，尤其是古典時代，科學本身既然具有哲學思想性，那麼就會與生俱來帶著一種人文精神。支持人們在古典時代堅持進行科學研究的力量更多的不是來源於外部社會機制，而是他們心中的一些信念。信念因人而異，但總的走向毫無疑問跟哲學家們熱情探索的世界存在與人類生存規律是一致的。這也爲「科玄」共存設置了可能性，況且「科玄」早就共存於世，而且人們從未停止過兩者之間的溝通。楊銓先生將「求眞理」作爲兩者的統一點。當代學者郁振華則從「(1)科學和形上學；(2)存在和天道；(3)理智和直覺；(4)名言之域和超名言之域；(5)自由和境界」〔註45〕五個方面分別展開了關於形上智慧在科學時代仍有存在空間的探討。

顯然，站在中國文化的立場，「玄」作爲形上智慧，凝聚著華夏民族幾千

〔註45〕郁振華《中國現代哲學的形上智慧探索》，載《學術月刊》2000 年第 7 期。

年的精神文明成果。它在國民性的形成，民族心理的構建上起了決定性作用。它與西方現代形成的反思科學主義、批判理性至上思潮中崛起的杜里舒生機論，柏格森直覺主義不同。在西方理性文化土壤中，那些理論屬於異聲。正如科學理性在中國大地上最初也是異聲一樣。異質文化的地域性、民族性成分所佔比重頗多，但隨著全球化進程的推進，中西文化交流之間的障礙會逐漸消失。原本帶有鮮明民族、地域性的「科玄」問題，必然也會經歷一番對流與融合。所謂哲學思考的是宇宙整體，追求窮盡、通達之效；科學則以超然、冷靜和客觀的態度，極盡描述之功能等邊界劃分，勢必會模糊和淡化。

人類離不開「玄」，不僅是理智與情感的需要，更重要的是，作為生命哲學的一部分，對人格、心性、身體的存在與發展都提出了要求，為人類提供著永恆的思維空間。「玄」中附帶的某些神秘思想、玄妙想像還能為科學發展提供靈感與推動力。「玄」所體現的人與自然、人與其他物種的關係為當代科學進步及科技轉化方向描繪出和諧的藍圖。從「科玄並存」到「科玄之爭」再到「科玄相遇」最後可能達到「科玄」共通的思路並不是主觀推斷，而是一個明顯的事實。在這樣一條有歷時性特徵的鏈條上，發生的一些事件不可避免的會產生連動效應。就奇幻文學創作而言，在科技革命充分完成的後工業時代，之所以可以呈爆發態勢，除了文學創作個體的主動選擇因素之外，從「科玄」兩條線索自古以來分分合合的關係中加以審視，從總體把握上，必將得出更加客觀細緻的結論。

結　語

　　從奇幻文學興起的時代文化背景，到日益壯大的奇幻創作主體群、漸趨明晰的創作意圖，再到奇幻文學接受群的集結，奇幻文學傳播機制的逐步調整，中國奇幻文學現象作為一個整體鏡象就好比滄月的長篇奇幻小說《鏡》系列一樣。小說中，「雲浮」三女神高高在上，她們的眼神直入「雲荒」大地，俯瞰下界紛紜種種；現實中，「科玄相遇」的大背景，同樣照射到奇幻文學世界的每個角落。至此，當代「科玄相遇」問題和中國奇幻小說這兩條原本屬於不同層面上的線索終於交匯了。它們互相印證、互為說明。中國奇幻小說成為深入理解「科玄」問題的文學依據，而「科玄」問題又成為合理解答中國奇幻文學現象的文化鑰匙。當我們再次回到中國奇幻小說本身，可以看到，世紀之交造就的中國奇幻文學圖景，就數量而言是驚人的，就內涵來論，細節的豐富性更是毋庸質疑。

　　奇幻（fantasy）身為一個外來譯詞，目前奇幻雜誌的編輯也好，奇幻作者也好都不想，也不能給中國式奇幻安置一個確定的概念，理由是：這樣一個類型小說，雖然還沒有定型，正是這種不定性，給所有喜歡他的人一種自由的幻想空間。從玄幻到魔幻、奇幻，再到大幻想的提法，是人們有意而為，也是無力而為的策略。有意模糊奇幻創作的界定，是讓這一類型小說不那麼快就成形，以獲得更大的發展空間；無力而為之則是最根本的，因為沒有人可以斷定，這種與自由幻想緊密聯繫的創作類型究竟能夠發展成什麼形態，幻想的翅膀究竟能飛多遠，這都不是一個人，或者一群人可以指定的。人們對自己心靈的空間歸根到底沒有完全掌控的能力。當然，基本的共識已經達成：最寬泛意義上的幻想創作就是奇幻小說興盛的最終歸宿，具體的一部部

奇幻作品正在爲幻想的城堡添磚加瓦。

　　正如法國著名奇幻作家，曾獲得法國「保羅‧費瓦兒文學大獎」的塞奇‧布魯梭羅在接受訪問的時候表示：「從某種意義上來說，講故事的人就是魔法師」。〔註1〕他還透露，作爲成功的奇幻小說家他很少關注學院派的文學評論，更在意讀者來信。而他筆下塑造的著名奇幻人物，兩位女英雄形象：佩吉‧蘇和西格莉德正是根據中學少女讀者向他抱怨爲什麼女生在小說中總是扮演男性英雄後面的次要角色時得來的靈感。事實證明塞奇的創作，尤其是被譯成30多種語言的「魔眼少女佩吉‧蘇」系列能夠取得巨大成功，首先就要歸結到身爲作家的他始終保持一種開放的心態，在幻想的園地沒有年齡、沒有等級之分，當作家眞正跨越了現實世界諸多定勢的束縛，必將獲得最大的創作自由。

　　然而，不論是上面提及的影響作家實際創作的因素、讀者普遍的接受傾向、對自由幻想的期待等等問題都不能迴避奇幻寫作本身所帶的鮮明文化個性。當歷史曾經被認爲是人文學科中相當講求眞實性的分支之一，經歷了 20 世紀來到今天，其眞實性品格被動搖的時候，幻想敘事的出現既是對它的反動，也是對它的調整。有學者將歷史和寫作分成形而上和形而下兩種人類文化活動，並強調寫作「必須進入被歷史遺忘的時間中去。它必須回到那個失去的『現在』。過去像現在一樣，不是一個已經完成的目的地，它是寫作的『現在』。回憶是現成品，寫作是將已經完成的現成的東西，處理成在『途中』的東西。復原爲過程」。〔註2〕

　　很明顯，說話者對歷史的態度秉持了時代的懷疑精神，將這一段話與目前的奇幻寫作聯繫起來，不難找到兩者的對應性。奇幻小說不論是打造一個全新世界、還是虛構一個特殊見證者穿越時空返回歷史現場、抑或是重寫早獲定論的文化意象（如神話）都是對所謂「現成品」的懷疑，進而使自己成爲反映著整個後現代語境下知識狀態的顯性文學形態。這不禁使問題又繞回了過去幾個世紀以來科學與敘事的糾纏。在這個問題上，（法）讓－弗‧朗索瓦‧利奧塔在其《後現代狀態：關於知識的報告》中的態度很明確：「用極簡要的話說，我將後現代定義爲針對元敘事的懷疑態度。這種不信任態度無疑

〔註1〕 （法）塞奇‧布魯梭羅《我與魔幻世界》，載《出版廣角》2004年第8期。
〔註2〕 李劼《我們的文化個性和個性文化　論世紀現象》，青海人民出版社，1998年，第254頁。

是科學進步的產物，而科學進步反過來又預設了這種懷疑態度」。〔註3〕

　　與此同時，二十世紀令人眼花繚亂的學科大爆炸，學科領域的相互交叉現象也就變成見怪不怪的事實了。再比如參加了1983年香港大學舉行的有關文學理論的某次國際研討會時，Jonathan Hall 在之後編寫的論文集的導言之中就對文學與人類學這一對彼此原本彼此獨立的領域出現互滲現象用了兩個不同的虛詞巧妙地表達了出來，那就是從「Literature and Anthropology」向「Literature as Anthropology」或者「Anthropology as Literature」〔註4〕的過渡。文學體質本身就注定了它跟其他社會學科之間很難出現真正劃出分界線。文學敘事既是對它們的感性表達，也賦予了它們世俗的活力。奇想小說正是在元敘事遭到了前所未有動搖、學科大爆炸、大融合的基礎上登場了。

　　20世紀末非理性主義，甚至神秘主義在文藝上的興盛，一方面說明，在理性話語成為主流的現代社會，在科學主義大興其道的19世紀以來，它們並不孤單，他們的對面始終如影隨形的存在著另一個聲音，再一次驗證了文化多元以及思想兩極的存在屬於人類文明，人自身發展所不可迴避的事實。另一方面，非理性主義也不等於神秘主義，目前表現神秘主義的奇幻作品本身還蘊藏著現代人對原始時期的朦朧不確定性的回望與嚮往，牽涉著原始情感，原始崇拜，原始宗教，反科學情緒等多種話題的當代延伸。

　　90年代末興起的中國奇幻創作夢，除了西方魔幻題材類作品的傳入，中國傳統神魔志怪小說的傳統影響之外，就文壇本身，也是大陸後現代文藝創作經過先鋒派，新歷史小說，新寫實小說等創作趨於穩定，漸入沉靜後，90年代新成長起來的作家在題材上的突破以及他們在遊戲化方向的進一步嘗試，其本身完全可以歸入後現代文學創作最新演變階段。雖然，湯哲生主編，北京大學出版社在2007年最新出版的《中國當代通俗小說史論》中並沒有將奇幻小說納入文學史的整體框架中來。當代學者陳思和也曾表示：「我對流行的東西基本上是不願意發言的，因為說他好是湊熱鬧，說他不好是裝酷」，〔註5〕因此就算他個人非常欣賞王小波的作品，卻並沒有將之收入他當

〔註3〕（法）讓－弗·朗索瓦·利奧塔《後現代狀態：關於知識的報告》，趙一凡譯，收錄於中國社會科學院外國文學研究所《世界文論》編輯委員會編，《後現代主義》，社會科學文獻出版社，1993年，第57頁。

〔註4〕Jonathan Hall and Ackbar Abbs, ed .*Literature and Anthropology*. Hong Kong: Hong Kong University Press, 1986, p1.

〔註5〕周桂發等編《復旦大講堂（第一輯）》，復旦大學出版社，2004年，第13頁。

年編寫的《當代文學史教程》之中。文學史家在學術上的謹慎態度並不妨礙我們近距離接觸中國奇幻文學。

　　顯然，現在就爲中國奇幻文學中的奇幻小說做一個明確的界定並不容易。如果從文類的歷史淵源來看，中國自古以來雖然不占主流地位，但有廣闊接受市場的豐富神話傳說，魏晉以來形成的志怪傳奇小說傳統，發達的巫文化，鬼神文學等，都可歸入當代奇幻小說的前形態。如果從外來影響而言，西方強大的宗教精神，後現代理論與現代理論對峙下興起的各類邊緣學科，魔幻類超現實主義小說的成熟，神秘主義的復現等等又爲當代中國奇幻小說興起提供了最大的外力刺激。如果僅從狹義的發生時間來看，從 1998 年黃易提出「玄幻小說」概念，到 2000 年後「奇幻」一詞的出現，再到最近的「大幻想」文學概念的出爐，這一類型文學在短短二十年間，在中國大陸從零星閃爍到大面積爆發，又不能簡單的將前兩項因素合併了事。中國當代奇幻小說在過去的發展中，雖然從單純的文學角度來說有相當的積累，但是對於奇幻小說文體來說，還有繼續發展的空間，也就是說被完整地當作文學史料的條件還不具備，但是作爲文學現象，它的社會文化意義卻不容忽視。

　　奇幻小說中對神秘主義、原始主義、「極端體驗」和超驗主義的表達正是現代性與後現代性語境交織下的表現之一。雖然從學理上講，兩者是對立的，即「固守現代性立場的思想家們，從維護啓蒙精神與人文主義的立場出發，強調理性、意義、價值等普遍性與確定性觀念的重要性及其對人類生存與發展的作用和影響（以哈貝馬斯爲首的思想家們）……堅持後現代性立場的思想家們普遍認爲啓蒙、理性等普遍性的概念本身並不是一成不變的，有時甚至是充滿歧義的，它們非但不能界定任何事物，相反它們本身倒更需要界定。」〔註6〕，但是被兩者同時滲透的文學敘事不是對學術思想的被動複製，倒是學術思想進入文學世界後，不可避免地會經歷過濾和改造的過程。對奇幻小說而言，在面對鬼神思想，宗教迷信復蘇的斥責同時，還表現了在承續上世紀 60 年代以來現代性理論與後現代性理論對峙之下，全球形成一種現代與後現代理論還存在互有補益可能性的一種精神狀態。在這裡，將奇幻小說創作僅僅看成是對後現代理論的具體表現就顯得過於片面了。

〔註6〕 包亞明主編《二十世紀西方美學經典文本　第四卷　後現代景觀》，復旦大學
　　　　出版社，2000 年，第 1～2 頁。

　　恰恰相反，眾多奇幻小說在主題上同樣洋溢著與現代性理論息息相關的人文精神，同時，雖然許多故事發生在虛構的蠻荒年代，但並沒有對其中充斥的野蠻暴力加以頌揚，相反理性最終戰勝非理性成為許多作品的結局。當然也有的作品，充斥著顛覆的精神，樂於講述草根變成英雄的傳奇故事。而相當一部分作品中，既崇尚理性，有夾雜著顛覆思想。可以說，現代性與後現代性思想在文學中產生了精神上的糾葛，兩者被模糊了界限。這說明在大的文化語境之下，原本水火不容的兩派思潮在某些方面卻已經出現趨同傾向。直接反映到文學作品的主題上，就可以明顯的感受到兩者的磨合過程中引發的主題歧義性。

　　在此，指出這種混雜主題的目的不在於批評大批奇幻寫作者連現代主義和後現代主義理論各自堅持的是什麼都不清楚，而是令人驚奇地發現：現代與後現代思想理論經歷了上世紀的水火不相容，在新世紀到來之際，面對咄咄逼人的後現代理論，現代性理論力爭的「啓蒙」與「人文」精神不但沒有被消滅，反而融入了後現代理論，而後現代理論在解構的同時，也不得不承認，在解構的廢墟上要重新樹立起新的價值標準同樣離不開以往經典理論中涉及的最基本概念的支撐。文學創作者不一定是思想家，但是文學創作卻可以靈敏的反映出時代奏出的思想音符，只不過這種反映是在有意或無意間自動流露的，既是或然又是必然的結果。

　　這樣一來，現代性與後現代性這一複雜而豐富的文化背景下，考察奇幻小說的最佳切入點又回到「科玄」當代相遇上了。顯然，小說作為敘事文學體裁，在思辨和哲理性方面沒有詩歌那麼接近哲學，但是敘事的方式和意圖通常可以間接反映出某些哲學思想的影子。就好比超現實主義小說講求在直覺狀態下任憑思維的馳騁，創作的那時那刻什麼樣的語言進入大腦就將其記錄下來，不追求邏輯性，連貫性，甚至情節性。這就是 20 世紀關於語言的哲學理念發生在敘事文學中的大變化之反映，也是直覺主義在文學上的一次大練兵。在心理學方面，這與當時出現的關於人的潛意識思維能力，病態心理學的研究也是遙相呼應的。又如最傳統的現實主義小說傳統，經驗與敘事的緊密結合同樣具有一定的科學實證主義特點，只不過在「度量」和「反映」兩個方面側重後者。

　　當然，目前沒有哪一類型小說比自然主義小說從敘事手段上看更極端地體現了科學實證主義特色。但是無論什麼類型的小說排除其創作者的個人體

驗，創作時的具體情景，以及作為語言文本的小說形成後獨立於創作者的語言與思維究竟在多大程度上接近一致，實際上又是一個意義的叢林。從敘事文學體裁與語言，與哲學思潮的關係上看，全世界幻想類小說的勃興，跟歷史上，或現存的其他類型敘事文學一樣，在其身後支撐它成為一種氣候，且在文學創作上將其發揮到極致的必然是具有一定思想力度的哲學思潮，而這股思潮正是二十世紀彌漫在西方，並在全球化進程中席卷全世界的對科學實證主義的反思。

因此，在幻想類小說的世界，沒有權威的科學度量方法，有的是對心靈的自由馳騁；沒有嚴格遵循科學定律，生老病死，進化前進的必然，有的是因果輪迴，長生不老的可能；沒有現實世界鐵定的模式，有的是烏托邦、虛構的蠻荒世界，就算是都市奇幻，其中虛構的都市一般總被設置在未來，現實在幻想的樂園總是被有意地拉遠了。奇幻世界和現實世界的距離究竟有多遠呢？

根據日本和臺灣地區的調查顯示，上述地區有相當多數的青少年沉迷於奇幻遊戲和奇幻文學領域的原因竟是由於無法忍受學習和生活中的巨大壓力、害怕同社會接觸等原因。奇幻世界的虛擬性本來是為了滿足人類海闊天空的想像和無休止的遊戲要求而創立的，可是它卻無力完全承擔為人類提供心靈避風港的功能。在辛勞的學習和生活間隙中通過閱讀和遊戲來解除疲勞是正確的方法，可是不能將奇幻世界作為自己逃避現實的世外桃源。如果認為沉迷於奇幻世界就可以逃離現實生活煩惱的話，那可是大錯特錯了——奇幻世界不是人生的麻醉劑！

當然必須承認，創作它們的人仍然是現實世界的一員，至少目前無法掙脫地球的強大引力，也不能擺脫思維定勢強有力的慣性，但是一部部想像力作的出現就是他們精神突圍的表現，在衝破重重防線的同時，免不了有混亂，有踐踏，有自相矛盾，但是他們的嘗試和嘗試後的結果都顯示了非凡的魅力。傳統幻想類文學與當下時代精神共同構成了幻想類文學的獨特光圈。其實也不能說，幻想類作品與傳統科學實證主義相對立，就說明這類作品不想證明什麼。事實上他最大的心願就是證明科學主義思維模式的機械和單一。如果說現代科學成果從物質層面對人的思維研究取得了很大的進展，那麼同時最難以控制的對象仍然是人的思維。

經驗世界在目前典型的奇幻作品中可以說退居幕後，雖然不是徹底消失，但是正如出版過《維持治安》（1961 年），《演出》（1958 年），《印度之夏》

（1963 年）的著名作家奧利埃從自己創作心態演變中談到的，文學世界是經驗世界旁邊的第二個世界，這兩個世界有相交叉的地方，更有相分立的地方，它們的重合程度決定小說的總體走向。但是奧利埃從自己的創作實際出發，將第二世界的營造歸於與經驗世界也就是現實世界的「補償」，或「比較」爲目的，還省略了其他的可能，比如說「逃離（escape）」或「擺脫」。又或者，以上目的完全不存在，只是單純地對虛幻世界或第二世界的「沉迷」或「迷戀」，根本不想將現實世界和第二世界混爲一談。導致「沉迷」、「迷戀」的原因，或者說是第二世界召喚有可能是這個世界本身具有超越經驗世界的魔力，也有可能是作者享受著創造第二世界的新體驗樂趣，當然還有一種可能最爲傳統，那就是接續人類展示幻想力的文學傳統。

　　正因爲如此，許多哲學家眼中不認爲文學創作在實質上創造了什麼，而更多的是表達了什麼，對於讀者當然更是關注表達得怎麼樣？表達欲究竟受何物激發？表達的意圖又是什麼？所有的問題都牽涉到不同作家的不同選擇。這裡既有特異性，即作爲每一位創作者個人而言；也有普同性，即指某一創作潮流的形成一定有超出個體差異的力量成爲了背景。

　　的確，中國當代奇幻文學雖然創造了大量迥異於現實世界的物種、規則、虛擬空間，但這些都不是目的，創造它們最終的作用還是爲了表達。在眾多表達之中，在現代性與後現代性理論、科玄相遇的語境下，除了上面的種種分析，一個不新鮮的話題不得不談。那就是有關工業社會商品經濟大潮制約下的普遍結果——人的物化或異化的問題。這個結果在沒有給予充分反思之前，進入文學創作時找到了一個批判的對象，那就是科學實證主義。人們在逐漸迷失於自己所創造的物的世界時，在現實生活和文學世界中，產生這樣的反應是不過分的。

　　當人們意識到，在眞實生活中必須擺脫受物奴役的被動關係之後，在文學領域，也必然會有喚醒主觀意識的努力出現。有時候，人們不知道如何擺脫強大的物質世界，就會抑制不住希望存在一個超驗的世界或神秘的力量。它們能夠不按照物質定理進行運作。反定律，反物質的要求反映到目前的幻想類小說創作的幻想世界中，每一個人都可以擁有超常的能力，獲得想像所能及的最大自由。這也就是爲什麼有如此多的奇幻小說中的奇異和虛幻世界，對作者和讀者都會產生巨大吸引力的原因。在蠻荒時代，或在未來的廢墟中，物質的匱乏，野蠻的生存方式正好可以爲擺脫物欲設立最好的平臺，

人物在拋棄物質的荒野之中，重新找到自己的原始生命力。這裡的人們不需要什麼啟蒙運動，更不需要通過工業革命實現權力的交接，自然法則在此成為至高的準則。

當願望變得日益強烈，就會引發欲望的膨脹。而欲望膨脹在文學藝術上的反映並不少見。世界範圍內，「從波德萊爾對英雄主義意志的浪蕩子的仰慕，到未來主義速度神話的訴求與理性的瘋狂；從尼采倡導『酒神精神』，西美爾追求『冒險』體驗，到福柯對瘋癲、性與夢幻等非理性極端體驗形式的迷戀；從高更浪漫的原始主義到德國描繪幽靈似的、變形真是的表現主義，從康定斯基、蒙德里安和畢加索的抽象表現，到達達、超現實主義的反藝術……我們無不驚訝地發現，在西方上起 19 世紀中葉下至 20 世紀的五六十年代，湧現出了一股蔚然壯觀的『極端體驗』文化藝術思潮」〔註7〕。在國內文學界「上個世紀80年代以來，從余華、孫甘露、蘇童等人創作的先鋒實驗小說，以莽漢主義、非非主義為代表的『第三代詩人』的實驗探索，以及1985年的美術思潮和 1989 年的『中國現代藝術展』及 90 年代所興盛的『個體化寫作』、隱私寫作等文化藝術發展的潮流中，都可以感受到類似於我們所謂的『極端體驗』的共同傾向」。〔註8〕

如果說有人發現了「極端體驗」是現代人陷入焦慮，抗拒現代性理論的行為，那麼維持這種強烈衝擊力的動力到了二十一世紀的今天，出現了一定程度的冷卻，雖然不是銷聲匿跡，但是在如瘋牛般到處亂撞之後，人們開始冷卻下來。冷卻的最直接方法之一就是在復古中得到一定的自我滿足。在較為沉靜的心態下來思考更多的永恆問題，奇幻小說作者們就選擇了避而不談俗世的紛爭，在虛幻世界中獲得相對的心靈自由。當然上世紀末到目前形成的網絡世界更是為這樣一個看似全開放的領域提供了私下表達的空間。排除網絡安全管理的因素不談，在這樣一個空間裏，創作自由度相對來說是較高的。儘管強度已經大大降低了，網上衝浪應該說是「極端體驗」在當下出現的另一種形式。

中國內地奇幻創作熱潮的出現可以說既是一種沉靜，也是一種理順過程，卻不能說是一種倒退。事實上，這樣一個爆發性事件在文學界發生，沒

〔註7〕 肖偉勝《現代性困境下的極端體驗‧緒論》，中央編譯出版社，2004 年，第 1 頁。

〔註8〕 肖偉勝《現代性困境下的極端體驗‧緒論》，中央編譯出版社，2004 年，第 10 頁。

有相當能量的積累是不可能出現的。那麼，更不會成爲一個世界範圍內，集網絡原創、圖書發行、雜誌林立爲一體的火爆場面了。

　　視覺或造型藝術，包括現在的行爲藝術採用比較極端的表現方式，除了藝術家本身的追求，能在有限的時空範圍內最具爆發力地攝住接受者的心靈，使其能夠感受到強烈的衝擊力。對於這樣一種爆發力如果訴諸文字，表現在文學作品中，直擊效果雖然會減弱，但是歷史上出現的這類文學作品不論在當時是否會被接受，通常會被冠以「先鋒」的稱號，以區別那些常態的文學類型。奇幻類小說的大量出現卻沒有人將其劃撥到「先鋒」範圍，除了它的不少作品本身帶有的濃厚復古風格之外，恐怕更關鍵的原因是因爲相對於上世紀的極端反叛，面對現代性與後現代性的對峙，在解決「科玄」關係問題上，對抗雖然沒有消失，但是找到了所謂的第二世界作爲意義表達的園地，而幻想尤其是玄想作爲獨特的思維方式冷卻了陣營之間的對抗火勢。與此同時，它與其他常態文學類型之間也並沒有發生本質上的相撞，玄幻的身影甚至飄出奇幻文學世界滲透到某些傳統敘事文學的寫作中去了。

　　目前，中國奇幻文學中兩支主要力量已然形成。第一支力量是以繼承東方古典傳統、營造古典意境爲主包括對神話資源、志怪傳奇傳統的重寫之作，對傳統歷史文學敘事的借鑒之作，還包括完全沒有現實依據的純古典奇幻。

　　第二支就是西方魔幻或科幻文學影響下的奇幻創作。事實上，這在奇幻創作當代萌芽期絕對起到了很重要的作用，但是也僅就很短的一段時間內有效，只要稍微瀏覽一下最初兩年和最近兩年這兩個方陣的創作質量和數量，一年一度或兩年一度的各種優秀奇幻作品集收錄的情況就可以發現，第二支已經完成了它最初的引發作用，雖然還有一定的創作力量，總體上已經敵不過「中國式奇幻」的力量了。

　　當然第二支力量本身也有其特殊的發展軌跡。最初出現的是大量的純模仿之作，比如說描寫魔法學校，屠龍者，西式巫術等類型的作品。這種純模仿之作只能算是最初級形態，注定會走向萎縮。隨後就是架空奇幻的出現。奇幻與架空放在一起，原本就不夠嚴密，奇幻是相對於現實普通狀態而言，架空世界也就是虛構世界的意思，既然兩者都是虛幻的意思放在一起就是多餘。

　　實際上，圈內人士對「架空」的意義並不是這樣理解的。熟悉網絡遊戲

的人通常都知道大型網絡遊戲一般都會有一個虛幻的總體設置，亦即在這樣一個虛擬世界裏，有一定的法規需要遵循，與現實世界一樣，加入遊戲的人既有責任和義務，也享有一定的權力，先前被擬定的規則下遊戲開始。網絡虛擬世界的設定就是架空類奇幻出現的第一要素，同時，《魔戒》中宏闊的虛構背景與網絡遊戲的背景結合之後就產生了真正意義上的架空奇幻小說了。有的人認為，中國當代奇幻小說的前形態應該是網絡遊戲，有一定的道理，但是不論在時間上還是涵蓋範圍上都犯了簡單化的錯誤。

　　早在網絡奇幻出現之前，中國就已經存在奇幻創作，雖然沒有用「奇幻」這個字眼，不說遠的，近代就有還珠樓主的奇幻武俠，當代還出現了黃易的「科玄」結合的幻想小說，網絡遊戲充其量只能算是某一類幻想作品的前形態。人們之所以使用「架空」這一詞來強調虛構背景，還有一個更重要的原因。那就是，真正意義上的架空，不僅僅是虛構，如果是，那只需運用奇幻元素就可以體現了。還在於這類作品在虛構世界中融入了歷史的厚度，這個歷史厚度不是正史也不是野史，而是一種歷史感，蒼涼而厚重的歷史精神。這種歷史精神可以同目前的新歷史主義理論結合在一起加以審視，其中有顛覆但是也有對傳統歷史觀的承受。可以說中國式奇幻和架空奇幻可以稱為目前中國奇幻小說成就最高的，最重要的兩大板塊。

　　當然，既然講到分層，主層形成之後，還有一些次級層，這裡的主次之分，決不是從文學性上給定的，也不是在存在價值上分類，而是相對於奇幻創作這樣一個大概念的劃分。它們體現的文類特色並不僅限於「奇幻」，相反奇幻在這裡應該是一種思維或寫作技巧，還沒有形成上面兩類那樣鮮明的文類風格，更多的是依附於某些已經相對比較穩定的文學類型，主要有科幻類奇幻，武俠奇幻，都市文學中的奇幻。討論他們的目的在於「奇幻」作為一種技巧加入到這類文學作品寫作中後，所透露出的對這類文體本身的意義，以及探尋當代「奇幻」創作潮蔓延的範圍。

　　雖然這個範圍我們暫時限定在小說創作內，對其他文體，包括影視作品中的奇幻現象暫不做討論，但是「奇幻」與「玄想」的確在新世紀的最初十年出現了，還相當惹眼。中國奇幻小說作為不是「先鋒」的新文學樣式既讓我們看到上世紀以來反叛精神的影子，也讓我們感受到創作和接受圈的超年輕化帶來的跳躍、靈動的精神體驗。

　　然而，我們在承認奇幻創作的成績之時，還是要看到奇幻文學整體存在

的一些隱憂。最大的不足仍要回到文學創作的文學性基礎上來。語言錘鍊、敘事手法的運用、情節設置等等問題都對一本成功的奇幻小說提出了切實的要求。這些不足與創作和接受群體的低齡化有一定的因果關係，與大家矛頭所指的網絡寫作低門檻也不無關係，但這都不是必然的。畢竟，不論粗製濫造多麼泛濫，當潮水退去的時候總是會有一些美麗的貝殼留在海灘。我們應該關注的是跨入奇幻創作門檻之後的問題。那麼，關鍵在於保持嚴肅的態度。這裡的嚴肅不代表死氣沉沉、刻板無光，而是出於對熱愛並主動維護奇幻類型文學的呼喚。這種嚴肅直接影響創作者在構思和寫作中自覺意識的形成。一旦意識形成，創作者必然會全方位提升自己奇幻小說的表達力度。這時候，文學性的要求將會不自覺地參與到寫作的整個過程中來。也就是說，目前奇幻創作群體最大的不足，同樣也是最迫切的需要就是要盡快形成廣泛而堅定的文類自覺意識。這裡不但需要創作者的主觀努力，也需要接受群體和學術研究者們的支持。

　　奇幻文學現象引發的另一個隱憂在於混亂的發表和出版機制，以及由此引發的浮躁、貪快心理。這個複雜的問題既牽涉到創作主體可能帶有的功利心態、玩票心理，也與外界，尤其是主流文學界和出版界的態度密切相關。現任成都《科幻世界》雜誌社主編，現下轄《科幻世界》、《飛》等雜誌共計六種的當代作家阿來在談及奇幻創作時，感歎這原本有些拗口，來自港臺的稱謂──「奇幻」小說，沒想到竟然在短短的幾年中就「突然一下就爆發了」，並將這一文學現象比喻成「一出世就身量龐大」的「巨嬰」，感覺有些「複雜」，也有些許「怪異」。作為一個幻想文學出版人，阿來表示：「對這樣一種局面在感到鼓舞的同時，也時刻保持著一種警覺」。確切地說，在奇幻文學發展的道路上並不需要多快好省地再次掀起像 2005 年那樣的奇幻出版年。它需要的恰恰是減速、適當降溫和反省。這絕對有利於人們看清奇幻文學現象內部和外部的亂象，甚至可以說是幻象。

　　阿來從奇幻文學創作中看到了「一種新的可能」，「這種可能就是一種新的文化形態，脫離了主流體制性文化的承認與扶持還有一種自我生發與自我成長的可能。」與此同時，他還直言不諱地指出目前「主流文化界對於新興的、帶有較強通俗文化特性的文學形態，普遍保持著一種高高在上的拒斥心理，使奇幻之類的文學性書寫不可能有出頭之日」。在這樣一個大的環境下，網絡順理成章地提供了「具有公共性的書寫平臺」。在這個平臺上，所有的文

字在最開始都是平等的。雖然奇幻作品迅速從網絡走向了傳統出版，並獲得了巨大的市場效益，但是阿來敏感地發現「那些已經比較市場化的出版機構對此作出了迅速的反應，而不是體制化的、主流的文化界認識到這種書寫所具有的巨大活力與潛在的文化與商業價值而予以了充分的評估與認同」，並預言如果這種狀況繼續下去的話，「集體奉行一種鴕鳥政策，那麼文化批評與文化建設本身就已經有了一個巨大的缺陷」。

阿來警覺於市場繁榮可能帶來的「低質」、「無序」競爭，也就是「對一種剛剛形成的寫作資源過度的、沒有底線、沒有原則的開發」。他想說的千言萬語化作一句：「有了超過預期的火爆，我們還要想到另外一個詞：長遠」。〔註9〕作爲當代知名作家，並一直從事各項出版工作的阿來，他的一番分析使人們意識到爲迎接新世紀文學新現象所應該具備的開放而包容的心態在當下的重要性，而他的警覺至少直接或間接地同時爲三方人物帶來警示。首先是對主流體制性文化界對於年輕的中國奇幻創作的態度和評價在過去一直集體失語的警示。其次是對良莠不齊的出版市場的警示。最後就是對年輕奇幻作者們提出儘快形成持續的、有韌性創作風格的期望。

雖然奇幻創作世界是一個雜亂的圈子，但是我們還是應該高興地看到從這個圈子裏已經有人發出了某些敲人心靈的聲音。潘海天以調侃甚至誇張的語氣講述了一個看似虛構的場景：當「我」「最近編九周刊裏的小說時總有點小心翼翼，寫不出東西來。一位能日更新兩萬字的朋友聽說後就跑來恥笑我，我說：『我是要做嚴肅東西的，對九州有責任感的社會作家。』他一聽就笑得噎住了，還從嘴裏往外噴射泡狀白沫，我只好把他送進醫院，然後去向別人朗讀我的作品。那些聽我朗讀的人反應不一。」「有的人死了」，「有的人瘋了」，而「我很尊敬得一位前輩師長」竟然在「痛苦」中「啃掉了自己的兩根手指」。「暴怒的導師」揮舞著斷了兩根手指的手教訓道：「你難道忘了我們所有從業者的入門誓約了嗎？奇幻小說就是通俗文藝，我們的作品，只應該存在於所有讀者都永遠接觸不到的地方，因爲他們一心想要逃避，要遠遠地離開這個現實世界——任何把他們拖回來的陰謀都是不道德的——兩百光年以上最好，達到兩個銀河系的寬度就更理想」，最後「我」被趕到氣味古怪的馬廄中朗讀作品。「偶爾，只是偶爾，我會夢想有一天突然就好了，沒事兒人似

<hr />

〔註9〕阿來《有一個詞叫長遠》，收錄於燕壘生《天行健‧出版序語》，成都時代出版社，2005 年。

的繼續以嚴肅作家的態度製造這些奇幻垃圾」。〔註10〕

　　細讀下來，很容易發現，潘海天其實是以寫小說的方式曲折地表達了內心對於自己所從事的奇幻小說創作的真實感受。此文還像一紙宣言，堅定地表達著在大多數人看來只是通俗文學一支的奇幻小說的嚴肅態度。他個人希望將嚴肅性注入奇幻小說創作的原因是出於個人創作風格、學養深度和思考習慣，還是無意識地希望通過個人努力獲得主流文學界的認同，恐怕不是能夠一句話說清楚的。不過，主流體制也好、出版市場也好都是來自外界的力量，真正能夠使奇幻小說獲得長遠而健康的發展，外部力量固然重要，但是決定性因素只可能來自這類文學創作的內部，只有凝聚了真正熱愛並持有嚴肅態度的創作主體，甚至連人數的多寡都不是問題，才能使奇幻創作獲得發展的後勁。有堅持、有追求的奇幻創作隊伍必然成為爆發後的沉澱，那麼所謂「嚴肅」，是以創作態度的形態出現，還是以奇幻作品內在主題的嚴肅性表現出來，都是有各種可能的。從這個角度上說，潘海天的宣言實際上從奇幻創作內部呼應了阿來對「長遠」的期待。

　　還有一個隱憂就是中國奇幻文學內部有畫地為牢的苗頭。這恐怕要從《飛‧奇幻世界》提出的「靈性奇幻，中國製造」的口號說起。原本這是針對中國奇幻小說大量模仿西式魔法奇幻的矯正之法，但是作為有重要影響力的奇幻雜誌或出版社，要避免隨意拋出有保質期限的口號。口號本身並沒有太多的問題。不過在實際操作上卻大大影響了創作者的選擇。近一年來，大量書生女鬼的故事，或者模仿古典志怪傳奇的奇幻小說出爐了。膚淺地濫用《山海經》等文獻中的神話或怪誕資源的作品更是比比皆是。難道中國製造就一定要重回講鬼故事的年代嗎？如果一任這樣的趨勢發展下去，奇幻界的作者只消抱一本古籍文獻，編幾篇鬼故事就行了。長此以往，靈性世界不但沒有被打造出來，想像力恐怕都會僵死。文學創作不需要口號，想像力自由馳騁的奇幻小說更不應該飛不出口號大旗的陰影。

　　從擔憂中走出來，我們再回到奇幻文學本身看看。我們有理由相信不論奇幻文學世界的創造者們如何希望擺脫機械的科學定律、物質至上的追求目標，都不可能從現實中真正超拔出來，畢竟它的存在有賴於現存物質世界許多秩序的多方支持。網絡、影視傳媒、相關產業無不遵循著某種既定的規則與奇幻文學一起成長、變化。

〔註10〕潘海天《奇幻小說的入門規則》，載《九州幻想》2007 年第 10 期。

不過就拿目前人們統計的最新全球總票房超過七億的前 20 名影視作品來看，下面的排行就很能說明問題：

第 20 名：E.T 外星人　　　　　　　　　全球票房 7.929 億美元

第 19 名：哈利・波特與阿茲卡班的囚徒　全球票房

第 18 名：獨立日　　　　　　　　　　　全球票房 8.17 億美元

第 17 名：蜘蛛俠　　　　　　　　　　　全球票房 8.217 億美元

第 16 名：星戰前傳 3：西斯的復仇　　　全球票房 8.5 億美元

第 15 名：海底總動員　　　　　　　　　全球票房 8.646 億美元

第 14 名：指環王：魔戒現身　　　　　　全球票房 8.714 億美元

第 13 名：哈利・波特與消失的密室　　　全球票房 8.79 億美元

第 12 名：蜘蛛俠 3　　　　　　　　　　全球票房 8.904 億美元

第 11 名：哈里・波特與火焰杯　　　　　全球票房 8.96 億美元

第 10 名：侏羅紀公園　　　　　　　　　全球票房 9.147 億美元

第 9 名：怪物史萊克 2　　　　　　　　　全球票房 9.198 億美元

第 8 名：哈利・波特與鳳凰社　　　　　　全球票房 9.24 億美元

第 7 名：星球大戰前傳 1　　　　　　　　全球票房 9.243 億美元

第 6 名：指環王之雙塔奇兵　　　　　　　全球票房 9.263 億美元

第 5 名：加勒比海盜：世界的盡頭　　　　全球票房 9.602 億美元

第 4 名：哈利・波特與魔法石　　　　　　全球票房 9.765 億美元

第 3 名：加勒比海盜：聚魂棺　　　　　　全球票房 10.662 億美元

第 2 名：指環王：王者歸來　　　　　　　全球票房 11.189 億美元

第 1 名：泰坦尼克號　　　　　　　　　　全球票房 18.45 億美元

除了電影《泰坦尼克號》之外，全部是幻想類作品的天下。再確切地說，那就是科幻（星球大戰前傳、獨立日、E.T 外星人）與奇幻（指環王、加勒比海盜、哈利・波特、怪物史萊克、侏羅紀公園、蜘蛛俠、海底總動員）平分的天下。這裡通過爲廣大民眾普遍喜愛並接受的電影作品爲例，絕對可以說明在全球範圍內奇幻文藝作品所受到的喜愛程度。大規模的群體選擇肯定不是偶然的。這就使人們不得不承認幻想文學，尤其是奇幻文學在現實中形成了巨大磁場。在書的最後列上這樣一個單子，最終的目的不是希望看到反對者們唏噓冒冷汗、擁蠆者們振臂高呼，而是期待幻想文學，尤其是奇幻文學的眞實存在可以引發更多有識之士的嚴肅對待。

參考文獻

一、**期刊論文**（按作者姓名音序排列）

1. 白燁《當代文學研究兩題》，載《南方論壇》2006 年第 2 期。

2. 陳泳超《顧頡剛古史神話研究之檢討——以 1923 年古史大爭論爲中心》，載《南京師大學報》（社科版）2000 年第 1 期。

3. 丁爲祥《個體與群體：道德理性的定位問題》，載《陝西師大學報》（哲學社會科學版）1995 年第 4 期。

4. 甘智鋼《神話與魯迅小說——〈補天〉重讀札記》，載《雲南社會科學》2003 年第 2 期。

5. 高冰鋒《網絡小說中的一枝奇葩——中國網絡玄幻小說的興起及現狀初探》，載《承德職業學院學報》2006 年第 4 期。

6. 顧鑒齋《從比較中認識「層累」理論的學術價值》，載《齊魯學刊》2005 年第 1 期。

7. 韓雲波《大陸新武俠和東方奇幻中的「新神話主義」》，載《西南師範大學學報》（人文社會科學版）2005 年第 5 期。

8. 黃震雲《二十世紀楚辭學研究述評》，載《文學評論》2000 年第 2 期。

9. 孔慶東《中國科幻小說概說》，載《涪陵師範學院學報》2003 年第 3 期。

10. 金震《奇幻之旅　精彩無限》，載《出版廣角》2004 年第 3 期。

11. 金慧敏《趨零距離與文學的當前危機》，載《文學評論》2004 年第 2 期。

12. 李陀、蘇煒《新的可能性：想像力、浪漫主義、遊戲性及其他——關於〈迷谷〉和〈米調〉的對話》，載《當代作家評論》2005 年第 3 期。

13. 劉吶《全球化背景與文學》，載《文學評論》2000 年第 5 期。

14. 龍文玲《聞一多〈伏羲考〉與中國神話學研究的轉型》，載《民族藝術》2004 年第 4 期。

15. 羅亦男《淺論劉慈欣小說的人文關懷》，載《2007 中國（成都）國際科幻・奇幻大會文集》，科幻世界雜誌社彙編，2007 年。

16. 馬爲華《神話的消解——重讀〈故事新編〉》，載《東方論壇》2003 年第 2 期。

17. 逄增玉《志怪、傳奇傳統與中國現代文學》，載《齊魯學刊》2002 年第 5 期。

18. 錢理群《十年沉默的魯迅》，載《浙江社會科學》2003 年第 1 期。

19. 任廣田《魯迅與中國神話及傳說》，載《魯迅研究月刊》2006 年第 10 期

20. （法）塞奇・布魯梭羅《我與魔幻世界》，載《出版廣角》2004 年第 8 期

21. 蘇志宏《聞一多和〈九歌〉研究》，載《北京大學學報》（哲社版）1999 年第 6 期。

22. 譚傑《女媧神話的現代闡釋——〈補天〉與〈女神之再生〉比較》，載《江西社會科學》2006 年第 12 期。

23. 陶東風《中國文學已經進入裝神弄鬼時代？——由「玄幻小說」引發的一點聯想》，載《當代文壇》2006 年第 5 期。

24. 王一川《『全球性』境遇中的中國文學》，載《文學評論》2001 年第 6 期。

25. 吳宏政《「信仰的知」的歷程及其對象化結構的克服》，載《社會科學輯刊》2007 年第 6 期。

26. 曉丹《明寐：中國本土奇幻文學的領軍者》，載《同學》2005 年第 5 期。

27. 徐立新《重評犬儒學派》，載《台州學院學報》1999 年第 5 期。

28. 楊箏《〈補天〉與魯迅的神話重建》，載《洛陽大學學報》2004 年第 1 期。

29. 遙遠《玄幻小說：21 世紀神魔的重生》，載《中文自修》2004 年第 10 期。

30. 葉祝弟《奇幻小說的誕生及創作進展》，載《小說評論》2004 年第 4 期。

31. 葉永烈《論科幻、玄幻與奇幻》，載《2007 中國（成都）國際科幻・奇幻大會文集》，科幻世界雜誌社彙編，2007 年。

32. 尹向東《城市的睡眠》，載《四川文學》2006 年第 9 期。

33. 余醴《幻界無邊——試論中國當代奇幻文學主體特徵》，載《語文學刊》2007 年第 5 期。

34. 郁振華《中國現代哲學的形上智慧探索》，載《學術月刊》2000 第 7 期。

35. 朱彤《混沌現象與蝴蝶效應——訪著名理論物理學家郝柏林院士》，載

《科學世界》2000 年第 10 期。

36. 參考《飛‧奇幻世界》2004 年第 1 期至 2008 年第 3 期。

37. 參考《九州幻想》2005 年 9 月正式創刊號至 2008 年第 1 期。

二、專著、譯著、論文集（按作者姓名音序排列）

1. 阿越《新宋》，四川科學技術出版社，2005 年。

2. （美）愛因斯坦《愛因斯坦文集》，許良英等譯，商務印書館，1976 年。

3. （英）I‧伯林《兩種自由概念》，陳曉林譯，中國文化藝術出版社，2005 年。

4. （德）艾德蒙德‧胡塞爾《歐洲科學危機和超驗現象學》，張慶熊譯，上海譯文出版社，1988 年。

5. （美）奧利卡‧舍格斯特爾編《超越科學大戰——科學與社會關係中迷失了的話語》，黃穎、趙玉橋譯，中國人民大學出版社，2006 年。

6. 包亞明主編《二十世紀西方美學經典文本　第四卷　後現代景觀》，復旦大學出版社，2000 年。

7. （比）保羅‧費爾代恩（Paul Verdeyen）《與神在愛中相遇——呂斯布魯克及其神秘主義》，陳建洪譯，中國致公出版社，2001 年。

8. （美）保羅‧貝納塞拉夫，希拉里‧普特南編《數學哲學》，朱水林等譯，商務印書館，2003 年。

9. 步非煙《玄武天工》，新世界出版社，2007 年。

10. 滄月《鏡‧神寂》，天津人民出版社，2007 年。

11. 曹文軒《中國八十年代文學現象研究》，北京大學出版社，1988 年。

12. 陳鼓應注譯《莊子今注今譯》，中華書局，1983 年。

13. 陳平原、夏曉虹編《二十世紀中國小說理論資料》第一卷，北京大學出版社，1989 年。

14. 陳方競《多重對話：中國新文學的發生》，人民文學出版社，2003 年。

15. 陳萬雄《五四新文化的源流》，三聯書店，1997 年。

16. 陳子展《中國近代文學之變遷》，上海書店，1982 年。

17. 程健君《民間神話》，海燕出版社，1997 年。

18. 程文超《1903：前夜的湧動》，山東教育出版社，1998 年。

19. （日）池田大作《時代精神的潮流》，香港：商務印書館有限公司，2005 年。

20. （美）丹尼爾、J‧布爾斯廷《發現者　人類探索世界和自我的歷史　自然篇》，李成儀等譯，上海譯文出版社，1992 年。

21. （美）大衛·艾爾金斯《超越宗教》，顧肅、楊曉明、王文娟譯，上海人民出版社，2007年。

22. 恩斯特·凱西爾《人論》，上海譯文出版社，1985年。

23. 范鐵權《體制與觀念的現代轉型　中國科學社與中國的科學文化》，人民出版社，2005年。

24. 馮友蘭《中國哲學簡史》，新世界出版社，2004年。

25. 辜鴻銘《中國人的精神》，外語教學與研究出版社，1998年。

26. 郭延禮《近代西學與中國文學》，百花洲文藝出版社，2000年。

27. 高瑞泉主編《中國近代社會思潮》，華東師範大學出版社，1996年。

28. 龔六堂《經濟增長理論》，武漢大學出版社，2000年。

29. 葛兆光《中國思想史》，復旦大學出版社，2004年。

30. 龔書鐸主編《中國近代文化概論》，中華書局，2002年。

31. 郭穎頤《中國現代思想中的唯科學主義（1900～1950）》，江蘇人民出版社，1990年。

32. 郭敬明《幻城》，春風文藝出版社，2003年。

33. 顧祖釗《華夏原始文化與三元文學觀念》，北京大學出版社，2005年。

34. （德）海德格爾《在通向語言的途中》，孫周興譯，北京商務印書館，2004年。

35. 韓雲波主編《2006年中國奇幻文學精選》，長江文藝出版社，2007年。

36. 胡文耕主編《科學前沿與哲學》，中共中央黨校出版社，1993年。

37. 侯樣祥編《科學與人文對話》，雲南教育出版社，2000年。

38. 還珠樓主《蜀山劍俠傳》，葉洪生批校，臺北：聯經出版事業公司，民73年。

39. 黃易《黃易作品集·玄幻系列　超級戰士·時空浪族》，華藝出版社，1998年。

40. 黃孝陽選編《2006中國玄幻小說年選》，花城出版社，2006年。

41. 胡適《胡適全集》，安徽教育出版社，2003年。

42. 胡曉暉等編選《2003年中國奇幻文學精選》，長江文藝出版社，2004年。

43. （英）J·D·貝爾納《科學的社會功能》，陳體芳譯，廣西師範大學出版社，2003年。

44. 江南《九州志》，新世界出版社，2007年。

45. （美）傑里米·里夫金，霍華德《熵：一種新的世界觀》，呂明等譯，上海譯文出版社，1987年。

46. 金子《夢回大清》，朝華出版社，2006 年。

47. 本書編委會編《經濟學經典名著寶庫》（全五卷），中央文獻出版社，2005 年。

48. 柯文《在傳統與現代性之間——王韜與晚清改革》，江蘇人民出版社，2003 年。

49. （法）孔狄亞克《人類知識起源論》，洪潔求、洪丕柱譯，商務印書館，1989 年。

50. 李申主編《高科技與宗教》，天津科學技術出版社，2000 年。

51. 林語堂《林語堂名著全集　第十三卷　翦拂集　大荒集》，東北師範大學出版社，1994 年。

52. 李醒塵《西方美學史教程》，北京大學出版社，1994 年。

53. 李孝悌《清末的下層社會啓蒙運動：1901～1911》，河北教育出版社，2001 年。

54. 李劼《我們的文化個性和個性文化　論世紀現象》，青海人民出版社，1998 年。

55. （法）列維·斯特勞斯《圖騰制度》，渠東譯，上海人民出版社，2002 年。

56. （法）列維·斯特勞斯《野性的思維》，趙建兵譯，京華出版社，2000 年。

57. （法）列維·斯特勞斯《面具的奧秘》，知寒等譯，上海文藝出版社，1992 年。

58. （法）列維·斯特勞斯《結構人類學　巫術·宗教·藝術·神話》，陸曉禾等譯，文化藝術出版社，1989 年。

59. 林毓生《中國傳統的創造性轉化》，三聯書店，1988 年。

60. 劉增傑《用古典精神詮釋古典主義》，河南大學出版社，2006 年。

61. 劉再復、林崗《論中國文化對人的設計》，湖南人民出版社，1988 年。

62. 劉再復《放逐諸神》，香港：天地圖書有限公司，1994 年。

63. 劉納《嬗變——辛亥革命時期至五四時期的中國文學》，中國社會科學出版社，1998 年。

64. 劉小楓《現代性社會理論緒論》，上海三聯書店，1998 年。

65. 劉小楓《聖靈降臨的敘事》，北京三聯書店，2003 年。

66. 劉禾《跨語際實踐——文學，民族文化與被譯介的現代性》，宋偉傑等譯，三聯書店，2002 年。

67. 劉志琴主編《近代中國社會文化變遷錄》，浙江人民出版社，1998 年。

68. 劉仲宇《道教的內秘世界》，臺北：文津出版社，民86 年。

69. 柳鳴九主編《西方文藝思潮論叢：未來主義　超現實主義　魔幻現實主義》，中國社會科學出版社，1987 年。

70. 柳鳴九主編《從現代主義到後現代主義》，中國社會科學出版社，1994 年。

71. 盧國龍著，王志遠主編《宗教文化叢書 8：道教知識百問》，高雄：佛光出版社，民 80 年。

72. 魯樞元《猞猁言說——關於文學、精神、生態的思考》，社會科學文獻出版社，2001 年。

73. （法）羅蘭・巴特《神話　大眾文化詮釋》，許薔薔、許綺譯，上海人民出版社，1999 年。

74. 羅志田《裂變中的傳承——20 世紀前期的中國文化與學術》，中華書局，2003 年。

75. 羅志西編《科學與玄學》，北京商務印書館，1999 年。

76. 羅傑・彭羅斯等合著《宇宙，量子和人腦》，李寧、林子龍譯，中國對外翻譯出版公司，1999 年。

77. 馬積高《清代學術思想的變遷與文學》，湖南人民出版社，2002 年。

78. （蘇）馬林諾夫斯基《科學的文化理論》，黃建波等譯，中央民族大學出版社，1999 年。

79. （蘇）馬林諾夫斯基《巫術　科學　宗教與神話》，李安宅譯，中國民間文藝出版社，1987 年。

80. 冒榮《科學的播火者：中國科學社述評》，南京大學出版社，2002 年。

81. 毛峰《神秘主義詩學》，北京：三聯書店，1998 年。

82. （俄）尼古拉・別爾嘉耶夫《人的奴役與自由》，徐黎明譯，貴州人民出版社，1994 年。

83. （英）尼爾・蓋曼《美國眾神》，戚林譯，四川科學技術出版社，2006 年。

84. 錢穆《莊老通辨》，北京三聯書店，2002 年。

85. 潛明茲《中國神話學》，寧夏人民出版社，1994 年。

86. （日）橋本健《心靈學入門》，陳明誠譯，臺北：國際文化事業有限公司，1970 年。

87. （英）R・W・費夫爾《西方文化的終結》，丁萬江、曾豔譯，江蘇人民出版社，2004 年。

88. （法）讓－弗・朗索瓦・利奧塔著《後現代狀態：關於知識的報告》，趙一凡譯，收錄於中國社會科學院外國文學研究所《世界文論》編輯委員會編，《後現代主義》，社會科學文獻出版社，1993 年。

89. 《十三經注疏》，上海古籍出版社，1997 年。

90. （英）史蒂芬‧霍金《時間簡史》，杜欣欣、許明賢、吳忠超譯，商務印書館，2004 年。

91. 桑兵《清末新知識界的社團與活動》，三聯書店，1995 年。

92. （日）上山安敏《神話與理性　十九世紀末至二十世紀初歐洲的知識界》，孫傳釗譯，上海人民出版社，1992 年。

93. 石育良《怪異世界的建構》，臺北：文津出版社，民 85 年。

94. 樹下野狐《搜神記 I　神農使者》，《搜神記 II　大荒驚變》，天津教育出版社出版，2005 年。

95. （英）托馬斯‧莫爾《烏托邦》，戴鎦嶺譯，北京商務印書館，1982 年。

96. 蘇童《碧奴》，重慶出版社，2006 年。

97. 譚桂林《人與神的對話》，安徽教育出版社，2000 年。

98. Vivibear《尋找前世之旅》，河南文藝出版社，2007 年。

99. 萬俊人主編《清華哲學年鑒 2000》，河北大學出版社，2001 年。

100. 王曉波等編《現代中國思想家　第六輯——丁文江、張君勱》，臺北：巨人出版社，民 67 年。

101. 王富仁《中國的文藝復興》，廣西師範大學出版社，2003 年。

102. 汪暉《現代中國思想的興起》，三聯書店，2004 年。

103. 王增永《華夏文化源流考》，中國社會科學出版社，2005 年。

104. 王德威《想像中國的方法：歷史‧小說‧敘事》，三聯書店，1998 年。

105. 王大有《宇宙全息自律》，中國時代經濟出版社，2006 年。

106. （意）維柯《新科學》，朱光潛譯，人民文學出版社，1986 年。

107. 吳國盛《科學的歷程》（第二版），北京大學出版社，2002 年。

108. （德）烏‧貝克，哈貝馬斯編著《全球化與政治》，中央編譯出版社，2000 年。

109. 蕭鼎《誅仙 1》至《誅仙 5》，朝華出版社，2005 年。

110. 蕭鼎《誅仙 6》，朝華出版社，2006 年。

111. 肖偉勝《現代性困境下的極端體驗》，中央編譯出版社，2004 年。

112. 謝六逸《神話三家論》，上海文藝出版社，1989 年。

113. 辛世俊《人類精神之夢——宗教古今談》，河南大學出版社，2001 年。

114. 熊月之《西學東漸與晚清社會》，上海人民出版社，1994 年。

115. 許紀霖編《二十世紀中國思想史論》，東方出版中心，2000 年。

116. 許紀霖編《二十世紀中國知識分子史論》，新星出版社，2005 年。

117. 燕壘生《天行健》，成都時代出版社，2005 年。

118. 楊犁《胡適文萃》，作家出版社，1991 年。

119. 楊國榮《存在之維：後形而上學時代的形上學》，人民出版社，2005 年。

120. 姚海軍主編《2005～2006 中國奇幻小說選》，四川科學技術出版社，2007 年。

121. （日）伊藤清司《〈山海經〉中的鬼神世界》，劉曄譯，中國民間文藝出版社，1990 年。

122. 尹飛舟《中國古代鬼神文化大觀》，百花文藝出版社，1992 年。

123. 郁振華《形上的智慧如何可能？中國現代哲學的沉思》，華東師範大學出版社，2000 年。

124. 袁闖《混沌管理》，浙江人民出版社，1997 年。

125. 袁珂編《中國神話傳說詞典》，上海辭書出版社出版，1985 年。

126. 袁進《中國文學觀念的近代變革》，上海社會科學院出版社，1996 年。

127. 袁盛勇《魯迅：從復古走向啓蒙》，上海三聯書店，2006 年。

128. 余英時《中國思想傳統的現代詮釋》，江蘇人民出版社，2003 年。

129. 俞汝捷《幻想和寄託的國度：志怪傳奇新論》，臺北淑馨出版社，民 80 年。

130. 葉維廉《道家美學與西方文化》，北京大學出版社，2002 年。

131. 葉兆言《后羿》，重慶出版社，2007 年。

132. 葉祝第編《奇幻王　2003～2004 中國奇幻小說雙年選》，漢語大詞典出版社，2004 年。

133. 楊聯芬《晚清至五四：中國文學現代性的發生》，北京大學出版社，2003 年。

134. （英）約翰·沃特金斯《科學與懷疑論》，邱仁宗，范瑞平譯，上海譯文出版社，1991 年。

135. （美）約翰·霍根《科學的終結》，孫雍君等譯，遠方出版社，1997 年。

136. 趙士林《心靈學問——王陽明心學》，雲南人民出版社，1997 年。

137. （英）詹·喬·弗雷澤《金枝》，徐育新、汪培基、張澤石譯，新世界出版社，2006 年。

138. 斬鞍《秋林箭》，新世界出版社，2007 年。

139. 詹鄞鑫《神靈與祭祀——中國傳統宗教綜論》，江蘇古籍出版社，1992 年。

140. 許紀霖編《二十世紀中國思想史論·下卷》，東方出版社，2000 年。

141. 張東蓀《科學與哲學》，商務印書館，2003 年。

142. 張灝《梁啓超與中國思想的過渡（1890～1907）》，江蘇人民出版社，1995 年。

143. 張悦然《誓鳥》，光明日報出版社，2006 年。

144. 張之傑、黃海、呂應鍾主編《中國當代科幻選集》，臺北星際出版社，民70 年。

145. 張檸主編《2005 文化中國》，花城出版社，2006 年。

146. 中國哲學編輯部編《中國哲學》第十一輯，人民出版社，1984 年。

147. 中國社科院文學研究所編《文學思維空間的拓展》，工人出版社出版，1988 年。

148. 中國社會科學院外國文學研究所《世界文論》編輯委員會編《後現代主義》，社會科學文獻出版社，1993 年。

149. 鄭志明編《中國文學與宗教》，臺灣學生書局印行，民 81 年。

150. 子漁非《天維之門首部曲・精衛填海》，長江文藝出版社，2005 年。

151. 周桂發等編《復旦大講堂》第一輯，復旦大學出版社，2004 年。

152. 朱大可、吳炫《十作家批判書》，陝西師範大學出版社，1999 年。

三、外文參考文獻

1. Bleiler, Everett F. *The Guide to Supernatural Fiction*. Kent: The Kent State University Press, 1983.

2. Bramlett, Perry C. *I am in Fact a Hobbit: an Introduction to the Life and Works of J.R..R..Tolkien*. Georgia: Mercer University Press, 2003.

3. Chance, Jane. ed. *Tolkien and the Invention of Myth: a Reader*. Kentucky: University Press of Kentucky, 2004.

4. Coates, Paul. *The Realist Fantasy: Fiction & Reality since Clarissa*. New York: St. Martin's Press, 1983.

5. Harris-Fain, Darren.ed. *Dictionary of Literary Biography Volume 178: British Fantasy and Science-Fiction writers Before World War-I*. Detroit, Washington, D.C., London: A Bruccoli Clark Layman Book Gale Research, 1997.

6. Heng, Geraldine. *Empire of Magic: Medieval Romance and the Politics of Cultural Fantasy*. New York: Columbia University Press, 2003.

7. Jonathan Hall, Ackbar Abbs. ed. *Literature and Anthropology*, Hong Kong: Hong Kong University Press, 1986

8. Reginald, Robert. *Science-Fiction and Fantasy Literature 1975-1991*. Detroit, Washington, London: Gale Research Inc., 1970, 1975, 1979, 1981, 1991, 1992.

9. Roper, Lyndal. *Witch Craze*. New Haven and London: Yale University Press, 2004.

四、部分資料的網絡來源

1. http://www.6nian.net/Forum/dispbbs.asp 敍 boardID=4&ID=3102（黃易）

2. http://zhidao.baidu.com/question/30969288.html（黃易）

3. http://baike.baidu.com/view/565066.htm （朱學恒）

4. http://baike.baidu.com/view/102745.htm（《九州幻想》）

5. http://www.a.com.cn/Enterprise/awhy/ShowPubDetail.asp 敍 InfoID=15305
（《飛·奇幻世界》）

後　記

　　從偶然讀到黃易先生玄幻小說的那天起，我在近距離接觸當代中國奇幻小說時，就開始經歷了一個充滿矛盾的心理起伏過程。當我不幸看到打著奇幻招牌的濫竽充數之作時，一邊禁不住為奇幻文學的前景焦慮、一邊又努力說服自己它們不是真正的奇幻文學。當我遇到精彩篇章之時，產生的愉悅之情又足以使我在掩卷之後還能陶醉其中久久不能釋懷。而當周遭出現對中國奇幻文學武斷批評時，我竟會自覺生出為其辯護的強烈願望。我常常在想，究竟是什麼力量使我對奇幻文學本身如此著迷，進而驅使我選擇從文化角度解讀中國奇幻小說現象呢？時下，研究者們對於文學現象價值的認定所採取的視角很廣。社會學、文化人類學、政治經濟學、文學本體等等角度都可以任選其一或加以綜合。很顯然，包容而客觀的學術心態已經基本形成了。但是，坦白地說，我自己首先是喜愛上中國奇幻小說之後，才逐漸產生試圖通過其他角度證明其存在價值的願望。而當我擴大對奇幻文學現象的關注面之後，原本閒適的閱讀卻變得越來越嚴肅起來。我逐漸從紛繁的文學現象背後感受到一股強有力的時代文化風潮正在湧動。

　　在構思與寫作過程中，密集而沉重的工作雖然使得我不能像過去那樣在沒有壓力的狀態下享受著閱讀的樂趣，但是早就過了幻想年齡的我卻總是在思考與寫作之外不自覺地做出令我自己都無法解釋的舉動。還記得有一次，年幼的女兒與我散步時，吵著要買街邊白紗製成的蝴蝶翅膀時，一貫嚴格控制其購物欲的我竟毫不猶豫地買下了。當女兒背著那潔白輕盈的裝飾翅膀，快樂地跑在我前面時，今何在《羽傳說》中展翅而飛的羽人們突然閃入我的腦海。還記得當我被尼爾・蓋曼《美國眾神》深深吸引之時，竟然跑到很少

踏足的西式速食店裏，學著主人公「影子」那樣啃起了漢堡、餡餅……生活中這樣的細節舉不勝舉。我意識到奇幻作品中的鮮活人物、動人場景正陪伴我，一路走來。

在此，我要向導師李怡先生表示最衷心的感謝。寫作期間，先生多次細緻地提出修改意見，不厭其煩地對我進行切實指導。其人格魅力和治學風範不但開啓了我原本懵懂的精神世界，還帶我領略了艱辛與快樂並存的學術生活。

我要特別感謝我的家人。他們是我的祖父母、父母、姐姐姐夫。是他們無私地提供精神和物質上的支持，幫助我照看年幼的女兒，才能使我全心全意、毫無壓力地完成寫作。

我的感謝和愧疚要獻給我摯愛的先生曾寧和女兒曾一諾。先生一直在背後默默地守護和支持著我。無論身處何方，我都能感受到他的一片深情。女兒雖然年幼，但她是我抓緊一切時間完成繁重學術工作的原動力。

我還要感謝我的碩士導師譚桂林先生。他在百忙之中還不忘關心和支持我的寫作和學術生活。感謝百年學府四川大學提供的優美環境和優質學術平臺，使得我能順暢而愉快地完成本書的寫作。川大傳道授業解惑的教授們，曹順慶、馮憲光、毛迅、易丹、趙毅衡等老師開拓了我的學術視野。陳思廣老師對於我選擇中國奇幻小說作為研究對象時，擔心我會不自覺地陷入當代文壇的膚淺追蹤，從而削弱論文思想深度。他的善意提醒一直鞭策著我進行嚴肅思考。

最後，我將此書獻給所有關心、愛護並支持我的人！

錢曉宇

2013 年 11 月 19 日修訂於京東燕郊